Música para Sara

Vanesa Romero

Música para Sara

Papel certificado por el Forest Stewardship Council®

Primera edición: marzo de 2020

© 2020, Vanesa Romero
© 2020, Penguin Random House Grupo Editorial, S.A.U.
Travessera de Gràcia, 47-49. 08021 Barcelona

Penguin Random House Grupo Editorial apoya la protección del *copyright*.
El *copyright* estimula la creatividad, defiende la diversidad en el ámbito de las ideas y el conocimiento, promueve la libre expresión y favorece una cultura viva. Gracias por comprar una edición autorizada de este libro y por respetar las leyes del *copyright* al no reproducir, escanear ni distribuir ninguna parte de esta obra por ningún medio sin permiso. Al hacerlo está respaldando a los autores y permitiendo que PRHGE continúe publicando libros para todos los lectores.
Diríjase a CEDRO (Centro Español de Derechos Reprográficos, http://www.cedro.org) si necesita fotocopiar o escanear algún fragmento de esta obra.

Printed in Spain – Impreso en España

ISBN: 978-84-9129-441-2
Depósito legal: B-1626-2020

Impreso en Rodesa
Villatuerta (Navarra)

SL94412

Penguin
Random House
Grupo Editorial

La vida es una canción que nunca debes dejar de bailar. Da igual los pasos que des, la cuestión es moverse y dejar huella allá donde vayas. No te cortes, siente la libertad de mover tus pies sin parar, porque quizá hoy sea la última canción...

Prólogo
Ocho segundos

Ocho segundos bastaron para desmoronar toda mi vida.

Ahora desde la distancia puedo contar ese momento. Después de esos ocho segundos me enfrenté a un largo periodo de cambios vitales donde luché contra mis miedos más profundos, pero también me topé con mis fortalezas. Descubrí el verdadero sentido de la amistad, del amor y de la familia. Y me convertí en la mujer que soy ahora. Quiero compartir mi historia. Porque es una carrera de fondo llena de obstáculos, pero siempre llego a la meta.

Quiero recordar esos segundos que fueron el principio de todo.

—Preparados, listos…, ¡ya!

El juez apretó el gatillo. De pronto sentí que el ruido atronador activaba todo el coraje y la furia que llevaba dentro. Con ese disparo había empezado la carrera de mi vida. Mis músculos reaccionaron como un resorte y mi cuerpo, en un acto reflejo, repitió los movimientos que tantas veces había ensayado. Era consciente de que apenas tenía ocho segundos para demostrar mi valía. Ocho segundos que determinarían si había merecido la pena dedicar tantos años de mi vida al atletismo. Ocho segundos que me encumbrarían a lo más alto de la élite mundial.

Lo peor fueron los nervios previos a la carrera. No me refiero a ese cosquilleo en el estómago que me acompañó todo el día, desde que me levanté por la mañana, sino a las punzadas que sentí cuando me vi junto a la línea de salida, rodeada de atletas que perseguían el mismo sueño que yo: ser campeonas del mundo.

Correr en casa fue una ventaja. Barcelona entera había ido al estadio. Miles de personas coreaban mi nombre. Sufrí una responsabilidad aterradora. Tenía que correr como no lo había hecho nunca, llegar al límite. Ser la mejor.

En mi cabeza retumbó mi respiración, potente, rápida y acompasada. Me ayudó a concentrarme en la línea de meta, a aislarme de mis rivales, del público y de los recuerdos. Solo tenía una obsesión: ser la más rápida.

Con cada zancada empujé mi cuerpo al límite, animada por el recuerdo de las palabras que mi entrenadora, Asun, me repetía una y otra vez desde que empecé a correr con ocho años:

—Sara, ¡el límite está en tu mente! ¡Lucha siempre hasta el final! Jamás te rindas antes de llegar a la meta. ¡Ni después de ella!

Toda la vida había soñado con estar ahí en ese momento. En ese carril. En ese estadio. En esa carrera.

El primer atisbo de dolor lo sentí al verme rebasada por la jamaicana Shelly-Ann Fraser-Pryce.

La primera lágrima brotó cuando Murielle Ahouré, de Costa de Marfil, me superó y llegó a la línea de meta.

Y las fuerzas me abandonaron cuando vi que la estadounidense Tianna Bartoletta cruzaba la meta por delante de mí.

Capítulo 1
Un nuevo despertar

Estaba sentada en el asiento 2B del vagón 7 del AVE con destino a Madrid. Creo que en ese momento tenía una mirada pensativa, triste, perdida y asustada. Era el reflejo de cómo me sentía, con miedo y a la vez nostalgia por la vida que estaba dejando atrás. A medida que el tren iba avanzando, mi pasado y mis raíces se quedaban por el camino.

Llevaba puestos unos cascos muy llamativos, de muchos colores, pero el que más predominaba era el rosa, mi color preferido. Dicen que los colores afectan mucho a nuestro estado de ánimo y según leí un día este color era un equilibrador emocional. Eso precisamente necesitaba yo ahora, equilibrar mi mezcla de emociones. Lo de los cascos era porque siempre fui una amante de la música. Me acompañaba en mi día a día, en cada viaje, en cada competición, en cada momento importante de mi vida... Y es que me hacía sentir bien, me conectaba con mi mundo interior, ese que solo habitaba yo.

Me gustaban todos los estilos musicales, escuchaba a cantantes como David Otero, música dance de Carlos Jean o David Guetta o a un grupo de pop-rock de las afueras de Madrid, de Galapagar, llamado Showpay, que, por cierto, lo descubrí por casualidad en la sala Luz de Gas de Barcelona, un local de conciertos al que me gustaba ir de vez en cuando.

Desde que estaba en el vientre de mi madre, muchas canciones me habían acompañado a lo largo de mi existencia. Y esto tenía una explicación muy sencilla: mi padre era el gran músico Hugo Salazar y mi madre era Amparo Crespo, profesora de canto. La música siempre estuvo conmigo cuando más la necesitaba. Me ayudaba a concentrarme antes de cada competición, a aislarme de la atenta mirada de mis rivales y me servía también para centrarme en mi objetivo. No podía vivir sin ella, creaba dentro de mí una sensación indescriptible y me ayudaba a conectar con mi alma, que en ese momento estaba herida por todo lo que dejaba atrás.

Sabía que había llegado el momento de cortar el cordón umbilical que me unía a mis padres, a mi vida pasada. Tenía que cortarlo de raíz y desplegar mis propias alas sin la ayuda de nadie. Sin embargo, me invadía una sombra, el pánico a lo desconocido, el terror hacia un futuro incierto que todavía no sabía qué rumbo iba a tomar.

Siempre me había gustado tenerlo todo bajo control, nunca había dejado nada en manos del destino. Pero en aquel momento todo era diferente, mi vida había tomado un rumbo distinto. El descontrol se había hecho con las riendas de mi camino y sabía que lanzarme al vacío quizá tendría consecuencias muy dolorosas. El golpe podría ser muy duro. Pero era inevitable seguir ese impulso fuerte que había nacido en mi interior, en lo más profundo de mis entrañas, y que llevaba tiempo diciéndome que ya había llegado el momento de pasar página para empezar una nueva etapa.

Estaba harta del deporte y de todas las exigencias que lo rodeaban. De las competiciones y de las dietas. Del sufrimiento y de esa frustración que sentía cuando no conseguía ganar una carrera, cuando veía que mi objetivo se alejaba. Estaba enfadada con este mundo que exigía tanto sacrificio y que era tan ingrato a la vez. Un mundo en el que me había entregado en cuerpo y alma. Me había partido el corazón. Mi relación con el atletismo se había convertido en tóxica, de amor-odio, pero desde hacía tiempo la balanza se había inclinado más hacia el odio, por eso ya no podía seguir más tiempo así, con esa sensación agria y amarga, porque me dolía, me dolía mucho y no me sentía bien con ese dolor.

Tenía muchas preguntas sin respuesta que navegaban a sus anchas por mi cabeza. Muchas de ellas necesitaban una con urgencia y solo manejando yo el timón de mi vida encontraría la solución. Me preguntaba qué tendría el destino preparado para mí. Todo estaba en el aire, pero a pesar de la sensación angustiosa que esto me provocaba, tenía esperanza. Algo en mi interior me repetía que era el momento adecuado para salir por primera vez de mi zona de confort. El tiempo me diría si la decisión de marcharme que había tomado la noche anterior había sido la correcta o no. Solo sabía que no era feliz, que había perdido por el camino la ilusión por vivir y que por eso necesitaba cambiarlo todo, porque la llama de la vida se había apagado en mi alma y no podía dejarme llevar por esa sensación oscura y tenebrosa. No quería seguir compitiendo ni en las carreras ni conmigo misma, estaba agotada.

Tanto perfeccionismo se me había ido de las manos, había saboreado en primera persona el veneno de esta arma de doble filo. No me permitía ni un solo fallo, el fracaso no entraba en mi ecuación del destino. Vivía con presiones constantes. Por un lado, tenía que ser la mejor hija, no podía fallar a mis padres, no quería defraudar a nadie ni defraudarme a mí misma; y, por otro, tenía que ser la mejor atleta, la número uno del mundo, pues ese era mi principal objetivo. Pero esto último se convirtió en una auténtica pesadilla que me hacía perder el sueño cada vez que sentía que había fracasado. Esta sombra me acompañaba a todas horas, en cada entrenamiento, en cada carrera y en cada relación. Por eso aquella carrera, la última como atleta profesional, marcó un antes y un después en mi vida. El fracaso se hizo más presente que nunca, se había metido en mi cuerpo y se encontraba en cada poro de mi piel. Y no lo podía soportar más. Fracasé por no poder controlar mi mente, que hizo que no diera el cien por cien de mí. Ese día no me podía permitir fallar, tendría que haberlo dado todo para mostrar mi valía, pero la gloria se me fue de las manos. Aquel maldito día defraudé a todas las personas que llevaban años apostando por mí: a mi entrenadora, a mi familia y a toda la gente que confiaba en mí. Me fallé a mí misma. Perdí la carrera de mi vida, la que me llevaba a cumplir mi ansiado sueño, el de ser campeona del mundo.

El sol entraba por la ventanilla, el día estaba despejado, y a pesar de la velocidad que cogía el AVE, parecía que apenas se movía. Desplegué la mesa que tenía delante y coloqué algunas de mis cosas. Entre ellas, mi teléfono, el último modelo de iPhone que había salido al mercado, regalo de mis padres en mi dieciocho cumpleaños. En ese móvil estaba gran parte de mi vida: fotos, mails, contactos y alguna de la música que me gustaba escuchar. Puse también mi carpeta, tamaño folio, forrada con pegatinas de los lugares en los que había estado, con frases inspiradoras y fotos de uno de mis actores preferidos. La tenía destrozada, pero a pesar de ello no la quise dejar en Barcelona, porque sentía que de alguna manera siempre había sido para mí una especie de talismán. Dentro se encontraban parte de mis raíces, las que quería cuidar y las que me recordarían quién era y quién había sido en los momentos difíciles que sabía que estaban por llegar en mi nuevo rumbo. Metí cosas que no quería que se quedasen atrás. Por ejemplo, algunas fotos. Sí, tenía muchas en el móvil de la gente que me importaba, pero me quise llevar algunas en papel de mis padres; de mi abuela materna, Rosario, recién fallecida; algunas de mis preferidas con mis amigas, y una de mi perro *Little,* un chuchillo que encontramos en la calle. Amaba a ese perro, tenía con él una conexión única, me entendía más que nadie y separarme de él fue una de las cosas más dolorosas, sabía que le iba a echar mucho de menos. En mi «carpeta talismán» estaba también la última libreta que me había comprado de Mr. Wonderful con la frase en la tapa de «Este va a ser el mejor año de tu vida». Y es que no concebía la vida sin escribir. Me gustaba hacerlo, me servía para desahogarme y para aclarar mis ideas tormentosas. Y ahora lo hacía con el portaminas que me regaló mi abuela en mi último cumpleaños, antes de dejarnos, por eso le tenía tanto cariño y lo llevaba conmigo. La conexión que tenía con mi abuela Rosario era especial. Ella había sido como mi madre, la que me había transmitido la pasión por la música, la que había estado conmigo y la que me había cuidado de verdad. Su pérdida fue muy dolorosa para mí, ¡la echaba tanto de menos! Y si algo no dudé en llevarme fue mi *pendrive*. Lo que se encontraba ahí no lo tenía grabado en ningún sitio más. Era muy especial para mí. Ahí estaba mi secreto.

Y aunque a todos los que estaban en esa carpeta los iba a echar muchísimo de menos, incluso a mis padres a pesar de nuestras diferencias, tenía que dejarlos atrás para poder emprender esta nueva aventura y recorrer así mi propio camino, sin que nadie me condicionase ni presionase, teniendo la única responsabilidad de aprender a ser yo misma. Me esperaban casi tres horas de viaje, casi tres horas para hacerme a la idea de mi nuevo rumbo en la vida.

Mi larga melena rubia estaba recogida en una trenza sencilla y un poco deshilachada. Era la única forma que tenía de domar mi pelo, que se encrespaba con facilidad. La trenza, junto con la coleta, era la manera más fácil que había encontrado para recoger mi pelo y no tenerlo en la cara todo el tiempo; me resultaba incómodo, pero no me lo quería cortar. No me gustaba maquillarme, para mí era una pérdida de tiempo y además no sabía hacerlo. Mis amigas siempre me regañaban, no entendían que me arreglase tan poco. A ellas no solo les encantaba, sino que no podían salir de casa sin unos retoques.

Pasaban los minutos en aquel AVE y yo seguía con la mirada perdida en el infinito, con mis cascos puestos, escuchando música a todo volumen, que me distraía de cualquier pensamiento que me pasase por la cabeza y que me hiciese sufrir. Cualquiera que mirase mis ojos azules, a punto de llorar, se daría cuenta de cómo me sentía: intentaba adaptarme a la decisión tomada a marchas forzadas. Solo hicieron falta ocho segundos para cambiar mi vida de golpe, pues en esos segundos perdió todo su sentido. No encontraba un motivo para luchar.

Diez años tirados por la borda de un plumazo, en un abrir y cerrar de ojos, lo que dura una carrera. Mi gran sueño de ser campeona del mundo se desvaneció para siempre en aquella pista de atletismo ante la atenta mirada de todo el mundo. Qué vergüenza y qué tristeza. En el deporte encontré mi refugio en un momento dado, pero ya había dejado de serlo. Era increíble cómo todo podía cambiar en tan solo unos segundos.

Y sin un refugio donde darle calor a mi corazón, sentía que me encontraba sin rumbo, que iba a la deriva, como un barco en alta mar sin timón ni marinero. A pesar de que me dirigía a Madrid, ni el más bello de los paisajes era capaz de consolarme o de llamar mi atención.

Hasta que de repente el tren se detuvo lentamente en Zaragoza, una de las paradas hasta mi llegada a Atocha. Los pasajeros bajaban y subían, un baile de maletas arriba y abajo se produjo ante mis ojos. Los que iban llegando al vagón colocaban su equipaje en los sitios vacíos que encontraban. Miré de soslayo, el tren estaba lleno, parecía la hora punta del metro. Durante esos días, Renfe había convocado una huelga. Por eso había tanta gente, pues solo se cubrían los servicios mínimos. Los trenes estaban a tope. De hecho, tuve que comprar mi billete en preferente, ya que en turista no quedaban plazas. No me importó pagar más, pues quería abandonar todo cuanto antes y empezar mi nueva vida. Cuando se me metía algo en la cabeza, lo tenía que llevar a cabo cuanto antes. Sí, también era impaciente y tozuda.

Ejecutivos, señores mayores, adolescentes, niños con sus padres fueron ocupando los asientos vacíos. También el asiento 2A, el que estaba justo a mi lado. Alguien se sentó junto a mí, sentí su presencia. Desprendía un olor peculiar, como a limpio, pero a la vez varonil. Era un aroma especial, distinto, sexi, con tantos matices que me llamó mucho la atención. Tenía curiosidad por saber quién era el individuo que llevaba esa fragancia, pero estaba enfrascada en mi música y mi estado de ánimo no me animaba a girarme para descubrir quién era esa persona que llevaba ese perfume con tanta elegancia.

Yo estaba en otra onda. Es más, si en ese momento me hubiesen concedido un deseo, habría pedido ser invisible, desaparecer, pasar completamente desapercibida para el mundo. Solo deseaba tener un viaje tranquila y que mi compañero de al lado no quisiera entablar conversación conmigo porque no me encontraba con ánimos para hablar con nadie, y menos con un desconocido. Estaba empeñada en continuar con mi particular duelo, seguir en mi mundo de luto y nostalgia, y poniendo una banda sonora a todas estas sensaciones con la música que escuchaba en mis cascos. Además mi atención estaba centrada en lo que había encima de la mesita: mi teléfono, mi carpeta talismán forrada con mis frases preferidas y con las fotos de mi ídolo como una adolescente total. No me importaba a estas alturas lo que nadie pensase sobre ello, no tenía que dar explicaciones de por qué llevaba una carpeta así con la edad que tenía. Esa era mi máxima, vivir sin tener que estar justificándome por las cosas que hacía o decía.

Habría pasado una media hora desde que aquel desconocido con una fragancia especial se había sentado a mi lado, cuando noté que me estaba intentando decir algo. Traté de hacerme la loca, pero parecía que los magos que condecían los deseos esa mañana también estaban en huelga, como los de Renfe. Y a pesar de mis esfuerzos, el de la fragancia interesante volvió a hacer el amago de hablar conmigo, y esta vez utilizó la táctica de darme un toque sutil en el hombro para llamar así mi atención. Imposible fingir más. Tenía que hacer frente a la realidad de la vida y salir del regocijo de mi melancolía. Me giré por educación y atendí amablemente la llamada de mi compañero de asiento. Y cuando me di la vuelta, la sorpresa fue mayúscula. «¡No puede ser! ¡¡¡No es verdad!!! Espérate, lo mismo estoy soñando. Me voy a pellizcar. No, no estoy soñando. ¡¡¡¡Dios mío de mi vida!!!! ¡¡¡Si es él!!!».

Instintivamente mi respiración se entrecortó al ver quién era la persona que tenía a mi lado, pero a la vez disimulé mis nervios. La falta de costumbre hacía que no supiese ni dónde mirar y mi corazón latía sin control, más fuerte que nunca, creía que se me iba a salir por la garganta. Sentí un calor que me recorría el cuerpo, las mejillas, el pecho. Me sobraba toda la ropa. Abrí y cerré los ojos una y otra vez para verificar de nuevo que no estaba soñando, que todo lo que me estaba pasando era real. «¡¡¡Es él!!! ¡¡¡¡Es él!!!! ¡¡¡¡Madre mía!!!! ¿Por qué me tiene que pasar esto a mí justo ahora? Vale, ¿cómo me comporto? ¿Hago como si nada o me comporto como si lo conociese? No sé qué se suele hacer en estos casos…».

Y es que la persona que estaba a mi lado era Rubén Sánchez, uno de los actores más famosos de la televisión. Pero no era solo un actor conocido, Rubén Sánchez era mucho más para mí, era ni más ni menos que mi amor platónico desde hacía cuatro años. Fantaseaba con él día y noche, me había imaginado mil y una historias de amor a su lado y estaba loquita por sus huesos. Todo empezó el primer día que lo vi en la serie *Amar eternamente*. Me enamoré loca y perdidamente de él. Para mí era el chico ideal. Moría por su sonrisa, su cuerpo y su voz tan varonil.

Por eso mi «carpeta talismán», esa que tenía encima de la mesa, estaba forrada con unas cuantas fotos suyas, concretamente cuatro: una en bañador, otra en pantalón corto, un primer plano de su cara y la otra con el torso desnudo donde se le marcaban todos los músculos de los brazos y de los pectorales, y cuando digo todos es todos, porque de músculos el chico iba bien servido. Todas las mujeres de España estaban enamoradas de él, igual que yo. Bueno, seamos realistas, probablemente de quien estábamos enamoradas era del personaje de policía que interpretaba en esa serie de televisión y que le había llevado al estrellato. Porque a él personalmente no lo conocíamos, aunque yo no me perdía ni una sola entrevista ni ningún programa en el que saliese. La verdad es que era mucho más guapo en persona que en la tele. Era tan bello, era tan todo, y yo lo tenía al lado.

En ese instante pensé en cómo podría tapar de manera disimulada la carpeta con todas sus fotografías. «Nada, Sara, olvídate, error, pérdida de tiempo, Rubén lleva media hora sentado a tu lado viendo lo inevitable». Y yo, mientras ocurría eso, estaba mirando como una pánfila el infinito y más allá intentando disimular para no hablar con nadie, sumergiéndome en mi mundo melancólico sin saber que la persona que tenía a mi lado era Rubén Sánchez.

No sabía qué decirle. Bueno, le podía decir muchas cosas, pero estaba tan nerviosa que era incapaz de articular una sola palabra. Lo miraba y seguía sin poder reaccionar. Hasta que, por fin, él lo hizo por mí.

—Perdona, ¿tienes un cargador del iPhone?
—¿Qué?
—Que si tienes un cargador de teléfono.

No podía articular palabra, era como si tuviese la mandíbula paralizada. Me di cuenta de que tenía los cascos puestos y la música a tope, eso estaba aumentando la sensación de irrealidad. Me los quité y traté de centrar toda mi atención en lo que estaba ocurriendo.

—Estoy esperando una llamada muy importante y me olvidé el cargador en el hotel. Tengo un cinco por ciento de batería, va a morir.

Cogí el cargador de mi mochila en silencio y se lo di.

Ese silencio lo rompió el sonido de mi móvil que me hizo volver de golpe, por fin, a la realidad. En la pantalla aparecía «papá» en letras grandes. Pero no me quería despistar, mi amor platónico estaba sentado a mi lado y los dos nos dirigíamos a Madrid. Todo lo demás daba igual. Temía mirarle a los ojos por si descubría todo lo que sentía por él. Mi madre siempre me decía que la mirada era el espejo del alma, así que no quería que

Rubén fuese consciente de todo lo que había dentro de mí, solo de pensarlo me entraban todavía más calores. Lo cierto es que no podía disimular mucho, ya que mi «carpeta talismán» me había delatado completamente. Mi actitud estaba siendo de una auténtica niñata, menos mal que intenté tomármelo con algo de sentido de humor, porque si lo hubiese meditado un poco más me habría lanzado a las vías del tren sin pensármelo ni un segundo.

—¿Vas a Madrid por estudios o vacaciones? —Dios mío, le apetecía entablar una conversación conmigo. Apenas me lo podía creer.

—Por ninguna de las dos cosas realmente. En realidad no sé por qué voy, simplemente me he subido al primer tren con destino a Madrid en el que había plaza.

No me podía creer que estuviera diciendo una frase entera sin titubear. Atención, estaba hablando con Rubén como si le conociese de toda la vida. Qué sonrisa tenía, por favor. Como siguiese sonriendo así, no iba a ser dueña de mis actos.

—¿Te vas a quedar mucho tiempo? —preguntó, curioso.

—No lo sé. En cuanto llegue, veré lo que hago. Tampoco me preocupa mucho, no tengo a nadie que me esté esperando.

Otra vez mi padre al teléfono. No era el momento de aceptar la llamada, esa conversación iba a ser larga y dolorosa y prefería hacerlo cuando estuviera sola.

—Si llama dos veces seguidas, es que tu padre quiere algo seguro.

—Sí, saber dónde estoy.

—¿No lo sabe? ¿No sabe que estás viajando hacia Madrid?

—No, digamos que me he ido de casa sin avisar. Soy mayor de edad y no quería dar más explicaciones de mi vida a nadie. Estoy en plena tormenta personal, por eso necesitaba irme de allí, cambiar de aires, empezar una nueva vida sin que nadie me diga lo que tengo que hacer ni cómo lo tengo que hacer. No sé si me entiendes.

«Pero ¿por qué narices le estoy contando mi vida a Rubén? Qué va a pensar de mí. Sara, controla tus nervios. Venga, respira». Y no podía parar de pensar en qué opinaría de la carpeta forrada con sus fotos cuando la había visto en la mesa. «Creerá que soy una fan muy fan de él, cosa que es obvia, porque nadie lleva forrada su carpeta con fotos de alguien si en verdad no le gusta». No podía dejar de generar pensamientos y más pensamientos.

—Lo mismo si no le coges el teléfono puede pensar que te ha pasado algo.

«¡Qué labios tiene! Y su mirada es… Sara, retoma la conversación, vuelve a la Tierra».

—En realidad sí me ha pasado algo. Voy en busca de soluciones.

«Explicación, sí, le debo una explicación de lo de la carpeta, pero me muero de la vergüenza. Pero sí, Sara, ármate de valor. Le tengo que decir algo».

—Tranquilo, que en cuanto llegue les avisaré de que estoy bien. Gracias por preocuparte. Por cierto, me llamo Sara.

—Yo Rubén.

—Ya lo sé. —Y no pude evitar echar un vistazo a mi carpeta.

Los minutos pasaron demasiado rápido, quería detener el tiempo, pero ese día estaba visto que no se concedían deseos. Los magos, dioses y todo el mundo estaban en huelga. Aunque el hecho de haberlo conocido ya era mágico en sí. ¡Quién me lo iba a decir!

«Próxima estación: Puerta de Atocha-Madrid, no olviden coger sus pertenencias».

En un abrir y cerrar de ojos el tren ya estaba llegando a su destino. En unos minutos nuestros caminos se separarían para siempre y tenía que hacer algo. No sabía muy bien qué, pero sentía que le debía una explicación de lo de la carpeta. Era una situación totalmente ridícula, pero cuando la forré nunca pensé que le iba a conocer en persona.

«¿Y si le digo lo que siento por él y le cuento que era y es mi amor platónico? O mejor le pido una foto e inmortalizo este momento. O las dos cosas. O no digo nada».

En apenas unos segundos tenía que tomar la decisión de pedirle una foto, declararle mi amor diciéndole que llevaba años enamorada de él o las dos cosas o no decir absolutamente nada y sufrir por este amor adolescente en silencio. Estaba en un mar de dudas, pero tenía que tomar una decisión. Y después de estrujarme los sesos unos segundos, decidí declararle mi amor, era lo más valiente y sincero. Podría empezar diciéndole que era superfan de *Amar eternamente* y luego lanzarle todo lo demás como una bomba de relojería. Total, no tenía nada que perder, ni tampoco se iba a enterar nadie, solo él y yo. Los nervios se apoderaban de mí.

Fuimos recogiendo todas nuestras pertenencias del tren para bajar al andén cuanto antes.

—Toma, aquí tienes tu cargador, no sabes lo mucho que te agradezco que me lo hayas dejado.

Era el momento perfecto para contarle todo.

—Rubén, antes no te lo he dicho, pero es que…

Y justo cuando iba a seguir la frase, su móvil empezó a sonar.

—*Hello, Mathew?*

Era la llamada importante que estaba esperando desde hacía un buen rato, el motivo por el que me había pedido el cargador.

Un jarro de agua fría me cayó encima, el agua estaba helada, muy helada, y había enfriado toda la situación. Mi fantasía voló y regresé a la realidad, a mi mundo de melancolía y nostalgia. Cogí mi maleta, mi mochila y mi carpeta, me puse los cascos y, una vez que bajamos del tren, le dije adiós con un simple gesto con la mano. Caminé por el andén, rumbo a la salida, alejándome poco a poco de todo el trasiego de pasajeros. Sabía que me dirigía a mi nueva vida, a un nuevo despertar.

Paradójicamente la vida me acababa de ganar la partida, ella se había encargado de decidir por mí. No tuve la oportunidad de decirle nada más. No sabía hasta qué punto aquel encuentro iba a cambiar mi vida. Tampoco me di cuenta de que ese día se me cayó al suelo algo muy importante para mí.

Capítulo 2
La llave talismán

Durante las primeras semanas tenía claro que quería quedarme en un hotel en plena Gran Vía de Madrid. Por eso le dije al taxista que me llevara hasta allí, iba a alojarme por esa zona, pues era uno de los sitios que más conocía de la capital. La última vez que estuve fue precisamente el año anterior, por Navidad, con Patri, Raquel y Carol, mis mejores amigas. Las de toda la vida. Aunque, la verdad, ahora no pasábamos por nuestro mejor momento, pero aquel fin de semana fue muy especial: acudimos al teatro, recorrimos todas las tiendas de la Gran Vía y, por supuesto, visitamos el inmenso Primark que habían inaugurado recientemente. Nos quedamos impresionadas, porque más que una tienda parecía una atracción del Parque de Atracciones. El edificio se encontraba lleno de turistas de todas las nacionalidades, la gente iba allí no a comprar, sino a hacerse fotos desde todas las plantas, desde todos ángulos y desde todas las perspectivas posibles para luego subirlas a sus redes sociales o compartirlas a través de WhatsApp. Buscaban la foto de la tienda de moda para fardar con sus amigos, para decir: «Aquí he estado yo y he sido de los primeros en visitarla». Y nosotras también queríamos ser de las primeras. Nos hicimos las dichosas fotografías desde todos los ángulos, desde todas las plantas y desde todas las perspectivas para subirlas a las redes sociales y así alimentar un poquito más nuestro ego caprichoso de una manera inocente y sentirnos más importantes ante los demás. Tenía muy buenos recuerdos de ese viaje, lo tenía dentro de mis top 10 de viajes, por eso me daba un poco más de confianza y seguridad estar por esa zona. Cada rincón de esa céntrica calle me recordaba algún momento vivido con mis amigas y eso me daba un poquito más de fuerza para todo lo que estaba por venir.

Antes de emprender la huida de casa de mis padres, la noche antes de coger el tren, busqué en mi ordenador personal un hotel para alojarme los primeros días. Me metí en diversos portales y rastreé hasta que di con una oferta que se adaptaba bastante bien a mi presupuesto. Sabía que iba a ser un sitio de paso, por eso no me volví demasiado loca. Mi principal requisito era que estuviera por la Gran Vía o cerca de ella. En un futuro mi intención era compartir casa o alquilar una habitación, pues sabía de sobra que alquilar un piso en Madrid yo sola era imposible. Antes tendría que encontrar un buen trabajo. Por lo que pude ver, los precios estaban desorbitados y no me quería gastar tan rápido mis ahorros. Reservé una habitación en el hotel Gran Vía, de tres estrellas. Parecía tener buena pinta, además era asequible y estaba recién reformado, o eso parecía por las fotos que figuraban en la web. La relación calidad-precio me encajaba, pero lo mejor era que se hallaba muy cerca de plaza de España, y eso me encantó.

Mi teléfono sonó mientras estaba en el taxi. Era mi amiga Patri; descolgué.

—Sara, ¿se puede saber dónde estás? —me dijo como si yo fuera una niña pequeña a la que tuviese que controlar.

Últimamente me molestaban bastantes cosas de ella. Su máxima era controlar la vida de todas las personas que estaban a su alrededor, y eso sinceramente me sacaba de quicio. Tampoco aguantaba que se hubiese autocoronado la portavoz de nuestro grupo. Cada vez que ocurría algo entre nosotras, ella era la que se metía por medio emponzoñando más que solucionando.

—Patri, estoy en Madrid.

—¿Qué? ¿Cómo? ¿Qué dices?

—Que estoy en Madrid, justo acabo de llegar al hotel Gran Vía y voy a entrar ya. En un rato te llamo desde la habitación y te cuento.

—Tía, estás loca, joder. Esto se avisa y me habría ido contigo. No sabes las ganas locas que tengo de volver al Primark y de hacernos otra foto allí. La que nos hicimos el año pasado es una de las que más *likes* ha tenido en mi Instagram.

Ella siempre a lo suyo, sin escuchar a nadie, solo su discurso mental. ¿No me iba a preguntar cómo me sentía?, ¿no quería saber por qué narices estaba en Madrid...? No, no me lo iba a preguntar. La realidad era que no le importaba cómo estaba su amiga, eso no lo consideraba relevante.

—Estás fatal, Patri... —Y ahí lo dejé, no le pude decir nada más. No le dije lo que pensaba de verdad, que se estaba comportando como una auténtica egoísta. No quería más líos en mi vida, no quería que se tergiversaran las cosas y que me crease más conflictos. Cosas como estas hacían que me alejase más de ella, se había convertido en una persona totalmente distinta a la que yo conocí hace años. Su evolución distaba mucho de mi manera de ver la vida. La realidad era que nuestra amistad no estaba en el mejor momento.

—Oye, que se me olvidaba, que llames a tu padre, que está preocupado, que no sabe dónde estás. Buah, qué fuerte, cuando se entere de que estás en Madrid...

—Sí, sí. Luego le llamo. Hasta luego, Patri. —Y con la tristeza que me había creado su indiferencia a mi conflicto personal colgué el teléfono.

El taxi paró enfrente de la puerta del hotel, cogí mi maleta, mi mochila y mi carpeta y entré. Efectivamente parecía que todo estaba recién reformado, olía a recién pintado y la decoración a simple vista era sencilla. En la recepción había una mujer rubia de unos cincuenta años atendiendo a unos cuantos chinos. No logré adivinar si acababan de llegar o justo estaban abandonando sus habitaciones. Había unos treinta. Con todo ese jaleo no había huecos para alcanzar el mostrador y realizar el *check-in.* Los chinos tenían copada la recepción, todos apelotonados y con los equipajes por el suelo, parecía una manifestación, solo les faltaba alguna pancarta reivindicando algo. Quizá habían venido a una convención o simplemente estaban de vacaciones todos juntos. De pronto me di cuenta de que si tenía que esperar toda esa cola me iba a dar algo y no estaba dispuesta a ello. Me las ingenié como pude para ir abriendo huecos entre las maletas y los chinos y poco a poco logré alcanzar el mostrador. Me acerqué hasta la mujer rubia que estaba atendiendo.

—Perdone, ¿es indispensable hacer toda esta cola para coger la habitación?

—Un momento, por favor.

—Tú *colal* —me dijo indignado uno de los chinos.

—¿Perdón?

—Tú, señorita, *colal.* Nosotros primero, tú no *empujal.*

—No, no, no empujo, solo quería llegar al mostrador y preguntar una cosa —traté de disculparme.

—No, no, tú *colal* y *empujal*.

La verdad es que el chino que me estaba echando la bronca tenía razón. Me había colado y puede que también hubiese empujado algo, pero una vez allí, con lo que me había costado llegar, no me iba a dar la vuelta. Pero al ver que la mujer rubia, que se llamaba Silvia según ponía en la chapa de su chaqueta, seguía sin hacerme caso, volví a insistir.

—Perdona, Silvia.

Levantó la mirada y se quedó sorprendida de que la llamase por su nombre. Quizá no estaba acostumbrada a que los clientes lo hiciesen, pero para algo tenía el nombre puesto ahí. Yo seguí preguntando.

—Tengo una habitación reservada, ¿tengo que hacer toda esta cola?

—Espera un momento. —Cogió el teléfono y llamó a una tal Carmen.

—Carmen, ¿puedes venir a recepción y ayudarme?

Y a los cinco minutos apareció Carmen, una chica de unos treinta y cinco años, morena, y amablemente me atendió.

—Hola, ¿vas con toda esa gente?

—No, no, vengo sola.

«"Vengo sola"…, qué mal ha sonado lo de "vengo sola", ha sonado a estar muy sola. Sara, sé realista, estás sola en este momento porque nadie te acompaña, así lo has decidido tú».

Y yo misma intentaba convencerme con mi charla paralela de que la soledad que sentía mi alma era circunstancial porque tenía una familia, unos amigos, un perro… y ellos seguirían ahí cuando regresase a Barcelona con todas las respuestas que necesitaba. Eso si me llegaban a perdonar por mi huida. Con mis amigos sabía que no iba a tener problemas; bueno, la verdad, ya no estaba tan segura, ya dudaba de todo, incluso de nuestra amistad… Sin embargo, con mis padres, conociéndolos, sabía que iba a tener todos los del mundo. En cuanto subiese a la habitación llamaría a mi padre, no quería tensar más las cosas.

—¿A qué nombre está hecha la reserva?
—Al mío.
—Y ¿cuál es tu nombre?

«Sara, no puedes empezar una vida "sola" y hacerlo de esta manera. Son cosas básicas. Cuando alguien que no te conoce te pregunte "¿A qué nombre está hecha la reserva?"… no puedes decir que al tuyo. Ella no sabe quién eres, no es adivina, no sabe cómo te llamas».

Me sentí un poco ridícula con la situación, seguro que ni el madrugón que me había dado ni la mezcla de reflexiones que tenía en la cabeza me estaban dejando pensar bien. No estaba centrada y de ahí la falta de atención que estaba sufriendo, que no me enteraba ni de lo que me preguntaban.

Y a pesar de las justificaciones que yo misma me daba para sentirme un poco mejor, ahí estaba yo sola y ridícula ante la atenta mirada de los treinta chinos que se encontraban allí, señalándome con el dedo porque me había colado.

Parecía que nunca había salido de mi casa, pero no era cierto, me había pasado parte de mi vida viajando por todo el mundo junto con mi entrenadora, eso sí. Ella era la que se encargaba de los hoteles, aviones, trenes, pero siempre había una primera vez para todo, y esta iba a ser mi primera vez de muchas cosas que estaban por venir. A otra persona a la que tenía que llamar era precisamente a mi entrenadora, merecía una explicación de mi propia boca.

—Perdón, estoy despistada, es el madrugón.

Qué le importaba a Carmen si estaba despistada o no porque hubiera madrugado. ¿Por qué estaba justificando mi torpeza ante ella? ¿Por qué siempre tendemos a intentar quedar bien con el resto del mundo? En realidad, ¿qué más me daba lo que opinase Carmen de mí?

—Sara Salazar Crespo.
—¿Me dejas tu DNI?
—Sí, claro, aquí lo tienes.
—Necesito una tarjeta de crédito.

Le di mi tarjeta personal, donde tenía todos mis ahorros ganados con el atletismo, aunque no era mucho, porque desgraciadamente, aunque fuera una de las mejores de este país, el deporte no daba para vivir. Se ganaba más dinero a través de los patrocinadores. Por cierto, tenía que arreglar ese asunto y rescindir todos los contratos ahora que no me iba a dedicar al deporte. Otro tema que iba a tener que hablar con Asun, mi entrenadora...

Madre mía, cuántas explicaciones tenía que dar. La otra tarjeta que tenía, la que me había hecho mi padre hacía años, la que usaba siempre que viajaba y donde había mucho dinero de mis padres, fue una de las cosas que me dejé en Barcelona, en mi habitación. Tenía que ser coherente conmigo misma, había tomado la decisión de irme sin su consentimiento, luego no podía utilizar su dinero. Para encontrar las respuestas a todas mis preguntas, para averiguar quién era de verdad, tenía que empezar de cero en todos los sentidos. Esta era la manera de evolucionar.

Y mientras me estaba devolviendo mi DNI y mi tarjeta de crédito, Carmen empezó a hablar conmigo.

—¡Qué ojos más bonitos tienes! Supongo que te lo dirán mucho. Fíjate que llevo un rato dándole vueltas porque tu cara me resulta familiar, ¿sabes a quién te pareces? Tienes un aire a la mujer de Hugo Salazar, el músico, y además te apellidas como él, qué casualidad. Ahora mismo no me acuerdo cómo se llama ella. Silvia, ¿sabes cómo se llama la mujer de Hugo Salazar?

Y Silvia estaba tan concentrada en su ordenador, hablando con los chinos, que no tenía tiempo para cotilleos.

—Ahora no, Carmen.

—Soy una despistada con los nombres. Luego lo busco en internet, que ya me he quedado con el runrún en la cabeza y hasta que no sepa cómo se llama no voy a parar.

Quería decirle a Carmen, a la chica despistada con los nombres, que la mujer de Hugo Salazar se llamaba Amparo Crespo y que ellos eran mis padres, pero no lo hice. Quería que me diera ya mi habitación para salir de aquella recepción cuanto antes.

—¿Mi habitación cuál es, por favor?

—Toma, aquí tienes la llave. La habitación está en la octava planta. A la izquierda tienes los ascensores.

Me di cuenta de que dejó de charlar conmigo porque Silvia la estaba mirando, suplicándole que se diera prisa y la ayudase con los chinos. Me dio una llave gigante, de las antiguas, tamaño XXL, de las que pesan, de las que no puedes guardar en ningún sitio. Y con mi maleta, mi mochila, mi carpeta (sí, eran mis únicas posesiones para mi nueva vida y estaba pendiente en todo momento de que no se me olvidaran en ningún sitio) y con la llave en la mano me dirigí a la zona de los ascensores, que estaban totalmente reformados. Antes, claro, no tuve más remedio que sortear algunas de las maletas de los chinos, que todavía continuaban en recepción.

    La verdad es que no entendía que todo estuviera reformado y que siguiesen con esas llaves tan grandes. Me parecía extraño que no me hubiesen dado una tarjeta magnética. A lo mejor era para darle un toque *vintage* y mezclar conceptos, de modernidad y de antigüedad, o lo mismo, quién sabe, querían crear su propio concepto y marcar tendencia. Bueno, que era un misterio lo del tamaño de las llaves en un hotel totalmente reformado. En realidad, a mí me daba igual el porqué y el para qué de la llave, yo solo quería llegar a mi habitación, verla, dejar todo mi equipaje y darme una buena ducha.

—*Eight floor, open the door.*
—Gracias.
—*Close the door.*
—Gracias.

    Salí del ascensor, pues, en efecto, ya estaba en la octava planta, lo ponía bien grande en un cartel nada más salir. La «señora» que hablaba en el ascensor a modo Siri no se había equivocado, ¿nunca se equivocaría? Busqué mi habitación por el pasillo, que tenía un cartel que indicaba que por ahí estaban las habitaciones de la 816 a la 827. Caminaba con mi equipaje por la moqueta gris, 816, 817, 818, 819, 820, 821, 822 y, por fin, encontré la 823, el número que aparecía en mi llave.

Ahí estaba yo, delante de la puerta de mi habitación, dispuesta a abrirla cuanto antes y descubrir cómo era.

—A la de tres. Uno, dos y...

Un grito me interrumpió, más bien me pegó un buen susto.

—¡¡¡Buenos días!!! ¿Necesitas ayuda para abrir la puerta? Me llamo Elvira y soy la encargada de limpiar las habitaciones de esta planta.

—Gracias, Elvira, acabo de llegar y estaba a punto de entrar en la habitación.

¿Por qué me había interrumpido justo cuando estaba abriendo? Hay personas que tienen un don para aparecer en el mejor momento. Mi amiga Patri era una de ellas.

Elvira se quedó mirándome, no se movía ella ni el carrito de la limpieza que llevaba.

—Es que a veces estas llaves no abren bien, por eso te preguntaba.

—Ah, entonces ¿por qué no han cambiado las cerraduras de las puertas de las habitaciones si está todo el hotel reformado?

Quizá Elvira tenía la respuesta a la pregunta que me había hecho en cuanto Carmen me dio la llave tamaño XXL.

—Pues eso nos preguntamos todos. El edificio ha sido comprado por unos chinos y dicen las malas lenguas que no las han cambiado por un rollo de esos energéticos. Había orden de no cambiar las cerraduras y mantener así las antiguas llaves. Parece ser que las llaves son como un talismán. Para ellos poseer un manojo de llaves tiene un significado esotérico muy fuerte, ya que aseguran que con él se abren todas las puertas y los caminos hacia la felicidad. En cambio, parece ser que cuando tenemos dificultades al girar una llave, esto quiere decir que tendremos obstáculos para hacer realidad nuestros sueños. Pero, vamos, que son habladurías. Lo dicho, que si necesitas ayuda me lo dices, que estaré por aquí.

Me lo soltó así, de repente y de carrerilla. Y ahí estaba yo a punto de abrir la puerta. No pude evitar que me visitaran nuevos miedos. «Qué hago, ¿me creo las palabras de Elvira? ¿Las olvido? Si abro bien, ¿hago que me creo todo lo que me ha dicho? ¿Y si abro mal? ¿Digo que todo lo que me ha dicho de las llaves es una tontería?». En fin, lo que me faltaba, con lo maniática que era, que en cuanto ganaba una carrera con unos calcetines pensaba que me daban suerte y ya siempre me los quería poner. Me daba igual que estuvieran sucios, rotos u oliesen mal, que yo me los ponía. Creo que Elvira me tendría que haber preguntado antes si quería saber lo que decían las habladurías populares, también es verdad que yo le pregunté el porqué.

«Ha dicho que si tenía dificultades para abrir la puerta significaba que iba a encontrar obstáculos para hacer realidad mis sueños. Pues qué bien me viene esto ahora. Ay, por qué he tenido que preguntar». Aunque si lo pensaba bien, en ese momento no tenía ningún sueño que cumplir. Estaba en busca de lo que realmente me hiciese feliz. Mis sueños digamos que estaban dormidos, hibernando hasta nueva orden, así que no tenía nada que temer a las habladurías populares... ¿O sí? Solo deseaba que la habitación estuviera bien, cruzaba los dedos para que se asemejase a la foto que había visto en la web, porque no había nada más horrible que dormir en una habitación espantosa.

—Una, dos y tres... —Y la llave no giraba bien—. Una, dos y tres.

Volví a girarla y por fin pude abrir la dichosa puerta. No me había ido del todo mal, solo me había costado un «poquito» abrirla. ¿Que significaría en el lenguaje de las energías...? Lo mejor que podía hacer era olvidarme del tema. Pasé y encendí la luz para verla bien. Y no había mucho que ver porque la habitación era muy pequeña, tamaño XS, parecía una caja de cerillas. En la web parecía más grande, o esa fue mi sensación cuando la vi. Estaba claro que no te podías fiar de unas fotos, que siempre intentaban que saliese más grande y más bonita de lo que era. Fui bastante inocente. Me metí en la habitación y cerré la puerta. No salía de mi asombro porque era muy, pero que muy pequeña. A la derecha se encontraba la cama, de tamaño normal, enfrente de ella había un mueble escritorio y colgada en la pared estaba la tele con un tamaño acorde al de la habitación. Vamos, que sin exagerar era un poquito más grande que mi teléfono. De hecho no había visto en mi vida una tele de ese tamaño. Nunca creí que pudiera haber televisiones tan pequeñas, pero por lo visto sí existían. Una de ellas estaba en mi habitación colgada con un soporte movible para que se pudiera ver desde todos los ángulos. Y a la izquierda se encontraba el aseo, la parte quizá más delicada de todas las habitaciones. Solo deseaba que estuviera limpio. Me daba igual que fuese pequeño. Reconozco que tenía un trauma con los cuartos de baño de los hoteles desde que estuve en Marruecos para competir. El baño de la habitación donde me alojé se convirtió en uno de mis peores recuerdos. Tuve la mala suerte de que allí había de todo, y desde entonces me volví muy escrupulosa.

Me asomé al baño de mi minihabitación y, afortunadamente, olía a desinfectante. El váter tenía el precinto de que lo acababan de limpiar. El único pero que encontré fue que la ducha no tenía mampara, sino la típica cortina blanca que cuando estás dentro duchándote se te pega sl cuerpo a modo de sanguijuela. A la derecha de la ducha había una ventana pequeña por donde entraba algo de luz natural, la única de toda la habitación. Ese huequecito era el que me conectaba con el mundo, con la energía de Madrid. Me intenté asomar, porque estaba un poco alto, para ver dónde daba. Pensé que como la habitación se encontraba en un piso tan alto, igual podría ver algo de Madrid, pero no, las vistas eran a un patio interior.

Salí del baño y me fui hacia la cama, necesitaba sentarme, parar. Y no pude evitar preguntarme quién habría pasado la noche en esta habitación. Quién habría dormido en la cama en la que ahora mismo estaba sentada. Quizá algún chino de los que esperaban abajo. Dicen que las habitaciones, al igual que las casas, tienen alma, y esa habitación también la tenía. Era un poco fría, pero no me daba mala sensación, quizá porque de repente un rayo de sol se coló por la ventana del baño iluminando un trozo diminuto del suelo, creando diversos colores. Para mí ese efecto se convirtió en un bonito regalo de bienvenida.

Capítulo 3
Llamadas dolorosas y un adiós

«Ya estás aquí, Sara, en Madrid, en tu habitación. Y ahora ¿qué se supone que tengo que hacer?». No sabía si reír, llorar, si meterme en la cama, si salir a la calle. La habitación en la que me encontraba era todavía un lugar extraño para mí. Y, de repente, sentada en la cama me entró miedo. Sí, miedo. Se me hizo un nudo en la garganta que me impedía respirar el aire de aquella habitación. Me entraron muchas dudas, y por unos instantes pensé que me había equivocado con la decisión que había tomado de empezar una nueva vida, alejada de los míos.

Mi cabeza no paraba de pensar en negativo. ¿Habría hecho lo correcto? ¿Había metido la pata? ¿Mis padres me perdonarían alguna vez el haberme ido? ¿Había perdido a mi familia definitivamente? Y entre toda esa maraña de pensamientos me acordé de que tenía que llamar a mi padre, aunque en realidad no sabía muy bien qué decirle para que me entendiese, para que comprendiese mi postura y no me echase la tremenda bronca que vislumbraba. Tenía que calmar todos estos pensamientos de alguna manera porque me estaban volviendo loca, no me dejaban respirar. Así que decidí deshacer el equipaje. Y eso fue lo que hice: colocar la ropa y ordenar todo. Eso me relajaba. Primero puse encima de la cama la maleta, la abrí y empecé a organizar en los cajones las cosas que me había traído a Madrid. Bueno, matizo, en un pequeño armario y en los dos cajones que había. Y mientras pensaba en cómo colocar cada cosa conseguí distraerme hasta que mi respiración se fue normalizando.

Así poco a poco esparcí mi energía en esa habitación. Sabía que en cuestión de unos días ese lugar dejaría de ser extraño para mí y se convertiría en mi nuevo hogar, aunque fuese de una manera fugaz hasta que encontrase un nuevo sitio para refugiarme. Me repetía una y otra vez que esta situación iba a ser temporal, que en cuestión de días o de semanas todo cambiaría, pues tendría mi nuevo hogar definitivo. Intentaba convencerme a mí misma de ello, repitiéndolo una y otra vez. Mi entrenadora siempre me decía que cuando repetías mucho las cosas, al final te lo acababas creyendo. Y eso era lo que intentaba hacer: creer que en cuestión de semanas estaría todo perfecto y que encontraría una casa preciosa, llena de luz y de vida, que me hiciese completamente feliz, y empezar así a construir allí mis nuevos sueños, mis nuevas ilusiones.

Pero mis miedos volvían a aparecer intermitentemente dentro de mi cabeza, insistiéndome en que no me engañase, que para mi supuesta felicidad quedaba mucho, que más valía lo conocido que lo malo por conocer, que acababa de cometer la mayor locura de mi vida tirando a la basura toda mi carrera deportiva porque era una fracasada y que mi padre nunca me iba a perdonar por ello, que me iba a quedar sola para siempre y que lo único que había hecho era apartar a la gente que me quería. Sufría una maldita tortura psicológica en mi cabeza. No quería seguir escuchando más mis pensamientos.

Por eso encendí mi minitele, necesitaba otra voz en aquella habitación, y seguí colocando mis camisetas y jerséis. En la mesita de noche coloqué mi ropa interior, los vaqueros los colgué y los zapatos y algunas deportivas los metí dentro del armario, en una balda a ras del suelo. Me volví a repetir una y otra vez que seguro que iba a estar bien. Tenía que creerlo, porque si yo no lo creía, quién lo iba a hacer. Me estaba tatuando en la cabeza que todo iba a estar bien y trataba de borrar de un plumazo el miedo que recorría mi cuerpo. Pero mis emociones estaban descontroladas e iban por libre, acompañadas de la tremenda soledad que había en mi corazón.

Solo habían pasado unas cuantas horas y ya echaba de menos las conversaciones con mi perro *Little*. Él me escuchaba siempre con su carita de bueno sin juzgarme, me comprendía. En cambio la relación que tenía con mi padre era un tanto complicada, nos queríamos muchísimo, pero se trataba de una relación de amor-odio. Probablemente fuera la persona que más admiraba del planeta y lo amaba con locura. Sin embargo, él era quien más me exigía, siempre quería que fuese perfecta, y este pensamiento me sacaba de mis casillas cuando no lo lograba. Por eso lo odiaba y a la vez le amaba. No quería defraudarlo, pero sentía que siempre le estaba fallando porque no conseguía lo que él esperaba.

Soñaba con que alguna vez se sintiese orgulloso de mí y que me mirase a los ojos con admiración, pero yo nunca veía eso. Y el no haber ganado aquella carrera, el no haber logrado ser campeona del mundo me destrozó psicológica y anímicamente, porque sabía que mi padre tenía todas las esperanzas puestas en mí. Cuando le preguntaban por su hija en las entrevistas y le decían: «Qué pena que tu hija no se dedique a la música, no ha heredado tu talento», él siempre respondía que iba a ser una de las mejores atletas que había dado este país y que tarde o temprano todo el mundo se iba a sentir orgulloso de mí. Yo le había defraudado, por eso no podía mirarle a la cara. Estaba avergonzada, pero todavía era mucho peor el haberme defraudado a mí misma por culpa de mi maldita cabeza. No creía en mis posibilidades. Era mi mayor enemiga. En cambio a mi padre todo el mundo lo admiraba. Hasta mis amigas sentían devoción por él y todos mis compañeros siempre querían venir a casa para conocerlo. Todo el mundo hablaba fenomenal del maravilloso padre que tenía y de su gran talento para la música. A veces incluso dudaba de si mis amigos lo eran de verdad o solo se acercaban a mí porque era la hija de Hugo Salazar. Me di cuenta de que ya no tenía excusa. Paré lo que estaba haciendo. Cogí el móvil y llamé a mi padre.

—Papá.

—Sara, por Dios, ¿dónde te habías metido? Me ha dicho Patri que estás en Madrid. Tu madre y yo no entendemos nada de lo que estás haciendo. ¡Qué susto nos has dado! He estado a punto de llamar a la policía. —Parecía en un estado entre muy enfadado y preocupado. Silencio. La voz de mi padre sonó temblorosa—. Sara, di algo, ¿estás bien?

—No, bueno, estoy bien físicamente, pero no emocionalmente, papá.

—Vente a casa y hablamos con tranquilidad. —Trató de convencerme.

—Lo siento, papá, pero no voy a volver. —Fui tajante.

—¿Cómo?

—No voy a volver, papá, he decidido marcharme de allí porque necesito descubrir quién soy yo de verdad y en qué persona me quiero convertir. No me siento identificada con la persona que soy.

—Eres una atleta, hija. No puedes tirar tu carrera por la borda. Vas a cometer el mayor error de tu vida. Hazme caso, soy tu padre y quiero lo mejor para ti. No te lo repito más, hija, vente para casa ya.

—Papá, no voy a volver a mi vida pasada. Escúchame, ya no me hacía feliz seguir entrenando ni competir. Ya no quiero demostrar si soy la mejor o no porque todo eso me hace daño. Es imposible que me entiendas, que entiendas lo que siento. No quiero depender de mis éxitos o fracasos para sentirme válida en la vida. No quiero vivir así, no es sano para mí. No me hace feliz.

—Sara, por Dios, no digas tonterías. —Sentí dolor en sus palabras.

—Papá, lo siento mucho, pero no voy a volver. Quiero empezar de cero en una ciudad distinta a Barcelona. En Madrid nadie me conoce, solo estoy yo conmigo misma para descubrir quién soy de verdad y aprender a sentirme orgullosa de las cosas que haga, independientemente de si me salen bien o mal. Papá, ahora mismo me siento una fracasada. Siento que he defraudado a todo el mundo y es muy difícil convivir con ello.

—Sara.

—Es terrible, papá, estar dentro de mí. No soporto esta tortura psicológica a la que estoy sometida constantemente. —Se produjo un silencio—. Papá, me he ido de casa por eso. No te enfades conmigo, por favor. No te voy a pedir nada. He tomado una decisión y quiero ser responsable de mi vida. Te pido que me entiendas, que intentes ponerte en mi piel para comprenderme y que me tiendas tu mano y no me la quites.

Mi padre seguía callado, parecía que no había nadie al otro lado del teléfono. Se hizo un silencio sepulcral. Un silencio doloroso para el que no estaba preparada, pensaba que me iba a echar la bronca, pero jamás pensé que no dijese nada.

—Papá, por favor, di algo.

Y mi padre colgó. Y el silencio se convirtió en un pi, pi, pi. Y yo me quedé con el teléfono en la mano, con la mirada perdida. Miedo, esa era la palabra. Me había tirado por el precipicio y todavía no sabía cómo iba a salir de ahí, si viva o muerta. Mi gran apoyo siempre había sido mi familia y ahora no tenía ni eso. Ahí, sentada en la cama de esa habitación, estaba yo con el teléfono en la mano y con los ojos llenos de lágrimas. En aquellos momentos creí que mis padres me habían dejado sola ante la decisión más importante de mi vida. Sentí que no me apoyaban. No estaba yo para analizar más allá la reacción de mi padre. No me daba cuenta de que tal vez me estaba respetando más de lo que pensaba, aunque no me comprendiera.

Nadie me entendía, quizá ni yo misma. Solo iba en busca de eso que llaman felicidad y esa felicidad desafortunadamente todavía no la había palpado al cien por cien, y quería hacerlo, no quería renunciar a ello. ¿Por qué me iba a conformar con algo que no me hacía feliz? Me negaba a pensar que la vida consistía en conformarse con lo que uno tiene a pesar de que no lo llene. Llevaba tiempo soñando con levantarme cada mañana sintiéndome bien conmigo misma y no enfadada con el mundo y triste como estaba ahora porque lo que hacía no me gustaba ni me satisfacía. Aunque sí es cierto que en un momento puntual de mi vida el atletismo me sirvió para algo, si no jamás me habría dedicado a ello. Y tampoco quería reconocer que no sabía si estaba preparada para afrontar mi secreto. Para atreverme a soñar.

Así me quedé meditando varios minutos, cuando mi teléfono volvió a sonar. Tenía la esperanza de que fuese mi padre arrepentido, mostrándome todo su apoyo, pero no, era mi amiga Patri.

—Hola, Patri.

—Hija, qué voz tienes. Bueno, no me extraña porque la has liado pero bien, guapa.

—Ya.

—Me acaba de llamar tu padre, está que echa humo, y he oído cómo tu madre lloraba.

Mi padre había llamado a Patri en vez de llamarme a mí. Me imagino que para que ella intentase convencerme de que regresase a casa. No podía entender por qué mi padre no había intentado coger de nuevo el teléfono. Y Patri como si no pasase nada, como si fuera un asunto muy divertido... Un capricho mío.

—No me llames para decirme esto, Patri, porque no me estás ayudando nada, bastante tengo ya.

—Bueno, te lo he dicho porque he prometido a tu padre que te lo diría, y ya sabes que cuando doy mi palabra la cumplo, pero en realidad quería decirte que en unas semanas me planto en Madrid para verte, nos vamos de tiendas y a los locales donde van los famosos. —Seguía sin preguntarme cómo me sentía o qué era lo que me pasaba. No me lo podía creer. Aunque también es cierto que a esas alturas no se lo habría contado.

Silencio. No me apetecía decirle nada, la verdad.

—¿Holaaa? ¿Estás ahí, Sara? Mierda, ya se ha cortado.

Me arrepentí de mis pensamientos, como siempre.

—Sí, sí estoy aquí, Patri. No quiero que vengas, todavía tengo que resolver muchas cosas, quizá más adelante.

—Hija, pues va a ser que tu padre tiene razón, estás más rara... ¿No te estarás drogando y no me lo has contado? ¿No estarás fumando porros? Ya sabes que a mí me lo puedes contar todo, que yo soy una tumba.

—No, no me estoy drogando, solo quiero ser feliz, Patri.

—Y yo, no te fastidia. Todo el mundo quiere serlo, pero la vida es lo que es. —Ahí reconozco que no le faltaba razón—. ¡Eso es muy difícil! Solo lo consiguen los monjes esos, los budistas. ¡¡¿¿No me digas que quieres ser uno de ellos??!! Madre mía, cuando se lo cuente a las demás. ¡¡¿¿No te raparás la cabeza???!!

—Patri, que no me voy a rapar nada, que no es eso.
—Ya se estaba montando películas.

—Pues, hija, entonces no entiendo nada. ¿No será que te ha bajado la regla y las hormonas se te han revolucionado? Oye, que lo de la carrera fue una pena, pero es que saliste mal cuando el juez dio el disparo. Una pena, había una porra hecha entre nuestros amigos y yo había apostado por ti cien euros a que ganabas. Pero, claro, los perdí. Bueno, te dejo que me está llamando tu padre otra vez.

¿Qué necesidad tenía de contarme lo de la porra? ¿Esa información me iba a hacer más feliz? ¿Por qué no se la había guardado para ella?, ¿aportaba algo a mi vida saberlo? Sí, hacerme sentir mal. Tampoco entendía por qué la gente si no era feliz no hacía nada para solucionarlo. Me sentía una marciana, de otro planeta. Y sobre todo me dolía en el alma que mi padre llamara a Patri y no a mí.

Y el sonido de mi WhatsApp volvió a sacarme de mis pensamientos. Era Carol.

«Hola, Sara, acabo de hablar con Patri y me lo ha contado todo. Solo te pido que no te rapes la cabeza, que eso seguro que no te queda nada bien. Solo le queda bien a Demi Moore».

Recibí otro mensaje. Esta vez de mi amiga Raquel.

«Hola, Sara, me acaba de escribir Patri. No estarás metida en una secta de monjes budistas, ¿verdad? Ten cuidado, por favor. Y te pido que no te rapes la cabeza, que eso no le queda bien a nadie».

Pero ¿quién había dicho que yo quería ser budista? ¿Por qué tergiversaban las cosas, por qué escuchaban lo que querían escuchar? ¿En qué momento había dicho yo eso? Me sentía totalmente diferente a mis amigas, no empatizaban con lo que yo pudiera sentir, con mi dolor interno. Ellas se quedaban siempre en la superficie de las cosas, y eso me provocaba una profunda tristeza. Y una vez más Patri lo había liado todo. Yo solo quería encontrar mi camino y no me apetecía que nadie me lo estuviese pisoteando con huellas falsas.

Seguí sacando todas las cosas que quedaban en mi maleta y por último llevé el neceser al baño y lo coloqué en la única balda que había. Definitivamente me tenía que enfrentar a mi nueva etapa sola, prepararme para la que iba a ser la carrera más importante y difícil de mi vida. No había entrenado mucho para ello, no sabía ni siquiera si estaba preparada ni cómo lo iba a hacer. Pero llegado a este punto, estaba dispuesta a dejarme la piel en cada momento, porque así lo había decidido, porque esta era mi gran apuesta. Abrí el grifo de la ducha, me quité la ropa y completamente desnuda me metí en ella. Me encantaba sentir todas las gotas de agua recorrer mi cuerpo, necesitaba una limpieza de cuerpo y mente. Cerré los ojos y me dejé llevar por esa sensación relajante, por ese sonido del agua cayendo en la bañera, por el placer de sentir el agua recorriendo mi piel.

Salí de la ducha, me arreglé y me puse algo muy básico, unas deportivas, unos vaqueros y una sudadera. Me recogí el pelo con una trenza, como casi siempre, y decidí salir a la calle a respirar el aire de Madrid. De paso buscaría algún supermercado para hacer una minicompra y llevármela a la habitación.

Salí del hotel y, ya en la Gran Vía, fui caminando hacia la plaza de Cibeles y callejeé por alguna calle paralela para descubrir un poco mi nuevo barrio. De pronto, andando por Madrid, tuve por primera vez en mucho tiempo una sensación de libertad, sin obligaciones, solo haciendo lo que me apetecía en ese momento. Y lo que quería en ese instante era conectar con mi nueva ciudad, con su gente y disfrutar de su ambiente.

Descubrí que cerca de los cines Luna, que se encontraban en una calle paralela del hotel, había un gimnasio y un herbolario bastante grande. Me paré enfrente, pues hasta hace nada habría entrado sin dudarlo para comprar todo lo más saludable posible. Ser una atleta de alta competición me exigía cuidar mucho mi alimentación. Llevaba unos cuantos años sin comer, entre otras muchas cosas, chucherías ni bollería industrial. Sin darme un pequeño homenaje con un simple donut, entre otras muchas cosas. Nunca me salía de un menú sano, porque sabía que si me lo saltaba sentiría cargo de conciencia por no estar poniendo todo de mi parte para rendir al máximo. Mi entrenadora siempre me insistía en una alimentación de calidad para que mis músculos rindieran al máximo durante los entrenamientos y durante la competición.

Pero, como ya había dejado todo eso atrás, decidí que era el día de saltarse todas las normas, de comer lo que me diese la gana. Así que cambié el herbolario por el chino que había dos calles más allá. Entré, estaba lleno de los gatos de la suerte y además había de todo, desde fruta y verdura hasta las mayores guarrerías del mundo mundial. Cogí mi cesta y metí pan de molde, jamón york, unas patatas sabor a jamón, unas galletas de chocolate, donuts. Necesitaba resarcirme de todos estos años, así que añadí chucherías, agua y una botella de Coca-Cola Zero. Pagué y salí de allí con la satisfacción de poder comer lo que yo quisiese sin ningún tipo de remordimiento. Con mis dos bolsas en la mano hasta arriba de caprichos, caminé de nuevo hacia el hotel. Y, mientras, iba pensando en la cara que pondría mi entrenadora si me viese con todo mi arsenal de guarrerías. Estaba segura de que se echaría las manos a la cabeza. No pude evitar esbozar una ligera sonrisa. Y el sonido de mi teléfono volvió a interrumpir mis pensamientos. Precisamente era ella, Asun. Muchas veces me pasaba que de repente me acordaba de alguien y esa persona en ese instante me llamaba o me la encontraba. Y justo ahora me había vuelto a suceder, cosas mágicas que tiene la vida.

—Hola, Asun.

—Sara, acabo de hablar con tu padre, dime que todo es mentira —me dijo en un tono que me pareció de una persona más desencantada que enfadada.

—Lo siento, todo lo que te ha contado mi padre es verdad, ya no podía seguir más con esto.

Y volvió a producirse otro silencio incómodo. Si los silencios hablasen…

—Tu padre me ha llamado para que te convenza de que vuelvas a Barcelona, para que sigas con tu vida de siempre, pero sé que no lo vas a hacer porque te conozco. Solo deseo que no te hayas equivocado con tu decisión, que no te arrepientas más adelante porque acabas de tirar por la borda todos estos años de lucha y de sacrificio. Sara, yo creía en ti y sigo creyendo, aposté por ti y lo sigo haciendo. Eres una de las mejores atletas que ha dado este país, no tires la toalla, aunque sea medítalo una vez más.

—Asun, está todo más que meditado…

—Está bien, veo que quizá me equivoqué, que quizá no tienes eso que se necesita para ser campeona del mundo. Puede que no ames tanto esta profesión como yo pensaba. Me has demostrado que no aguantas todo el sacrificio que conlleva. Sara, nunca pensé que lo harías de esta manera, huyendo, sin consultar nada con nadie…

Todo lo que me estaba diciendo Asun me estaba resultando doloroso, pero no quise callarme.

—Yo no te pedí nada cuando empecé a entrenar contigo. Tú me entrenabas porque querías, porque quizá viste en mí algo.

—Sí, vi en ti la ilusión de una niña que quería comerse el mundo, que quería ser la mejor y estaba dispuesta a todo para conseguirlo.

—Precisamente por eso me voy, porque he perdido esa ilusión que tenía al principio. Y no es que no ame esta profesión, todo lo contrario, la amo tanto que creo que por todos estos sentimientos encontrados que tengo hacia ella he de marcharme. Si no, no estaré siendo honesta. Me voy sabiendo que he dado lo mejor de mí, que me he esforzado al máximo, que me he dejado la piel para ser la mejor en cada entrenamiento, en cada competición, pero ya no puedo más. Ya no encuentro placer en la pista.

—Sara… —Y su tono de voz cambió—. Me da mucha pena que te sientas así, que hayas perdido la ilusión por lo que un día te dio la vida… Perdóname si he sido algo dura contigo, pero es que siento rabia porque sé a ciencia cierta que no vas a volver. Te voy a echar mucho de menos.

—Y yo a ti, Asun.

—Te deseo muchísima suerte en este nuevo camino que acabas de emprender. Si necesitas algo, no dudes en llamarme.

Colgamos el teléfono y, una vez más, me sentía culpable por la decisión que había tomado.

Volví a la habitación desanimada y sin ganas de darme el atracón que me había propuesto, la llamada de Asun me había removido. ¿Tan difícil era entenderme? Dejé las dos bolsas encima del mueble que había frente a la cama, me quité las zapatillas y me tumbé en ella. Necesitaba desconectar de todo y cerrar los ojos para encontrar algo de paz entre tanto pensamiento.

—Sara, Saraaa, Saraaaaa.

Me despertaron bruscamente unos golpes en la puerta. No sabía ni dónde me encontraba ni la hora que era ni cuánto tiempo había estado dormida. Pero me daba la sensación de que ya era casi de noche. Tampoco sabía quién era la persona que estaba aporreando la puerta de mi habitación diciendo mi nombre. Me levanté de la cama y abrí.

—Mamá, ¿qué haces aquí?

—Sara, ¿se puede saber de qué va todo esto? —me preguntó confundida.

—Mamá, por favor, ¿por qué has venido a Madrid? ¿Cómo has sabido en qué hotel estaba?

—Nos lo ha dicho Patri. Estuvimos hablando con ella y nos dijo que estabas en el hotel Gran Vía. Y en recepción una tal Carmen me ha reconocido inmediatamente en cuanto me ha visto. Me ha dicho cuál era tu habitación, pero antes he tenido que firmarle un autógrafo.

—Las voy a matar.

—Hija, estoy aquí para llevarte de regreso a casa. He sacado ya los dos billetes de vuelta. Tenemos el último AVE. No quería tener problemas con la huelga de Renfe. No sabes lo que me ha costado encontrar una plaza para venir. Recoge tus cosas que nos vamos, no tenemos mucho tiempo. Tu padre y yo nos negamos a que tires por la borda tu carrera como atleta. Sara, llevas muchos años luchando por ella. Tienes un nombre dentro de la profesión y todo un futuro por delante como atleta profesional. Tampoco podemos consentir que dejes tus estudios de INEF en la universidad, te acabas de matricular. Nuestra responsabilidad como padres es impedir la locura que estás haciendo. No podemos consentirlo. Sara, no nos pongas las cosas más difíciles. ¡¡¡Recoge tus cosas que nos vamos para casa, que el AVE sale en una hora!!! —Cuando mi madre se ponía nerviosa, se aceleraba y no paraba.

—Mamá, lo siento mucho, pero no me voy. No quiero estudiar INEF ni seguir con el atletismo, ya no me hace feliz, se lo he explicado también a papá. Ya no sé cómo explicarme. No quiero seguir compitiendo, joder. —Me sentía impotente, repetía una y otra vez lo que me pasaba o trataba de explicarme y nadie me entendía.

—Necesitas ir a un psicólogo, Sara, solo dices tonterías, no razonas. —Típica salida de mi madre.

—Mamá, por favor, que no necesito nada, solo que me dejéis en paz de una vez. Estoy harta. ¡¡¡Harta!!!! No respetáis mis decisiones, no me respetáis. Lo siento mucho, pero soy mayor de edad para hacer lo que me dé la gana. No me voy a ir contigo.

—Hija, solo queremos que no cometas el mayor error de tu vida.

—¿Quién te dice que dejarlo sea el mayor error de mi vida? ¿Y si el mayor error de mi vida es no hacerlo? Mamá, contéstame a esta pregunta: ¿tú eres feliz con la vida que llevas? —Silencio—. ¿Acaso no te habría gustado ser una gran cantante reconocida por todo el mundo? Te conformaste con ser profesora porque tu miedo escénico te lo impidió y no luchaste por ello. Y dejaste a un lado los sueños que tenías de cantar para todo el mundo y llenar los estadios. No tuviste la fuerza suficiente para vencer tus inseguridades y te conformaste. Diste por válido que eras así, que eras incapaz de vencer tus propios miedos. Y te convenciste a ti misma de que podrías ser feliz dedicándote a ser profesora de canto como hizo tu madre.

—Sara, no te consiento que me hables así. —Y me di cuenta de que la había herido. No quería, pero necesitaba que alguien me comprendiera. Y seguí soltando toda mi rabia contra ella.

—Decidiste estar a la sombra de papá, pero ¿y tú? ¿Qué pasa contigo, con los sueños de cuando eras niña, con tus ilusiones? Yo no quiero despertarme un día y arrepentirme de todas las cosas que no he hecho. Mamá, te pido por favor que me respetes, que me respetéis los dos, es mi decisión, quiero ser feliz.

Mi madre me miró con los ojos llenos de lágrimas, en ellos veía que estaba rota de dolor por todo lo que le acababa de decir. Fue incapaz de decirme nada más. Solo tuvo dos palabras para mí:

—Cuídate, hija.

Y se marchó, sigilosa, con una gran tristeza, dejándome sola. Y en aquella habitación se hizo un silencio sepulcral. Una parte de mí se habría ido corriendo hacia ella, llorando, diciéndole: «Mamá, me vuelvo contigo a casa, que os echo mucho de menos, espérame que cogemos el AVE juntas». Pero no, resistí. Me volví a tumbar y cerré los ojos una vez más. Solo faltaron ocho segundos para quedarme de nuevo dormida.

Capítulo 4
Pesadilla nocturna

«¡Saraaaa!».

Me desperté bruscamente, asustada. Con ese grito desgarrador de mi nombre. Había vuelto a tener esa maldita pesadilla. Llevaba días soñando lo mismo. Era un sueño que empezaba con otro grito.

«¡Preparados! ¡Listos! ¡Ya!».

Y un juez que apretaba el gatillo y, ¡bum!, ese sonido atronador que ponía mi cuerpo y mi corazón a mil. Intentaba correr, dar la primera zancada, pero el cuerpo no me respondía. Mis piernas no se movían por mucho que quisiesen. Y yo no entendía qué me pasaba. Tenía mucho miedo. El estadio olímpico se quedaba en silencio. Todo el mundo en las gradas estaba pendiente de mí y de lo que hacía. De la impotencia por no poderme mover, comenzaba a llorar y a gritar.

«¡No puedo! ¡No puedo!».

En el estadio solo se escuchaba el eco de mi llanto. Y no podía parar de gritar.

«¡Que alguien me ayude, por favor!»

Y de repente escuchaba la voz de mi padre, gritando mi nombre desde la grada.

El sueño no avanzaba más, se acababa siempre ahí, con mi padre gritando mi nombre. ¿Qué significaría? Dicen que los sueños nos hablan, que si sabes leer entre líneas tienen un significado. Por eso me puse a buscar en internet, en mi portátil, el significado de querer correr y no poder. En todos los portales coincidían en que este tipo de sueños aparecían en momentos de inseguridad y de falta de confianza en uno mismo. Y la impotencia y la frustración por no poder correr simbolizaban no lograr lo que te habías propuesto. A veces no sabía si creerme estas cosas, pero en este caso cada sitio que leía me parecía que tenía razón, porque así me sentía.

Pero no entendía por qué en el sueño aparecía mi padre e inmediatamente me despertaba. Supongo que su presencia tenía que ver con que era una de las personas más importantes de mi vida, la que más admiraba, y eso que nuestra relación nunca había sido idílica.

Mi padre no era un padre al uso, a pesar de que todo el mundo lo veía perfecto. La gente lo admiraba. Lo adoraban en todas partes. Él no tuvo una infancia fácil. Su padre, es decir, mi abuelo, falleció de un infarto de corazón cuando tenía catorce años. Y eso le dejó una huella difícil de borrar. Ocurrió en un día como todos. Mi abuelo se fue a trabajar. Como cada mañana, le dio un beso y salió por la puerta, pero jamás regresó. Nunca superó su muerte. Lo adoraba. Era su referente. Se pasaba las noches llorando y no encontraba consuelo entre tanto dolor. Se había ido de un plumazo la persona más importante de su vida. Estaba cabreado con el mundo por haberle arrebatado lo que más quería. Me contaron que mi abuelo era muy buena persona, que todo el mundo lo quería y que tenía muchos amigos. Su gran pasión era la música. En casa le gustaba poner la radio y escuchar música clásica. Le relajaba. Todos los días cuando llegaba de trabajar se sentaba en su sillón marrón preferido, que estaba en el salón, cogía a mi padre, se lo ponía en las rodillas y ambos escuchaban música.

—Cierra los ojos, Hugo, escucha la melodía, su delicadeza. No sé si lo sabes, hijo mío, pero la música tiene propiedades terapéuticas, sana el corazón. Cuando estés triste o te sientas mal, escucha música. Ya verás cómo alegrará tu corazón herido.

Y eso hacía mi padre. Los dos cerraban los ojos y se dejaban llevar. Mi abuelo lo abrazaba y apoyaba la barbilla en su hombro. Era el mejor momento del día para ambos. En ese instante sentía a su padre más cerca que nunca, corazón con corazón, unidos por la melodía de cada uno de sus latidos.

Por eso cuando mi abuelo falleció, mi padre se refugió tanto en la música. Le hacía sentirse cerca de él, le sanaba el corazón. Empezó a tocar el piano y poco a poco fue aprendiendo cada una de las canciones que escuchaba con mi abuelo en aquel sofá. Se pasaba los días encerrado en su habitación intentando sacar cada una de las obras. En un principio aprendió solo, de oído. Se convirtió en un autodidacta. Era la manera de no olvidarlo, de tenerlo cerca de su corazón, de sentirlo y de volver a ese momento mágico que vivía con él cada día. Y así se reveló su obsesión por la música, quería convertirse en el mejor músico. Quería que su padre, allá donde estuviese, le escuchase, escuchase su música preferida tocada por él. Quería que se sintiera orgulloso de su hijo.

Cuando aprendió a tocar las canciones favoritas de su padre, dio un paso más y decidió crear las suyas propias y componerlas para mi abuelo. Mi abuela Carmen, al ver el talento que tenía, lo apuntó al conservatorio.

Y ahí fue donde conoció a mi madre. Mi madre era una mujer guapa, especial. Ella tenía una voz espectacular heredada de mi abuela materna, Rosario, profesora de canto en una escuela. Mi madre desde bien pequeña soñaba con ser una gran cantante, una estrella de la música. Soñaba con llenar estadios y que la gente tararease al unísono sus canciones. Quería ser conocida mundialmente. Mi abuela, al ver sus dotes musicales heredadas de ella, la apuntó al coro de la iglesia para ver qué tal se desenvolvía. Allí estuvo durante mucho tiempo y, al ser la niña que más destacaba, el cura habló con mis abuelos para que la apuntasen al conservatorio y que pudiera desarrollar el don tan especial que Dios le había dado, reforzando así lo que opinaba mi abuela Rosario sobre sus dotes como cantante. Ambos coincidían en que lo que tenía mi madre era un don y merecía una oportunidad. Ese era el impulso que necesitaba mi abuela para apuntarla al conservatorio. Decidió definitivamente que su hija debía estudiar música y dedicarse a ello.

El conservatorio era un edificio grande de tres plantas y antiguo. En él había muchos alumnos que iban allí para aprender todo lo relacionado con el solfeo. Un punto de encuentro entre ellos era la cafetería de la escuela. Y allí se conocieron mis padres porque, al ir a clases distintas, no coincidían. Mi madre siempre contaba que una mañana llegó tarde a clase y ya no la dejaron entrar; entonces fue a tomarse un café al bar y a estudiar el examen que tenía en la siguiente hora. Y cuando entró, se fijó en un chico, mi padre, que nunca había visto antes. Él estaba sentado en una de las mesas redondas, cerca del ventanal que daba a la calle.

Fue esa la primera vez que lo vio y se enamoró al instante, locamente.

Mi padre estaba concentrado, estudiando, no levantaba la mirada de sus partituras y estaba metido en su particular mundo de notas musicales. Al verlo, el corazón de mi madre latió rápido como nunca antes lo había hecho. Jamás había sentido esa sensación tan especial que recorría todo su cuerpo. Fue un auténtico flechazo. Quería conocer a ese chico, sentarse a su lado, hablar con él. Se dio cuenta de que acababa de encontrar al hombre de su vida. Y de repente todo dejó de tener sentido para mi madre, solo le importaba él, esa persona que no conocía de nada, con la que nunca había cruzado ni una sola palabra. En cambio su corazón, el que latía a mil, parecía que lo conocía de toda la vida.

A diferencia de mi madre, mi padre no prestaba atención a nada que no fuera la música. A él el mundo real le causaba dolor. No había superado la muerte de mi abuelo y solo encontraba alivio en el mundo de las partituras. Mi madre se convirtió en una asidua a aquella cafetería y se dedicó a preguntar a sus amigas si sabían quién era aquel chico solitario al que solo le importaba la música y apenas se relacionaba con nadie. Le dijeron que era una persona especial, se comentaba que era un genio y que estaba obsesionado por aprender y ser el mejor.

Una mañana mi madre se armó de valor y decidió dar el paso para conocer a aquel muchacho tan especial del que todo el mundo hablaba y el causante de que su corazón latiese a mil cada vez que lo veía. Aprovechó un día que el bar estaba lleno para acercase a él y casualmente la única silla libre era la que estaba a su lado. Y con su mejor sonrisa fue hasta allí para preguntarle si se podía sentar a su lado. Ahí, en aquel momento, ambos compusieron su gran historia de amor.

Todo comenzó con una bonita amistad. A mi padre le interesaban las charlas que tenía con mi madre. Poco a poco él se fue abriendo a sus encantos y en cuanto podían, cuando las clases se lo permitían, quedaban para verse en la cafetería y charlar sobre música, que era lo que más les interesaba.

Mi madre estaba obnubilada con el talento que tenía mi padre y ella fue la primera que lo animó a que tocase en locales. Le decía que debía darse a conocer, que todo el mundo tenía que descubrir su gran talento. La familia de mi madre tenía muchos contactos porque mi abuelo era un gran empresario, y entre ellos se encontaba Javier, un buen amigo. Javier era un tipo especial y moderno y en aquella época regentaba un bar de moda, donde contaba con música en directo todos los jueves. Mi madre decidió hablar con él para que mi padre y ella actuasen un jueves allí. Por el cariño que tenía Javier a la familia, decidió darles una oportunidad a los dos, a mi madre para cantar y a mi padre para que tocase el piano.

Aquel jueves el local estaba lleno. Mi padre se mostraba tranquilo, era la primera vez que actuaba delante de tanta gente y estaba como si nada. Mi madre creía que era de otro planeta porque parecía que no corría sangre por sus venas. Ni se inmutaba. No estaba nada nervioso. Él solo pensaba en tocar el piano, en poner sus manos en las teclas y dejarse llevar. En realidad, aunque el sitio estuviese lleno, en su cabeza no pensaba tocar para ellos, sino para él y su padre fallecido. Era la manera de aliviar el dolor de su corazón. Y cuando salió al escenario y lo escucharon, tanto Javier como la gente que se hallaba en aquel sitio se quedaron impactados por el gran talento que tenía mi padre.

Y es que mi padre se transformaba cuando tocaba el piano, parecía que entraba en una especie de trance y hacía que su manera de sentir la música fuera muy especial. Él lo era. Tenía el don de atravesar el corazón de las personas con su manera de tocar cada tecla. Mientras duró su actuación se hizo un silencio en la sala como nunca antes había ocurrido. Cuando terminó, todos los que estaban en aquel local se pusieron en pie para aplaudirle. Fue la primera ovación de las muchas que vendrían después. Sin embargo, a él no parecía importarle que la gente le aplaudiese. Cuando se levantó del piano por inercia, parecía que no sabía ni dónde estaba. No era consciente de lo que acababa de ocurrir. No le daba importancia porque donde mejor se sentía él era tocando el piano.

Mi madre estaba feliz por su éxito. Pero paradójicamente el triunfo de mi padre hizo que ella se pusiese todavía más nerviosa. Le pudo la presión y tuvo miedo de no estar a la altura de las circunstancias. Fue presa de un ataque de pánico solo de pensar que no gustase nada cómo cantaba. Y que nadie se levantase a aplaudirla tal y como acababa de suceder con mi padre. Tuvo miedo a olvidarse de la letra de la canción, a desafinar o a hacer el ridículo. Ella siempre había cantado en el coro de la iglesia rodeada de más gente y era la primera vez que lo hacía sola delante de tanto público. La presión le pudo y se bloqueó. Fue incapaz de salir al escenario. Vivió por primera vez el miedo escénico. Sufrió un ataque de ansiedad que no pudo controlar y finalmente acabó en el hospital junto a mi padre. Mi madre vio cómo en ese local se esfumó el sueño que tenía de ser una gran cantante. Se dio cuenta de que no estaba preparada para ello, su mente no acompañaba a lo que su corazón le dictaba.

Y así empezó su particular calvario. La música dejó de tener sentido en su vida, ya no le interesaba el conservatorio, solo le merecía la pena por los momentos que pasaba allí con mi padre en la cafetería. Tenía tanto miedo al escenario que no quiso volver a pisar uno y era incapaz de superar esa fobia. Solo de pensarlo le entraba ansiedad y no podía respirar.

En cambio a mi padre le ocurrió todo lo contrario. Ese escenario marcó el principio de su gran éxito profesional. La voz se corrió y le llamaron de otros locales, luego de teatros. Firmó sus primeros contratos y fue consciente de que podía ganar dinero con la música. Poco a poco la fama llamó a su puerta y empezó a viajar, a ser entrevistado...Y todos los que le escuchaban coincidían en que su música era terapéutica. Eso era lo que él buscaba, sanar los corazones de la gente que le escuchaba porque eso fue lo que le enseñó mi abuelo en aquel sillón marrón. Y el talento le abrió camino y mi padre se convirtió en una estrella internacional.

En cambio, mi madre abandonó definitivamente su sueño, nunca superó el miedo escénico y decidió dejarlo todo para acompañarlo en su éxito. Se cogieron de la mano y recorrieron el mundo entero disfrutando el uno del otro. Se casaron y a los dos años ella se quedó embarazada de mí accidentalmente. Todavía no se habían hecho a la idea de convertirse en padres. Su embarazo fue complicado, de riesgo, y ella tuvo que quedarse en casa en reposo prácticamente los nueve meses. A mi padre le pilló todo de gira y no podía suspenderla. No pudo estar con ella durante el periodo de gestación. Mi madre lo llevó fatal.

De hecho, cuando yo nací, mi padre se encontraba dando un concierto en Los Ángeles delante de más de dos mil personas, por eso no pudo asistir al parto. Entonces mi madre fue cayendo poco a poco en un pozo sin fondo. Llevaba muy mal estar separada de él, porque mi padre significaba todo para ella. Era su mundo. Mi llegada supuso un gran cambio en la vida de ambos y ella no estaba preparada para ello. Se sentía triste por vivir alejada de mi padre. Seguía locamente enamorada de él. Mi madre quería seguir viajando, quería cuidar de él y no de mí. Deseaba continuar saboreando la libertad de poder hacer lo que ella quisiera y vivir y alimentarse del éxito que tenía mi padre. Yo la convertí en una prisionera. La obligaba a permanecer en Barcelona y ella no quería estar ahí. Por eso no podía evitar llorar cada vez que hablaba con mi padre por teléfono.

Las circunstancias la sobrepasaron, pues no estaba preparada para tener un hijo y asumir la responsabilidad que eso conllevaba. Dejaron de ser una pareja estable (si alguna vez lo fueron) y entraron en una dinámica de peleas. Mi madre le echaba en cara que no estaba en casa, que no nos cuidaba y que solo le importaba su música. Cayó en depresión. No le encontraba sentido a la vida. Yo era su hija y me quería, pero también pensaba que era la causante de todos sus problemas. Esto la hacía sentirse culpable continuamente. Mi llegada lo complicó todo. Ella no podía evitar pensar que si yo no hubiese nacido, habría seguido viajando con mi padre y todo habría seguido igual. Los dos habrían continuado cogidos de la mano por el mundo.

Pasaron los años y todo fue a peor. Recordé cómo muchas mañanas, cuando me iba al colegio, veía a mi madre sin levantarse de la cama ni siquiera para darme un beso y despedirme. Cuando regresaba a casa por la tarde, ella no se había movido de la cama. Había días que no salía de la habitación. Parecía que no estaba en casa, era como si también estuviese de viaje con mi padre, pero no, en realidad estaba viajando a lugares oscuros que habitaban en su mente.

Por eso mi abuela materna, Rosario, cogió las riendas de mi casa y se vino a vivir con nosotros. Se convirtió prácticamente en mi madre ayudada por mi abuela paterna, Carmen, que venía de vez en cuando a echarnos un cable. Escuchábamos música juntas a todas horas, y con ella aprendí a educar mi oído desde bien pequeña. Ella me transmitió sus conocimientos musicales a modo de juego, enseñándome el lenguaje de la música y explicándome lo importante que era en mi familia. También me demostró cómo la música de mi padre era terapéutica porque sanaba los corazones de la gente que la escuchaba. Me ponía sus canciones para que me sintiera orgullosa de lo que hacía, me hablaba de notas musicales y yo me quedaba ensimismada con todo lo que me contaba, me fascinaba.

Mi abuela Rosario consiguió que la música se convirtiera en indispensable en mi vida, que no pudiese vivir sin ella, pero, aunque me apasionaba, sentía un cierto resquemor porque me estaba arrebatando los dos pilares fundamentales de mi vida. A medida que iba creciendo acusaba más las ausencias tan prolongadas de mi padre. Yo quería disfrutar de él como el resto de mis amigas hacían de sus padres. Llegué a sentir celos de la música y de toda esa gente para la que él tocaba. Por eso me juré que nunca me dedicaría a ella, no quería sufrir estas consecuencias negativas.

A medida que iba pasando el tiempo, la situación se complicó más todavía. Mi madre cada vez salía menos de su habitación. Por eso mi padre decidió que en cuanto terminase la gira en la que estaba metido se tomaría un respiro para recuperar a su mujer y a su hija. Quería lograr una familia unida.

Se corrió la voz de nuestra situación familiar. Mi padre era un personaje público de éxito e interesaba todo lo relacionado con su vida. La prensa se hizo eco de nuestras circunstancias. Hablaron de los motivos por los que mi padre había dejado la música y sacaron a la luz que fue fundamentalmente porque mi madre había entrado en una depresión. Teníamos día y noche a los paparazis en la puerta de casa. Como yo era menor de edad, no me podían sacar ni en las revistas ni en la tele. Pero en mi colegio todo el mundo conocía nuestra vida. Mis compañeros cotilleaban sobre ello, contaban incluso mentiras que no sabía de dónde venían ni de dónde las sacaban. Semana sí, semana no mis padres acaparaban las portadas del *Cuore:* «Hugo Salazar deja la música por cuestiones familiares» o

«Amparo Crespo, la mujer de Hugo Salazar, sufre depresión».

Al ver que mi madre no levantaba cabeza, la obligó a ir a un terapeuta para que le ayudase a salir del agujero oscuro en el que se encontraba. Y afortunadamente se puso en manos de un especialista. Empezó un tratamiento y poco a poco consiguió encontrarse mucho mejor y las cosas, por suerte, se normalizaron. Aunque la mejor medicina fue tener a mi padre una larga temporada en casa. Poco a poco hicimos una vida en familia. Y aunque mi padre ya se había instalado en casa durante un largo periodo, mi abuela Rosario decidió quedarse con nosotros para seguir cuidando de mí.

Salíamos a comer y a pasear juntos, aunque ir con mi padre a cualquier sitio era un auténtico coñazo. Al ser una persona tan popular y querida le pedían todo el rato fotos o autógrafos. También se paraban a hablar con él y mi padre atendía a todo el mundo, nunca tenía un no por respuesta.

Y mi madre y yo nos quedábamos a un lado apartadas esperando a que acabase de atender a la gente, y las esperas a veces eran muy largas. Resultaba incómodo ser el centro de atención allá donde fuésemos. La gente no se cortaba en comentar delante de nuestras narices cosas que tuvieran que ver con nosotros. Un día me cabreé muchísimo con una señora porque decía que mi madre había pegado un braguetazo, que ella no hacía nada en la vida, que era depresiva y que si no fuera por mi padre no sería nadie. Cómo me enfadaron sus palabras, porque tuvo la poca decencia de decirlo delante de nosotras. No se cortó nada. Qué poca sensibilidad. ¿Quién era esa señora para opinar sobre nuestras vidas?, ¿acaso nos conocía de algo?

Por otro lado, la pregunta más recurrente que me hacían a mí y también a mi padre era si yo me iba a dedicar a la música. Muchos opinaban que lo tendría muy fácil porque era «la hija de Hugo Salazar», pero precisamente por eso el listón lo tendría muy alto. Mi padre siempre les contestaba que no, que no me dedicaría a eso, porque desgraciadamente no había heredado ni el talento de mi madre ni el suyo. Yo me callaba. No respondía. Yo tenía claro que no me dedicaría nunca a la música.

Por eso cuando se cruzó el atletismo en mi vida, respiré aliviada. Se me daba bien y me gustaba. Mi padre se ilusionó con algo relacionado conmigo. Me llevaba a entrenar y, siempre que podía, se quedaba a los entrenamientos. También trataba de no perderse ninguna de las competiciones.

Cuando entrenaba, me olvidaba de mi vida. Solo estaba yo superándome en cada entrenamiento, venciendo a mi mente, a mis límites y dejando atrás la presión de ser la «hija de Hugo Salazar». Estaba dispuesta a demostrarle que, aunque no me dedicase a la música, yo también podía hacer cosas importantes. Ahí empezó mi particular competición para demostrar mi valía. Me obsesioné. Quería ser la mejor. Y, como le sucedió a mi padre con la música, en mi mente solo existía entrenar para ser campeona del mundo. Daba cada día el cien por cien de mí. No me permitía flaquear. Ser débil. Vivía estresada por lograr mi objetivo. Todo mi sacrificio pronto dio sus frutos. Ganaba carreras sin cesar. Mi nombre sonaba cada vez más en el mundillo del atletismo por méritos propios, ahí daba igual ser «la hija de Hugo Salazar», solo importaba lo rápida que fueras en cada carrera para ir llenando así poco a poco las estanterías de medallas y de trofeos.

    Correr y ganar dependían de mí, no de mi padre. Y eso me aliviaba pero a la vez me exigía estar cada día rindiendo al máximo.

    Corría y corría, entrenaba y entrenaba, competía y competía... y olvidaba mi falta de comunicación con mi padre y lo que me costaba lidiar con las tristezas de mi madre y no ver la vida desde su prisma, aunque hubiese salido de su depresión. Siempre temí una recaída. Ahora que me encontraba en una habitación de un hotel de Madrid, recién despertada de una pesadilla que había avivado todos los recuerdos de mi infancia, me daba cuenta de cómo en mi persona habían hecho mucha más mella de lo que pensaba las sombras de mis recuerdos. Y en un rincón de mi cerebro, que no me atrevía a explorar, sabía dónde residía, quizá, el principio de mi felicidad. Cómo me habría gustado que mi padre, como hacía mi abuelo, me hubiese transmitido su pasión por la música. Tuve que buscarme otros caminos para tocar las notas musicales que abrían mi alma.

Capítulo 5
La escuela de la vida

Llevaba ya varios días en Madrid y empezaba a tomarle el pulso a la capital. Me sentía cada vez más cómoda y decidí que ya era el momento de ponerme a buscar una habitación para compartir. Esa misma mañana me levanté temprano, me duché, me arreglé, cogí mi mochila y metí en ella la carpeta, la cartera, el portátil y el teléfono móvil. Me fui al Starbucks a desayunar un *muffin* de chocolate con un té chai. Me atendió una vez más Melisa.

Melisa era farmacéutica y había trabajado en una farmacia en A Coruña, su ciudad natal. Como era una romántica empedernida, decidió dejarlo todo cuando a su novio la empresa en la que trabajaba lo trasladó a la capital. No le importó empezar de cero. Ella solo quería estar al lado de su amor. Era feliz así. Buscó trabajo de lo suyo durante un tiempo, pero no tuvo suerte, por lo que decidió trabajar en lo primero que le surgió. Y lo primero que apareció fue el trabajo de camarera en el Starbucks de Gran Vía.

El primer día que me atendió supe que nos llevaríamos bien. Era una persona amable, cariñosa, dulce, transmitía buen rollo y además me dio la sensación de que no era de las que juzgaba, sino que parecía bastante respetuosa con la vida de los demás. Nada que ver con mis amigas de toda la vida, que a todo le sacaban punta. Por eso inmediatamente me dio pie a que le abriese mi corazón. Me encantaban nuestras charlas matutinas y, dependiendo de la gente que había, unas veces eran más largas y otras más cortas. En una de ellas, mientras desayunaba le conté que lo había dejado todo y que estaba empezando de cero. Me tendió su mano de inmediato, sabía perfectamente cómo era verse en esa situación y además se dio cuenta de que yo estaba un poco peor que ella, porque me encontraba completamente sola. Melisa por lo menos estaba acompañada de su pareja y me hablaba mucho de él. Tenía ganas de conocer al hombre que le había robado el corazón a mi nueva amiga.

Y así empezó poco a poco a fraguarse nuestra bonita amistad. Una amistad diferente a la que tenía con mis amigas de Barcelona. Sentí que era una relación más sana, donde podía ser yo, donde sentía que me escuchaban y escuchaba. Nos intentábamos ayudar con la complicidad de dos chicas que recientemente se acababan de conocer y habían conectado como si llevaran juntas toda la vida.

    Y con mi desayuno me senté esa mañana en la única mesa que había libre y me puse a buscar en internet habitaciones para compartir. A Melisa también le dije que si se enteraba de alguien que quisiera compartir habitación me lo dijese. Seleccioné varias y fui llamando a cada una de ellas. Una de las señoras que me atendió me dijo me podía ir a ver una esa misma mañana.

    Terminé de desayunar y me fui hacia el metro, pues era lo más rápido. Miré la línea que tenía que coger para llegar a La Latina, que era la zona donde estaba la casa que iba a ver. A pesar de que ya eran las diez de la mañana todavía parecía hora punta. Había bastante gente, nos chocábamos los unos con los otros. Parecía que ahí abajo, en los submundos de la ciudad, había otra ciudad subterránea con distintos puestos de lo más variados, uno de bolsos y carteras, otro de bebidas, más allá uno de fundas de móvil…

    Seguí caminando para llegar al andén y, mientras lo hacía, escuché la voz de una chica que cantaba y me llamó la atención. La oía a lo lejos. A medida que avanzaba más, la sentía cada vez más cerca. Cuando llegué a ella, vi que se trataba de una chica joven, tendría unos dieciocho años. Vamos, de mi edad. Había colocado un amplificador a su lado y tenía en la mano derecha un micrófono con el que cantaba. Me acerqué todo lo que pude a ella y me quedé ensimismada, escuchándola en vivo y en directo. El bullicio de la gente que había esa mañana desapareció, ya no lo oía, porque su voz me envolvía. Me hizo pensar que seguramente iba dando los pasos adecuados para que su música no dejara de sonar, que caminaba sin pausa hacia su sueño y lo expresaba con cada nota que salía de su boca. Estaba segura de que soñaba con ser una gran cantante. Como lo soñó mi madre en su momento. Y que deseaba triunfar y que su música la escuchase el mundo entero. Realmente aquella chica cantaba muy bien, tenía talento. No entendía cómo la gente no se paraba a escucharla. Yo fui la única que lo hizo. Parecía como si no existiese para todas aquellas personas que iban y venían, que se dirigían hacia un lugar o hacia otro. Les daba igual su presencia, no apreciaban la belleza de aquel instante en los bajos de la ciudad. Pero yo no pude obviarlo. Admiraba a esa muchacha por el simple hecho de estar ahí delante de toda esa gente que pasaba de ella, que la ignoraba. Y a pesar de la situación, ella en ningún momento dejaba de cantar con pasión. Sus ojos me miraron agradeciéndome que me hubiera quedado a escucharla. Cuando terminó la canción que estaba interpretando, la aplaudí sin parar.

—Gracias por quedarte.

—Gracias a ti por compartir tu música.

Las dos conectamos enseguida. Y las palabras fluyeron fácilmente, sin dificultad.

—Por desgracia vivimos en una sociedad donde casi nadie aprecia nada de los demás. Nuestros oídos se han vuelto insensibles. Ya no escuchamos. Solo lo que queremos escuchar —me dijo desanimada.

—Eres valiente por cantar y también por estar aquí, por buscar tus sueños a pesar de las dificultades…

—Ya, a veces esas dificultades hacen que te entren ganas de tirar la toalla, pero siempre que lo voy a hacer pienso en lo feliz que soy mientras canto. Y eso es lo que me da el impulso para continuar.

—Admiro tu valentía. Otras somos demasiado cobardes para mostrarnos al mundo tal y como somos por el simple miedo al qué dirán.

Nos miramos a los ojos, sonreímos y nos despedimos sin más. Nos habíamos entendido. La conversación que acabábamos de tener hizo que algo dentro de mí se removiese. Me subí al metro y por unos instantes viajé a mi lugar secreto, a ese sitio que solo yo conocía y que se encontraba oculto en mi *pendrive*. Cuando llegase al hotel lo sacaría de mi carpeta y lo abriría en el ordenador. En ese momento me sentí con fuerzas para ello porque desde que había llegado a Madrid no había podido abrirlo. Esa mañana había metido mi carpeta talismán en la mochila porque confiaba en que me iba a traer suerte en la búsqueda de mi nuevo hogar.

Salí del metro y me dirigí hacia la calle donde se encontraba el piso, el Google Maps de mi teléfono me fue orientando a través de las indicaciones que me iba dando para llegar a buen puerto. En aquel barrio había mucho movimiento, no era tranquilo. En las calles el trasiego era continuo y se veía a gente de diferentes nacionalidades. Todo muy multicultural. Logré alcanzar el portal de la casa que iba a visitar. Toqué en el telefonillo al 4°C y me abrieron al instante sin ni siquiera preguntar quién era. El edificio no tenía ascensor, era antiguo y necesitaba una reforma urgente. Subí por unas escaleras bastante deterioradas y en la primera planta me topé con un letrero muy grande que ponía: «La pensión Santa Ana». Aquel sitio tenía un aspecto un tanto extraño. No me paré y seguí ascendiendo por los peldaños hasta el cuarto piso. Menos mal que me mantenía en forma, porque las escaleras eran desiguales y tenían una inclinación bastante pronunciada. Pensé, sin embargo, que subir con la maleta por aquí sería complicado a la vez que duro. Una vez que alcancé el cuarto, busqué la puerta indicada y, antes de tocar el timbre, me abrió inmediatamente una señora de unos cincuenta y cinco años.

—Hola, eres Sara, ¿verdad? La chica que viene a ver la habitación, ¿no?

—Sí, eso es.

—Pasa, que te la enseño.

Entré en la casa y seguí a aquella mujer que iba haciendo de guía turística. La vivienda era antigua como el edificio, las paredes tenían gotelé y olía raro. No sabría decir muy bien a qué. Se trataba de una mezcla especial de olores como a comida y a lejía, pero también a humedad. No resultaba nada agradable. Nos dirigimos al pasillo de la vivienda, y mientras me enseñaba los distintos espacios, sentí una especie de escalofrío que recorrió todo mi cuerpo. No me gustaba nada la casa, era fría.

—Tu habitación sería esta de la derecha. Era de una chica colombiana que regresó a su país la semana pasada.

Abrió la puerta de la habitación y, cuando la vi, me quedé horrorizada. Era diminuta y no tenía nada de luz. Comparada con eso la habitación del hotel con el ventanuco en el baño resultaba todo un lujo. Solo cabía la cama y nada más, apenas había sitio para moverse.

—Son trescientos euros al mes, pero ahora en invierno lo subo a trescientos cincuenta por la calefacción. En la habitación de al lado hay dos chicas, una de Nicaragua y otra de Rumanía, que duermen en una litera. Puede que en algún momento te cruces con un chico que viene por las noches y duerme en el sofá. Te lo digo por si te lo encuentras en el baño o en la cocina, para que no te asustes. Si no puedes pagar los trescientos cincuenta euros, hay otra opción más económica: dormir en uno de los sofás. Te costaría la mitad. El baño lo tienes al final del pasillo y lo compartís al igual que la cocina, que esto no es el Ritz.

No supe qué decirle a aquella señora. Me quedé sin palabras, pero la verdad era que me espantaba todo lo que había allí. No sabía si llorar, si salir corriendo o no parar de gritar. Me entraron unas ganas tremendas de huir inmediatamente de aquella casa.

—Date prisa en contestar que me la quitan de las manos. En media hora viene otra chica para verla.

—Perfecto, gracias —dije lacónicamente. Apenas me despedí de la mujer.

Bajé las escaleras como pude, intentando no caerme por la inclinación de sus escalones. Y mientras bajaba, me visitaron pensamientos oscuros. Las esperanzas de encontrar un nuevo hogar se iban quedando atrás, temí que quizá todas las casas que viera fuesen igual y que iba a resultar difícil encontrar algo que me gustase. Sabía que me tenía que adaptar a mi nueva situación, cambiar el chip porque mi estatus de antes no era el de ahora, pero lo de aquella casa me había dejado helada.

En Barcelona vivía en una casa maravillosa, el trabajo de mi padre le hacía ganar mucho dinero y nos podíamos permitir ciertos lujos. Teníamos todas las comodidades que queríamos y mi habitación era más grande incluso que el piso entero que acababa de ver. La casa de mis padres estaba ubicada a las afueras de Barcelona. Mi padre necesitaba una cierta tranquilidad para crear y para componer, por eso el bullicio de la ciudad le distraía, le molestaba y no le gustaba. Era un chalé moderno, de color blanco y con inmensas cristaleras que permitían que la luz entrase en cada rincón de nuestro hogar. Teníamos dos piscinas, una externa climatizada y otra interna que estaba al lado del gimnasio ubicado en la planta de abajo. En esa planta también se encontraba el estudio de grabación. Mi padre se pasaba allí prácticamente todo el día cuando estaba en casa, muchas veces solo y otras acompañado de músicos, cantantes y gente famosa. Algunos eran buenos amigos que iban allí a grabar con él o bien de visita.

En la planta principal estaba el salón, que era enorme, con una chimenea moderna. Me encantaba disfrutar de ese bucólico rincón en invierno y me podía quedar ahí, delante del fuego, durante horas con *Little,* mi perro. El piano blanco de cola de mi padre estaba también en el salón, nada más entrar lo veías, y era una joya. Tenía un sonido muy peculiar. Muchos días, por la mañana, después de desayunar, se ponía a tocar ahí. Era una maravilla escucharle y sentir su música por toda la casa. Durante ese momento nuestro hogar se llenaba de buenas vibraciones. Y en esa planta también estaba una de mis habitaciones preferidas: otro salón con un proyector y quince butacas de cine, una mesa de billar y un futbolín. Mis amigos y yo nos pasábamos las horas allí viendo películas y jugando partidas. Y, por último, en la planta de arriba se ubicaban todas las habitaciones, incluida la mía, con sus respectivos baños. No es porque fuera mi casa, pero era una de las más bonitas que había visto en mi vida. Nos la hizo un arquitecto muy importante amigo de mi padre.

Por eso mientras bajaba por aquellas escaleras inclinadas y desiguales, eché de menos todo aquello y sentí más que nunca las consecuencias de mi decisión. Me di cuenta de que quizá no estaba preparada para ciertas cosas, como bajar tanto mi nivel de vida. No pude evitar comparar la habitación en la que había vivido prácticamente toda mi vida con la que acababa de ver. Y entonces me pregunté qué narices estaba haciendo con mi vida. Y me vine abajo, solo quería llorar y salir corriendo de aquel edificio claustrofóbico y frío.

«Pero ¡qué diablos estoy haciendo! ¿Todo el mundo tiene razón y me estoy volviendo loca? ¿He perdido la perspectiva de las cosas? He pasado de tenerlo todo a no tener nada. Cualquiera desearía vivir como vivía yo antes. Eres una estúpida, Sara. Has cometido el mayor error de tu vida». No podía evitar dedicarme duras palabras.

Todos estos pensamientos apelotonados hacían que me sintiese cada vez más desubicada y me entraron unas ganas terribles de volver a mi zona de confort, a mi maravillosa habitación con todas mis cosas. «Me he equivocado por completo, mi familia tiene razón y estoy tirando por la borda toda mi vida. Tengo que acabar con esto cuanto antes».

Mi angustia y mi desesperación me llevaron a coger de inmediato el móvil para llamar a mis padres y poner fin a toda esta locura que había empezado hacía ya unas semanas. Estaba decidida a hacerlo, quería cambiar de nuevo el rumbo de mi vida. Con el teléfono en la mano, y justo antes de salir del portal de aquel edificio tétrico, me puse a marcar el número de mi padre y, en ese momento, antes de darle al botón de llamar, sentí que alguien me empujaba muy fuerte. Me caí al suelo y el móvil voló por los aires. Alguien estaba tirando de mi mochila para llevársela. Comencé a forcejear con un tipo al que no pude ni verle la cara. Solo noté que olía a alcohol. Y en décimas de segundo entendí la situación. Intentaba robarme. Ese hombre se quería llevar mi mochila, pero yo me resistí. Me aferré a ella porque dentro se encontraba mi «carpeta talismán» con mis recuerdos más valiosos, mis raíces y mi secreto. Nunca sabes cómo vas a reaccionar ante un robo hasta que no te pasa, y esa era mi primera vez. Seguí forcejeando, quizá tendría que habérsela dado, pero no quise desprenderme de ella. Luché por que no me arrebataran aquella mochila y saqué toda la rabia que tenía dentro, toda mi frustración, contra aquel tipo. De repente me salió de dentro mi impulso más animal. Arremetí contra él con patadas y golpes.

—¡Socorro, que alguien me ayude! ¡Dame mi mochila! ¡Socorro! ¡Me están robando!

Y afortunadamente la puerta del portal se abrió y el ladrón echó a correr, pero no se llevó la mochila, pues yo por suerte seguía sujetándola entre mis manos.

—¿Estás bien?

La chica que había abierto el portal se acercó amablemente hasta mí. La miré con lágrimas en los ojos y con cara de pánico por todo lo que acababa de vivir. Me hice un minichequeo para comprobar que no estaba herida.

—Creo que sí... —Todavía me encontraba en estado de shock. Apenas me salían las palabras.

Me levanté del suelo y recogí el móvil. No se había roto, tampoco se lo había llevado. Gracias a Dios, estaba bien y no me había robado nada.

—En esta zona sufrimos muchos atracos. A mí ya me han robado tres veces desde que vivo aquí, y solo llevo tres meses en España. En el bolso llevo de todo para defenderme. Si vas a estar por esta zona, te recomiendo un espray de pimienta, es lo más efectivo. A mí ya me ha salvado en alguna ocasión. Lo puedes encontrar por internet —me aconsejó mi salvadora.

—Muchas gracias.

—De nada. Cariño, yo no me puedo permitir que me robe nadie. Imagínate, trabajo de externa limpiando en una casa y no gano mucho dinero. Lo justo para pagar el alquiler de la habitación y para comer, y además tengo que mandar un poco a mi país. Por eso no me puedo permitir que nadie me saquee; si lo hicieran, imagínate.

 Su rostro reflejaba que su vida no había sido fácil. Sin embargo, en la dulzura de su voz y en cómo se dirigía a mí, con confianza, se notaba que todavía tenía esperanzas y ganas de luchar. Ganas de empezar de cero en un país que no era el suyo.

—Ya.

—Te voy a dar un consejo, por si piensas quedarte por aquí: debes tener más cuidado a primeros de mes. Ándate con ojo, porque saben que es cuando cobramos y llevamos el dinero encima.

 Parecía que se quería convertir en mi guía. Contarme todo lo que había aprendido esos meses. Una profesora de la vida y sus dificultades.

—Gracias.

—Cambiemos de tema ya, que si seguimos así vamos a atraer malas energías. En mi país, Nicaragua, dicen eso, que si te obsesionas con algo, lo acabas atrayendo. Así que no hablemos más de robos, no sea que despertemos a los demonios. Por cierto, me llamo Ninoska, que no me he presentado con los nervios.

—Yo me llamo Sara. Gracias por ayudarme, Ninoska.

 La verdad es que estaba tan impresionada por todo lo que me había pasado que me costaba hablar. Ninoska estaba siendo muy amable, intentaba aparentar tranquilidad, pero yo no podía decir más de tres palabras.

—¿Qué haces por aquí?

—He venido a ver la habitación del 4.°C.

—Qué casualidad, ahí es donde yo duermo. La señora es un poco seca. Va a por el negocio, te has dado cuenta, ¿verdad? Es una casa con mucho movimiento, pero para dormir está bien. Yo cuando gane más dinero y me vayan saliendo más casas para limpiar, me iré a otro sitio. No me gusta este barrio, pero de momento me tengo que conformar. Encantada de conocerte, Sara. Me voy, si no me necesitas para nada más, que me va a llamar mi hijo desde Nicaragua y necesito wifi.

La mujer, una vez que comprobó que me encontraba bien y que podía quedarme sola, se fue para continuar su dura vida. En silencio deseé todo lo mejor para ella.

Salí de allí muy desanimada. Necesitaba respirar aire fresco, recomponerme de todo lo que acababa de vivir. Caminé sin rumbo, solo pensaba que había tenido mucha suerte, que afortunadamente estaba viva y que no me había pasado nada grave. Me quedé pensando en una frase que me había dicho Ninoska: «Si te obsesionas con algo, lo acabas atrayendo». ¿Sería cierto? ¿Funcionaría la vida así? Si te obsesionas con algo, ¿lo atraes? «Nunca sabes de quién puedes aprender algo. Lo mismo ha aparecido en mi vida simplemente para decirme esto», y con esta reflexión en mi cabeza continué caminando para coger un poquito más de aire.

Entonces vi una cafetería que tenía bastante buena pinta y decidí entrar para sentarme y tomar algo. Quería coger fuerzas. Necesitaba analizar tranquilamente todo lo que me acababa de suceder. Pasé al local. Era agradable y tenía un nombre llamativo, El buen pecado. Nada más entrar vi a un hombre tocando el piano en directo. No era un horario muy normal, primeras horas de la mañana. Al verlo recordé a mi padre, no lo pude evitar. Me senté a una de las mesas que había libres junto a una ventana. Puse mi mochila en la silla de al lado y respiré tranquila. Entonces se me saltaron las lágrimas.

—¿En qué te puedo servir?

Me giré a la derecha, donde estaba el camarero que acababa de llegar a mi mesa. Ahí se encontraba, esperando mi respuesta, un chico joven y guapo.

—Perdona, ¿estás bien?

—Bueno, llevo una mañana complicada y para rematarla me acaban de intentar robar.

Me sentía tan sola y desamparada que no podía evitar contar a todo el que se me acercara mi desgracia. En este caso, le tocó a ese amable camarero.

—Vaya, lo siento, ¿quieres que llamemos a la Policía?

—No, no, tranquilo, no me ha pasado nada. Solo es el susto que se me ha quedado en el cuerpo. —Me sentí un poco avergonzada por estar ahí desahogándome y contándole mis penas a un desconocido.

—Ya, ya me imagino, a nosotros nos han intentado robar un par de veces aquí, pero nunca ha pasado nada. Tienes que estar contenta porque gracias a Dios estás bien. Mira, te propongo que te tomes algo y que te relajes escuchando la música en directo.

—¿Quién es el que toca? —le pregunté por cambiar un poco de tema.

—Mi padre. A veces le apetece, y no importa qué hora sea. La cafetería es nuestra, es familiar. A mi padre siempre le ha gustado tocar el piano. La verdad es que se quería haber dedicado profesionalmente a ello, pero las circunstancias se lo impidieron. Sin embargo, aun así lo dejó de lado.

—Lo hace muy bien.

—Sí, podría haber sido muy bueno. Admiro eso de él, que con la edad que tiene podría haber abandonado su sueño de tocar el piano delante de la gente y no lo ha hecho jamás. ¿Cuántas personas abandonan por el camino sus sueños porque la vida que llevan no se lo permite?

Aquel chico tenía razón, abandonamos nuestros sueños porque a veces la vida se complica más de la cuenta y nos olvidamos de ellos. Nunca hay que dejar de soñar.

—¿Y tú? ¿Has cumplido tu sueño o ya te has olvidado de él? —le pregunté.

Me sentía a gusto en esa conversación. Y se notaba que a él le apetecía hablar. No había mucho jaleo en la cafetería. Es más, era de esos sitios donde se cuida al cliente, donde no se evita un buen diálogo.

—Fui en busca de él con el apoyo de mis padres, pero me quedé por el camino. Yo quería ser futbolista, era muy bueno y tenía una carrera por delante increíble. Pero todo se truncó por un accidente de tráfico que tuve con la moto yendo al entrenamiento. Me fracturé gravemente una pierna. Los médicos fueron desde el principio muy pesimistas y me dijeron que me olvidara para siempre del deporte. Ni siquiera sabían si iba a poder andar bien. Pero se equivocaron en una cosa: logré andar perfectamente. Eso sí, con mucha fuerza de voluntad y mucho tesón. Pero sí acertaron en que ya nunca más podría jugar al fútbol. Estas circunstancias hicieron que me buscase otro sueño. Estuve tiempo en ello, tratando de toparme con algo que realmente me hiciese feliz, algo que me llenase de ilusión. Y por fin lo he encontrado, ahora quiero ser actor.

Me quedé mirándolo. Aquel chico estaba en lo cierto, puede que en un momento de tu vida sueñes con ser una cosa y por ciertas circunstancias tengas que cambiar. Y no pasa nada, lo importante es seguir soñando con aquello que haga cantar a tu corazón.

—¿Con qué sueñas tú? —me preguntó.

—Con ser feliz. Estoy en busca de respuestas, por eso he venido a Madrid.

—Qué interesante, entonces ya estás en el camino. Recuerda que no importa las veces que te pierdas, porque te perderás. Forma parte del proceso. Pero es clave que no lo abandones nunca. Mi padre siempre nos ha dicho que no hay que arrepentirse de lo que hagas, sino de lo que no hagas. Bueno, ya está bien de filosofar, ¿qué te pongo?, invita la casa.

¡Me animaron tanto sus palabras! Sentí que se me cargaban las pilas y que el desánimo empezaba a desaparecer poco a poco.

—¿Cuál es vuestra especialidad?

—Los batidos. Hay uno de plátano con fresa y canela que está espectacular. Es mi favorito, te va a encantar.

—Pues pónmelo, que lo quiero probar.

Se fue a por mi batido. Y allí me quedé yo sola pensando en la conversación que acabábamos de mantener. Qué casualidad que hablásemos de eso en ese preciso instante. De los sueños. ¿Sería alguna señal? ¿Qué significaría? ¿Las palabras de Ninoska también eran una señal? ¿Alguien me quería transmitir algún mensaje? Y me quedé pensando en quién podría ser. Y de repente me vino a la cabeza mi abuela Rosario, quizá ella me estuviera cuidando allá donde estuviese. Yo no creía mucho en esas cosas, pero estaba siendo una mañana de conversaciones muy especiales. No conocía de nada a aquel chico con el que acababa de hablar y yo tampoco era de comentar estos temas tan profundos con desconocidos.

De repente, mientras le daba vueltas en la cabeza a todas estas preguntas en busca de algún tipo de significado oculto a todos estos mensajes, el padre del chico tocó al piano la canción *My way*, de Frank Sinatra, uno de los temas favoritos de mi abuela Rosario. Me entraron escalofríos por todo el cuerpo. Eso sí que era una señal. Ahí estaba mi abuela, la sentía más cerca que nunca.

Abrí mi «carpeta talismán», saqué mi libreta y cogí el portaminas que me regaló por mi cumpleaños. Y con él en las manos viajé a momentos concretos que vivimos juntas. Me acordé de lo bien que nos lo pasábamos escuchando música, bailando, riendo. Saqué las fotos y me emocioné al verlas. Luego me di cuenta de que en el sitio donde debería estar mi *pendrive* no había nada. Cogí mi mochila y me puse a buscar en el interior por si se había caído dentro de ella. Pero nada, no estaba. Mi *pendrive* había desaparecido. El corazón se me paró.

Capítulo 6
Hollywood, todo por un sueño

Justo había llegado a la estación de Atocha cuando recibí la llamada que llevaba días esperando, la que cambiaría mi vida.

—*Hello, Mathew?*

Mathew era uno de los agentes más importantes de Estados Unidos. Su oficina se llamaba Hollywood Stars y se encontraba en Los Ángeles. Desde allí, desde su agencia, representaban a actores, directores y guionistas de primer nivel, como Brad Pitt, Sofia Vergara o Steven Spielberg. Y ahí estaba yo, esperando esa llamada desde hacía quince días.

Me había reunido días antes con él allí, pues aproveché un parón de la serie para irme para allá. Fue un mes de mi vida de lo más intenso. Supe desde que aterricé al otro lado del océano que mi sitio estaba en aquel lugar, y aunque era la primera vez que lo visitaba, sentía que ya había estado. Aproveché el viaje para perfeccionar mi inglés y por eso me metí en una academia a la que iba por las tardes. Días intensivos, porque por las mañanas me apunté a un curso de interpretación para seguir formándome como actor. Lo tenía muy claro desde bien pequeño: quería ser una estrella de Hollywood. Ese era mi sueño y no iba a parar hasta conseguirlo. Y para ello era importante tener un buen mánager. Como quería al mejor, sabía que tenía que ser Mathew y ese era el gran objetivo de este viaje.

Hablé con Carlos, mi mánager en España, para que moviese cielo y tierra y consiguiese una cita con él. No resultaba fácil que te recibiese. Mathew era un profesional exquisito, siempre estaba liado y no le gustaba perder el tiempo. Pero Carlos sabía moverse y tenía los contactos necesarios. Mi mánager era consciente de que no iba a aceptar un no por respuesta, así que se esmeró. Se puso a pedir favores a la gente que conocía y así logré mi cita con él. Según Carlos, este aceptó verme porque me conocía de *Amar eternamente*. Mi serie se veía a través de Netflix y mi mánager, en una de las llamadas que hizo, se enteró de que Mathew la seguía.

La verdad es que la serie en la que trabajaba se había convertido en un éxito a nivel mundial. Teníamos fans por todo el mundo que amaban a cada uno de los personajes que salían, pero el mío en particular había calado bien fuerte entre la gente. Llevaba años detrás de un éxito de esta envergadura y tenía claro cuál era mi potencial a pesar de que el camino para llegar hasta aquí no había sido fácil. Dejé mi ciudad, Albacete, con dieciocho años para ir a Madrid y dedicarme a mi verdadera pasión, la interpretación. Los primeros meses tiré de mis ahorros. Lo dejé todo, familia y novia, y aposté por mí. Si no lo hacía con esa edad, no lo haría nunca y estaba preparado para ello. Me pasaba los días de casting en casting recibiendo continuas negativas, pero no me importaba, jamás tiré la toalla, sabía que había un «sí» esperándome en algún momento, en algún lugar. Creía mucho en mí, y esta fue la clave de mi éxito, la confianza que tuve siempre en mi talento.

Mathew me citó justo el día antes de regresar a España. La reunión era a las nueve de la mañana en sus oficinas. Esa mañana me levanté temprano, desayuné tranquilamente y me fui allí con tiempo, pues prefería llegar pronto a una cita tan importante. Hollywood Stars ocupaba una planta de un edificio y en los bajos había un gimnasio gigante con cristaleras donde veías entrenar a todo el mundo. Era muy práctico si trabajabas allí y querías hacer ejercicio, porque tan solo tenías que bajar unas cuantas plantas para ponerte en forma. Llegué sobre las ocho y media. A esa hora estaba todo el mundo entrenando en el gimnasio, a tope de chicos y chicas espectaculares. La verdad es que no sabía si, en realidad, estaban allí para exhibirse y hacer contactos.

Me acredité en la recepción, pasé un control de seguridad y subí hasta la sexta planta, donde estaba Hollywood Stars. Nada más entrar había una especie de centralita con tres chicas trabajando, cada cual más guapa.

—Hola, tengo una reunión con Mathew, soy Rubén Sánchez.

—Espera un momento —me dijo una de ellas.

Cogió su teléfono y avisó a Mathew. Fue esta misma chica la que me acompañó hasta el lugar de la reunión. Subimos unas escaleras que estaban a mano izquierda y al final de ellas se encontraba su despacho.

—Aquí es. —Tocó la puerta, abrió y entré.

Llevaba días preparándome la entrevista, pensando mucho todo lo que le iba a decir.

—Hola, Rubén; siéntate.

—Hola, Mathew, encantado de conocerte —dije con mucha seguridad.

Me senté en una de las sillas que estaban frente a él. La mesa de su despacho era grande, elegante y de madera. Había mucha luz, pues entraba desde unos ventanales que daban a unas vistas espectaculares. Tenía fotos colgadas por todos los sitios con actores conocidos y con los mejores directores de cine. Me habría encantado acercarme a cada una de ellas para verlas bien, pero no me quería despistar, tenía un objetivo y era conquistarle a él. Si todo iba bien, sabía que en un año tendría mi foto colgada en una de esas paredes.

—Rubén, pues ya estás aquí. Cuéntame qué quieres y explícame para qué has concertado esta cita.

Mathew era un hombre directo y no se andaba con rodeos. Eso me gustaba. Se notaba en su forma de comportarse que era un tiburón de los negocios, pero lo que él no sabía era que enfrente tenía a otro tiburón, en este caso de la interpretación.

—Mathew, voy a ser muy claro: quiero que seas mi mánager.

Me miró un instante y se produjo un largo silencio. De repente soltó una carcajada. Aquello me despistó, no sabía si era algo bueno o malo. Pero continué con mi táctica.

He concertado esta entrevista porque quiero que seas tú la persona que me ayude a conseguir un Oscar. —Respiró profundamente y por unos instantes sentí que me iba a echar de su despacho—. Mathew, voy a ganar un Oscar, lo sé. No me digas cómo ni cuándo, pero lo sé. Me voy a dejar la piel hasta conseguirlo. Puede que suene pretencioso, pero no voy de farol, lo tengo claro. Igual de claro tengo que quiero que seas tú quien me acompañe en todo este proceso. Te he elegido.

Mathew soltó otra gran carcajada.

—Jamás nadie ha tenido la osadía de sentarse delante de mí para decirme que me ha elegido. Rubén, normalmente es al revés. Soy yo el que elijo si sí o si no.

Se produjo otro incómodo silencio.

—Mathew, si no lo haces, sé que te vas a arrepentir. Lo voy a lograr contigo o sin ti. Sé de lo que soy capaz.

Más silencio. Pero, de pronto, Mathew, pensativo y serio, tomó la palabra.

—Rubén, me gusta la seguridad que tienes en ti y he de reconocer que me llama la atención tu osadía. Normalmente, en el mundo de los actores ocurre todo lo contrario. Todos son muy inseguros y siempre tengo que hacer terapia con cada uno de ellos. Más que un mánager parezco un psicólogo. Ok, ok, ok, bueno, déjame que le dé una vuelta al asunto, tengo que pensarlo, hablarlo con los demás socios y ver si encajas en la agencia. Conocemos tu trabajo, de hecho antes de esta reunión he estado viendo tu videobook. Sí, me pareces un buen actor, tienes potencial.

—¿Cuándo podrás decirme algo?

—Rubén, yo no sé cómo funcionan las cosas en España, pero aquí todo lleva su tiempo. —Mi cara seria, pues quería hacer lo posible por presionar, por adelantar el tiempo, le hizo reconsiderar la respuesta—. En fin, está bien, tienes mi palabra: en quince días recibirás noticias. ¿Podrás esperar?

Y sonrió. No me quedó más remedio que devolverle la sonrisa.

—Sí, podré esperar.

Nos despedimos cordialmente y salí de allí contento, satisfecho con la reunión, aunque fue bastante rápida, había estado solo quince minutos en su despacho.

Por eso llevaba días esperando su llamada; aunque todavía no se habían cumplido oficialmente los quince días, estaba ansioso por saber su respuesta.

Una mañana estaba en Zaragoza haciendo la campaña de un nuevo perfume cuando recibí la llamada de un número internacional. No dudé en cogerlo. Era la secretaria de Mathew para avisarme de que al día siguiente me llamaría. Estaba deseando escuchar su veredicto. Después de la sesión de fotos, todo el equipo nos fuimos a dar una vuelta y esa noche me acosté a las seis de la mañana. Nos lo pasamos muy bien y acabamos dándolo todo en un karaoke. Llevaba una vida muy loca. Era una de las cosas que me había dado la fama. Trasnochar un día y otro y otro. A la mañana siguiente tenía el AVE para regresar a Madrid a las doce, así que puse el despertador a las diez de la mañana para llegar a tiempo. Pero algo sucedió que no sonó la alarma de mi móvil, sino que me despertó otro sonido, el del teléfono fijo de la habitación. La noche anterior, cuando llegué del karaoke al hotel, pedí a la chica de la recepción que me pidiese un taxi a las once para que me llevase a la estación y ella, al ver que eran las once y diez y no bajaba, me llamó a la habitación.

Recogí todo como pude, me vestí, me eché colonia y me monté en el taxi rumbo a Zaragoza-Delicias. Llegué justo a tiempo, en el momento en que el AVE, procedente de Barcelona, entraba en la estación. Rápidamente busqué mi vagón, me subí y me puse a localizar mi asiento. Cuando me senté, me di cuenta de que mi móvil apenas tenía batería. Busqué el cargador en la maleta y no lo encontré. Entonces caí en que me lo había dejado en la habitación del hotel. Mi desesperación me llevó a preguntarle a la chica que tenía al lado si tenía un cargador de iPhone. Me agobié bastante, pues pensé que Mathew podría estar a punto de llamarme y debía tener suficiente batería.

Afortunadamente, después de insistir bastante (no se enteraba de nada, pues llevaba unos cascos de música que la aislaban del mundo), la chica de la trenza con los ojos claros y la carpeta forrada con mis fotos sí tenía cargador y me lo dejó. Y desde Zaragoza a Madrid estuve cargándolo. No dejé de hablar con esa chica joven y melancólica. Se llamaba Sara. Estuve entretenido con una conversación agradable, pero noté lo perdida que estaba. Justo cuando llegué a la estación de Atocha, recibí la llamada que estaba esperando.

—Hola, Rubén, soy Mathew.

—Hola, Mathew, estaba esperando tu llamada.

—Voy a ser directo, no tengo mucho tiempo y en cinco minutos tengo otra reunión, estoy de viaje en Londres.

—¿Sí o no? —Yo también demostré que tenía prisa.

—Ok, he estado hablando con mi equipo, hemos analizado tu trabajo, estudiado tu perfil, analizado el mercado y hemos decidido que sí, te queremos con nosotros.

Quería gritar, quería llorar y quería contarle a todo el mundo que Hollywood me acababa de abrir sus puertas. Este era el primer paso de mi gran carrera.

Mientras hablaba por teléfono, vi cómo Sara, la chica de la trenza, la que me había dejado el cargador, me decía adiós con la mano. No pude despedirme de ella como me habría gustado, con dos besos y dándole las gracias una vez más por haberme dejado el cargador. Ella se fue rápido, parecía que huía, y mientras miraba cómo se marchaba, vi que se le caía algo de la carpeta. Pero como estaba hablando con mi nuevo mánager americano no pude avisarla.

—No te vas a arrepentir, Mathew.

—Te vamos a mandar el contrato para formalizar todo, ¿ok?

—Ok, perfecto.

—Esta tarde mi secretaria te enviará la separata para una película, *Herida mortal*. Ya tienes tu primera prueba, te hemos conseguido un casting en Londres, por eso estoy aquí. Llevan meses con las pruebas pero todavía no han encontrado a uno de los protagonistas, estamos a tiempo.

—Perfecto. Gracias.

Procuré no mostrarme excesivamente eufórico, no quería que notara mi emoción desbordada. ¡Objetivo conseguido! Colgué el teléfono. En aquel momento tenía que asimilar todo lo que me estaba pasando. Hollywood

Stars me acababa de fichar y ya tenía una prueba para una superproducción. Quería llamar a Carlos y contárselo todo. Respiré, caminé con mi maleta unos pasos y me topé con lo que se le había caído a Sara de la carpeta. Era un *pendrive*. Lo cogí del suelo.

La estuve buscando, miré hacia todos lados, pero no hubo suerte. Seguí caminando y pregunté a varias personas que me encontré por allí si la habían visto.

—Perdone, ¿ha visto a una chica con una trenza, ojos claros y una carpeta en la mano? Es que se le ha caído este *pendrive*.

—No, lo siento, llévelo a objetos perdidos.

Y eso fue lo que nunca hice, llevarlo a objetos perdidos. No sabía ni dónde estaba ni tampoco podía perder el tiempo yendo hasta allí. Tenía muchas cosas que hacer esa mañana. Y en vez de tirarlo, lo guardé en el bolsillo delantero de mi maleta. En aquel momento no sabía lo que esa acción supondría para mi futuro.

Capítulo 7
Mi ángel de la guarda

Tuve que alargar mi estancia en el hotel porque no encontraba una habitación que me gustase, donde sintiese que iba a estar cómoda. Me planteé que lo mismo exigía demasiado y que tenía que cambiar todavía más el chip. Como era tan exigente conmigo misma, no solo me sentía perdida, sino con una sensación de fracaso y desilusión por no ser capaz de encontrar un nuevo hogar. Traté de poner remedio y establecí una nueva rutina en mi vida, necesitaba poner un poco de orden, así que hacer prácticamente las mismas cosas todos los días me ayudaba. Me levantaba temprano, me duchaba y me iba a desayunar al Starbucks. Ahí aprovechaba para buscar casa, hablar con Melisa un rato y contarle cómo iba mi búsqueda, entre otras cosas. Estaba intentando buscar mi sitio en Madrid, una ciudad que me estaba gustando mucho porque a ambas nos había acogido en sus brazos de una manera amable, con independencia del lugar del que fuéramos. Sabía que el día que encontrase un hogar estaría un poquito más tranquila, tampoco quería dejarme todos mis ahorros en el hotel. El tema del dinero empezaba a preocuparme un poco, sabía que lo siguiente era ponerme a buscar trabajo. Por eso le dije también a Melisa que si se enteraba de que estaban buscando personal en la cafetería me lo dijese.

Todas las mañanas me guardaba la mesa que estaba cerca de la ventana, pues sabía que me gustaba. Llegaba temprano y le ponía el cartel de reservado, así me sentaba todos los días ahí a desayunar. Era mi rincón favorito, en esa mesa podía buscar tranquila casa en mi portátil o escribir en mi cuaderno (el papel todavía me gustaba para volcar mis palabras más íntimas). Había vuelto a escribir, me ayudaba a ordenar mi cabeza. Era mi diario secreto. En esa libreta escribía la realidad de mis sentimientos.

Esa misma mañana iba a volver a llamar a Renfe por si habían encontrado mi *pendrive* en algún lugar de la estación. Desde que me di cuenta de que lo había perdido, llamaba todos los días por si aparecía en algún lugar de Atocha o por si alguien lo había encontrado y lo había llevado a objetos perdidos. La mañana que descubrí que no estaba en mi carpeta, el mismo día del atraco, regresé a aquel portal por si se había caído allí.

Sabía que era prácticamente imposible, porque no llegué a abrir la mochila. Me dio miedo pensar que alguien pudiera descubrir mi secreto más preciado, un secreto que podía afectar a mi familia. También pregunté en el hotel, por si Elvira lo había encontrado limpiando la habitación. Y, bueno, yo no había dejado ni un rincón sin mirar. Ya no sabía dónde más buscar.

Pedí un *muffin*, el té chai y me senté a la mesa reservada como cada día. Como era primera hora de la mañana se veía mucho movimiento por la calle. La Gran Vía nunca dormía y menos en hora punta. Me puse a hacer una de mis cosas preferidas, observar a la gente a través de la cristalera e imaginarme sus vidas. De pequeña lo hacía con mi abuela Rosario, nos sentábamos en un banco y nos divertíamos muchísimo fantaseando sobre la vida de la gente que pasaba. E íbamos adivinando si las personas que veíamos estaban tristes, alegres, preocupadas, enfadadas y si eran o no felices. Así que mientras desayunaba, dejé volar mi imaginación. Enfrente de la ventana, cerca de plaza de España, había un vagabundo sentado con dos perros pidiendo dinero. La gente pasaba delante de él y nadie le hacía caso. Me quedé mirándolo y me preguntaba cómo habría llegado a esa situación, si quizá tenía problemas con el alcohol o si aquel hombre de pequeño soñaba con ser algo. Pensaba si tendría hijos o no. Lo que sí sabía era que tenía dos perros, que eran dos fieles amigos que le acompañaban siempre y no le dejaban solo ni un instante. Los dos estaban pendientes de cada movimiento que hacía. Al verlos no pude evitar acordarme de *Little*, le echaba mucho de menos. *Little* era un perro muy especial. Un día me lo encontré por la calle, desorientado y perdido. Conseguí cogerlo y lo llevé al veterinario por si se había perdido, pero no portaba chip, así que no tenía dueño, era huérfano. Nos enamoramos mutuamente, fue un amor a primera vista. Convencí a mis padres para que nos lo quedásemos. Era un chuchillo muy simpático y listo. Desde el principio se acostumbró a mis idas y venidas, a mis ausencias causadas por el atletismo, pero aun así nuestro amor seguía intacto. *Little* siempre me esperaba. Y mis padres lo adoraban y ya no podían vivir sin él, por eso en ningún momento contemplé traérmelo a la capital por mucho que lo echase de menos. No quería que mis padres sufrieran más de la cuenta.

Terminé de desayunar, pero seguí con mi labor de búsqueda de un hogar. Era mi obsesión desde hacía bastantes días: «Se alquila habitación en la zona de Tetuán por trescientos euros al mes». «Habitación individual en La Latina por trescientos cincuenta euros con baño compartido». «Chica busca a otra chica para compartir casa». Veía fotos, fotos y más fotos, pero nada, no encontraba nada que realmente me gustase. Los que estaban en buena zona eran caros y los que no, tenían un aspecto un poco «raro». De pronto fui interrumpida por una voz, que se me hizo familiar.

—¿Sara? ¿Eres Sara Salazar Crespo?

Me giré. Había poca gente que supiese mi nombre y los dos apellidos.

—¿Luis?, ¿eres tú? ¿Eres Luis Martínez... Campo?

—Pérez. Luis Martínez Pérez.

—Sí, soy yo, soy Sara.

—¡No me lo puedo creer!

—Ni yo. ¿Qué estás haciendo aquí?

—¡Lo mismo te digo!

—Pues estaba desayunando un té chai y un *muffin*.

Realmente estaba cortada y alegre a la vez. Este era verdaderamente un encuentro inesperado. Luis... Claro que me acordaba de él. Él parecía contento también y no dejaba de preguntarme.

—¡Qué sorpresa! ¿Qué haces en Madrid? ¿Has venido sola o con tus padres? Ya sé que tus padres están muy bien, los veo en las revistas. Bueno, supongo que tú ya me entiendes.

—Sí, claro, sé a qué te refieres. Pues estoy aquí en Madrid. Sola, sin nadie.

Se lo dije tajante, quería cambiar de conversación, no quería hablar de mi padre ni de mi madre ni de nada que estuviera relacionado con mi pasado.

—Ah, ¡qué pena! Porque me habría gustado verlos.

No le contesté, no dije nada.

—¿Has venido a competir?

—No, lo he dejado.

—Vaya, pensé que seguías metida en el mundillo del atletismo. La verdad es que te vi hace poco en Barcelona, en el campeonato del mundo, me sigue gustando seguirlo, me trae buenos recuerdos.

—Pues justo lo dejé al finalizar esa carrera. He decidido empezar una nueva vida en Madrid. —No me apetecía que me preguntara los motivos por los que quería iniciar una nueva etapa, así que de nuevo traté de cambiar de tema. Quería saber más cosas de él—. ¿Y tú? ¿Qué es de tu vida? ¿Qué te pasó? Había tantos rumores… Un día te dejé de ver por los campeonatos y nunca más. Llegaron a decir que te habías muerto, ya sabes cómo son estas cosas.

Me quedé cortada. Había soltado una burrada, pero era cierto. Se rumorearon esas cosas tan tétricas. Y con lo que me dijo, entendí por qué.

—Me detectaron en un control médico una especie de arritmia. Me operaron y por prescripción médica tuve que dejarlo. Cambié de vida radicalmente y terminé en Madrid. Como tú ahora. Vivo aquí desde hace ya seis años. Ahora soy fotógrafo de moda.

—¿En serio? Madre mía, si se entera mi amiga Patri, se planta aquí para que le hagas unas fotos para su Instagram. —Me di cuenta de que había dicho la primera tontería que se me había pasado por la cabeza, así que quise volver a parecer una tipa seria—. ¿Y ya estás bien del todo? Digo de tus arritmias.

—Sí, sí, estoy bien, todos los años me hacen controles médicos y listo. Y ¿dónde estás viviendo?

—Pues ahora mismo en el hotel que hay aquí enfrente, el Gran Vía. Pero estoy buscando como loca alguna habitación para compartir. Si sabes de alguien de confianza que quiera me lo dices, porque no encuentro nada que me guste. Está siendo un auténtico infierno. El otro día fui a ver una casa y me intentaron atracar. No me esperaba que pudiera ser tal odisea buscar una habitación en condiciones.

—Oye, ¿y por qué no te quedas en mi casa? Yo te puedo alquilar la habitación vacía que tengo si tú quieres. Te propongo que vengas a verla sin compromiso. Mi casa es grande. Ahí es donde trabajo y donde tengo instalado mi estudio de fotografía, pero está en la planta de abajo y las habitaciones están arriba, tendrías toda la intimidad que tú quisieras.

No sabía muy bien qué contestar. No me lo esperaba. Este encuentro me estaba pareciendo un golpe de suerte en toda regla. Pero tampoco sabía qué me iba a cobrar. La verdad era que compartir casa con alguien que conocía resultaba una opción muy atractiva.

En su momento no pude conocerlo muy bien, además la diferencia de edad en esa época sí que se notaba bastante, nos llevábamos ocho años, yo era una niña y él un adolescente. A los doce años lo dejé de ver, por aquel entonces él tenía veinte. Aunque pertenecíamos a categorías diferentes, todos entrenábamos en la misma pista de atletismo. No teníamos mucha relación, porque cada uno de nosotros íbamos a lo nuestro y yo me juntaba más con los de mi edad. Cuando lo veía por allí casi siempre estaba con una sonrisa, y cuando nos cruzábamos me daba ánimos y alababa mi estilo a la hora de correr, era muy majo conmigo. En cada entrenamiento se dejaba la piel, la verdad es que todos los que estábamos allí amábamos este deporte y eso nos unía. Independientemente de la edad, todos nos dejábamos el alma en aquella pista. Pero lo que más me llamaba la atención era que cuando íbamos a alguna competición donde participábamos todas las categorías, cuando Luis terminaba su carrera, en vez de irse al hotel a descansar como hacía la gran mayoría, se quedaba en el estadio viendo las carreras de los demás, animando, observando, analizando... Se notaba que le encantaba el atletismo, por eso me imaginé que debió de ser muy duro cuando lo tuvo que dejar bruscamente.

 Y ahora ahí me encontraba yo, ante su propuesta, que era más que tentadora, pero no sabía qué hacer.

 —¿En serio?

 —Sí, te lo digo de verdad. Sé lo que es empezar de cero. No creo que sea casualidad que nos hayamos encontrado y que además tú estés buscando habitación.

—No sé qué decir, Luis. —Lo miré a los ojos tímidamente—. Jo, pues gracias.

—No me las des, estoy convencido de que tú también me habrías ayudado. Pero si quieres te lo piensas. Este es mi teléfono. —Y me dio su tarjeta—. Si no encuentras nada, me avisas. Yo no tengo ningún problema en acogerte.

Decidí en ese mismo instante que Luis era mi ángel de la guarda. Él había aparecido en el momento oportuno, cuando más lo necesitaba. Por primera vez, el pasado volvía al presente como una bocanada de aire fresco. Quién me iba a decir a mí que me encontraría años después en Madrid a aquel chico moreno que veía en los entrenamientos y que me ofrecería su casa para vivir con él. ¡Cómo era el destino!

Cuando estaba en plena meditación y Luis, el pobre, se encontraba esperando una respuesta o que saliese de mi ensimismamiento, se acercó Melisa a la mesa con un chico con una cara muy simpática.

—¡Sara!, perdona que os moleste. Este es mi novio, del que tanto te he hablado estos días, por el que me vine a Madrid.

—Tenía muchas ganas de conocerte —dijo él, y a continuación me plantó dos besos y me abrazó como si me conociese de toda la vida.

Melisa continuó con las presentaciones de una manera muy natural. Como era ella.

—Javier, Sara. —Y dirigiéndose a Luis, preguntó—: Perdona, ¿y tú nombre es...?

Yo me quise adelantar, para además demostrarle que estaba todavía en este mundo.

—Luis. Es amigo mío desde hace mucho tiempo y nos acabamos de encontrar. ¡Qué casualidad!

Melisa había terminado su turno. Hoy salía mucho antes del trabajo porque, según me había dicho, tenía que hacer unas gestiones importantes y Javier, su chico, la iba a acompañar. Me daba a mí que era porque estaban gestionando casarse, eran suposiciones mías, pero mi intuición me decía que estaba en lo cierto. Pensé que ya me lo contaría. Y de repente nos quedamos los cuatro hablando fluida y tranquilamente. Javier era igual de majo que ella, hubo mucha conexión, tanta que nos quedamos con ganas de seguir charlando más. Ella y Javier ya no se podían demorar más porque llegaban tarde.

—Oye, ¿por qué no quedamos a cenar los cuatro esta noche? Me haría mucha ilusión —dijo Melisa.

Luis y yo nos quedamos mirándonos.

—Por mí, perfecto. Termino una sesión de fotos que tengo sobre las ocho.

Yo acepté también. Total, no tenía otro plan mejor, esa noche me iba a quedar en la habitación del hotel viendo la tele y comiendo algunas guarrerías.

—Genial, podemos ir a un tailandés que está cerca de aquí. En el Palacio de Oriente. Es uno de nuestros restaurantes preferidos. Sara, te paso ahora mismo la dirección. ¿Sobre las nueve y media os va bien?

Los dos dijimos que sí y quedamos en que pasaría a recogerme sobre las nueve y cuarto al hotel. Nos despedimos los cuatro hasta por la noche. Por fin iba a quedar con Melisa fuera de la cafetería, siempre me lo decía pero al final se complicaban las cosas y no podíamos.

Cuando Luis se fue, llamé a Renfe para ver si habían encontrado mi *pendrive*. No hubo suerte. Ni rastro. Esa mañana fui a ver un par de casas más y nada. Quizá tendría que reconsiderar la oferta de Luis. Todavía no sabía por qué no le había dicho directamente que sí. Comí en el Vips de Gran Vía y me fui al hotel. Aproveché la tarde para descansar, luego continué buscando en el portátil no solo habitación (aunque cada vez veía más factible el ofrecimiento de Luis), sino también distintas ofertas de trabajo. Según se iba acercando la hora, me dispuse a arreglarme. Me hacía ilusión esa cena. Era mi primera actividad de ocio con nuevos amigos en Madrid.

A las nueve y cuarto en punto bajé al hall del hotel. Cuando llegué a la recepción, ya estaba Luis esperándome.

—No tenía tu teléfono y por eso no he podido avisarte de que ya estaba aquí. Iba a esperar cinco minutos más antes de pedir que te avisaran.

Qué despiste. Él me entregó su tarjeta y yo ni siquiera le di mi número de móvil.

—Es verdad, lo siento. Nos despedimos y no te di ni mi teléfono. Apúntalo ahora mismo y así ya no se nos olvida.

Nos fuimos caminando tranquilamente hacia el restaurante que había propuesto Melisa. Y comenzamos a charlar de atletismo y de la época en que nos conocimos. Ahora no me sentía tan incómoda y sí me apetecía hablar sobre ello. Era algo que me pasaba esos días, mis emociones eran como una ola. A veces me apetecía surfear sobre ellas y otras hundirme en la ola, sumergirme.

—¿Lo echas de menos? —le pregunté.

—Sí, un poco sí, no te voy a mentir. Pero ¿sabes qué? El deporte me ha dado una disciplina que ahora aplico a mi trabajo. En general el deporte te ofrece una serie de valores que son fundamentales para nuestro día a día. Estoy tan agradecido de haber vivido todo aquello... Probablemente si no me hubiese pasado lo del corazón, ahora no sería fotógrafo. Vete tú a saber qué me habría deparado la vida. Y ¿tú? ¿Lo echas de menos?

—Ahora mismo no. Aunque creo que todavía no ha pasado el suficiente tiempo para valorar todo lo que me ha dado. Aún estoy cabreada. Es una relación de amor-odio la que tengo. Bueno, creo que siempre la he tenido, pero ahora mucho más.

Llegamos al restaurante y era chulísimo. Parecía que estábamos en Tailandia. Tenía una decoración increíble y daba muy buen rollo. Había budas por todas partes, música relajante y los camareros eran tailandeses y estaban vestidos como tales. Melisa y su chico ya nos estaban esperando en la mesa.

—¡Qué guapa estás! —le dije.

Es curioso cómo pueden cambiar las personas cuando las sacas de su entorno. A Melisa siempre la había visto con el uniforme y sin maquillar, y verla ahora con un vestido precioso y maquillada me impresionó un montón. Estaba muy ilusionada. Nos sentamos con ellos y nos pusimos a charlar enseguida. Después de un rato de conversación divertida, empezó la ronda de hablar sobre cada uno. Melisa y su chico nos preguntaron de qué nos conocíamos. Luis tomó la palabra y les explicó. Pero no me esperaba los derroteros de su relato, porque además se puso a contar quién era mi padre y lo mucho que lo admiraba. Y a mí me cambió la cara. No estaba preparada para revelar esa parte de mi identidad. Quería seguir siendo anónima para Melisa y su chico. Que les gustara por quién era yo y no por ser hija de mi padre.

—¡Que tu padre es Hugo Salazar! —exclamó Melisa, alucinada.

No pude evitar ponerme seria. Y noté cómo Luis se dio cuenta de que no me había hecho nada de gracia y que estaba incómoda. Aprovechó un momento en que Melisa y su novio estaban pidiendo al camarero algo más de beber para decirme:

—Perdona, Sara, no le habías dicho a Melisa nada de quién era tu padre.

—No, no se lo había contado. Sé que es una tontería, pero no quería decírselo todavía.

—Lo siento.

—No pasa nada.

Melisa y su novio volvieron a incorporarse a la conversación y siguieron alucinando. Mi nueva amiga, espontánea como ella sola, no daba crédito.

—¿De verdad que es tu padre? ¡No me lo puedo creer! ¡Me muero por conocerlo!

Yo sonreía. Intentaba aparentar normalidad, aunque por dentro estaba cabreada. No estaba enfadada con Luis. Ni él ni Melisa y menos su pareja tenían idea de mi situación familiar. Luis se percató de que quería cambiar de tema de conversación, pero que no sabía cómo hacerlo e inmediatamente les preguntó a ellos cómo se habían conocido. Esa pregunta iluminó la cara de Melisa, estaba claro que le emocionaba hablar del tema. Además ella era bastante intuitiva, no tenía un pelo de tonta, y creo que se dio cuenta de que el tema de mi padre me incomodaba, así que también sintió alivio ante el rumbo que tomó la conversación. Se los veía muy enamorados y hacían muy buena pareja. Según nos contaron, se conocieron en la farmacia donde ella trabajaba. Fue un flechazo. Y la flecha parecía que seguía clavada, porque eran dos tortolitos. Un día él le echó valor y le propuso quedar a cenar en un restaurante tailandés y ella aceptó de inmediato. Por eso se convirtió en tradición ir a restaurantes tailandeses. En ellos vivían un montón de buenos recuerdos. Melisa quiso indagar un poco más en nosotros dos.

—Vaya casualidad haberos encontrado hoy, ¿no?

Y Luis tomó la voz cantante.

—La verdad es que sí, estaba de paso por ese Starbucks. Tenía una reunión muy cerquita y, como había llegado con tiempo de sobra, me metí en el local para pedirme un café. Y allí me encontré la sorpresa. Dudé al principio, pero cuando se giró claramente supe que era Sara. Esa trenza y esos ojos son inconfundibles. Pero ¡vaya si ha pasado tiempo desde que nos conocimos!

—Pues supongo que sabes que Sara quiere empezar una nueva vida. No quiere más atletismo. Luis, tenemos que ayudarla entre todos a que encuentre una casa, que la pobre está muy agobiada con el tema. Se pasa las horas en la cafetería buscando piso y no ve nada que merezca la pena.

Mi ángel de la guarda no se cortó un pelo.

—Ya le he dicho que se venga a mi casa, que tengo una habitación vacía.

Melisa me miró con cara de circunstancias.

—Sara, ¿me acompañas al baño?

Y en el baño mi nueva amiga me echó la charla.

—Pero, Sara, ¿cómo que te ha ofrecido su casa y no has dicho que sí? No vas a encontrar nada mejor. Llevas días, ya varias semanas, buscando y todo lo que has visto ha sido horrible. Tía, eres tonta, deja de buscar. Ya tienes casa. Vamos a ir a la mesa y le vas a decir que sí aceptas su proposición. Si ya le conoces..., y me parece un tío majísimo. No entiendo tus dudas, la verdad.

—Tampoco sé cuánto me va a cobrar.

—Eso me imagino que lo podrás negociar, te está haciendo un favor. Sara, no necesita alquilar su habitación, si no lo habría hecho antes.

—Ya, no sé. —Sí, he de reconocer que en ese momento estaba muy confusa.

—Pero ¿qué problema hay? No se hable más, Sara. Ahora mismo salgo yo y le digo que sí de tu parte. No te lo pienses más. Es la mejor solución.

Me cogió de la mano con determinación, me llevó hasta la mesa y nos sentamos.

—Sara ha cambiado de opinión, ¿verdad? Lo hemos estado hablando en el baño.

Yo seguía sin decir nada. Como paralizada. Melisa lo decía todo por mí.

—Luis, que sí, que se va contigo a tu casa.

—¿Quieres, Sara? ¿De verdad? —me preguntó bastante contento Luis.

Lo miré y asentí.

—Pues solucionado —zanjó Melisa.

Y seguimos cenando tranquilamente. Hablamos de todo, de lo divino y de lo humano, de fotografía, del amor y la amistad. Fue una cena amena y divertida. Estábamos muy a gusto los cuatro, conectamos muy bien. Nos despedimos de ellos y nos prometimos que no sería nuestra última quedada. Lo haríamos más veces. Luis y yo nos fuimos caminando hacia el hotel. Mi ángel de la guarda temía que me hubiese visto presionada a aceptar su ofrecimiento, ¡Melisa era mucha Melisa! Quería asegurarse de que yo estuviera realmente segura de la decisión.

—Sara, si no te apetece venirte a casa, no te vengas; yo quiero que estés bien.

—Luis, claro que me apetece. Estaba cortada porque no quería molestarte o que sintieras que esto era un compromiso.

—¿En serio piensas que para mí es un compromiso? Si me molestase, no te lo habría ofrecido. Bueno, vamos a otra cosa. ¿Cuándo te quieres venir? ¿Esta misma noche o mañana?

Le propuse que mejor a la mañana siguiente. Así me daría tiempo a hacer la maleta y recoger todo. Ya era muy tarde y me parecía muy precipitado ir en ese mismo momento. Quedamos en que se pasaría a por mí a las once de la mañana. Nos despedimos con dos besos.

—Descansa y mañana nos vemos —me dijo.

—Tú también.

Y subí a mi habitación con la alegría de saber que por fin había encontrado un nuevo hogar.

Capítulo 8
Un nuevo hogar

Me desperté temprano para que me diese tiempo a recoger todo. Estaba ilusionada por conocer mi nueva casa. Me la imaginé de mil maneras, ¡tenía tanta curiosidad por conocer el hogar de Luis! Me duché con calma, me sequé el pelo y me puse a hacer la maleta y la mochila. No me quería olvidar de nada. Metí mis camisetas, los zapatos, las zapatillas, el neceser, mis cascos y mi carpeta talismán, aunque sentía que cada vez la necesitaba menos; además no sabía adónde había ido a parar mi secreto, aunque prefería no pensarlo mucho. Una vez terminé con todo, me fui a desayunar al Starbucks, probablemente sería mi último desayuno allí hasta quién sabía cuándo. Tenía ganas de hablar con Melisa y comentar todo lo de la noche anterior. Cuando llegué, allí estaba ella, atendiendo a la gente. Pero en cuanto me vio, se las arregló para venir a mi lado.

—¡Qué sueño tengo, por Dios! ¿Te pongo lo mismo de todos los días?

—Sí.

Nos miramos. Y ella se echó a reír, antes de ir a por mi desayuno.

—Mira que eres tonta, mujer, casi dejas pasar una oportunidad de oro. Luis es un buen tipo, no sé por qué narices has dudado en irte a su casa. —De pronto, me abrazó y me pilló desprevenida. En realidad quería decirme algo al oído—. Estoy aprendiendo a conocerte y a quererte. Te tengo ya mucho cariño, Sara. Todavía hay cosas que no logro entender de ti, pero lo conseguiré. Por ejemplo, no entiendo por qué no me contaste que tu padre era Hugo Salazar, pero respeto tu silencio y no volveré a nombrarlo. Y ahora ya me callo y voy a lo práctico: ¿a qué hora viene Luis a por ti?

—A las once —respondí entrecortada y casi sin poder terminar la frase. ¡Me caía tan bien Melisa!

Cogí mi desayuno y me fui a mi rincón; estaba contenta con la decisión que había tomado. Melisa tenía razón, Luis era un buen tipo. ¿Cómo sería convivir con él? Estaba nerviosa. En cuanto Melisa pudo, se acercó otra vez a mi mesa.

—Aunque no vengas tanto por aquí, estamos en contacto, ¿eh? Lo quiero saber todo. Por favor, si pasa cualquier cosa o necesitas algo, no dudes en llamarme. Estoy aquí, no te olvides.

Le dije lo mismo. Y nos dimos un fuerte abrazo. En apenas unos días, Melisa se había convertido en una persona importante en mi vida. Podía decir que ya era mi amiga, me daba buenos consejos y a su lado todo parecía más fácil. Entre nosotras había una bonita conexión. Terminé de desayunar y me marché. Aquello solo era un hasta luego, intuía que Melisa y yo no íbamos a perder el contacto tan fácilmente.

Llegué a la habitación y cogí todas mis cosas. Antes de irme de allí volví a echar un vistazo por si me dejaba algo o por si de repente aparecía mi *pendrive,* pero nada, ni rastro. También me despedí del cuarto que durante bastantes días había sido lo más parecido a un hogar. Cerré la puerta de la habitación y con mi equipaje me fui hacia el ascensor para bajar a la recepción y dejar, por fin, la llave XXL. Afortunadamente no había colas que esperar como el día de mi llegada ni rastro de chinos. Eso sí, en la recepción estaba Carmen, que desde que se enteró de que mi padre era Hugo Salazar me había tratado como a una huésped especial. Ella, al igual que todo el mundo, admiraba a mi padre y le había hecho mucha ilusión que mi madre le firmase un autógrafo el día que vino a verme. Una de las ventajas de tener padres conocidos era que a veces la gente te facilitaba las cosas, o bien porque querían sacar algo a cambio o simplemente por pura admiración, y Carmen pertenecía a este segundo grupo.

—Hola, dejo la habitación. Me voy ya.

—Lo preparo todo enseguida.

De pronto vi aparecer a Luis en el hall.

—Sara, ya estoy aquí.

—¡Qué puntual eres! Estoy haciendo el *check-out*.

—Vale, pues te espero en la calle.

Carmen se quedó mirándolo y luego, pícara, me dijo sonriendo.

—Es guapo.

—¿Qué?

—Que el chico ese es guapo.

No le contesté. Me dio mucho corte. No me había fijado de esa manera en él. Le di la tarjeta para que me cobrara toda mi estancia y alguna cosa más como alguna comida que pedí a la habitación. Firmé, le di dos besos de despedida y me fui directamente hacia la calle.

Allí estaba Luis esperándome. Fuimos juntos al parking de plaza de España, donde había aparcado su coche. Durante el trayecto hasta su automóvil no hablamos mucho, yo estaba un poco nerviosa. La verdad es que los dos andábamos cortados: nos conocíamos, pero tampoco tanto. En realidad no sabíamos casi nada el uno del otro. El futuro era una incógnita, ¿se nos daría bien la convivencia? Pensé que ya se vería. Nos subimos al coche y nos fuimos directos a su casa. Intenté romper el hielo. Y saqué el tema de la habitación, que me preocupaba.

—Luis, me tienes que decir por cuánto me alquilas la habitación.

—Sara, no te preocupes, ya hablaremos tranquilamente de todo. Lo primero es que te instales, que te sientas cómoda. Lo mismo no te gusta la casa, así que para qué vamos a hablar de algo que lo mismo nunca sucede.

Tenía razón. ¡Estaba tan cortada!

—Luis, no sé qué decir. Gracias.

—Que no me las des, Sara, no hace falta.

Y esbozó una ligera sonrisa. Luis era una de esas personas que transmitían tranquilidad y buen rollo. A su lado te sentías bien, todo era fácil. Tenía muchas ganas de ver su casa. No dejaba de preguntarme una y otra vez cómo sería y cómo la tendría decorada. Y de repente el sonido de su móvil me hizo volver a la realidad, al momento presente.

—Sara, disculpa, voy a cogerlo.

—Sí, claro, no te preocupes.

—¡Hola, Belén!

Tenía conectado el manos libres. Me sentía un poco rara, porque estaba presente en una conversación sin que la persona que había llamado lo supiera. Así que no sabía muy bien qué hacer, si disimular como si no me importase en absoluto o hacer como si no estuviera escuchando. Opté por la segunda opción; cogí mi teléfono y disimulé como si estuviera viendo algo en él, para no demostrar interés y para que no pensase que era una cotilla. Pero resultaba inevitable escuchar todo.

—Luis, ¿cómo estás? ¿Te pillo bien? ¿Puedes hablar?

—Sí, sí, sin problemas, voy en el coche.

—Perfecto, mira, tenemos que hacer una editorial de moda para el próximo número. Necesitaríamos unas cuatro páginas. La modelo es una actriz, Cristina Sanz, ¿te suena?

«¿Ha dicho Cristina Sanz? ¿He oído bien? ¿Es Cristina Sanz, la protagonista de *Amar eternamente*? ¿Es una actriz de la serie donde trabaja Rubén, mi amor platónico?». Estaba alucinando entre pensamientos. Pero mi rostro permanecía inmutable.

—Me suena el nombre —contestó Luis—. ¿Es la chica que está trabajando en la serie esa de moda, *Amar eternamente*?

—Sí, es que arrancan la nueva temporada en Netflix y queremos hacerle un reportaje.

—Vale, ok.

Yo seguía disimulando ante Luis, como si su conversación no me interesara nada. Pero nada más alejado de la verdad. Lo quería saber todo.

—¿Qué fechas barajáis, Belén?

—¿Qué tal tienes la semana que viene?

—En cuanto llegue al estudio lo miro en la agenda y te digo.

—Venga, perfecto, pues espero tu respuesta.

Luis colgó el teléfono. Y siguió hablando conmigo como si nada.

—¡Ya estamos llegando!

«¿No va a decirme nada sobre que va a hacer fotos a la chica de moda? ¿De verdad que no le importa nada?». Yo estaba alucinando.

—Mira, este es el puente de Segovia, ya estamos muy cerca de casa.

—Qué bonito, lo había visto en fotos, pero así en vivo y en directo impresiona más.

El coche empezó a circular por calles estrechas, por ese Madrid villa que estaba descubriendo y disfrutando cada día.

—Por aquí a la derecha está mi casa. Tiene garaje propio, así que no tenemos que buscar aparcamiento. Esta zona, como verás, es bastante complicada.

Entramos en el garaje. Bueno, en realidad era un patio interior al aire libre. Aparcó, abrí el maletero y cogí mi equipaje. Entonces Luis apretó un botón del mando que llevaba en el llavero y una persiana metálica empezó a subirse. Allí estaba la puerta de su casa.

—Es un loft, no sé si te lo dije. Espero que te sientas cómoda. Ahora mismo te doy un juego de llaves. Trae, dame la maleta, que te la llevo.

—No hace falta, Luis, si no pesa nada.

Entramos a la casa. A la izquierda se encontraba su estudio de fotografía, el plató donde hacía las fotos con diferentes fondos, focos y atrezo. Al lado se encontraba la zona de maquillaje y peluquería con un espejo gigante lleno de bombillas, una especie de tocador gigante. El sueño de todas las chicas. Estaba segura de que si lo veía Patri se volvería loca. Hasta a mí me gustaba y eso que no era mucho de arreglarme. Luis se convirtió en un guía improvisado.

—Aquí está el estudio, como ves lo tengo nada más entrar. Así nadie tiene que atravesar la casa. Lo pensé de esta manera para tener un poco más de intimidad. Pasado el estudio todo recto están el salón y la cocina. Lo de las bombillas es el tocador. Esa puerta que ves ahí da a un baño pequeño. Y arriba están las habitaciones y un baño más.

Enfrente de la puerta principal se hallaban las escaleras que llevaban a los dormitorios.

—Ahora sí, dame la maleta, que estas escaleras son un poco incómodas y yo ya las tengo controladas.

Subimos a la planta de arriba y me llevó a mi futuro dormitorio.

—Espero que estés cómoda, Sara. Ahora mismo te traigo sábanas y toallas limpias.

Abrió la puerta de la habitación. Era grande, con paredes blancas y una decoración sencilla, con muy buen gusto. Entraba luz natural. El cabecero de la cama era de madera blanca desgastada y a la derecha había una ventana grande también de madera blanca que daba al exterior. Al fondo se veían varios árboles. La vista era bonita. Y de repente sonreí y respiré tranquila. Mis ojos se iluminaron. Y había una explicación: me encantaba mi nueva habitación. La casa de Luis era preciosa, transmitía su personalidad y su buen rollo. Todo lo tenía perfectamente ordenado y colocado. Él seguía indicándome cosas, pero para que me sintiera bien.

—El baño lo tienes aquí, a la derecha. Es bastante grande, tiene bañera y ducha. Lo único, que vamos a tener que compartirlo.

Silencio. Me sentía alegre y abrumada a la vez. Tardé en pronunciar unas palabras. No me salían.

—No sé qué decir, Luis.

—¿No quieres compartir el baño? Puedes usar el de abajo también.

—No, no, perdón, sí, sí quiero compartir el baño. Claro que no me importa. No es eso, es que no sé qué decir.

—¿Te gusta la casa? —Me quiso ayudar.

—Sí, me encanta. Es muy bonita.

—¡Me alegro mucho, Sara! Ahora solo falta que estés a gusto. Bueno, te dejo que deshagas el equipaje tranquilamente y que te acomodes. Yo me bajo al estudio, que tengo que coger la agenda y ver fechas para contestar a Belén y ya de paso voy a aprovechar para retocar unas fotos.

Se fue. Me quedé en mi habitación nueva. No dejaba de observar todo lo que me rodeaba. De sentir cada nuevo rincón. ¡Era tan feliz! Me tumbé en la cama y cerré los ojos unos instantes. En el silencio de aquella habitación me quedé totalmente dormida.

Capítulo 9
Sesión de fotos

Eran las ocho de la mañana cuando me desperté por la luz natural que entraba por la ventana de la habitación. No sabía ni dónde estaba. A bote pronto no reconocía ese lugar, estaba desubicada, pero me sentía tranquila porque aquel sitio me transmitía paz. Cuando me desperté del todo, me acordé de que me encontraba en la casa de Luis, mi nuevo hogar, y que ya no estaba en el hotel de Gran Vía. Había dormido muchísimo, no sabía ni las horas que había estado desconectada del mundo. Miré a mi derecha, ahí seguía mi equipaje en el mismo sitio sin deshacer. Alguien me había quitado los zapatos y tapado con una colcha. Mi estómago rugió e indicó que era hora de bajar a comer. Fui a la cocina.

—¡Buenos días, bella durmiente! —me saludó sonriente Luis.

—¡Buenos días, Luis! Perdóname, ayer cerré los ojos un momento... hasta ahora. ¡Qué barbaridad las horas que he dormido! No entiendo qué me ha pasado.

—No te preocupes, Sara. Me alegro de que hayas descansado. Y perdóname porque ayer me tomé la libertad de entrar en tu habitación sin avisar. Pasaban las horas y como no bajabas me preocupé. Entré en la habitación y te vi completamente dormida, con los zapatos puestos. Decidí quitártelos y taparte con una manta porque hacía un poco de frío.

—Desvelado el misterio de quién me había quitado los zapatos. No había sido yo en plan sonámbula, que era la otra posibilidad. Cómo le agradecía un poco de calor humano. Había pasado tantos días sola en la habitación del hotel.

—Mil gracias, Luis, por cuidarme.

—¿Qué te apetece desayunar? Por la tarde si quieres vamos a comprar y cogemos todo lo que te guste. ¿Tomas café?

—Sí.

—Mira, aquí tienes las cápsulas y la cafetera. ¿Te apetecen unas tostadas?

—Perfecto.

—Lo único, que son de centeno o de espelta.

—Vale.

—La comida en esta casa es un poco rara. Me gusta cuidar la alimentación. Yo pienso que es una forma de vida. Cuando me ocurrió todo lo del corazón, empecé a investigar y me di cuenta de que a través de los alimentos que ingerimos podemos curarnos física y emocionalmente.

—Eso era algo que siempre me decía Asun, mi entrenadora, que cuidara mucho lo que comía para rendir al máximo. Bueno, tú sabes de lo que hablo.

Pensé que su manera de comer algo le tendría que hacer, porque la verdad es que Luis irradiaba una energía especial. Se le veía en paz consigo mismo y con el mundo. Él tenía «eso» que yo quería sentir dentro de mí, «eso» por lo que decidí cambiar de vida. Luis irradiaba felicidad y yo en cambio todo lo contrario. No estaba a gusto en la piel que habitaba, estar dentro de mí era un infierno. Seguía cabreada conmigo y también con el mundo, pues sentía que me trataba de una manera injusta. Me sentía sola, aunque la aparición de Luis había cambiado un poco las cosas. Sí, Luis había sido como un golpe de suerte. En aquel momento solo lo tenía a él, y, bueno, a Melisa, mi nueva amiga, también; luego le escribiría para contarle que mi habitación era perfecta. Mientras yo continuaba con mis meditaciones, Luis siguió hablándome de sus planes del día.

—A las diez tengo una sesión de fotos para una campaña de calzados. Estaré aquí prácticamente todo el día por si necesitas algo. Espera, antes de que se me olvide, aquí tienes las llaves de casa por si quieres salir a dar una vuelta.

—Gracias, pero hoy no creo que salga. En cuanto termine de desayunar, voy a deshacer por fin el equipaje. Quiero además organizar la habitación. Me ducharé y después cogeré mi portátil para ponerme a buscar trabajo. ¿Tienes wifi en casa?

—Sí. La clave es «Ocho segundos».

—¿Por qué esa contraseña? —Estaba alucinando.

—Porque ocho segundos tiene un significado especial para mí. El ocho es mi número, para mí es mágico. Si le das la vuelta es el símbolo del infinito. —Mi curiosidad quedó cubierta.

Luis retomó el hilo de la conversación y me preguntó interesado:

—¿De qué estás buscando trabajo?

—De momento me da igual, Luis. De lo que sea: cajera, dependienta...

—Oye, ¿y por qué no trabajas conmigo? —me soltó de golpe.

—¿Contigo? Si yo no sé nada de fotografía —le contesté con sinceridad.

—No hace falta que sepas, lo bueno es que puedes aprender. Mi ayudante, Claudia, ha cogido la baja porque está a punto de dar a luz y necesito contratar a alguien urgentemente. Esta oportunidad es ideal, pues eres una persona de confianza. Sería para que fueses mi secretaria-ayudante. Desde que Claudia se fue estoy desbordado. Me encanta mi trabajo, pero siento que sin ayuda no puedo rendir todo lo que a mí me gustaría. Necesito descargar ciertas responsabilidades, para poder concentrarme en lo verdaderamente importante. Necesito mi tiempo para descansar, para poder crear, y ahora mismo es imposible.

No sabía qué decirle. ¿Encontrar trabajo iba a ser así de fácil? ¿Ya no tenía que buscar más? ¿Sería verdad que hay personas que traen buena suerte y Luis era una de ellas?

—¿Qué me dices? Yo te enseño todo lo que necesites. Quién sabe, lo mismo descubres tu nueva pasión. —No sabía qué contestar—. ¿Te apetecería? Te comento las condiciones económicas, porque lo mismo no te interesa.

—Luis, sí. Sí quiero trabajar contigo.

—Te pagaría lo mismo que a Claudia, mil doscientos euros, ¿te parece bien?

Quería a toda costa llegar a un trato con él y así se lo trasladé.

—Luis, no te voy a cobrar nada hasta que me digas qué te tengo que dar por el alquiler de la habitación. Por cierto, ya soy feliz en ella. Fíjate lo bien que he dormido.

—Sara, no, necesitas ese dinero. No te precipites. Mira, a mí afortunadamente me va muy bien. Tú acabas de llegar a Madrid y necesitas ahorrar. Sé de lo que hablo. Si te parece, dentro de un mes tenemos otra vez esta conversación, ¿vale? Porque lo mismo en un mes ya estás harta de vivir conmigo.

—Luis.

Me miró de tal manera que no pude decirle que no. Me convenció. Y con su acto de generosidad me reconcilié un poco con la vida, todavía existía gente con buen corazón. Me preguntaba si de verdad era así de bueno o quizá todo era una alucinación mía.

Me propuso empezar a trabajar con él esa misma mañana. Me comentó que durante los primeros días trataría de explicarme todos los trucos y secretos, pero que en breve me estrenaría como su secretaria-ayudante en una campaña importante. De inmediato le dije que sí, que por supuesto contase conmigo. Me subí rápidamente a ducharme. Pero antes deshice la maleta como pude, aunque me dejé algunas cosas dentro porque no sabía muy bien qué hacer con ellas. Una de las cosas que no coloqué fue mi «carpeta talismán». También debía evitar dejar a mano mi libreta-diario. No quería por nada del mundo que se la pudiera encontrar Luis. Tenía que pensar bien dónde ubicar todo aquello.

Cogí el neceser y me dirigí al baño para ducharme. Y mientras lo hacía sentí por primera vez que mi vida tenía algo de sentido. Vi con mis propios ojos que ser feliz no era una fantasía, sino algo real y tangible. Para mí Luis representaba un claro ejemplo de ello y yo quería ser como él. Tenía mucho trabajo, agobios y problemas, como todo el mundo, pero las cosas claras. E irradiaba una energía buena. Probablemente el tema de su arritmia le había hecho ver la vida de otra manera. Él podría haber optado por enfundarse el traje de víctima, de pobrecito, pero no, asumió las circunstancias e intentó sacarle el máximo partido. Estaba claro que Luis era un tipo especial, y además su aparición me había traído suerte. Había logrado que por primera vez me sintiera ilusionada por mi nuevo trabajo y por mi nueva vida en Madrid. Y esa energía nueva que brotó dentro de mí hizo que quisiese convertirme en la mejor secretaria-ayudante que nunca hubiese tenido. Iba a aplicar las palabras que me decía siempre mi padre: «Hija, hagas lo que hagas en la vida tienes que intentar ser la mejor». Y eso es lo que iba a tratar de hacer con mi nuevo trabajo. Sabía que Luis sería un buen maestro.

Bajé al estudio lo más rápido que pude, con el pelo mojado, pues no quería perder el tiempo secándomelo, en vaqueros, camiseta y zapatillas. Quería estar lo más cómoda posible para mi primer día de trabajo.

Y empecé a aprender. Durante una semana Luis pacientemente me estuvo explicando todo. Me fue picando cada vez más el gusanillo. No me extrañaba que le apasionara su trabajo. Pero también me di cuenta del ritmo trepidante, estresante, y de que los plazos para todo eran siempre inmediatos. Como me había anunciado, llegó el día de la campaña importante. El día de mi estreno como secretaria-ayudante, mi primera jornada intensa como profesional. Hasta ese momento había sido un poco de aprendizaje, pero ya la cosa iba en serio. No podía desilusionar a Luis. Realmente tenía que comprobar que estaba preparada, que mi presencia era necesaria.

—Luis, ya estoy lista. ¿Por dónde empiezo?

—Creo que para la sesión de fotos de hoy voy a utilizar dos fondos. Uno, el blanco, y el otro dudo entre el rosa y el naranja, ¿qué opinas?

—No sé qué decirte. Depende de muchas cosas, ¿no?

—Eso es. Es importante ver la ropa que va a llevar la modelo y lo que quieras expresar en la foto. Es una marca con un concepto divertido, le gusta pasar de un extremo a otro. Mira, te voy a enseñar campañas anteriores. —Con Luis nunca dejaba de aprender.

Me fui con él a su ordenador y me estuvo mostrando otras campañas de esa marca para que me fuera familiarizando.

—Por un lado quieren algo muy limpio. De ahí el color blanco para la línea más clásica que tienen. Pero para la línea más joven y divertida les gusta romper con un color más llamativo, que destaque nada más verlo. La temporada pasada usé el amarillo.

—El rosa.

—El rosa.

Los dos lo dijimos a la vez. Nos reímos.

—Nos estamos entendiendo muy bien, Sara. Ya verás, va a ser todo fácil y fluido.

Llegaron todos puntuales. A las diez de la mañana era cuando habían quedado y justo a esa hora ya estaban tocando el timbre del estudio. Luis fue a abrirles; había cuatro personas de la marca, más una estilista que venía cargada con dos maletas de ropa, una maquilladora y una peluquera que traía otra maleta.

—Luis, ya estamos aquí, puntuales como siempre. Ahora solo falta que llegue a su hora Katherine. Todavía no está, ¿verdad? —Quien le hablaba era uno de los representantes de la marca, el que parecía tener el mando.

—No, no ha llegado todavía, pero tranquilos, no se retrasa nunca. Chicos, mientras tanto os presento a Sara, mi nueva ayudante. Claudia está ya de baja, a punto de dar a luz. Para cualquier cosa que necesitéis, ella os va a atender encantada.

—Hola, Sara —dijeron todos.

—Hola. —Y cuando iba a añadir algo más, todos se dieron la vuelta al escuchar una femenina y potente voz.

—Perdón, es que el tráfico estaba fatal.

Apareció por la puerta una chica guapísima y espectacular de 1,78 metros aproximadamente, con ojos claros y pelo largo, ondulado. Seguro que era la modelo. Se dirigió directamente a Luis.

—Luis, ¡cuánto tiempo sin verte!
—¿Qué tal, Kath? ¿Cómo estás?

Me dio la sensación de que se conocían bastante. El hecho de que la llamase Kath en vez de Katherine mostraba un grado de confianza.

—Te veo muy bien, Luis, igual que siempre. —De pronto reparó en mí—. Y ¿esta chica quién es? Es nueva, ¿no? No la conozco, ¿verdad?

—Sí, es mi nueva ayudante. Se llama Sara.
—¿Y Claudia? ¿Ya no está?
—Está a punto de dar a luz.
—Ah, no sabía ni que estaba embarazada.
—Pues sí, llevamos tiempo sin vernos.

Entonces Katherine se dirigió a mí.

—Hola, Sara.
—Hola.

Y sin cortarse me miró de arriba abajo. Me hizo una especie de escáner. Tuve una extraña sensación, sentí como si de repente ella me viese como una rival. Creo que no le gustó nada mi presencia. Luis empezó a dar instrucciones.

—Tenéis el café, y todo el catering está allí en la cocina. He pedido un poco de fruta, todo tipo de zumos y también hay algo de bollería.

A Luis le gustaba que en las sesiones de fotos no faltase nunca de nada. Quería que todo el mundo se sintiese a gusto porque decía que era lo mejor para que todos trabajasen bien.

—Kath, ¿te apetece un café? —le ofreció a la bella modelo.

—Un americano, como siempre.

—Dos de azúcar, ¿verdad?

—Sí, no te has olvidado.

Y noté cómo Kath decía ese «Sí, no te has olvidado» con una sonrisa pícara.

—Deberías cambiar el azúcar por estevia. El azúcar, ya te lo he dicho en varias ocasiones, no es bueno —le aconsejó Luis con cariño.

—¡Qué más te da, Luis!

—Sabes que no me da igual.

Entre ellos había algo especial claramente. Mi radar me puso en alerta. Ahí había un ligero tonteo, sobre todo por parte de ella.

—Sara, ven un momento —me pidió Luis.

—Dime. —Fui enseguida a su lado.

—He pensado que vamos a empezar mejor por el fondo blanco, ¿vale? Toma, ponte los patucos. Acuérdate de que te dije que había que colocárselos siempre para que cubran las zapatillas que lleves. Así, cuando pises el fondo blanco, no dejarás huella. Recuerda que no puede ensuciarse.

—Vale.

Me puse los patucos. Eran los mismos que te dan cuando vas a un quirófano. Y siguió dándome indicaciones.

—Reparte patucos al resto del equipo que ha venido, por si de repente quieren retocar algo a Kath, para que ellos tampoco me ensucien el fondo. Ah, y coge el ventilador grande que está ahí, a tu derecha, y tráelo al set, que seguro lo vamos a utilizar. Al pelo tan largo que tiene Kath hay que darle movimiento.

—Perfecto.

Hice todo lo que me acababa de decir. Estaba un poco nerviosa, pues me daba miedo no saberme manejar bien. No tenía apenas experiencia, prácticamente era mi primera vez, y no quería meter la pata delante de toda esa gente.

—Sara, por favor, mira, colócate ahí, donde está la marca en el suelo. Quiero hacer pruebas de luz.

Me acerqué a Luis, asustada, y en bajito le dije:

—Luis, yo no sé posar. Estos días no me has dicho nada de esto.

—No te preocupes, Sara, no tienes que posar, para eso está Kath. Solo quiero medir la luz; sitúate donde te digo para ver si necesito subirla o bajarla.

Me quería morir de la vergüenza. Además me di cuenta de que mientras maquillaban a Kath, ella estaba pendiente de todos mis movimientos.

—Luis, ya me queda poco, si quieres lo hago yo, ya mides la luz conmigo —se ofreció Kath.

—No, no, tranquila. Sara se pone y así avanzamos.

Y así hice, me situé sobre la marca ante la atenta mirada de todos.

—Mira a la cámara, Sara.

Miré, disparó y me hizo la foto.

Fui hacia su ordenador, donde estaban analizando todo al detalle, y allí, en esa pantalla grande, estaba yo, con mi cara sin un ápice de maquillaje. Me quería morir de la vergüenza.

—Qué ojos más bonitos tiene esta chica —señaló uno de los clientes.

—Sí, la verdad es que sí —afirmó Luis.

—¿Su nombre era…? —preguntó otro.

—Sara.

—Yo le subiría un poco más el contra. Creo que va a quedar mejor. Si os parece voy a hacer otra prueba, con el contra más subido para que veáis el efecto que quiero conseguir —les explicó Luis.

—Luis, ya estoy lista. Me cambio y voy para el set.

—Vale, Kath, todavía estoy probando luces. —Y se dirigió de nuevo a mí, sonriendo—. Voy a disparar otra vez. Sara, ponte otra vez en la marca, que he cambiado un poco las luces. Mira a cámara. Perfecto.

Me hizo unas cuantas fotos más con esa nueva iluminación. La verdad es que mientras disparaba no sabía muy bien qué hacer ni cómo mirar a la cámara. Estaba perdida. Si mi amiga Patri hubiese estado aquí, lo habría hecho de maravilla.

—¡Lista! —gritó la modelo.

—¡Qué guapa estás! —le dijo Luis.

—En cuanto le hagas la primera foto, Luis, chequeamos bien el maquillaje, para que todo esté perfecto —pidió la maquilladora.

—Ok.

A Kath se la notaba ansiosa por ponerse delante de la cámara y posar para Luis.

—Sara, necesito que vayas ahora donde está el ordenador, ¿vale? Si ves que no salta el flash en la foto, me avisas.

Me fui hacia el ordenador y en la pantalla seguía mi foto, la que acababa de ser analizada por todo el mundo.

Empezó la sesión de fotos con Kath; Luis iba disparando la cámara y yo no despegaba los ojos del ordenador como él me había dicho, pendiente de si saltaba el flash o no.

—Estás guapísima, Kath. Eso es, gira un poco la cabeza. Ahora me miras desde ahí. Eso es, espectacular. Ponte ahora de perfil y súbete el vestido un poco que quiero ver bien los zapatos.

Solo tenía palabras bonitas para ella, se las decía de una manera dulce y cariñosa. Kath parecía encantada al ver que todos estábamos pendientes de ella, recordándole una y otra vez lo guapa que estaba en cada momento.

—Sara, por favor, trae el ventilador, que vamos a ponérselo. Tienes que dirigirlo para que vaya hacia su pelo,

¿vale? —Y me dio instrucciones de cómo debía utilizarlo—. Lo voy a hacer yo para que veas cómo se hace. Quiero este movimiento en su pelo, que le entre un poquito de aire.

Lo cogí y apunté el ventilador hacia el pelo, pero no resultaba fácil porque era bastante grande, pesaba mucho y no lo podía manejar con soltura.

—¡No me apuntes a la cara! —me dijo de malos modos Kath.

—Perdón, ha sido sin querer.

—Para, para, Luis. Me está dando todo el aire en los ojos y me están llorando. Se me va a correr la máscara de pestañas y vamos a tener que parar a que me retoquen el maquillaje. Esta chica no sabe. Apunta a los ojos todo el tiempo. Yo así no me puedo concentrar. Estoy más pendiente de lo que ella hace que de lo que yo tengo que hacer y no estoy cómoda —protestó con vehemencia Kath. Parecía que estaba esperando el más mínimo fallo para dejarme en evidencia.

—Vale, vale, no te preocupes, Kath. Sin aire entonces. Sara, déjalo, quédate donde el ordenador.

—Ya sabes que a mí me gustan las fotos con el pelo en movimiento, Luis. Quiero aire, que mi pelo vuele. El movimiento me inspira, me hace sentir sexi, pero quiero a alguien que lo haga bien, que no me apunte a los ojos, sino al pelo directamente. Ella no sabe.

—Está bien, Kath.

Luis se dirigió a la peluquera.

—Cristina, ¿puedes coger tu secador y darle aire en el pelo para que tenga un poco de movimiento?
—Sí, claro.

Miré a Luis con lágrimas en los ojos. No sabía dónde meterme. Me había dejado en ridículo delante de toda esa gente. Kath iba a por mí desde el primer momento que me vio. Lo supe desde que me hizo el escáner cuando me saludó nada más llegar y no sabía por qué. Luis intentó tranquilizarme con su mirada, pero no sirvió de nada. Yo ya me sentía mal y me quería ir de allí, estaba agobiada, me sentía ridícula. Tenía ganas de desaparecer e irme a mi habitación. Y así pasé el resto de las horas, incómoda, delante del ordenador avisando a Luis cuando no saltaba el flash. En cambio Kath todo lo contrario, cada vez se encontraba más a sus anchas y cada vez parecía que tonteaba más con Luis.

—¿Cuántos cambios quedan? —preguntó él.
—Tres —anunció la estilista.
—Si os parece bien, vamos a parar a comer. Aprovecho para poner el otro fondo, el rosa, y ya de paso le cambiamos el pelo y el maquillaje a Kath.
—Perfecto —respondieron todos.

Ella se cambió de ropa y se puso un albornoz y unas chanclas que había en el estudio.

—¿Vienes a comer? —invitó Kath a Luis.
—Sí, ahora voy. Voy a colocar primero el fondo rosa con Sara y ya vamos para allá.

Sin decir ni una palabra se fue hacia la cocina con el resto del equipo.

—Sara.

No lo quería mirar, me sentía mal, estaba triste, incómoda y no quería que él me viese así.

—Mírame, Sara.

Pero yo no podía, no podía mirarlo. Y al ver que no le hacía caso, que no quitaba el ojo del ordenador, se acercó a mí y me cogió de la barbilla cariñosamente.

—Sara, ¿estás bien?

Le miré a los ojos y no pude evitar que se me saltasen las lágrimas.

—Pero, pequeña, no llores.

—Me siento mal, Luis.

—Si lo estás haciendo muy bien. Recuerda que solo es tu primera campaña.

—Ya, pero ella ha dejado claro delante de todos que lo estaba haciendo mal.

—No importa lo que Kath diga, no le hagas caso. Importa lo que tú pienses de ti. No te exijas tanto, Sara. Te lo vuelvo a repetir, es tu primera campaña. Relájate.

—No sé por qué no le gusto. Ha ido a por mí desde que me ha visto.

—Digamos que ella siempre tiene que ser la protagonista, y cuando ve a una chica que es especial, se pone nerviosa. Solo es eso.

—No sé qué ve ella de especial en mí, porque yo me siento una mierda a su lado. Ella es tan guapa...

—Luis, ¿vienes a comer? Te estamos esperando —le reclamó uno del equipo, y me sentí peor todavía, me ignoraban hasta para comer. Yo ya todo lo veía negativo.

Me secó las lágrimas y los dos nos fuimos hacia la cocina. Y nada más llegar Kath se fue hacia él.

—¿Qué tal me has visto?

—Muy bien, como siempre. Va a quedar una campaña muy chula.

—Estoy convencida, eres el mejor fotógrafo de España.

—Muchas gracias.

—Dime, ¿qué hace un fotógrafo de tu categoría con una ayudante tan nefasta como esa chica?

No me podía creer lo que estaba oyendo. Lo que le acababa de soltar. Ahí estaba ella insultándome delante de mis narices. No se cortaba un pelo. Mi ánimo no podía estar más por los suelos. No me atreví a contestarla, pues no quería enfrentarme a nadie y menos perjudicar a Luis.

—Kath, no voy a permitirte que hables así de Sara, por lo menos delante de mí no —me defendió sin perder un segundo.

—¿Te la estás tirando? Es muy jovencita.

Nadie decía nada, no sé si porque no lo habían escuchado o porque realmente pasaban de meterse en la conversación. Pero yo cada vez me sentía más humillada. El único que daba la cara era Luis. Y tranquilamente le dijo:

—Ya no tengo que darte ninguna explicación de mi vida, Kath. Veo que no has cambiado nada. Gracias por recordarme por qué lo nuestro terminó.

—Te la estás tirando, sí...

—Chicos, vamos a ponernos en marcha que todavía quedan tres cambios y tenemos que acabar. —Uno de los de la marca puso las pilas al equipo.

La sesión de humillaciones acabó para mí.

Volvimos al set. A Kath le cambiaron el pelo y el maquillaje para los siguientes cambios que quedaban. Luis siguió disparando su cámara, pero ella ya no tenía la misma energía de por la mañana. Estaba más seria. Ya no había coqueteo y por su mirada parecía que estaba cabreada.

—Kath, dulcifica la mirada, se te ve cabreada. Necesito la mirada de esta mañana.

Y así continuamos unas cuantas horas más. Las fotos estaban quedando espectaculares. Luis era muy bueno, Kath tenía razón. Cuidaba cada detalle, cada halo de luz. Se le veía disfrutar mucho de lo que hacía y esa pasión que tenía nos la contagiaba a todos los demás. Terminamos la sesión y Luis se quedó hablando con el cliente un rato, para comentarle cómo iba a quedar la campaña.

—Va a quedar preciosa. ¿Cuándo crees que tendrás la selección de fotos definitiva?

—Esta noche haré la primera y mañana por la mañana te las paso.

Como siempre, le pedían las cosas sin dejarle tiempo de reposo.

—Perfecto, en quince días deberíamos tenerlas. Luis, ¿crees que te dará tiempo a retocarlas?

—Sí, tranquilo.

Kath los interrumpió. Ya iba vestida de calle y dispuesta a marcharse.

—Bueno, ya me voy. Chicos, gracias por todo —se despidió Kath.

—Te acompaño a la puerta —le dijo Luis.

Y se dirigieron a la puerta. Pero yo estaba lo suficientemente cerca como para oír la despedida. Y otras cosas que mejor hubiese sido no escuchar. La campaña de humillación hacia mi persona seguía en pie.

—Luis, lo siento. Perdóname porque me he metido donde no me llaman. Soy una estúpida.

—No te preocupes.

—Es que no puedo evitarlo. Sigo sintiendo algo por ti. Me gustas.

—Kath, Sara no te ha hecho nada. Era su primera campaña importante. Está aprendiendo. No tenías que haberle hablado así.

—Es que me ha puesto nerviosa. No sé por qué, pero hay algo de ella que no me gusta. —Y añadió, preocupada—: Por favor, contéstame si estás saliendo con ella. Necesito saberlo, quiero escuchar la verdad de tu boca.

—No, no lo estoy. La conozco desde hace mucho tiempo. Hace poco que ha venido a vivir a Madrid. Solo la estoy ayudando.

—Vale, ¿puedo llamarte para quedar algún día?

—Sí, claro, llámame cuando quieras. Ya sabes dónde estoy.

Se dieron dos besos y se marchó. Luis entró y se despidió también de los demás miembros del equipo. Todos se iban muy contentos con el resultado. Nos quedamos por fin a solas.

—Superada tu primera campaña.

—Sí, gracias por defenderme.

—No te he defendido. No me gusta que hablen mal de la gente delante de mí y menos si esa persona no ha hecho nada, solo existir. —Quiso cambiar de tema, que no me recreara en más oscuridades—. Recuerda que tenemos que hacer la compra, pero antes voy a mirar por encima todas las fotos que hemos hecho.

—Vale, pues entonces voy a aprovechar para subir a la habitación a por mi bolso.

—Perfecto.

Luis quería mirar todas las fotos que había hecho desde el principio hasta el final para ir descartando aquellas en las que la modelo tenía los ojos cerrados o las que estaban fuera de foco. Antes de subir a mi cuarto pasé por detrás del ordenador y vi cómo, cuando fue a buscar la primera foto del día, apareció la mía, la que había hecho mientras medía las luces. Ahí estaba yo totalmente natural. Y observé cómo se quedaba mirándola un buen rato y esbozaba una sonrisa.

Capítulo 10
Una voz maravillosa

Lo tenía ya todo preparado, iba a ser un viaje exprés. Haría la prueba y luego probablemente me marcharía. Llevaba meses trabajando en ella, preparándome el acento y buscando el personaje. Pensé en dejarme barba para que la apariencia física fuese totalmente distinta a la del personaje que la gente conocía en *Amar eternamente*. Llamé a mi profesor de interpretación y nos pusimos mano a mano a crear al mejor malo de la historia del cine.

Estaba feliz en mi nueva agencia, por eso cuando terminase de grabar en España la quinta temporada de la serie me iba a marchar una temporada larga a Los Ángeles, ya lo tenía todo pensado.

Carlos, mi mánager de España, lo tenía asumido, pero, la verdad, no lo llevaba muy bien. No era un representante al uso. Anteriormente se había dedicado a la abogacía. Comenzamos a trabajar juntos cuando me llegaron los primeros contratos. Él era amigo de un amigo mío y así empezó nuestra relación. Nos entendimos perfectamente. Me reía con él y en su trabajo era muy bueno. Como en esa época yo estaba buscando representante y no encontraba uno que encajase conmigo, decidí proponérselo a él. Me di cuenta de que como él no me iba a vender nadie. Era ambicioso, profesional y no tenía familia que mantener, así que sabía que se dedicaría a mí en cuerpo y alma. Solo tenía que echarle morro y todo lo demás vendría solo.

Y así pasó. Con el éxito de la serie se nos abrieron todas las puertas. Nos llamaban para todas las fiestas y todos los eventos. Hacíamos un buen equipo. Era mi cómplice. Los dos ganábamos mucho dinero y nuestro nivel de vida fue aumentando cada vez más. Me encantaba vestir con marcas caras y me había comprado un ático precioso frente al Palacio de Oriente. A los dos nos gustaban las fiestas y cada dos por tres las organizábamos en mi casa. Siempre había gente importante, cantantes, actrices, actores y más profesionales de la televisión y el cine hasta altas horas de la madrugada.

Carlos no se tomó bien el anuncio de mi marcha a Los Ángeles y menos todavía que quizá no volviese ya. Esto suponía un cambio drástico en su vida. Y por supuesto también en la mía, pero de otro modo. A mí se me abrían nuevas puertas y a él se le cerraban. Hablé con Mathew para intentar llegar a algún tipo de acuerdo con respecto a él, pero nada, no quisieron. Solo me querían a mí. Ellos deseaban manejar mi carrera. Carlos tenía miedo de perder su estatus; además se había comprado una casa por encima de sus posibilidades y la tenía que pagar. Lo pensé mucho, le di muchas vueltas y decidí plantearle que fuera mi asistente. Confiaba en que siempre hacíamos un buen equipo. Le puse un sueldo para que estuviera tranquilo. Por eso me acompañó en mi viaje a Londres.

Sonó el despertador a las cinco de la madrugada. Carlos y yo nos levantamos rápidamente. Esa noche, como muchas otras, se había quedado a dormir en mi casa. Teníamos el taxi preparado para las cinco y media. El avión a Londres salía a las ocho. Cogimos nuestro equipaje y nos metimos los dos en el taxi. Llegamos al aeropuerto y todo iba sobre ruedas. El avión salió puntual afortunadamente. Cualquier retraso me habría puesto de los nervios por miedo a no llegar, la prueba la tenía a las tres de la tarde. Durante las dos horas y algo que duró el viaje, estuve repasando el texto. Para la prueba me dieron seis separatas. Diferentes secuencias con distintos registros y matices. No era nada fácil, sabía que iba a ser una prueba larga, pero estaba totalmente preparado para ello.

Llegamos a Londres y un coche nos estaba esperando para llevarnos al lugar donde iba a tener lugar la prueba. A medida que me iba acercando más, me iba poniendo más nervioso, quizá porque nunca me había enfrentado a un casting de esas características. A mí particularmente los castings me gustaban. En una prueba te lo jugabas todo y eso me daba morbo. Disfrutaba a tope de ese reto, en general no me asustaban los desafíos en la vida. Tenía amigos actores y actrices a quienes les ocurría todo lo contrario: los odiaban y ante cualquier casting se bloqueaban. No eran capaces de concentrarse ni de meterse en el papel. La verdad es que a veces resultaba complicado porque ni siquiera el que te daba la réplica lo hacía bien, y eso lo dificultaba todo un poco. En cambio yo cuantos más obstáculos había, más me motivaba.

—¿Estás nervioso? —me preguntó Carlos.

—Un poco, pero todo controlado.

Llegamos al lugar donde me habían citado. Eran unos estudios de grabación. Nos bajamos del coche y nos dirigimos hacia la puerta principal. Entramos, había una recepción y una chica que atendía a todo el que se acercaba.

—Hola, soy Rubén Sánchez y vengo a la prueba para la película *Herida mortal*.

—Hola, Rubén. ¿Vienes al casting de actores o de cantantes?

—Al de actores.

—Perfecto. Por favor, ¿me dais vuestros pasaportes?

—Sí, aquí los tienes.

—Perfecto.

—Mira a la cámara del ordenador. —Y así lo hice—. Eso es.

—Ok.

—Tú también, por favor —le pidió a Carlos.

—Ok.

Nos acreditaron y nos dieron una tarjeta para poder pasar. Nos hizo una última indicación.

—A mano derecha tenéis los ascensores y en la tercera planta os estarán esperando.

Y así fue, en la tercera planta nos esperaba una chica.

—Hola, Rubén, soy Cristina, de la productora. Siento informarte de que llevamos un retraso de unas dos horas y media más o menos. Hemos habilitado varios camerinos por si te quieres quedar tranquilamente y descansar, o lo mismo prefieres irte a dar una vuelta. Aquí cerca hay un centro comercial.

Miré a Carlos, él sabía qué decisión iba tomar, me conocía perfectamente.

—Nos quedamos en el camerino —le dije.

No quería despistarme mucho, necesitaba estar tranquilo y concentrado. Nos dieron el camerino ocho. Era bastante amplio, tenía baño propio, un sofá bastante grande por si quería tumbarme un rato, una mesita y una butaca. Y allí me quedé tranquilamente, pero Carlos prefirió irse para hacer un par de llamadas que tenía pendientes.

Saqué la separata, que estaba metida en el bolsillo delantero de la maleta, y de repente se cayó algo al suelo. Lo cogí. Era el *pendrive* que perdió aquella chica en la estación. Ya no me acordaba de que lo había metido ahí en su momento. Tenía curiosidad por ver qué contenía. Saqué mi ordenador, que siempre llevaba conmigo a todos los sitios, lo encendí y conecté el *pendrive*. Iba a descubrir qué había ahí, tenía tiempo de sobra y seguro que lo que hubiese me iba a entretener.

Apareció una carpeta con el nombre de «Música para Sara». Automáticamente recordé su nombre, que también había olvidado.

—¿Música para Sara? —repetí en alto, intrigado.

Tenía mucha curiosidad por saber qué era eso. Hice clic para abrirlo y sonó una guitarra con una melodía muy especial acompañada de una voz de mujer maravillosa que cantaba en inglés. Me impactó, jamás había escuchado algo que me calara tanto. Me quedé quieto, embobado, intentando oír cada detalle, cada nota. Mi amor por la música venía desde lejos. Siempre me había gustado escribir canciones y tocar la guitarra, pero ninguna de las dos cosas las hacía muy bien. Cuando era adolescente utilizaba este hobby como arma para seducir a las chicas. Las conquistaba cantando unas letras que componía para ellas; no es que tuviese una gran voz, me defendía porque lograba entonar. Mis compañeros me decían que era un donjuán, y algo de razón tenían.

Me sorprendía que la voz tan magnética que sonaba fuera la de la chica de la carpeta forrada con mis fotos. La voz de Sara. Cuando cantaba su voz cambiaba por completo. Cerré los ojos. Subí el volumen y la seguí escuchando atentamente.

—¡Rubén, Rubén!

Abrí los ojos y frente a mí estaba Carlos, mirándome.

—¿Qué haces, tío?

—Escuchar música.

—Ya veo, ya. ¿Quién es ella? —preguntó interesado.

—Sé que se llama Sara.

—¿Sara qué más?

—No sé.

—La canción mola mucho. ¿No sabes el título o su nombre y apellido? La quiero buscar en Spotify para bajármela y añadirla a mi lista favorita. ¡Me he enamorado de su voz! —Estaba realmente entusiasmado.

—La conocí en el tren.

—¿Es uno de tus ligues, cabroncete?

—No, qué va, para nada. No sé nada de ella.

Y mientras seguíamos escuchando la canción le conté a Carlos cómo pasó todo.

—Solo sé que se le cayó este *pendrive* de su carpeta, la intenté avisar, pero no pude porque estaba hablando con Mathew. Cuando terminé fui a por él y lo cogí del suelo. Me lo guardé en la maleta. Y ya no me acordaba que lo tenía ahí. Ahora, cuando he ido a coger la separata, se ha caído. No he podido evitar ver qué había. Lo he abierto y estaba esta canción.

De pronto, entró un hombre que no conocía de nada en la habitación.

—¿Rubén?

—Sí, soy yo.

—Soy Charles, el productor de Films Production.

Intenté bajar el volumen del ordenador como pude, pero me puse nervioso; ante mí tenía al productor de *Herida mortal!* No encontraba el puñetero botón.

—Hola, Charles. Perdona, es que estaba escuchando música y ahora soy incapaz de encontrar el botón del volumen. Es que utilizo la música para meterme en la piel de los personajes —le dije para disculparme, aunque en realidad era verdad.

—¿Quién es ella? Me encanta. ¡Quiero ver a esa chica! Tiene una voz maravillosa y la letra de la canción es perfecta para lo que estamos buscando.

—La letra es de Rubén —soltó Carlos inmediatamente. Y me dejó sorprendido, sin reaccionar—. Es que el chico es muy completo. Actúa, compone, toca la guitarra y canta. Y la chica es una conocida nuestra.

Lo miré sin entender absolutamente nada. ¿Qué estaba haciendo? ¿Por qué le había dicho eso a Charles? ¿Por qué estaba mintiendo?

—Perfecto, ¡me encanta! Llevamos meses haciendo casting porque queríamos que la canción principal de la película fuese especial, nueva y fresca. Que encajase a la perfección con lo que queremos transmitir con *Herida mortal*. Y esta canción es perfecta. Cuando pasaba por vuestra puerta y he escuchado la letra, me he dicho a mí mismo: «Charles, la tienes, ya la has encontrado». ¡Ponla otra vez, por favor! ¿Es posible?

—Sí, claro, sin ningún problema.

Le di al *play* y sonó de nuevo. Nos quedamos los tres como si nos hubiesen hipnotizado. Esa canción era capaz de traspasar nuestro cuerpo, llegar a nuestro corazón y provocar esas emociones que son tan difíciles a veces de encontrar.

—¡Me encanta! Es perfecta. ¿Con quién podemos hablar para gestionarlo todo?

—Conmigo, soy Carlos, su abogado.

Yo miraba a Carlos sin entender nada de lo que estaba haciendo. No quería cabrearme, prefería que luego me explicase qué pretendía.

—Perfecto, Carlos, te llamo en breve.

Y Charles salió por la puerta. Cuando nos quedamos los dos solos, estallé.

—¿Me puedes explicar qué narices has hecho?

—Me tendrías que estar dando las gracias. Voy a cerrar el contrato de tu vida.

—¡Estás loco! Yo no he compuesto esa canción. ¡No es mía!

—Tranquilo, no pasa nada. No te pongas nervioso, lo tenemos casi todo controlado. Solo necesitamos saber si la canción está registrada o no. ¿Pone algún título en algún sitio?

—Pone «Música para Sara» en la carpeta, pero nada más, no sé si es el nombre de la carpeta o de la canción, o de las dos cosas. —De pronto volví a estallar, aunque la idea no me estaba pareciendo tan mala. Carlos tenía buen cerebro y era tan ambicioso como yo. No éramos conscientes de que estábamos sobrepasando los límites. Es lo que tiene la ambición, a veces. Quieres escalar a costa de todos—. No me puedo creer que estés haciendo esto. Bueno, que estemos haciendo esto. ¡Joder, Carlos, estamos mintiendo! ¡Nos vamos a meter en un lío de cojones!

—Confía en mí, joder. Sé lo que me hago. Soy uno de los mejores abogados, por eso estoy a tu lado, ¿no? Tú solo piensa en el dinero que vamos a ganar, dónde te va a colocar y olvídate de todo lo demás. ¡Hoy es nuestro día, chaval!

—¡Estás loco, joder! ¡Estás loco!

—Ahora sí se te han abierto las puertas de Hollywood y te las he abierto yo, no Mathew.

—Sabes perfectamente que ellos manejan toda mi carrera.

—Sí, tu carrera de actor, pero no la de compositor. En el contrato leonino que has firmado solo controlan tu carrera de actor. ¡Qué torpes!

—¡Yo no he compuesto nada! —me resistía, pero cada vez era más atractivo el camino que Carlos trazaba frente a mí.

—A partir de ahora, sí. Eres actor, sabes mentir, así que no lo dudes ni un segundo, interpreta que eres el compositor y autor de esta canción. Lo primero que averiguaremos es si está en el registro.

Salió por la puerta y allí me quedé a solas. Tenía razón, era una manera de entrar directamente a Hollywood por la puerta grande. Veía cada vez más cerca alcanzar mi sueño. Ese sueño que tenía desde que era un niño. La razón de todo mi sacrificio, el motivo por el que abandoné Albacete y dejé a mi familia y a mi novia.

Esa canción era la llave para introducirme en Hollywood, sin hablar de todo el dinero que íbamos a ganar. Carlos era el mejor abogado de España, sabía que no iba a dejar ningún cabo suelto para que todo saliese perfecto. Solo teníamos que trazar un buen plan. Mi destino se escribió ese mismo día.

Capítulo 11
Capturar el alma

—Patri, que sí, que estoy bien.

—A mí no me mientas, ¿eh? Somos amigas. Tía, te echo de menos.

Yo no sabía realmente si la echaba de menos, la verdad. Cada vez dudaba más de nuestra amistad. Durante todas esas primeras semanas que llevaba en Madrid, había procurado comunicarme con ella y mis otras amigas a través de las redes sociales. Pero sin contarles mucho de mi vida. Prefería que supieran lo justo para que luego nadie malinterpretase nada. Aquel día Patri me había llamado. Quería saber, como siempre. Quería cotillear para tener información de primera mano. Yo no quise que sospechase nada de mis dudas y le seguí la corriente.

—Y yo, Patri.

—Estoy deseando que me cuentes todo, ¿a qué estás esperando? ¡Venga! Anda que si no te llego a llamar yo... ¡Y por redes no sueltas prenda! Madrid no te está sentando nada bien.

No tuve más remedio que hablar. Le estuve contando que coincidí con Luis a las pocas semanas de llegar a Madrid, que fue mi ángel de la guarda, le expliqué de qué lo conocía. Aunque mis amigas venían a veces a verme entrenar o competir, no sabían nada de mi mundillo ni de las amistades que tenía en él, como la de Luis, por eso no lo conocían de nada ni me habían oído hablar de él. Le conté que estaba viviendo en su casa, que se dedicaba a la fotografía, que trabajaba como fotógrafo de moda, que era un chico muy majo y que me estaba ayudando muchísimo.

—Siempre he dicho que tienes una flor en el culo. Y ¿dices que es fotógrafo de moda? —No podía evitar sentir que en esa afirmación había un poso de envidia.

—Sí, es uno de los mejores. —Y le conté todas mis nuevas experiencias y le expliqué que estaba trabajando con él. Deseaba que se alegrara por mí—. Estoy ayudándole y aprendiendo un montón de cosas. Esta tarde tenemos fotos para la revista *Elle* con varias actrices conocidas. Patri, ¡he conocido a Cristina Sanz! La de *Amar eternamente.*

—¿Cómo? ¿Para la revista *Elle*?

—Sí, eso es.

—Me muero, de verdad de las verdades. Estoy *fliping* contigo. —Parecía que se alegraba de mi suerte—. Oye, y ¿es guapo el fotógrafo?

—¿Luis?

—Sí, el fotógrafo.

—Pues la verdad es que no me he fijado. —Y me acordé de las palabras de Carmen, la recepcionista del hotel de Gran Vía, y también veladamente Melisa me habló de su atractivo. ¿Por qué todo el mundo quería que me fijase en su físico?

—¡Venga ya!

—Te lo digo de verdad, es que lo conozco de hace tiempo. Ya sabes cómo soy, yo paso de esas historias y además bastante tengo ya con lo mío.

—Tú siempre tan pánfila. —Como era habitual, mi amiga dirigiéndose a mí con descalificaciones, animándome una y otra vez—. ¡No te entiendo, tía! Nunca te he visto enamorarte de nadie, solo del actor Rubén Sánchez. Bueno, y de tu ex, Sergio, que mejor ni nombrarlo. —Experta en despertarme fantasmas del pasado.

Preferí cambiar de tema.

—Tengo una bomba. ¡He conocido a Rubén Sánchez!

—¡No puede ser! Lo que te digo, una flor en el culo. Ya me lo puedes ir contando todo.

Y me dispuse a narrarle todas las anécdotas de mi viaje en tren, con Rubén como protagonista. No se lo había contado porque las veces que hablamos, cuando llegué a Madrid, no estaba yo muy centrada.

—En persona es mucho más guapo y tiene una sonrisa...

—¿Y no te declaraste?

—No, estuve a punto, pero al final nada. Ay, Patri, vio mi carpeta talismán forrada con sus fotos, casi me da algo.

Patri no daba crédito, estaba *fliping,* como ella decía, con todo lo que le estaba contando. De pronto la conversación quedó en un punto muerto. Y no pude evitar una pregunta.

—Patri, ¿sabes algo de mis padres?

Durante toda mi estancia no habían vuelto a dar señales de vida. Pero yo tampoco me encontraba preparada para llamarlos. Temía el rechazo o el sentirme de nuevo atrapada ante sus requerimientos. Que me obligaran a volver. En fin, que ponía un montón de excusas para no coger el teléfono.

—Sí, están bien. ¿Por qué no les llamas? También se lo he dicho a ellos porque me preguntan mucho por ti. Siempre, cuando nos encontramos por la calle, e incluso me llaman a veces para saber cómo te va. No hay quien os entienda. —Y sin preocuparse por mis sentimientos ni mi situación, cambió bruscamente de tema.

Yo ya estaba acostumbrada—. Oye, ¿tú crees que tu fotógrafo querrá hacerme fotos?

—Pues no lo sé, le tendría que preguntar. Pero no lo quiero poner en un compromiso, que bastante me está ayudando ya.

—Tú, tan discreta. Pues pregúntale, porque la semana que viene pienso bajar a verte.

No sabía si era una noticia que me apeteciera mucho. Y me sentí mal.

—Sara, ¿te apetece comer? —interrumpió Luis.

Yo disimulé con Patri, no me quedaba otra.

—¿En serio que vienes a Madrid?

—*Yes*.

—¡Qué bien! Oye, te dejo, ¡hablamos!

—Pregúntaselo —insistió antes de colgar.

Ahí estaba Luis esperando mi respuesta. Pero yo le hice la petición de mi amiga.

—Era mi amiga Patri, la estaba poniendo al día de todo. Le he contado que eras fotógrafo y, como baja la semana que viene, me ha dicho que te pregunte si puedes hacerle fotos. Ay, espero que no te importe la visita.

Luis se rio. Me dijo que no había ningún problema en que mis amigos vinieran a verme, que también era mi casa. La verdad es que no me había fijado, pero tenía una sonrisa muy bonita.

—Sin ningún compromiso, Luis, faltaría más. Pero te lo tenía que preguntar, que si no me mata.

Se quedó pensativo y me planteó una idea que me pareció en un principio descabellada.

—Se me está ocurriendo una cosa, ¿por qué no se las haces tú?

—¿Qué? ¿Estás loco? Si no sé coger una cámara.

—No te preocupes, yo te enseño estos días. Tenemos una semana, ¿no? Pues en esta semana vamos practicando. Te doy un curso intensivo.

Me quedé mirándolo.

—¡Estás loco!

—Confía en ti, déjate llevar. Yo estaré a tu lado, supervisándote. No te voy a dejar sola.

Lo que me proponía era tentador. Tenía razón, debía confiar en mí. Además yo seguía sin atreverme con mi secreto, así que no me venía mal descubrir nuevas pasiones y caminos.

—¿Comemos? —volvió a repetirme.

—Sí.

Bajamos los dos a la cocina y nos pusimos a preparar la comida. Queríamos comer antes de que llegase todo el equipo para la siguiente sesión de fotos. Así que mientras estábamos frente a dos suculentos platos de comida muy sana, se me ocurrió una conversación que me apetecía tener con él. Llevaba días pensando en preguntarle cuándo empezó su pasión por la fotografía, tenía ganas de conocerlo un poquito más.

—¿Cómo te dio por la fotografía, Luis?

—Estando en Madrid, un amigo me pidió que le acompañase a ver una exposición de fotografía. Había venido una fotógrafa muy reconocida a exponer en la galería de una amiga suya y le pidió que fuera. Me daba mucha pereza ir, pero él insistió. Por aquel entonces estaba recién aterrizado en Madrid y asimilando todo lo que me había ocurrido. Es decir, mis problemas con el corazón y mi cambio de vida forzosa por ello.

—¿Fuiste a la exposición?

—Algo dentro de mí me decía que tenía que ir. Mi intuición pudo más que mi cabeza, por eso me animé. Le acompañé. La galería estaba en la calle Hermosilla, en plena milla de oro. Era una de las galerías con más prestigio de la capital. Ahí no exponía cualquiera. Cuando llegamos, había un montón de gente. Mi amigo conocía a muchas personas y se puso a saludarlas. Y yo me quedé un poco rezagado, no sabía muy bien qué hacer. Así que me acerqué a ver la exposición. Me hice un hueco entre la multitud para llegar a ver la primera fotografía. Y lo que vi fue algo mágico. —Se le iluminó la mirada y siguió su relato con pasión—. Me impactó. Me atrapó. Era un retrato de un hombre mayor. La mirada de ese señor… Pienso en ello y todavía me emociono. Le podía ver el alma a través de sus ojos. Aquella fotógrafa había sido capaz de capturar el alma de ese hombre a través de su mirada. Por unos momentos se detuvo el mundo para mí. Solo estábamos en ese lugar ese señor desconocido y yo. Me imaginé su vida, pensé si tenía hijos, si era viudo o en qué había trabajado. Sus ojos me hablaban y me querían contar su historia. De pronto alguien interrumpió mi momento mágico con el señor de la foto: «¿Te gusta?». Me giré y había una chica morena con pelo liso y ojos marrones. «Perdona, ¿qué has dicho?», le dije, despistado. «Te preguntaba si te gustaba el retrato. Soy Liz Sánchez, la fotógrafa de la exposición». Me quedé unos segundos sin saber qué decirle. Ella insistió: «¿Te gusta?». Por fin pude articular una pregunta: «¿Cómo lo has hecho?». «¿El qué?», me contestó extrañada. «¿Cómo has conseguido que esa fotografía hable, que transmita una belleza infinita?». Halagada, quiso saber mi nombre. «Busco eso con cada foto que hago. Perdona, ¿cómo te llamas?». «Luis, me llamo Luis». Y entonces me dijo su secreto. «Luis, busco capturar algo que nadie pueda ver a simple vista. Quiero que mis fotos hablen, que si tú estás viendo este retrato te cuente la historia de ese hombre, aunque no lo conozcas». Nos pusimos a hablar toda la noche, me explicó y me dio detalles de cada una de las fotos que había expuestas. A pesar de la cantidad de gente que llenaba aquel lugar, tuve la sensación de que solo estábamos ella, su obra de arte y yo. No podía parar de observarla y de escucharla. Quería más y más. Conectamos e intercambiamos nuestros teléfonos. Y así empezó todo.

Así me interesó la fotografía. Quería contar historias como ella, capturar «eso» que nadie es capaz de ver en cada uno de mis retratados.

—¿Te liaste con ella? —Después de contarme la historia de su pasión de esa manera tan hermosa, a mí solo se me ocurrió preguntarle una gilipollez, parecía que me había poseído mi amiga Patri.

—¿Cómo?

No sé por qué me salió eso, qué vergüenza pasé. Me miró y me sonrió.

—Sí, fue mi novia durante algún tiempo.

No me atreví a comentarle nada más. Ya había hecho el ridículo lo suficiente. Bastante hizo con contestarme. En realidad no tenía por qué hacerlo. Tampoco teníamos tanta confianza todavía. Pero la verdad era que me moría de ganas por saber más de él.

—Entonces le debes a ella tu pasión por la fotografía. —Bueno, decidí seguir indagando.

—Sí, ella me lo enseñó prácticamente todo. —Y riéndose añadió—: Pero ahora la que tiene que aprender eres tú y no disponemos de mucho tiempo para tu debut como fotógrafa, así que vamos a ponernos a ello.

Quiso que nos diéramos prisa en terminar de comer. Así lo hicimos y nos fuimos directos al estudio. Empezó a explicarme qué era lo más importante a la hora de hacer una foto. Le encantaba enseñar y transmitir sus conocimientos. Era un buen profesor.

—Antes de hacerla tienes que preguntarte qué es lo que quieres contar, qué quieres transmitir.

Estaba atenta a todo lo que me iba diciendo. En sus palabras había pasión por lo que hacía, se notaba mucho que le gustaba su profesión. Era feliz hablando de ella.

—Tienes que darle tu personalidad a la foto, ese toque especial que te hace diferente.

—Luis, eso me parece muy complicado. Creo que yo no tengo nada especial que le pueda gustar a la gente.

Se puso muy serio.

—Sara, eso no es cierto. Cada uno de nosotros somos únicos, por eso somos seres especiales. Solo tenemos que conocernos y dedicarnos un tiempo para descubrir nuestro don.

—Luis, de verdad, no sé si sirvo para esto.

—Si no lo pruebas, no sabrás si te gusta. ¿Quién te dice que esta no sea la puerta para otra cosa mucho más grande? —En eso tenía razón—. Solo te pido que pruebes. Además, si lo haces, lo más importante es que disfrutes.

—¿Y cómo hago para que mis fotos sean especiales? ¿Para ver lo que nadie ve?

—Conectando y conectándote. Deja volar la imaginación. No te juzgues.

Lo de no juzgarme iba a ser difícil, mi Pepito Grillo siempre estaba al acecho. Su voz era una tortura, sonaba a veces demasiado fuerte dentro de mi cabeza. Era molesto y frustrante.

—Vamos a coger la cámara y te voy a enseñar las tres cosas básicas para que puedas practicar. A ver si nos da tiempo antes de que lleguen los de la revista a terminar esta lección. Mañana te explico más cosas y hablamos de las luces, de cómo colocarlas y cómo crear ciertos efectos.

En el set tomó una de sus cámaras.

—Coge la cámara, hoy me vas a hacer tu primera foto como profesional.

—Luis, que no tengo ni idea. Ni siquiera soy una aficionada.

—Por algo se empieza, ¿no? No tienes que preocuparte, las luces están perfectas. Solo debes darle al botón y listo. Está en automático.

Y así lo hice. Él miró a cámara y sonrió. Estaba muy nerviosa. No me gustaba salir de mi zona de confort, me sacaba de mis casillas. Me temblaba la mano. Al ver que era un manojo de nervios, Luis se acercó y me miró a los ojos.

—Relájate, pequeña, no pasa nada. Estamos solos tú y yo. Yo no te voy a juzgar por nada de lo que hagas, así que tú tampoco lo hagas. Solo disfruta, recuérdalo. Si no, esto no tiene sentido.

Parecía que me conocía de toda la vida. Sabía decirme siempre las palabras adecuadas en el momento preciso.

—Venga, hazme unas cuantas fotos más, no vaya a ser que me hayas pillado con los ojos cerrados.

E hizo toda una serie de payasadas: se puso bizco y no dejó de hacer muecas. No pudimos parar de reírnos.

—¡Seguro que he salido guapísimo!

Miramos las fotos en el ordenador y las carcajadas sonaban por todo el estudio. En cada fotografía salía peor.

—Gracias —le dije.

—¿Por qué?

—Por hacerlo así de fácil.

—No, no, ahora te toca a ti.

—¿Qué? —le interrogué, incrédula.

—Que te toca ponerte ahí a hacer muecas tú también. No te creas que te vas a librar.

—Luis, que me muero de la vergüenza.

—No voy a aceptar un no por respuesta. A mí también me daba vergüenza, ¿qué te crees? Pero me puede más el querer divertirme contigo.

Y cuando estaba dispuesta a posar y hacer muecas para él, llamaron a la puerta.

—Me la debes, no te vas a escapar. En cuanto termine la sesión de fotos te toca.

Estuvimos toda la tarde haciendo fotos con tres actrices, jóvenes promesas.

—Sara, ¿qué opinas? ¿Crees que molaría meterle a la foto una silla en medio? No sé, ¿qué piensas? Fondo negro, por ejemplo, la silla en medio dada la vuelta, una sentada y las otras dos en los laterales.

Lo miré, no esperaba que me hiciera partícipe. Él lo tenía claro, sabía perfectamente lo que debía hacer. Pero quiso involucrarme en su foto.

—Creo que podría estar muy bien.

Me guiñó el ojo y con una sonrisa pícara les dijo a los de la revista:

—A Sara, mi ayudante, se le ha ocurrido que podríamos meter una silla. Creo que podría quedar muy chulo.

No me lo podía creer. Lo miré a los ojos y expresé en silencio un «pero ¿qué dices?». Me sonrió.

—Vamos a probar. Sara, coloca la silla. Chicas, ¿estáis listas?

—Sí, están listas —contestó el encargado de producción de la revista.

Salieron las tres vestidas espectaculares, cada cual más guapa, con unos vestidos increíbles. Me moría de ganas por ponerme uno de ellos.

—¡Qué guapas estáis! Colocaros las tres ahí, una sentada y las otras dos de pie. Sara, por favor, coge la cámara y dispara. Quiero ver la luz.

¿En serio? ¿Me lo estaba diciendo en serio?

—¿Cómo?

—Coge la cámara y dispara.

Lo miré de nuevo diciéndole esta vez: «¿Estás loco?». Y él me sonrió. No me quedaba otra que hacer lo que me decía. Intenté concentrarme y poner en práctica todas las cosas que me había enseñado. Tenía que conectar. Respiré y disparé.

—Perfecto, ¡qué bonita foto!

Las chicas de la revista se acercaron al ordenador.

—Sí, queda bien la silla con el fondo negro. Me gusta el rollo minimalista. ¡Muy bonita la foto!

Me moría de ganas por verla yo también, así que me aproximé hasta donde estaban todos.

—¿Te gusta? —me preguntó Luis.

—Sí. —Lo miré y sonreí.

Seguimos haciendo fotos durante dos horas, la editorial de moda estaba quedando espectacular. Mientras observaba cómo se desarrollaba la sesión y vigilaba por si hacía falta algo, el maquillador se acercó.

—¿Nunca te maquillas? —me preguntó.

—No, la verdad es que no, y además tampoco sé.

—Eso no puede ser. Con esos ojos tan bonitos que tienes, te puedes sacar mucho partido. —Ni corto ni perezoso, se dirigió a Luis—. Me la prestas diez minutos mientras se cambian las chicas.

—Claro.

Jesús, así se llamaba el maquillador de la revista, era gay, muy gracioso y muy buen profesional. Estaba en las mejores manos.

—Pero ¿por qué me quieres maquillar?

—Hija, porque por lo menos hago algo mientras ellas se cambian. Es que me aburro mucho en las esperas. Además quiero tener el privilegio de ser el primero que maquille esos ojos que tienes.

Me aplicó una base, un poco de corrector, sombra marrón clara, lápiz de ojos marrón también, máscara de pestañas, colorete y un labial rosa.

—Te he hecho un maquillaje muy natural. ¿Qué te parece?

Me miré y no sabía qué decirle. Me veía rara, pero me gustaba.

—Aquí la tenéis, la niña va sin ojazos por la vida.

Luis se giró y me miró. Se hizo un silencio.

—Estoy horrible, ¿no?

—Estás muy guapa.

Era la primera vez que le escuchaba decirme que era guapa, siempre se lo oía decir a las modelos o actrices que posaban para él, pero nunca se había dirigido a mí. Continuamos haciendo más fotos con las actrices, solas, juntas, con diferentes *looks,* con silla y sin silla. Terminamos la sesión y Luis los acompañó hasta la puerta para despedirse de todos. Yo me fui directa al espejo, quería verme otra vez.

—¡No te creas que te vas a escapar! Me debes unas fotos, señorita.

—Luis.

—Venga, vamos. No te puedes escapar.

Fui hacia el set y cogió su cámara.

—Me siento ridícula.

—No seas tonta, si es para divertirnos. Vamos allá. Ponte lo más fea que puedas.

Se empezó a reír, y yo con él.

—Ahora frunce el ceño, mírame cabreada. Eso es. Sácame la lengua.

No podíamos parar de reír. Disparó una y otra vez su cámara mientras me estaba riendo.

—Luis, pero ¿qué haces?

—Hacerte fotos.

—No me hagas más.

Me tapé la cara y él seguía disparando.

—Para, Luis.

Me miró bizco.

—Pararé si eres capaz de ponerte seria.

Me entró la risa una vez más de verlo así. Intentaba ponerme seria, pero era misión imposible. Hacía tiempo que no me lo pasaba tan bien.

—Venga, que ya puedo.

Respiré. Me puse seria, miré a cámara y volvió a disparar.

—Mírame así otra vez, por favor.

—¿Cómo?

—Como lo acabas de hacer.

—No sé cómo lo he hecho.

—Tú mírame.

Lo miré. Me puse un poco nerviosa.

—Eso es. No te muevas, espera que te voy a colocar el pelo.

Se acercó hacia mí y me retiró un mechón. Me lo quitó cuidadosamente, con suavidad y delicadeza. Me miró a los ojos como tratando de conectar con mi alma. Nadie nunca me había mirado así. Se fue hacia su cámara y volvió a disparar.

—Estás preciosa, Sara.

Capítulo 12
Una cena incómoda

A las once y once llegaba el AVE de Patri a la estación de Atocha y allí fui a recogerla. Últimamente se me aparecía mucho este número. De repente cogía el teléfono para ver la hora y la pantalla marcaba justo las once y once. Investigué sobre su significado y tenía que ver con la intuición. Cuando aparecían estas cifras, significaba que debías seguir a tu espíritu, el cual indicaba que estabas en el camino correcto. Pues eso parecía. Desde que había llegado Luis a mi vida, yo sentía que estaba en el camino adecuado. Siempre me había llamado mucho la atención todo lo relacionado con las energías y la numerología, pero, sin embargo, que me echasen las cartas siempre me había dado mucho miedo por si aparecía algo malo y condicionaba mi vida. A veces era mejor no saber. Nada más pisar la estación recibí una llamada de Patri.

—Sara, ¿dónde estás?

—En la estación de Atocha, esperándote en la estatua de las tres cabezas.

—Vale, sé dónde es, voy para allá.

Estuve esperándola allí como unos quince minutos, finalmente me había convencido de que a pesar de todo tenía ganas de verla y de abrazarla. Éramos amigas desde niñas. Regresaron a mi memoria los buenos recuerdos, nuestros momentos de risas, no podía olvidar que Patri era una de mis mejores amigas. Las dos íbamos al mismo colegio y a la misma clase. Desde entonces Patri, Carol y Raquel, que también estaban en nuestra clase, nos juntamos y nos volvimos inseparables. Hicimos un grupo muy majo, pero con quien mejor me llevaba era con Patri. Ella tenía sus cosas como yo, pero cada vez me pesaban más. No la llegaba a comprender, no me gustaba en lo que se estaba convirtiendo, pero me podía más el cariño que le tenía. Me autoconvencí de que al final siempre nos entendíamos. Y quise creerme que nos aceptábamos tal y como éramos.

La vi aparecer a lo lejos, con su maleta, toda pizpireta y subida a unos buenos tacones. Su lema: «Antes muerta que sencilla».

—¡Ya estoy aquí, Sara!

—¡Patri!

Sí, la verdad es que me dio un subidón al ver a alguien de mi ciudad, de la vida que había dejado atrás.

—¡Qué alegría verte! ¿No ha venido el fotógrafo contigo?

—No, Luis se ha quedado trabajando en el estudio. Está haciendo una editorial de moda. Me ha dado permiso para que venga a por ti, porque tenía que estar trabajando con él.

—Hija, qué majo, ¿no?

—Sí, la verdad es que sí.

Dudamos si coger un taxi o el metro, pero al final nos decidimos por un taxi para no ir cargando con la maleta.

—¡Estás guapa y un poco más delgada! ¿Te has maquillado? —me preguntó.

¡Patri piropeándome! ¡No me lo podía creer! Al final iba a ser un buen encuentro.

—Sí, un poco. ¿Te gusta? Me he acordado mucho de ti estos días porque he conocido a un montón de maquilladores y peluqueros. El otro día, en una de las sesiones de fotos, un maquillador, que era supermajo, se empeñó en que quería maquillarme. Lo hizo y además me dio algunos truquitos que estoy poniendo en práctica. Pero, como ves, es algo muy sencillo, solo llevo base de maquillaje, máscara de pestañas y brillo rosa.

Ahí estaba yo compartiendo mis nuevos secretos de belleza con ella.

—Es de buena amiga compartir los trucos de maquillaje, así que ya sabes. Me gusta cómo lo has hecho porque apenas se nota que vas maquillada. —Y se corrigió rápidamente—. A ver, yo lo he notado porque te conozco perfectamente, son muchos años los que llevamos juntas, y porque además me fijo mucho en esas cosas. Soy una *make-up* yonqui en toda regla, no lo olvides.

Y tenía razón. A Patri le gustaba mucho todo lo relacionado con la belleza y la moda. Lo contrario que a mí. Se pasaba el día viendo tutoriales en YouTube, leyendo revistas de moda y probando productos nuevos. Mi amiga se dejaba un dineral en ellos, pero no le importaba porque era su pasión, y además problemas de dinero no tenía. Sus padres se lo daban todo. Si tenías alguna pregunta sobre moda o belleza, ella era la persona indicada. Sí, era una enciclopedia andante, sabía cuáles eran las últimas tendencias, los últimos tratamientos, lo que era mejor para cada tipo de piel y lo último para quitar arrugas, estrías o celulitis… Era su vocación. Le encantaba maquillarse y se pasaba una hora todos los días delante del espejo, arreglándose. Patri decía que le relajaba. Nunca se lo confesé, pero desde mi más humilde opinión y sin saber mucho del tema, a mí me parecía que se maquillaba y se arreglaba en exceso.

—¿Por dónde vivís, Sara? —me preguntó ya impaciente.

—La casa está cerca del puente de Segovia, en una calle paralela. Es una zona tranquila. Ya verás cómo descansas bien, porque no hay ruido.

Y llegando al estudio recibí una llamada de Melisa. Le pedí disculpas a Patri con la mano que me quedaba libre y me puse a hablar con mi nueva amiga de Madrid.

—Hola, Melisa, ¿cómo estás? —Qué alegría me producía siempre hablar con ella.

—Bien, todo bien, tengo ganas de verte. ¿Cuándo quedamos? Te echo de menos.

—Yo también te echo de menos, nos veremos pronto. Acaba de llegar mi amiga Patri de Barcelona, vamos juntas en el taxi y va a pasar unos días en Madrid. Si te apetece, podemos quedar para vernos todos y así te la presento.

—Venga, vale, genial, y así te cuento novedades.

Colgué el teléfono y sentí que Patri me miraba fijamente.

—¿Quién es Melisa? —Me lo preguntó un poco molesta.

—Es una amiga de Madrid.

—Ah, vaya, tú siempre con tantos secretos… ¡Ya te has echado una amiga nueva y no me lo habías contado! Seguro que no es como nosotras…

Quise decirle que afortunadamente no era como ella, que Melisa sí me escuchaba, sí se preocupaba por mí y yo por ella, pero preferí callarme. Me di cuenta en ese momento de que era mejor no juntarlas. Sabía que Patri iba a intentar tirarla por tierra y no me apetecía vivir esa situación. Tenía razón Luis, hay personas que se cabrean por el hecho de que otra persona exista, le pasó a Kath conmigo y ahora le sucedía a ella con Melisa, y eso que no la conocía.

Cuando entramos por la puerta, Luis estaba haciéndole fotos a una modelo para una editorial de belleza. Todo eran primeros planos de la chica. Retratos para enseñar las últimas tendencias en maquillaje, como las sombras más punteras o los labiales que estaban de moda, y todo acompañado de diferentes peinados. De esta forma se iban creando diferentes *looks*.

—Pues sí es guapa esa chica, madre mía, qué espectáculo de mujer, morena con los ojos azules, alta, delgada y exótica —observó Patri con cierta envidia. No sé si sana.

—Sí, sí lo es.

Luis estaba totalmente concentrado. Cuando se ponía a disparar, parecía hallarse en otro mundo. Su cara se transformaba y al mirarle el rostro notabas cómo estaba creando. La chica se movía con soltura y eso le facilitaba a él las cosas.

—¡Ya estáis aquí, Sara! Perdona, Cristina, voy a saludar —le dijo a la modelo al tiempo que dejaba su cámara en la mesa del ordenador.

—Luis, ella es Patricia, mi mejor amiga de Barcelona.

—Hola, encantada.

—Igualmente, siéntete como en tu casa.

Como siempre, Luis se mostró encantador. Yo no le había confesado nada de las dudas que tenía sobre mis amistades.

—La voy a acompañar a la habitación para que deje la maleta, se acomode y bajo enseguida a ayudarte.

—No te preocupes, Sara, que lo tengo todo controlado. Ya nos queda poco, una foto nada más.

Las dos subimos a la habitación y en cuanto entramos, Patri cerró la puerta rápidamente.

—¿Perdona? Estas cosas se cuentan. Mira que ya te lo pregunté y tú me dijiste que no te fijabas en esas cosas. El fotógrafo está muy bueno. Qué sonrisa tiene, por favor. Está..., está... buenorro. Qué escondidito te lo tenías... ¿Cómo no nos lo presentaste en su día, cuando lo conocías de atletismo? Claro, éramos unas niñatas y todavía no nos fijábamos en los chicos.

—¡Qué dices, Patri!

—Sara, por Dios, ahora no vayas de mojigata. Está bueno, bueno no, buenorro. Es un tío bueno de toda la vida. No es porque esté bueno en sí, que sí lo está, es porque está para comérselo. Es superatractivo, tía.

La miré y nos pusimos a reír, y creí detectar que eran sonrisas de complicidad, de amigas. Ahí me di cuenta de lo mucho que echaba de menos a mis amigas, a pesar de haber estado tan negativa.

—No cuela eso de «es que no me he fijado». Porque ya llevas tiempo aquí para haberte dado cuenta del asunto. Deberías conocer su cara al dedillo. ¿Te has fijado en la peca que tiene debajo del ojo? Confiesa, ¿te gusta?

La verdad es que nunca me lo había planteado.

—No, solo somos compañeros de piso. No hay nada más. Nos llevamos muy bien.

—Hija, eres rara, tú y tus cosas. Pues a mí me encanta. Me parece lo más.

Abrió la maleta, colocó la ropa en el armario y bajamos al estudio. Cuando llegamos, Luis estaba a punto de terminar. Patri se quedó alucinada con todo lo que estaba viendo. Se fue directa al tocador y se perdió entre todos los productos que el maquillador tenía puestos encima de la mesa. Su mirada no podía salir de aquel rincón y su cara se iluminó, sus ojos brillaban como nunca. Yo no tenía ninguna duda de que Patri se tenía que dedicar a algo relacionado con este mundo, se le daba muy bien. Pero sobre todo por lo que despertaba en ella. Sin embargo, por sus circunstancias familiares ni se lo planteaba, solo era su fantasía, su hobby.

A sus padres no les gustaba que estuviera tan metida en las redes sociales. Lo de ser *influencer, youtuber* o modelo no les parecía bien. No lo veían como una profesión para su hija, querían que se dedicara a la abogacía como hacían ellos. No respetaban sus gustos, imponían sus criterios sin importarles si le agradaba o no la abogacía y Patri debía hacer lo que dictaminasen porque ellos lo hicieron también. La profesión de abogado era una tradición familiar. Afortunadamente mis padres en ese sentido no eran así. Ellos respetaron siempre mi decisión de ser atleta, aunque ahora no entendiesen que no quisiera serlo.

Así que Patri examinó uno por uno cada producto que había sobre el tocador, interrogó al maquillador sobre todos ellos, no quería dejarse nada en el tintero. Que cuáles eran las mejores bases de maquillaje, qué brochas usaba para aplicar bien las sombras de ojos, qué labiales eran los más duraderos… Estaba atenta a todo, a cada explicación. Incluso estuvo observando toda la ropa que había llevado la estilista, viendo las marcas que utilizaba y me iba diciendo las que conocía y las que no. Patri estaba feliz y yo, finalmente, más feliz de verla así. Luis terminó la sesión de fotos y decidimos comer algo rápido los tres en la cocina. No nos podíamos demorar mucho porque por la tarde él también tenía que trabajar. Su próximo trabajo era hacerle un *book* a una actriz que quería renovar sus fotos. Así que preparamos unas ensaladas entre los tres; era lo más rápido y fácil de hacer. Y nos pusimos a comer.

—Patri, qué bien. Por fin te conozco. Sara me ha hablado mucho de ti estos días. ¿Ya te lo ha contado?

Se produjo un silencio. Sentí que los dos me miraban, no despegaban sus ojos de mí, y eso hizo que me sintiera incómoda.

—¿Qué me tiene que contar? ¿Me he perdido algo? Sara, ¿qué me tienes que contar? —preguntó extrañada Patri.

Miré a Luis y él puso cara de «díselo ya». Me estaba diciendo tan solo con sus ojos que confiara en mí, que no tuviese miedo. Pero yo tenía la sensación de que no le iba a sentar nada bien a Patri que le hiciese yo las fotos. Por eso todavía no le había comentado nada. Volvieron mis dudas de los días pasados. No podía hablar de todo con ella ni a veces sentirme yo misma. Decidí enfrentarme a mis miedos.

—Patri, le comenté a Luis lo de tus fotos y, como estoy trabajando con él y me está enseñando un montón de cosas, me dijo que las fotos, ya que eras mi amiga, te las hiciese yo bajo su supervisión, claro.

Patri me miró con cara de estupefacción.

—¿Me estás tomando el pelo? ¿Os estáis quedando conmigo?

Sabía que no le iba a sentar nada bien. Nunca me animaba con mis proyectos. Luis se quedó un poco perplejo por la reacción de mi amiga. No lo podía entender e intentó explicarle por qué podía estar bien que yo le hiciese las fotos.

—Patri, te va a hacer unas fotos preciosas, te van a encantar. Estate tranquila y confía en Sara, que tiene mucho talento. Además yo también voy a estar en la sesión, así que tranquila, que todo va a salir muy bien.

Me parecía un momento perfecto para que Sara se soltase, y qué mejor que hacerlo con su mejor amiga, con alguien de su confianza. Os propongo que elijáis tres cambios de *looks*. Sara, tú piensa en el rollo que le quieres dar a cada foto, ¿vale? Pon en práctica todo lo que te he enseñado estos días. Nos lo vamos a pasar fenomenal. Va a ser una gran experiencia, estoy seguro.

Patri tenía, sin embargo, cara de pocos amigos. No le había hecho nada de gracia lo que le acabábamos de decir. La conocía demasiado bien. Si no se hacían las cosas como ella quería, ¡hecatombe!

—¿Te parece bien, Patri? —le pregunté, preocupada.

—Como vosotros veáis. Mientras esté Luis no tengo problema. Es que no me gusta ser el conejillo de indias de nadie, ¿sabes? Bueno, tú ya me conoces, Sara. Soy sincera.

Luis no quiso añadir nada más y nos aconsejó que nos fuéramos de tiendas aquella tarde; nombró Primark y ya a Patri le cambió la cara.

Yo me quería tomar aquellas fotos muy en serio. Deseaba sacar de ella su alma, lo que de verdad era mi amiga, lo bueno que escondía. A simple vista, cuando la conocías de primeras, ella podía ser un tanto superficial, pero cuando profundizabas de verdad, te dabas cuenta de que todo era fachada y que tenía un gran corazón. Bueno, en realidad eso es lo que quería encontrar. De pronto, esa sesión de fotografía se convirtió para mí en un reto para demostrarme que esa amistad de tantos años merecía la pena.

Terminamos de comer y nos fuimos rápidamente a buscar ropa. Nos desplazamos hasta Gran Vía, allí estaban las tiendas que nos podían servir para la inminente sesión de fotos. Estuvimos dando vueltas y viendo todas las tendencias. Se llevaban las hombreras, todas las prendas tenían hombreras grandes. Yo particularmente las odiaba, no me sentaban nada bien, porque había desarrollado bastante los hombros por el atletismo. Si me ponía una chaqueta o blusa con hombreras, parecía una jugadora de rugby. Así que por mucha moda o tendencia que fuera, yo la obviaba.

En cambio Patri estaba emocionada, lo quería todo. Compró compulsivamente. Encontraba razones para todo lo que le apetecía comprar: «esto porque no tengo», «aquello porque es mi color preferido y no me puedo resistir», «esto porque está a muy buen precio». Pero donde más loca se volvió fue en su querido Primark, estaba como poseída en aquella tienda. Todo lo quería. Cogió unos cuantos conjuntos de lencería, sin encaje, con encaje de color negro y otro de color blanco. Ella tenía muy claro con qué ropa quería hacerse las fotos y una de ellas sería en ropa interior porque estaba convencida de que iba a ser la que más *likes* tuviese en su Instagram.

Estaba obsesionada con esta red social, cada dos por tres nos parábamos para hacer fotos y vídeos para subirlos a sus *stories*. Comentaba todo a través de Instagram, alimentando esa superficialidad que habitaba en ese lugar. En cambio a mí me daban igual, no me gustaban las redes sociales, me agobiaba mucho que todo el mundo supiese dónde estaba y qué estaba haciendo en cada momento. Sentía que perdía mi privacidad y eso era algo que valoraba mucho.

No sé si era por todo lo que había vivido con mi padre por el tema de su fama, los paparazis, etcétera, que huía de todo lo que me expusiese. Me daba la sensación de que únicamente servía para alimentar el ego, que nada de lo que ahí había era real y solo era un mundo de apariencias. Y yo no quería saber nada de eso, no tenía la necesidad ni quería dar explicaciones de lo que hacía en cada momento, no deseaba más problemas en mi vida.

—Sara, tenemos que hacernos otra vez una foto aquí, en este sitio exacto de la tienda, como la última vez que estuvimos en Primark en la inauguración, ¿te acuerdas? —Me acordaba perfectamente—. Tía, es que la tengo que subir a mi muro de Instagram. En su momento fue una de las que más *likes* tuvo. Qué puntazo cuando vinimos aquí recién abierta la tienda, fue lo más. Espera, que busco la foto que nos hicimos en mi teléfono y repetimos la misma pose, ¡qué divertido!

La buscó entre todas las imágenes que tenía, me la enseñó y de repente, cuando me miré en esa foto me noté diferente a como me veía ahora. Algo había cambiado en mí; físicamente estaba igual, pero mi mirada y mi semblante eran distintos. Mirando aquella fotografía, fui consciente de la mella que había hecho en mí mi decisión de cambiar de vida. Estaba dejando atrás a la niña y le estaba dando la bienvenida a la mujer que habitaba dentro de mí. Aunque no me apetecía mucho, hice caso a Patri, copiamos la pose, pusimos el mismo gesto y nos hicimos el mismo *selfie*.

Y seguimos comprando. Aparte de los conjuntos de lencería, también eligió una americana negra tres cuartos y un vestido de noche muy sensual de color negro, con toda la espalda al aire. La tarde no estaba mal, pero la verdad era que yo me sentía algo incómoda con Patri porque no me dejaba opinar nada sobre la ropa que estaba eligiendo. Algo que siempre había sido habitual en ella. Patri dirigía y mandaba. Yo callaba por no crear conflictos. Ella había decidido que quería verse sexi en todas las fotos, pero yo en realidad quería mostrar todo lo contrario. Mi intención era hacer algo sencillo y natural con un vaquero y una camiseta blanca básica. Pero no quería escuchar mi opinión, solo se escuchaba a sí misma, y cualquiera la sacaba de ahí…

No supe cómo frenarla, no supe decirle que su lado más sexi ya lo tenía más que explotado, que siempre aparecía en todas las fotos igual y que a mí me parecía más atractivo, y a la vez mucho más sexi paradójicamente, ver en ella su lado más inocente. Es decir, ese trozo de su alma que solo los más allegados conocíamos, y que dejaba ver en poquísimas ocasiones. Y ese aspecto era lo que realmente la hacía especial, lo que la hacía única. Lo que explicaba que hubiésemos estado tantos años juntas. Pero a Patri esa faceta suya no le parecía nada atractiva, siempre la quería tapar. Odiaba sentirse vulnerable.

Cuando llegamos a casa, Luis estaba retocando unas fotos en el ordenador, concentrado como siempre, buscando la perfección más absoluta, matizando cada detalle y puliendo cada defecto visible.

Nos dijo que tenía una sorpresa para las dos. Había reservado en un restaurante peruano cerca de casa que por lo visto tenía una comida buenísima. Ya me había hablado alguna vez de él y me había dicho que era uno de sus favoritos, pero no habíamos tenido oportunidad de ir. Se trataba de un restaurante que siempre destacaba en todos los portales de gastronomía. Yo estaba agotada, nos habíamos pasado toda la tarde pateando la Gran Vía, pero no podía decirle que no, le hacía ilusión que conociésemos aquel lugar. Vencí mi cansancio con una ducha y un cambio de ropa.

Patri hizo exactamente lo mismo que yo, pero se arregló como si nos fuéramos a una fiesta. Se puso un vestido corto de lentejuelas negro con un escotazo de vértigo y unas sandalias. No entendí por qué se había arreglado tanto, solo íbamos a ir a cenar los tres al lado de casa, pero no quise decirle nada. Eso sí, al verla dudé sobre mi estilismo. Mi opción era mucho más sencilla, más normal y más casual. Yo iba en vaqueros, con una camiseta, unas deportivas y listo. Pero cuando la vi con las lentejuelas, me di cuenta de que me había quedado un poco corta. Quizá habría solucionado algo cambiando las zapatillas por unos zapatos de tacón, pero el dolor de pies que tenía después de la tarde de compras hizo que ni me plantease esa alternativa. En realidad Patri y yo éramos como la noche y el día. Ella estaba guapísima y yo a su lado me sentía horrible.

Tardamos diez minutos en llegar caminando al restaurante. Patri no se quejaba, pero se notaba que iba incómoda con los taconazos. En cambio yo estaba encantada con mis deportivas. Algo bueno debía tener mi estilismo. Entramos e inmediatamente nos atendió un chico muy majo. El Peruanito era un restaurante moderno y con mucho encanto. El camarero nos acompañó hasta la mesa que nos habían preparado. Estaba apartada del resto, era una especie de reservado, donde teníamos un poco más de intimidad. Luis nos contó que era su mesa preferida y que siempre que iba le intentaban dar esa. José Luis, el dueño del restaurante, vino a saludarnos en cuanto nos vio. Era un tipo muy majo, un hombre sencillo, elegante, con don de gentes. Nos dijo que no nos traía la carta porque quería que probásemos platos nuevos que estaban elaborando y que le diésemos nuestra opinión, que confiásemos en él. Estaban testando con sus clientes más allegados ciertos platos para introducirlos en la nueva carta. José Luis se marchó y nos quedamos los tres hablando tranquilamente mientras nos traían la comida.

—¿Cómo ha ido vuestra tarde de compras? —nos preguntó Luis a ambas.

Pero Patri enseguida tomó el protagonismo de la cena y no dudó en contestar rápidamente.

—He comprado muchas cosas, soy un poco impulsiva y cuando estoy allí lo quiero todo. Para la sesión he escogido una americana, un vestido de noche supersexi, un par de conjuntos de lencería… Mira, he hecho una foto de la lencería que me he comprado, te la voy a enseñar para que me des tu opinión, Luis, porque lo que no tengo muy claro es el color, si blanco o negro. ¿Tú qué opinas? ¿qué quedará mejor en la foto?

Patri no me dejaba hablar, había cogido la palabra y no la soltaba. Intenté meterme un par de veces en la conversación, pero inmediatamente me interrumpía. Su comportamiento era raro. Parecía querer borrarme de la mesa, como si deseara que estuviera siempre en segundo plano y que toda la conversación solo fuera entre ella y Luis. Sentí que a mi amiga le molestaba mi presencia en aquella mesa. Solo tenía ojos para Luis y estaba atenta a todo lo que él decía. Le reía las gracias, le sonreía sin parar, se tocaba el pelo insistentemente y se hacía la interesante delante de él. Su manera de comportarse la delataba. Daba la sensación de que estaba tonteando con él, pero no podía ser, seguro que eran alucinaciones mías. Patri no haría algo tan descarado delante de mis narices. Y mientras observaba la conversación que ellos dos mantenían, yo no podía dejar de comer toda la comida que estaban trayendo. Estaba todo buenísimo. Además cada vez tenía menos ganas de intervenir. Yo veía que Luis se mostraba muy amable, pero que a la vez estaba un poco alucinado. Trató de meterme en la conversación.

—Sara, ¿ya tienes claro cómo quieres enfocar las fotos de mañana?

Y Patri enseguida contestó por mí. No podía ser de otra manera.

—Lo hemos estado hablando entre las dos esta tarde y hemos pensado que lo mejor es hacer unas fotos insinuantes, sexis, para sacar todo mi potencial. Necesito que suba el número de mis seguidores en Instagram.

Luis me miró, confuso.

—Ah, no sé por qué pensé que le ibas a dar otro enfoque, Sara.

Yo lo miré, quería contarle que mi amiga se estaba volviendo loca, que no sabía cómo callarla, que no dejaba de mentir, que yo no había opinado sobre nada y que ella se había encargado de decir absolutamente todo.

—Lo único que dudábamos, ¿verdad, Sara?, era el color de la lencería, como te he comentado antes. No sabíamos si mejor blanca o negra. Otra foto que hemos pensado podría ser con una americana chulísima, negra, tres cuartos y unas sandalias de tiras. La última sería la del vestido negro de noche con la espalda totalmente al descubierto. Una foto de mi espalda podría ser lo más.

Me estaba poniendo de los nervios. ¡Estaba mintiendo! ¡Se lo estaba inventando todo! Y no tenía ningún reparo en hacerlo delante de mí. Lo decía tan convencida que ella misma se lo estaba creyendo de verdad. La cara de Luis era un cuadro. Tuve que hacer un ejercicio de contención, me concentré para no estallar porque le quería decir de todo. Pero no, no era el momento de pararle los pies delante de Luis, no quería hacerle pasar a él un mal rato, que viviese una situación más incómoda todavía. La actitud de Patri me estaba sacando de quicio: las mentiras que arrojaba al aire me estaban costando la vida y ese supuesto coqueteo hizo que se me atragantase hasta el ceviche.

Pero la culpa no era de ella, sino mía. Toda esta situación podría haberla evitado si desde el principio hubiese hablado con Patri y le hubiese dicho cómo quería que fuesen las fotos de verdad. Pero no lo hice, no tuve el coraje de hacerlo, no fui valiente para expresar lo que opinaba, y no sabía por qué, siempre me había pasado lo mismo con ella. Quizá era por miedo a molestarla o porque no quería que malinterpretase mis palabras y lo liase más todo. Conocía a Patri y sabía que si le decía que la quería sacar «natural», de una manera distinta, ella no lo iba a entender. Y por evitarme su cabreo, ahora mismo estaba disgustada conmigo, por haberme faltado al respeto a mí misma, por complacerla a ella. Y por evitarme una situación incómoda se estaba creando otra más incómoda todavía. Y me estaba quemando por dentro. Cada segundo que pasaba viendo su actitud se me iban quitando las ganas de querer hacerle fotos.

No podía parar de juzgarla en cada comentario o cosa que le decía a Luis. Y yo sabía que él estaba notando mi incomodidad y la tirantez del ambiente, pero trataba de mantener las formas y de seguir siendo amable. Por unos momentos fantaseé con la idea de levantarme de la mesa inmediatamente y dejarlos allí, cenando a ellos dos solos. Es más, si lo hubiese hecho, creo que Patri ni lo habría notado.

—Voy a ir al baño un momento, chicas —dijo Luis.

Tenía que hablar con ella: o le decía algo o iba a explotar, ya no me podía contener más. A veces uno piensa que conoce bien a sus amigos, hasta que un día te sorprenden con ciertas actitudes que te descolocan por completo y dudas de todo, incluso del concepto de amistad que tiene la otra persona. Bueno, la verdad es que yo llevaba bastante tiempo descolocada y esa cena fue la punta del iceberg.

—¿Se puede saber qué estás haciendo, Patri? Te estás comportando como una idiota.

—¿Yo? Pero ¿qué dices? Es él, que no para de preguntarme cosas, de darme conversación. Le gusto a Luis. Es lo que hay. Su mirada lo dice todo. Me mira con deseo. Ya me conoces y sabes que mi radar nunca falla, que en estas cosas nunca me equivoco.

No supe qué decirle. ¿Luis la miraba con ojos de deseo? No quería escuchar aquello. Preferí cambiar de tema.

—¿Por qué has mentido? Tú y yo no hemos hablado absolutamente nada sobre las fotos de mañana. Has elegido tú toda la ropa, a mí no me has dejado opinar sobre nada, Patri. Me parece una falta de respeto lo que estás haciendo. No sé si recuerdas que soy yo la que te va a hacer las fotos.

Parecíamos dos auténticas niñatas discutiendo en aquel restaurante, dos gatas peleando.

—¿De verdad que te estás tomando todo esto de las fotos tan en serio?

La miré con cara de claramente sí. Ella como siempre, echando por tierra mis proyectos e ilusiones.

—¿Quieres ser fotógrafa? No puede ser. ¡Está bien! Venga, Sara, ¿cómo ves las fotos de mañana? —dijo con retintín, como si yo fuera medio tonta—. Venga, di algo ofendida porque no te he dejado opinar.

El tono que había empleado no me gustó absolutamente nada, pero no iba a perder los papeles en aquella mesa, no era el momento. Sería mejor hablarlo todo en privado, en la habitación, entre nosotras, sin que nadie nos escuchase. Seguro que lo acabaríamos arreglando, como en las pocas ocasiones que durante todos estos años yo me había atrevido a discutir, y nos daríamos un gran abrazo, éramos amigas y a veces las amigas también se enfadaban. Respiré para calmarme y contestarle de la manera más educada posible.

—Patri, lo he estado pensando detenidamente y, después de darle muchas vueltas, me apetece sacarte de una manera diferente. Quiero mostrar al mundo lo que nadie ve de ti. Deseo ver a través de tus ojos, enseñar tu alma. Quiero ver a mi amiga de verdad.

En ese momento apareció Luis.

—¿Me he perdido algo? ¿He oído alma?

Inmediatamente le contesté a Luis. Esta vez Patri sí me dejó hablar.

—Le estaba comentando a Patri lo que hemos hablado estos días tú y yo. Y que por eso me gustaría captar y capturar en ella su alma, «eso» que nadie ve. Como haces tú con cada una de tus fotos.

Patri no pudo continuar callada y dio la vuelta a la tortilla.

—¿Tú qué ves en mí, Luis? ¿Qué es «eso» que nadie ve? ¿Lo tengo yo? —le preguntó a bocajarro.

Luis se empezó a reír. Estaba alucinando con Patri.

—No sé explicarlo muy bien, pero «eso» es algo que sucede en cada sesión de fotos. Hoy puedo ver una cosa y mañana otra diferente. Pero, en general, lo que intento capturar es la belleza del corazón a través de la mirada, de los ojos. Y a veces ocurre en décimas de segundo, pero ahí estoy yo con mi cámara, al acecho, para intentar capturar ese momento único, esa energía maravillosa. Es algo mágico.

—Mírame fijamente a los ojos, Luis: si ahora estuvieras con la cámara en tu mano y fueras a fotografiarme, ¿qué verías? —insistió Patri.

Sin duda estaba tonteando con él de una manera descarada. Le daba igual que estuviera yo delante, no se cortaba.

—Veo que eres una chica muy guapa, pero eso es algo que todo el mundo ve —respondió con un tono de guasa.

—¿Te parezco guapa?

Lo que parecía era idiota, esa era la realidad. ¿Por qué le preguntaba eso? Me estaba entrando vergüenza ajena de mi amiga.

—Sí, claro que eres guapa. Pero yo no soy quien te va a hacer las fotos mañana. Te las va a hacer Sara. Así que mejor pregúntale a ella qué ve en ti. —Y zanjó así el asunto.

Me quedé en silencio. No quería contestar porque probablemente si lo hubiese hecho, habría sido cruel. Podría haber dicho algo de lo que luego me arrepintiese, así que afortunadamente opté por la prudencia. Dije que estaba cansada y que me quería ir a dormir. Le expliqué a Patri que al día siguiente en la sesión de fotos lo hablaríamos. Estaba muy cabreada con ella. Quería que esa cena terminara de una vez.

Capítulo 13
'My way'

Después de la cena nos fuimos a casa. Y Luis quiso que tomásemos una copa en la cocina. Creo que el hombre pensó que así se limarían las asperezas. Patri siguió el resto de la noche desplegando sus armas de seducción. No se daba por vencida con Luis y yo solo quería estar a solas con ella para pedirle explicaciones.

Por fin llegamos a la habitación. Era el momento de que hablásemos.

—¿Me puedes explicar a qué ha venido todo esto?

—No te tengo que explicar nada. Bueno, sí, me ha quedado claro que a Luis le gusto. Lo he notado, como te he dicho antes, en la forma que tiene de mirarme. Y me imagino que tú, que estabas al lado, también te has dado cuenta.

No pude contestarle a eso. No daba crédito a sus palabras.

—Ya lo has escuchado, Sara. Ha dicho que soy guapa y no ha seguido diciéndome más cosas porque estabas tú delante. Se ha cortado porque soy tu amiga. No soy tonta, yo sé cuándo le gusto a un chico. Y a Luis le gusto. Hay que saber leer entre líneas. A mí él me encanta. ¡Me pone todo! Es tan guapo, simpático, cariñoso y además tiene esa sensibilidad que muy pocos tíos tienen. Me he enamorado.

—¿Cómo que te has enamorado? ¡Uno no se puede enamorar así tan rápido! —¡Patri continuaba en la edad el pavo!

—Sí, así son los flechazos. Tú no sabes de lo que hablo. ¡Estoy enamorada de Luis, Sara!

No quería oír la palabra «enamorada». Continuamos hablando, más bien discutiendo, pero sin elevar el tono para que Luis no nos escuchase desde la otra habitación. Quería quitarle de la cabeza que él estuviese enamorado de ella. Le expliqué que era cariñoso con todo el mundo, que no se equivocase.

—Patri, estás viendo cosas que no son. Luis es así de cariñoso con todo el mundo.

Pero Patri no quería escucharlo.

—O sea que, según tú, él trata a todo el mundo así.

—Sí, Patri, a mí, a las modelos... Él es así, es su forma de ser.

—Lo que te pasa a ti es que te jode que le guste. Por eso me estás diciendo todo esto. ¿No será que te gusta a ti y no soportas que yo le guste a él?

No podía con más tonterías. Me estaba sacando de mis casillas, y eso era bastante difícil.

—¡Cómo puedes decir semejante tontería, Patri! No voy a seguir discutiendo contigo, allá tú con lo que hagas; eso sí, luego no vengas llorando, que yo ya te lo advertí.

Me metí en la cama muy cabreada con ella e incluso con Luis por ser así de... especial. Cómo me podía decir que a mí me gustaba, no me lo había ni planteado. Pero sinceramente tampoco entendía muy bien por qué estaba tan enfadada con esa situación, me daba cuenta de que no era normal que me importarse que a Patri le gustase Luis. Sin embargo, me molestaba, porque él era mi amigo, un amigo muy especial, mi ángel de la guarda, y no lo quería compartir con nadie. Me hacía reír y me sentía bien cuando estaba a su lado. Con él me encontraba tranquila y segura. No me apetecía que nadie se metiese en medio, por miedo a perder todo lo que teníamos. Todo lo que estábamos construyendo en esa casa.

Las palabras de Patri me confundieron. A lo mejor tenía razón. Desde hacía muchos años los chicos habían dejado de interesarme. Recuerdo que en el instituto me decían que era una «estrecha» porque no me quería liar con ninguno. Mi apodo era «Sor Sara», así me llamaban.

Incluso las malas lenguas decían que me iba a quedar para vestir santos. Corrían bulos de que no me liaba con los tíos porque era lesbiana. Y no era eso, si me hubiesen gustado las mujeres lo habría dicho. Hasta hacían apuestas para ver quién me llevaba a la cama. De hecho, me convertí en un reto para ellos, en un objetivo. Por eso, cualquiera que se me acercaba me causaba mucha desconfianza, no me creía nada cuando me decían que se habían enamorado locamente de mí o que era la mujer de su vida. Recordé cómo uno hasta me llegó a pedir matrimonio en mitad de la clase. Pero yo pasaba, no quería saber nada del amor, porque el amor para mí era doloroso.

La culpa la tuvo Sergio, mi primer y único novio y el causante de mi primer y único desengaño amoroso. Él fue uno de mis compañeros de atletismo. Entrenábamos juntos todos los días. Era un chico increíble. Nos gustaban las mismas cosas y nos entendíamos a la perfección con solo mirarnos. Me enamoré loca y perdidamente de él. Sentí que era mi media naranja, aunque luego entendí que la media naranja no existía, que eso solo eran tonterías. Nos conocíamos cada vez más y empezamos a salir. Todo iba fenomenal, hasta tal punto que me imaginaba casándome y teniendo hijos con él. Era el hombre perfecto, o eso creía, hasta que me enteré de que llevaba una doble vida. A la vez que salía conmigo estaba con una chica de su clase.

Lo pasé muy mal. La vida dejó de tener sentido para mí. No comía, no podía dormir, me pasaba el día llorando… y como consecuencia dejé de rendir en los entrenamientos y perdí varias carreras. Mi entrenadora estaba desesperada, pues veía cómo estaba tirando por tierra la temporada. Ella fue quien me aconsejó que hablase con el psicólogo que teníamos a nuestra disposición en la federación. Y así hice. Y poco a poco fui saliendo de ese pozo oscuro que me recordaba al lugar que habitó mi madre cuando yo era pequeña. Era complicado porque además le tenía que ver todos los días en los entrenamientos. Hice un máster en aprendizaje. Lo recuerdo como una de las etapas más duras de mi vida.

Por eso me prometí no enamorarme nunca más de nadie para evitarme problemas, tenía miedo de volver a encontrarme en un callejón sin salida. Cerré con llave y candado mi corazón. Me puse una coraza anticupido. Solo me permitía tener «amores ficticios», porque sabía que jamás podrían ser, que nunca se iban a hacer realidad y que jamás podrían romperme el corazón. No estaba dispuesta a pasar por lo mismo nunca más. Por eso me enamoré de Rubén, el protagonista de la serie de moda; lo veía perfecto y fantaseaba con nuestro «amor irreal». Para mí resultaba suficiente. Era mi manera de protegerme. No quería tener amores reales, me conformaba con esos amores ficticios. Por eso aquel día que lo conocí en el tren me descolocó tanto. Fue un shock verlo en persona, tenerlo a mi lado y hablar con él de verdad. Siempre lo había hecho en mis fantasías. Yo era feliz así, nadie de esta manera podía destrozarme el corazón. Por eso no quería ver a Luis con otros ojos, porque tenía puestas todas las corazas del mundo. Él solo era mi amigo.

A la mañana siguiente nos despertamos temprano. El ambiente estaba un tanto tenso entre nosotras, pero no lo quería pensar demasiado. Me concentré en la sesión de fotos que íbamos a tener en breve. Quería sacar de ella lo mejor a pesar de nuestra pelea, tenía que separar lo personal de lo profesional y me apetecía que Luis se sintiera orgulloso de mí. Me metí en la ducha para despejarme las ideas y Patri se bajó a desayunar. En cuanto terminé fui directa a la cocina a tomarme un café y unas tostadas y me encontré a Luis y a Patri abrazados. Se me paró el corazón y la respiración.

—Perdón, no quería interrumpir.

—No interrumpes, Sara; Patri me estaba agradeciendo mis labores de anfitrión. —En ese momento no noté el tono irónico que había empleado.

Y me sonrió, me miró como siempre y mi amiga Patri, por el contrario, me miró como si hubiese conseguido su objetivo. ¿Se habrían besado? Luis continuó hablando conmigo con naturalidad, como si nada hubiese sucedido.

—Esta tarde hacemos las fotos. Qué ganas tengo de veros en acción. ¿Estás bien, Sara? ¿Qué quieres desayunar?

Todavía seguía en shock. No sabía cómo comportarme ante esa situación en la que no tenía idea de qué había ocurrido. ¿Eran celos? ¿Era eso lo que me pasaba? ¿Tenía Patri razón y Luis me gustaba?

—Sí, sí, estoy bien. No voy a desayunar. Solo estaba pensando en la sesión de esta tarde, quiero que todo salga bien.

Esa mañana Luis tenía que hacer una foto a Cristina Alonso, una escritora muy conocida que sacaba un nuevo libro. Era una foto para la portada, iba a ser algo sencillo. Así que estuve ayudándolo en el set mientras Patri estaba por allí pululando, pendiente de todo, de cada movimiento. Yo, en cambio, tenía el semblante serio. No sabía exactamente lo que me estaba ocurriendo, pero aquella situación me hizo recordar la época en que lo pasé tan mal con Sergio. Estaba revuelta e inquieta. Llevaba toda la mañana con un nudo en el estómago que no me dejaba respirar. No paraba de pensar sobre lo que habría pasado en la cocina, en si se habrían besado antes de que yo llegase. La cara de Patri insinuaba que sí, pero no me atreví a preguntarle.

—Me encanta tu estudio —le dijo Patri a Luis—. Es una pasada, y también me gusta verte hacer fotos, tienes una gran sensibilidad. Qué suerte tiene la gente que se pone delante de tu objetivo. —Qué indirecta más fea. Me hizo sentir mal.

En ese momento la odiaba (y qué mal me hacía ese sentimiento) y me molestaba todo lo que decía. Luis le agradeció sus palabras y Cristina se sumó al halago que acababa de hacerle. La escritora y él estuvieron comentando el libro y hablando de la portada. Iba a ser una imagen del viaducto de Segovia. Casualmente el estudio estaba muy cerca de él. Cristina nos preguntó si habíamos paseado alguna vez por allí.

—Está aquí al lado, a diez minutos a pie —dijo la escritora—. Tenéis que ir por allí, es una zona muy bonita para pasear y pensar. Luis, que no me entere de que no las has llevado. Es un lugar que forma parte de la historia de Madrid. No hay que dejar de verlo, además cuenta con unas vistas espectaculares. Y si camináis un poco más, llegáis al Palacio de Oriente.

La verdad es que yo había hecho ese recorrido de una manera fugaz, no tan detenidamente porque siempre andaba con prisas. Cristina tenía razón, un día tenía que ir allí a pasear tranquila y conocer en detalle toda esa zona.

La sesión fue rápida, amena e interesante. Ella era una mujer especial. Nos dijo que en cuanto el libro saliese publicado nos mandaría un ejemplar, además de invitarnos a la presentación.

Para no perder tiempo, Luis pidió comida a un restaurante vegetariano llamado Green. Así pudimos ponernos enseguida a preparar la sesión que iba a hacer con Patri.

—Sara, ¿por qué *look* vais a empezar? —me preguntó Luis ante la atenta mirada de mi amiga.

—Lo he estado pensando toda la mañana. Yo arrancaría con el conjunto de lencería. Quiero que Patri se ponga un vaquero con el sujetador blanco arriba. Me gustaría que fuese algo muy natural, como de estar por casa. Al igual que el maquillaje, le pondría solo una base, rubor en mejillas y un poco de color natural en los labios.

—¿Cómo? —contestó Patri de inmediato—. No, no, no, no voy a salir en ninguna foto sin maquillarme los ojos. ¿Estás loca? Lo haces para fastidiarme.

Patri no cambiaba. Nunca me había apoyado en ninguno de mis proyectos y ahora no iba a ser la excepción.

—No lo hago para fastidiarte, Patri, creo que quedaría mucho mejor para la foto que no estés tan maquillada. Luego para el vestido de noche, si quieres, retocamos más el maquillaje.

Y la batalla campal se puso en marcha. Discutimos delante de Luis. Parecíamos dos auténticas niñatas enzarzadas incapaces de ponerse de acuerdo.

—Pero ¿qué os pasa, chicas?

Luis trataba de mediar. Pero se le notaba molesto con la situación.

—Pues que no quiero hacer las fotos con ella. Intenta que salga fea. Su problema en el fondo es que no me soporta. Me tiene envidia. Me odia.

No me esperaba esa respuesta. Ni en la peor de mis pesadillas me imaginaba que íbamos a acabar así esa sesión.

—¿Qué estás diciendo, Patri? ¿Envidia de qué? Intento hacerte unas fotos diferentes. Quiero hacer una sesión original, mostrar algo distinto de ti.

—Ahora no vayas de buenecita o, peor aún, de superfotógrafa. Anda ya, que no tienes ni idea, y, en realidad, te estoy haciendo un favor. No me hagas reír, hombre. Tú lo que quieres es sacar lo peor de mí. Estás celosa. Me has tenido celos toda la vida. Siempre lo ha dicho todo el mundo, ¡me tienes celos!

—¿Qué? ¿Que yo te tengo celos?

—Sí. Estás celosa porque desde que he llegado ya no eres la protagonista en esta casa. No soportas que le guste a Luis.

—Lo siento, pero no puedo seguir con esto.

—Patri, cállate, por favor. No sigas por ahí. Estás totalmente confundida —intervino Luis.

—¿Confundida de qué? Yo te gusto, lo noto.

—No, no me gustas, pero lo importante no es eso, lo importante es que creo que deberías pedirle disculpas a Sara por cómo le estás hablando, es tu amiga. —Y me di cuenta de cómo Luis le habló enérgico, pero también como si se estuviera dirigiendo a una adolescente en la edad del pavo a la que había que pararle los pies con firmeza, pero también con cariño.

—Venga ya... ¡Ahora dice que no le gusto! —contestó Patri, ofendida.

Ella siempre a lo suyo, sin escuchar a nadie, sin plantearse que quizá Luis tenía razón y se estaba pasando conmigo. Sabía que no me iba a pedir perdón. Por eso dejé la cámara y me fui directa a la puerta.

—Sara, por favor, no te vayas. Vamos a intentar solucionar esto.

Luis quiso retenerme, pero fue imposible, no quería mirar más a la cara a Patri. Estaba harta de ella, ya no deseaba escuchar más tonterías. Me sentía realmente avergonzada por la situación, por discutir de aquella manera con ella delante de Luis. Me sentía fatal, ¿cómo podía decir eso?

Empecé a caminar, me dejé llevar, dejé que el destino me guiase. Me daba igual todo, no podía pensar a qué lugar dirigirme y mi cabeza no paraba de darle vueltas a la situación que acababa de vivir. No entendía cómo se me había ido tanto de las manos. Mi amistad con Patri se había terminado, ya no había marcha atrás. «¿Cómo ha podido decirme todo eso delante de él? ¿Realmente es lo que piensa de mí? ¿Que yo le tengo celos?». Me puse a llorar de la rabia y de la impotencia que sentía. Pero no paraba de andar, un paso tras otro. De pronto me di cuenta de que había salido de allí sin coger el móvil ni la cartera ni las llaves de casa. Todo me daba igual. Me paré casualmente en el viaducto de Segovia. Tenía razón Cristina, la escritora: las vistas desde allí eran espectaculares. Decidí quedarme ahí. Era un buen sitio para pensar tranquilamente. Me senté en una zona donde había césped. Solo deseaba estar tranquila. Necesita poner en orden mi cabeza. Y mientras estaba allí sentada mirando a la nada, pensando en todo lo que acababa de suceder, algo me sacó de mis atropellados pensamientos. No podía ser de otra manera. De nuevo la música.

And now the end is near
and so I face the final curtain.
My friend, I'll say it clear,
I'll state my case of which I'm certain.

Alguien estaba cantando la canción favorita de mi abuela, *My way*. Otra vez, como en la cafetería. ¿Sería de nuevo una señal?
—Sara.
Me giré y vi a Luis.
—¿Qué haces aquí? ¿Cómo me has encontrado?

—A los cinco minutos de marcharte, y después de hablar con Patri, te llamé. Me di cuenta de que no te habías llevado el móvil ni las llaves ni nada y salí a buscarte. Busqué por varios sitios, hasta que me acordé de la conversación de esta mañana con Cristina y pensé que quizá estarías por aquí. La intuición no me ha fallado.

—Luis, lo siento mucho, de verdad.

Y me puse a llorar desconsoladamente.

—Pequeña, no llores.

Y me dio un abrazo. Quizá el abrazo más reconfortante del mundo. Y allí en su regazo me quedé un rato, llorando, con la música de *My way* sonando a lo lejos.

—Lo siento, de verdad que lo siento —repetí.

—No te tienes que disculpar. Sara, mírame.

No podía mirarle a los ojos de lo avergonzada que me sentía por la situación. Me cogió de la barbilla.

—Mírame, pequeña.

Y por primera vez le miré a los ojos de verdad. Me secó las lágrimas y me apartó el pelo de la cara. Y, de repente, algo dentro de mí hizo que me acercase a su boca y lo besé. Sus labios estaban húmedos. Fue una sensación maravillosa. En aquel momento se paró el mundo, solo estábamos él y yo. Dejé danzar al impulso que me nació desde lo más profundo de mi alma, me dejé llevar. Cuando me di cuenta de lo que estaba haciendo, aparté mis labios de los suyos.

—Perdóname, Luis, lo siento, no sé por qué te he besado.

Y me puso el dedo en los labios para que me callase. Me miraba a los ojos profundamente. Nunca nadie me había mirado así de bonito. Y me asusté. Era tan intenso lo que estaba sintiendo, no estaba preparada para algo así. Él me acariciaba la cara y me miraba sin perderse un detalle, como intentando conectar conmigo, con mi alma. A veces en ciertas situaciones las palabras sobran.

Nos quedamos un buen rato allí, abrazados, sintiéndonos por primera vez. El viaducto y el cielo de Madrid fueron testigos de nuestro primer beso, aquel sitio sería siempre especial para nosotros. Y no faltó una banda sonora especial, la canción favorita de mi abuela, *My way*, de Frank Sinatra. Me di cuenta de que no quería que acabase jamás aquel momento.

Capítulo 14
A un paso del éxito

Un mes de espera, no podía más. Estaba tan nervioso y ansioso que casi era incapaz de esperar a que me dijesen ya si me habían cogido para *Herida mortal* o no. Sabía que un sí iba a cambiar mi vida y estaba preparado para asumirlo.

El día de la prueba salí muy contento. Fue muy intensa, duró dos horas y cuarto. Nunca había hecho un casting tan largo. Mi récord estaba en hora y media. Me pidieron que cambiase de registro unas cuantas veces y tuve que improvisar, saliéndome del texto que me habían enviado. Necesité máxima concentración, pero la verdad es que lo disfruté muchísimo, me lo pasaba muy bien creando personajes nuevos. Salí de allí con muy buenas sensaciones, aunque al principio, como todo el mundo, me sentí un poco inquieto, nada preocupante que pudiese interferir a la hora de crear.

Cuando abandonaba mi zona de confort, revoloteaban unas mariposas maravillosas por todo mi cuerpo. Era una sensación que a priori a muchos compañeros les podía bloquear, pero en cambio a mí me daba alas para volar más alto. Siempre me crecía ante la adversidad. A medida que transcurrían los minutos, me fui metiendo cada vez más en el papel. En menos de un cuarto de hora ya estaba respirando a través del personaje y justo ahí, cuando todo empezó a fluir, nació dentro de mí con fuerza la melodía de la canción de esa chica que no me podía quitar de la cabeza. Esto permitió que conectase todavía mucho más con las emociones que quería transmitir. Las notas se repetían una y otra vez dentro de mi mente. No podía parar de tararearla, pues era perfecta para conseguir la atmósfera ideal que necesitaba al principio el personaje que estaba interpretando, porque, aunque fuese el malo, tenía alma y esa alma estaba herida. Se le tenía que ver puntualmente cierta ternura, tristeza, que trasluciera que era una persona atormentada por sus circunstancias, de forma que el espectador empatizase con él en ciertos momentos y no lo odiase desde el primer instante. Siempre había secretos que contar y ciertos motivos que esconder. Por eso era un auténtico reto este papel. Me gustaba bucear en mi interior, abrir la caja de Pandora y sacar toda la basura emocional que escondía para luego reciclarla a través de mis personajes y convertirlos en algo puro, único y real, con una esencia que a nadie le dejase indiferente.

A veces esa búsqueda interna resultaba tormentosa y tortuosa, sin poder evitar llevarme a los personajes a mi vida real. Estos me absorbían y convivía con ellos las veinticuatro horas del día. En ocasiones esta situación me confundía hasta el punto de no saber muy bien quién era realmente yo. Me perdía dentro de mi cabeza, de mis emociones, y recorría una especie de laberinto sin salida, que me creó algún que otro problema en mi vida personal.

Por eso a mis amigos cercanos, como Carlos y alguno más por ahí (aunque, todo hay que decirlo, eran amigos de conveniencia), cuando estaba en pleno proceso creativo los avisaba para que no me tuvieran en cuenta si mostraba algún que otro comportamiento extraño. Incluso llamaba a mi madre, por si de repente me daba por desaparecer, para que no se preocupase, porque aunque era bastante despegado no quería que si me llamaba y no le cogía el teléfono pensase que me había pasado algo. Cuando habitas lugares oscuros, a veces salir de ahí y volver a tu vida normal, a tu realidad, cuesta. Absorbes una energía negra de la que resulta difícil desprenderse y te quedas atrapado en esa madeja de sentimientos como la ira, el odio y el rencor.

Y precisamente este tipo de emociones era el que estaba usando también para crear al villano de *Herida mortal*. Ser un actor de método era lo que tenía, que lo vivía todo en primera persona y el camino para llegar a ciertas emociones en ocasiones resultaba doloroso, pero también en muchas otras liberador. Al final todo ayudaba a conocerme un poquito más. Y me daba miedo, pues a veces intuía en mí más sombras que luces.

Algo en mi interior me decía que la prueba había salido muy bien, tenía la certeza de que ese papel iba a ser mío. Lo había soñado tantas veces, que me parecía imposible que mi certeza fallase. En mi cabeza no contemplaba otra opción.

Paralelamente, tampoco me podía quitar de la mente la locura que había cometido Carlos con la canción de esa chica, de Sara. He de reconocer que el hecho de haber dicho que era nuestra me inquietaba, pero confiaba plenamente en él, en mi asistente y en mi abogado, él era el mejor. La oportunidad se nos había presentado muy fácil, una tentación difícil de rechazar, y era una buena ocasión de llegar de otra manera a Hollywood.

Además si se producía esa llamada confirmándome que el personaje era para mí, tendría a toda la industria del cine a mis pies y nunca más en la vida me faltaría trabajo. Me imaginaba ya los titulares en los periódicos: «El actor español Rubén Sánchez arrasa en Hollywood» o «El talento se abre camino en Hollywood con el actor español Rubén Sánchez». Iría a las mejores fiestas de allí, pisaría los mejores *photocalls*, me lloverían las ofertas publicitarias y me compraría una mansión cerca de los actores y cantantes más famosos e importantes del mundo.

Por eso resultaba fundamental trazar un buen plan. Lo primero y más importante para poder seguir hacia delante era averiguar si la canción estaba registrada o no. Carlos se puso en marcha enseguida con este tema. Él tenía muchos contactos en todos los sitios, conocía a un montón de gente y casi todo el mundo le debía favores. Y precisamente en el Registro de la Propiedad Intelectual trabajaba un colega de profesión, Jesús, al que llamó para que investigase si la canción estaba o no registrada. Buscaron si había algo con «Música para Sara» y tras varias pesquisas nos confirmó lo que nosotros sospechábamos: no había nada.

Cuando me enteré de la noticia, me pude relajar y le di carta blanca a Carlos para que pensase en un buen plan y continuar con una estrategia sólida para que nada se nos escapase de las manos y tener todo muy bien atado. Si «Música para Sara» era el título de la canción (no había otra opción, no había nada más escrito en ese archivo), no existía legalmente hasta la fecha porque la autora, desafortunadamente para ella, no la había registrado; en cambio para nosotros fue un golpe de suerte. Todavía no me podía creer que de esa chica que conocí aquel día en el AVE saliese tanto talento. Era una de las mejores canciones que había escuchado en mi vida. Esa chica era un diamante en bruto. Tenía un talento innato, único. No entendía cómo no estaba por ahí dando conciertos y dedicándose exclusivamente a ello. Era una pena que todo eso se quedase solo en un archivo del ordenador sin más, en algo oculto en un *pendrive*. Si yo hubiese tenido ese don, lo habría exprimido al máximo. Sin embargo, ella no, tendría sin duda sus razones. Quizá era porque no creía en sí misma, algo muy típico en esta sociedad. Pero nosotros sí creíamos en ella, es más, nos venía de maravilla que no hubiese registrado *Música para Sara*.

Y como yo era actor me iba a encargar de interpretar esa canción como si fuese realmente mía e iba a hacer otro gran papel en mi vida. Nuestro plan tenía que llevarse a cabo perfectamente. Sabía que no estaba obrando bien, pero mi moralidad la había dejado aparcada hacía muchos años en Albacete. Mis ansias por llegar a lo más alto me podían más que todo lo demás. Y, sinceramente, no creía que le importase demasiado a ella. Incluso le estaba haciendo un favor, aunque a lo mejor en un principio no lo entendiese.

Rellenamos todos los papeles que nos pidieron en el Registro, le pusimos a la canción el título de *My Secret*, porque esas palabras eran las que más se repetían en el estribillo y nos pareció lógico que se titulase así, como lógico fue también mirar por si acaso ese era el título que le había puesto ella, pero nada, tampoco había rastro de esa canción en el Registro. Carlos lo gestionó todo a la perfección. Para todos los efectos yo era el autor y compositor íntegro de *My Secret*. Firmamos, la registramos y oficialmente esa maravilla ya era nuestra. Estaba casi lista para ser explotada. Solo quedaba algún detalle más que encajar, como encontrar a una chica que tuviese un timbre parecido de voz y que pudiese pasar por ella. En el estudio de grabación luego todo se apañaría mezclando las dos voces femeninas para que el resultado final fuera increíble y no se notase nada. Carlos llevaba todo el mes haciendo un casting en busca de «la voz». Según él, ya tenía alguna candidata, solo quería oír alguna más para estar totalmente seguro. Ese mes, además de estar esperando la llamada de la productora de la película para que me dijesen si el papel era o no mío, lo aproveché para sacar los acordes de la canción, tenía que aprender a tocarla a la perfección con la guitarra, interiorizarla para hacerla mía.

Carlos estaba negociando con la productora grabar un *making of*. Pensaron que sería muy interesante filmar todo el proceso de la grabación de la canción, llevar cámaras al estudio y a mi casa para recrear el proceso creativo; que se me viera tocando la guitarra o escribiendo la letra para mostrárselo al público, y todo acompañado de un par de entrevistas en las que contase dónde me había nacido la inspiración. Por eso ya estaba dándole vueltas en mi cabeza para crear una buena historia que fuese atractiva para la gente, que diese morbo, porque eso ayudaría más. Todo ese material lo emplearían luego para proyectarlo al final de la película, después de los créditos, y así dar al espectador la posibilidad de conocer más cosas de la superproducción que tenía entre manos.

Me encontraba entrenando en una de las habitaciones que tenía en mi casa —en ella había montado un pequeño gimnasio con una cinta de correr, una elíptica, un TRX— cuando de repente mi teléfono sonó. Algo me decía que esa llamada era importante.

—Luis, soy Mathew, nos acaban de llamar de la productora, ¿estás sentado?

—Dímelo ya.

—Enhorabuena, estás en la película *Herida mortal*. Eres uno de los protagonistas, vas a ser el malo malísimo. ¡Lo has conseguido! Desde que te vi en mi despacho no dudé que tenías que formar parte de Hollywood Stars. Solo debía convencer a mis socios y afortunadamente siguen creyendo en mi criterio. Ah, una cosa importante: ¡te van a pagar un millón de euros!

—¡Qué! ¿Un millón de euros? No, yo no hago la película por ese dinero. Me parece poco, Mathew. Quiero dos millones de euros, si no, no lo hago. —Se produjo un silencio incómodo al otro lado del teléfono y solté una carcajada—. ¡Que no, joder! ¡Que te estoy vacilando! ¿De verdad un millón de euros? ¡Es una pasada!

—Ya decía yo, me había quedado sin palabras.

—Sin embargo, desde que empezó la llamada notaba a mi mánager americano excesivamente serio. Y acto seguido supe el motivo—. Por cierto, otra cosa que te quería comentar: me han dicho que la canción principal de la película es tuya y que todo esto lo está gestionando Carlos, ¿eso es verdad?

—Sí, sí, es verdad.

Me di cuenta de que tenía que tantear el tema con cuidado y calmarlo. Le expliqué que de joven me dedicaba a componer y cantar a las chicas que me gustaban. Y que nunca había dejado ese hábito. Le camelé con una historia medio inventada. Le dije que el día de la prueba estaba en el camerino y que me puse uno de mis temas cantado por una amiga mía, porque me ayudaba a meterme en la piel del personaje, a concentrarme. Entonces fue cuando al escucharla entró el productor, Charles, totalmente emocionado por lo que acababa de oír.

No le sentó nada bien que no le hubiese contado esa faceta mía, pero logré que me creyera. Que todo fue inesperado, pura casualidad. Insistió un par de veces en que quería controlar toda mi carrera. Me preguntó bastante mosqueado si tenía algún otro pequeño detalle oculto. Obviamente él no sabía que yo había dejado de componer hacía más de quince años, que tocaba la guitarra como hobby nada más y que no tenía intención de dedicarme a eso. Y le insistí una y otra vez en que yo me sentía más actor que músico, que lo de la canción surgió de una manera espontánea, pura casualidad.

Más o menos conseguí encauzarlo, lo llegó a entender porque no le quedaba otra, pero me pidió estar al corriente de todos los pasos que fuéramos a dar para tenerlo todo bien atado. Evidentemente a Mathew no le iba a contar la verdad, tenía que mentirle como al resto del mundo. El secreto quedaría entre Carlos y yo. Colgué el teléfono, satisfecho, y me puse a andar como loco por toda la casa, de un lado a otro, eufórico.

—¡Por fin! ¡Sí! ¡Joder! ¡Qué fuerte!

Estaba feliz, lleno de ilusión, con ganas de contarles a todos la gran noticia. Tenía que llamar a Carlos. Cuando se lo anunciase, iba a alucinar. Por supuesto tenía que hablar con mi profesor de interpretación, debíamos ponernos las pilas con el personaje de inmediato. Mi objetivo era ganar un Oscar, tenía que dejarme la piel, y para ello debía interpretar al mejor malo de la historia del cine, tenía que hacer historia.

Justo cuando iba a llamar a Carlos lo hizo él. Parecía que teníamos telepatía. Quería contarme que ya disponíamos de la cantante y estaba seguro de que me enamoraría de ella.

—Rubén, es perfecta, guapa, con presencia, y lo mejor es que canta muy bien. Se parece mucho a la voz de Sara. ¡La tenemos, joder!

—Estoy deseando conocerla, escuchar su voz y empezar a grabar con ella.

—Lo estoy atando todo. Me voy a encargar de hacerle un contrato leonino —afirmó encantado de haberse conocido; qué retorcido era. Más que yo, y ya era difícil.

—Perfecto, hemos de atar muy bien todo. —Yo también tenía que anunciarle algo—. Carlos, ¿estás sentado?

—Rubén, estoy andando por la calle, voy a la oficina a trabajar en tu contrato, que tenemos que firmarlo hoy. No lo he querido hacer antes por precaución, por si no encontrábamos a la chica, pero ya la tenemos. Ahora sí que hay que firmarlo cuanto antes, no sea que se arrepientan. Luego me paso por tu casa para que me eches un autógrafo.

—Y también pásate para celebrar conmigo que me han cogido en la película.

—¡No me jodas, tío! Con estas cosas no se juega, ¿eh?

—Voy a ir enfriando el Moët & Chandon, porque esta noche brindamos. Es más, quiero que organices una megafiesta, joder, de las que tú sabes hacer. A las nueve y media en mi casa todo el mundo. Esta será la última juerga que me pegue hasta que termine con todo lo de la peli, lo quiero dar todo. Carlos, me tengo que dejar la piel en este personaje, es mi gran oportunidad.

Colgué el teléfono y no pude evitar ponerme a llorar. Lo que deseaba de pequeño, mi sueño más profundo, se acababa de hacer realidad. La vida era así de mágica y nosotros éramos los magos. Cuando venimos al mundo, lo hacemos con una varita y de nosotros depende aprender a usarla. Llevaba años practicando con ella, desde niño. Y siempre confié en que algún día esa varita funcionaría. La clave fue no dudar de su existencia. Siempre tuve claro que sabría qué hacer con ella, que algún día funcionaría, y ese día había llegado. Salí a la terraza de mi casa y grité bien fuerte:

—¡Sí!

Para que lo oyese todo el mundo. No pude seguir entrenando, estaba demasiado eufórico y tenía que hacer un par de llamadas importantes para mi nueva andadura.

A las nueve y media, tal y como le había dicho a Carlos, empezó a llegar un montón de gente a casa. Siempre puntuales para la fiesta. Mi amigo lo tenía todo preparado, había contratado al mejor catering de Madrid, camareros incluidos. No nos teníamos que preocupar de nada, lo traían todo ellos: la comida, la bebida, los vasos, los platos, los cubiertos, las fuentes. Era caro, pero merecía la pena. Y por supuesto incluía un servicio de limpieza para que lo recogiesen todo a la mañana siguiente.

Mi asistente, y ahora también abogado, invitó a muchos actores, modelos, cantantes... y en la lista de invitados no se olvidó de incluir a la chica que acabábamos de fichar para que cantase la canción de la película. Cuando organizábamos una fiesta, lo hacíamos por todo lo alto, Carlos lo controlaba todo muy bien. No faltaba ni un solo detalle. Y por supuesto lo último en música. Siempre contratábamos a un DJ amigo nuestro, de total confianza.

Me puse a saludar a mis invitados y todos me daban la enhorabuena. Yo estaba eufórico, feliz por lo que me estaba pasando. Pronto la casa se llenó de gente, todo el mundo comía y bebía. Pero la puerta no dejaba de sonar y temí que a Carlos se le hubiera ido la fiesta de las manos con tanto invitado. Volvieron a tocar el timbre y apareció en la puerta una chica que no me sonaba de nada. Era alta, con el pelo largo y suelto, totalmente negro. Tenía un cuerpo espectacular. La verdad es que era muy atractiva. Carlos se acercó a ella, la cogió de la mano y vinieron directos a mí.

—Ella es Miriam, la chica de la que te he hablado, es la que va a cantar tu canción.

—Hola, encantada.

—Qué bien que hayas venido hoy. Es un buen día para conocerte.

—Me llamó Carlos esta tarde y me dijo que viniese a tu casa, que hoy había que celebrar muchas cosas. —Miriam era muy sexi hablando y yo no quería que se apartara de mi lado.

—Carlos tiene razón, hoy estamos de celebración. Pasa y deja tu abrigo donde puedas. Pero no te vayas muy lejos, ¿qué quieres tomar?

Nos pusimos a hablar y ya no paramos. Además bebimos mucho champán. Era mi noche, mi gran noche, y me iba a permitir desfasar en todos los sentidos. Y el alcohol hizo que nos desinhibiésemos más todavía.

—¿Sabes que iba a dejar la música? —me confesó Miriam.

—¿En serio? Según Carlos tienes mucho talento.

Y Miriam me contó que nuestro casting era el último al que se presentaba, pues apenas le daba el dinero para seguir apostando por su pasión. Habría tirado la toalla para ponerse a trabajar en lo que fuese. Pero yo, la verdad, apenas la escuchaba, solo pensaba en acostarme con ella. Su cuerpo me tenía loco, no sé si era por el colocón que llevaba, pero la deseaba y solo quería tener sexo con ella. Lo demás me importaba poco.

La cogí de la mano, nos levantamos y le enseñé la casa. Yo me di cuenta de que Carlos no dejaba de vigilarnos, aunque él estaba hablando con un par de chicas a la vez que parecían modelos. Le mostré la cocina, el despacho, el gimnasio, la terraza y me dejé para lo último mi habitación. Pura estrategia. Cuando entramos en mi cuarto, me miró y aproveché para besarla. Ella no me rechazó y nos dejamos llevar.

Nos quitamos la ropa y nos fuimos apresuradamente a la cama. Nos tumbamos los dos completamente desnudos e hicimos el amor de forma salvaje, como dos animales llenos de deseo y pasión. Carlos, siempre pendiente, se acercó para cerrar del todo la puerta del dormitorio, mientras Miriam y yo estábamos disfrutando plenamente el uno del otro en la cama. Puro sexo. En cuanto terminamos, nos quedamos dormidos.

De repente me desperté, no sabía la hora que era ni qué había pasado; miré mi reloj y marcaba las nueve de la mañana. Giré la cabeza y a mi lado estaba ella, Miriam. Entonces recordé todo lo que había ocurrido entre nosotros. Ella seguía dormida y no la quería despertar. Me levanté con cuidado y abrí la puerta de la habitación. Y vi a Carlos dormido en mi sofá con las dos chicas que parecían modelos y ninguno de los tres llevaba ropa. La casa estaba patas arriba, olía a tabaco, alcohol y sexo. Tras ver el panorama, decidí volver a mi cuarto y darme una ducha. Me metí en el baño, abrí el grifo y esperé a que saliese el agua caliente para ducharme. Y mientras me estaba enjabonando, apareció Miriam y me preguntó si podía pasar. La invité y al ver su cuerpo desnudo otra vez delante de mí, quise estar de nuevo dentro de ella. Volvimos a hacer el amor, ese cuerpo me tenía loco: sus pechos, su culo… Miriam sacaba de mí mi parte más animal. Cuando terminamos, nos vestimos y fuimos hacia la cocina a comer algo, intentando no hacer ruido para no despertar a Carlos, pero al final con la cafetera se despertó. Se vistió y vino hacia la cocina con nosotros.

—Tío, joder, qué resaca. ¿Tienes algo para el dolor de cabeza?

—Vaya fiesta te has metido, ¿no?

Los dos nos reímos, le di un Espidifen y se sentó a tomar un café con nosotros en la cocina.

—Ya veo que os habéis conocido muy bien —nos dijo—. Seguro que este buen rollo que tenéis entre los dos nos viene muy bien a la hora de grabar la canción. Chicos, tenemos que empezar cuanto antes.

Carlos nos estuvo contando que íbamos a ir al estudio de grabación de un profesional que conocía muy bien y le debía un favor. Se trataba de uno de los mejores estudios que había en Madrid. Allí habían grabado con él muchos de los artistas más importantes de nuestro país. Aprovechó un momento en el que Miriam fue al baño para contarme que también había firmado un contrato de confidencialidad con Óscar, el chico que se iba a encargar de hacer todas las mezclas de la canción para que quedase lo más parecido a la original. Me estaban entrando unas ganas locas de ponerme a trabajar con mi nuevo personaje, mi gran reto, el más grande que había tenido hasta la fecha.

De repente el timbre de mi casa sonó; me extrañó que el servicio de limpieza viniera tan pronto. Fui a abrir la puerta.

—¿Qué haces aquí, Pedro? —dijo Miriam a lo lejos.

—La pregunta es: ¿qué estás haciendo tú aquí todavía? ¿Te has acostado con él? —Y me señaló a mí.

Miriam no sabía qué responder y yo no sabía quién era el tal Pedro, pero podía intuir que se trataba de su novio por las explicaciones que le estaba pidiendo.

—No, no me he acostado con él. Bebí unas cuantas copas y me sentaron mal, tanto que no podía ni conducir. Amablemente Rubén me dejó que me quedase a dormir en su casa.

Me sorprendió la manera de improvisar que tenía Miriam, también que tuviese novio y que no me lo hubiese contado.

—Chicos, perdonad, que no os he dicho nada. Este es Pedro, mi novio.

Carlos me miró con cara de póquer, y para ser sincero, a mí la situación me estaba divirtiendo bastante. A Miriam la veía aparentemente tranquila, me imagino que los nervios los llevaría por dentro.

—¿Cómo has sabido dónde vivía, Pedro? —quise indagar.

—Porque ayer, antes de salir de casa, Miriam me contó que la fiesta era en tu casa. —Al tío no se le iba la mala hostia.

—Claro, normal, sois novios. Pasa, pasa, perdona como está todo, pero es que ayer se nos fue un poco de las manos. ¿Quieres un café? —le ofrecí.

Como se despertasen las dos chicas que estaban en el sofá, que desde donde nos encontrábamos no se las veía, se iba a poner todo muy interesante. Pedro accedió a tomarse un café con nosotros.

—Me podrías haber llamado, Miriam. No he pegado ojo en toda la noche. —El chico empezaba a ablandarse.

—Pedro, estaba tan mal que era incapaz de llamarte.

—Joder, ¿y esta mañana no has podido avisarme?

—Me acabo de levantar y estaba volviendo a la vida.

El hombre se acabó creyendo la versión de Miriam. Ella era incapaz de mirarme a la cara, quizá por miedo a que se notase una cierta complicidad. Terminaron el café y Miriam cogió sus cosas y se despidieron de nosotros. Carlos, muy profesional, le dio unas últimas instrucciones a nuestra cantante.

—Te llamaré para decirte exactamente cuándo entramos en el estudio a grabar. Puede ser dentro de una semana o dos, así que no hagas muchos planes.

Cuando se marcharon, Carlos y yo nos miramos y no pudimos contener la risa.

—Menuda situación acabamos de vivir. Vaya tela Miriam. Espero que esto no nos afecte en nada. A ti no te mola, ¿verdad? —me preguntó, intrigado.

—Carlos, parece mentira que no me conozcas. No, no me gusta. Ha sido puro sexo. Lo que espero es que ella no se haya quedado pillada conmigo. Lo bueno es que tiene novio y además ya lo conocemos.

Nos miramos y no pudimos evitar más carcajadas.

A la semana siguiente entramos en el estudio de grabación. Era la primera vez que Miriam y yo nos veíamos después de nuestra noche loca. El encuentro fue raro, la veía un poco tensa, nerviosa e intranquila. Llegaron los cámaras para grabar como teníamos previsto por contrato. Mientras colocaban todo, le pregunté a Miriam si quería tomarse un café conmigo. Ella aceptó. Y nos fuimos a la zona de la cocina, donde no había nadie. Allí podíamos hablar de todo tranquilamente.

—Lo siento —me dijo.

—¿Por qué lo sientes? No tienes que sentir nada.

—Es la primera vez que me pasa. Nunca jamás he sido infiel a mi novio. Estoy fatal.

Esto ya lo había escuchado unas cuantas veces. Estas cosas me alejaban todavía más de creer en el amor. Siempre había pensado que el amor estaba sobrevalorado. Y lo de guardar fidelidad lo veía bastante complicado. A mis conocidos siempre les explicaba que no entendía por qué podíamos tener muchas amistades pero en cambio solo una pareja. Las relaciones de pareja tal y como se entendían en el siglo XXI no funcionaban, cada vez había más infidelidades y más separaciones. Pero la verdad es que las relaciones liberales que conocía tampoco eran la solución, siempre había alguien que salía perdiendo. Por eso y por muchas otras cosas más estaba tan cerrado al amor. No tenía ganas de complicarme, pero no por ello iba a renunciar a uno de los grandes placeres de la vida, el sexo.

—Tranquila, no te preocupes, que yo no te voy a juzgar. Lo que pasó en mi casa allí se quedó.

—Ese es el problema, que yo no quiero que se quede allí. Quiero más. Me he enamorado de ti. Le he estado dando muchas vueltas estos días y no quiero continuar con mi novio.

Me quedé muerto. Eso sí que no me lo esperaba. Pensé que el hecho de que tuviese novio me iba a evitar este tipo de problemas. Incluso fantaseé con que tendríamos más sexo sin compromiso. Pero con esa confesión todo cambiaba, tenía que solucionarlo de alguna manera. No podía permitir que hubiese mal rollo entre nosotros porque íbamos a grabar en breve. Debía ser listo y manejar bien la situación, había mucho en juego, la canción tenía que quedar perfecta y la necesitaba a ella al cien por cien.

—Miriam, no te precipites. No me conoces de nada. Hazme caso, no dejes a tu novio. Solo hemos pasado una noche loca y ya está. No tienes por qué desmoronar tu vida por esto. Aparquemos y dejemos a un lado lo que ocurrió la otra noche. Vivamos el presente y vamos a pasarlo bien en el estudio de grabación, tenemos que reírnos y sacar lo mejor de nosotros porque esta canción pasará a la historia. Se grabará y ahí quedará para siempre. Quiero que en todo este proceso des lo mejor de ti.

—No te gusto, ¿verdad? Para ti he sido una más.

Tuve que mentirle. Para mí había sido una noche loca de sexo, pero no quería nada con ella.

—Me gustas, eres una chica preciosa. Estate tranquila, de verdad. Pero vayamos a grabar. Y olvidemos todo lo demás.

El hecho de decirle que me parecía una chica preciosa la tranquilizó, le cambió la cara. Con esto una vez más reforzaba mi teoría de que la gran mayoría de los problemas que teníamos en la vida eran por falta de autoestima. Siempre estábamos buscando que los demás nos aprobasen, que nos dijesen lo buenos y guapos que éramos, lo mucho que nos querían. Sin quererlo nos volvíamos personas dependientes. Cuando conseguías desprenderte de esta mochila, como me pasaba a mí, cuando uno creía en sí mismo, cuando no necesitabas que nadie te dijese lo valioso o talentoso que eras, entonces te volvías un ser libre, y esa libertad era maravillosa.

Le cogí la mano y entramos al estudio. Allí nos estaba esperando el equipo con todo dispuesto para grabar.

—¡Vamos a ello, chicos!

Me encontraba a solo un paso del éxito.

Capítulo 15
Confesiones en la cama

Cuando llegamos a casa, Patri ya no estaba. Luis me contó que cuando me marché estuvo hablando con ella. Al final le pidió que recogiese sus cosas y que se fuera. Le ofreció incluso pagarle una noche en un hotel, pero ella se negó. Subí a mi habitación a coger mi teléfono, ya que llevaba unas horas sin él, pues después de que Luis me encontrara y de nuestro beso nos fuimos a pasear y a tomar algo. Cuando lo miré, tenía más de doscientos *whatsapps* y más de veinte llamadas.

Me senté en la cama y revisé los mensajes. Prácticamente todos eran de Carol y Raquel, preguntándome qué había pasado entre Patri y yo. A Patri le faltó tiempo para llamarlas y contarles su versión de lo sucedido. Según iba leyendo, me iba enterando de que las había llamado llorando, para decirles que nos habíamos peleado porque no soportaba que el fotógrafo tontease con ella y que la había intentado humillar delante de él. Sus mensajes eran del tipo: «Tía, cómo la humillas delante del chico que le gusta. A tu mejor amiga no se le hace eso», «Llámala y pídele perdón. ¡Te has pasado! No tienes razón, Sara», «La verdad es que Patri tiene razón, un poco de envidia siempre le has tenido, confiésalo», «Sara, hija, últimamente no paras de liarla. Mira que te gusta ser el centro de atención», «Yo si fuese tú intentaría solucionarlo, porque vas a perder una amiga para siempre», «No sabes cómo lloraba, estaba desconsolada. Siento decirte que nos ha dicho que no quiere saber nada más de ti. La has decepcionado como amiga y como persona» o «La pobre se ha tenido que ir a un hotel a dormir, porque no llegaba a coger el último AVE. Qué más te daba que se hubiese quedado esa noche ahí. Es tu amiga, bueno, ya creo que no».

Paré de leer, no quería seguir viendo mentiras. Todo eran reproches. Y no me apetecía tener que dar explicaciones a nadie. No les iba a responder, esta vez no. No había hecho nada, no tenía por qué justificarme. Patri ya se había encargado de dar su versión de los hechos y el «jurado popular» ya me estaba juzgando sin haber hablado antes conmigo. Daban por hecho que las cosas habían sucedido tal y como las había contado ella. Ni siquiera pusieron en duda su versión, solo me enjuiciaron a mí, emitieron su veredicto antes de tiempo, estaba claro que no me apoyaban y también que mi tiempo con ellas había acabado.

Por eso decidí no perderlo más con el jurado popular explicando mi verdad. Total, iba a dar lo mismo. Ellas ya me habían señalado con el dedo. Estaba cansada de tener que vivir justificándome a todas horas. Yo ya hacía tiempo que me sentía fuera de ese grupo. Me tumbé en la cama y respiré hondo. Había llegado el momento de alejarme de ellas. Ya no encajaba en ese modelo de amistad. Ya no quería este tipo de relaciones en mi vida. Ya no quería más gente tóxica a mi lado. Sentía impotencia, porque sabía que no podía hacer nada. Rompí a llorar. Me dolía que opinasen eso de mí, pero en aquel momento no me daba cuenta de que yo también estaba opinando sobre ellas desde hacía bastante. No pude evitar compararlas con Melisa, con la amistad que teníamos. Con ella podía ser yo de verdad, no me tenía que justificar de nada, no me juzgaba, su presencia me hacía sentir bien, quizá porque la amistad que se había forjado entre nosotras era sana, adulta, donde el respeto y el entendimiento formaban la base. El sonido de mi móvil me sacó de la tormenta que se había desencadenado en mi cabeza. Alguien me estaba llamando. Era mi padre. Lo cogí rápido. Por un momento tuve una chispa de ilusión: mi padre había dado el primer paso para arreglar las cosas. Pronto me percaté de que me equivocaba. O por lo menos fue lo que sentí.

—Hola, papá.

—Sara, ¿qué ha pasado? Acabo de hablar con Patri, me ha llamado llorando, desconsolada. Me ha contado que la has tratado fatal, hija. Pero ¿qué narices estás haciendo con tu vida? Estás apartando de tu lado a toda la gente que te quiere.

No me lo podía creer. Patri, cómo no, le había llamado. Sabía que por ahí podía hacerme daño. Y mi padre había caído en la trampa. ¡Nunca nos entenderíamos!

—Papá, por favor, no sigas. ¿De verdad que me has llamado para pedirme explicaciones sobre mi conflicto con Patri? No sé, no entiendo nada. ¿Te preocupa cómo está ella y no lo que me pase a mí? Tu hija soy yo. Papá, no sabes lo que deseaba esta llamada desde nuestra última conversación, que por si no recuerdas fue el primer día que llegué a Madrid. Desde que esa noche vino mamá a por mí al hotel no he vuelto a saber nada de vosotros. Sí, es cierto que yo tampoco os he llamado, pero no me esperaba que vosotros fuerais a ser tan duros como para no querer hablar o comunicaros conmigo. Solo he sabido qué tal estabais por lo que me contaba Patri. Y ahora ya ni esa vía voy a tener. Cómo he esperado vuestra llamada. Todos los días tenía la esperanza, cuando sonaba mi móvil, de que seríais alguno de los dos. Pero nada. Y resulta que hoy me llamas, y no lo haces para ver qué tal estoy y cómo me van las cosas, sino para preguntarme qué le he hecho a Patri, dando por sentado que yo he sido la culpable de algo y no al revés. ¿No se te ha pasado por la cabeza que puede que sea ella la que me haya hecho daño a mí? Papá, no te entiendo. Nunca he podido entenderte. Ni hablar contigo. Me siento tan sola y no sabes lo mucho que me duele. Para todo el mundo hago las cosas mal. Apareces de repente para recriminarme y para decirme lo que me estoy equivocando. Yo no sé si estoy o no equivocada, si lo que estoy haciendo está bien o mal, solo quiero vivir tranquila e ir descubriendo las cosas por mí misma. Como te dije, solo quiero ser feliz, y me encantaría que me apoyases y que no tirases más piedras sobre mi tejado. Estoy cansada de que me hagáis sentir mal. A veces pienso si soy una mala hija. Si lo soy, lo siento, no lo sé hacer mejor.

Mi padre tardó un rato en contestar. Le costaba hablar.

—Sara, tú tomaste tu propia decisión. Sin consultarnos nada, decidiste marcharte y emprender una vida alejada de nosotros. Alejada de tu familia. Nos rechazaste. ¿Hemos fracasado como padres? No entiendes lo que cuesta aceptar eso. No, no lo haré nunca. Lo siento.

Y me volvió a colgar el teléfono una vez más. Cuando sentía que la conversación se le iba a ir de las manos y que podía decir o hacer algo de lo que pudiese arrepentirse, prefería cortar por lo sano. Si no podía dominar la situación, se desesperaba. Estaba acostumbrada a ello, y era mejor así. Además cuando mi padre se enfadaba, podía ser muy cruel. Así que antes de que pudiese arrepentirse de algo o de mostrar que no sabía cómo actuar, le resultaba más fácil cortar la relación para protegerse o protegernos a los demás de que nos hiciera daño. Todavía todo estaba muy reciente. Quizá tenía que pasar más tiempo para que las heridas de ambos cicatrizasen, para que pudiésemos hablar sin reproches. Tenía que esperar, debía ser paciente, pero no podía evitar que se me saltasen las lágrimas de los ojos. Luis entró en mi habitación y se sentó en la cama, a mi lado.

—Sara, ¿estás bien?

—No, no lo estoy, Luis, no entiendo nada. Mi vida se está desmoronando. Voy perdiendo por el camino a la gente que me importa. De repente me he quedado sin amigas y sin padres. Me siento sola y me duele. Me duele mucho tener que romper con ellos, porque los quiero. Pero siento que si no me aparto, me voy a romper más todavía. Y no puedo permitírmelo, aún me estoy recomponiendo, buscando respuestas sobre quién soy y qué quiero ser.

No dijo una sola palabra. Me quitó las lágrimas de los ojos. Lo miré. Mirarlo me proporcionaba tranquilidad. Había algo especial dentro de él. Su mirada reflejaba paz. Todo lo que veía en ella era bello, puro.

Nos quedamos mirándonos a los ojos un buen rato. En silencio. Observándonos. Me gustaba perderme en su mirada. Sus ojos hablaban un idioma diferente, con una magia que nunca antes había conocido. Entonces volvió a ocurrir. Juntamos nuestros labios y nos besamos con pasión, pero de una manera delicada y sensual. Nos tumbamos en la cama. Apartó sus labios de los míos durante un instante para volverme a mirar a los ojos. Deseaba conectar conmigo. Sentía que por primera vez alguien me miraba de verdad. Y cuanto más lo hacía, más le deseaba. Seguimos besándonos y su mano bajó por mi pecho. Entonces rompí nuestro momento.

—Para, Luis, lo siento.

—¿Qué ocurre, Sara?

—Es que no sé si estoy preparada. No tenía en mi cabeza que sucediese nada de esto. Tengo miedo.

Dejó de tocarme enseguida. Se retiró despacio. No estaba molesto ni enfadado.

—Tranquila, Sara. No me tienes que dar explicaciones.

Era la primera persona que no me las pedía desde hacía mucho tiempo y precisamente por eso, por respetarme, se las quería dar.

—Luis, hace mucho tiempo me prometí a mí misma que no me volvería a enamorar de nadie para no sufrir por amor.

Él insistió, dulce.

—Sara, no tienes por qué contarme nada si no quieres.

—Pero yo sí quiero contarte. Me enamoré loca y perdidamente de un chico. Se llamaba Sergio. Para mí él lo era todo, pero resultó que yo solo era una más. Me tuvo engañada durante mucho tiempo hasta que un día descubrí que llevaba una doble vida. Eso me destrozó. Era mi primer gran amor.

—Lo siento mucho. Bueno, si te sirve de consuelo, todos hemos sufrido alguna vez por amor.

—Sí, lo sé, pero yo no supe gestionarlo bien. Fue como si me hubiesen atravesado el corazón con un puñal afilado y esa herida fue mortal para mí. Era incapaz de lograr que cicatrizase. Sentía un dolor inaguantable. Me mataba su deslealtad, su traición, y me arrepentía de haber confiado en él y en nuestro amor. La vida dejó de tener sentido para mí. Estaba muerta en vida. No quería seguir viviendo ni sufrir más. Solo deseaba desaparecer. Fue con ayuda profesional como logré poco a poco cicatrizar mi herida. Luis, lo pasé tan mal, estuve tan hundida, que me juré a mí misma que ya no me volvería a enamorar de nadie más. Por eso tengo miedo. Mi cabeza no está preparada para nada de esto. Estoy descolocada. Confundida. No sé qué hacer. No sé cómo gestionarlo. Por un lado, mi mente me dice una cosa y, por otro, mi corazón me dice otra.

—Sara, no te preocupes. No vamos a hacer nada que tú no quieras. No te rayes más. No quiero que sufras. Si quieres rebobinamos y hacemos como que no ha sucedido nada entre nosotros, ¿vale?

—¿Tú no tienes miedo? —le pregunté.

—Sí, claro que sí, como todo el mundo. Pero trato de no pensarlo mucho. Para manejar el miedo intento vivir en el presente. Lo único cierto que existe es este momento. Sara, la vida son instantes. Huimos del amor, pero lo que no sabemos es que el amor en sus diferentes versiones es la gran medicina del mundo. Es la energía más pura y bonita que hay. Pero a veces se malinterpreta y la mayoría de las relaciones se convierten en tóxicas. Y es ahí cuando aparece un sucedáneo del amor que no es amor verdadero. Aunque se llame igual, no lo es. Este tipo de amor va marcado por una serie de normas y concesiones. El amor verdadero no entiende de leyes. Es fácil confundirlo, porque están separados por una línea muy delgada. Yo solo sé que cuando te enamoras de alguien, esa sensación que aparece es única y especial. Y cuando ocurre de verdad, yo prefiero vivirla intensamente a quedarme sin ella por miedo. Si no lo hiciese, estoy convencido de que me arrepentiría siempre. La culpabilidad o la cobardía para mí son mucho más dolorosas de manejar. Pero, Sara, te entiendo. Todo lleva un proceso, un tiempo, y tú sentirás cuándo es el momento. Solo tú. Tú marcas los tiempos en tu vida, nadie más que tú.

Me quedé mirándolo, todo lo que me acababa de decir resonaba en lo más profundo de mi ser. Sabía que tenía razón. Pero también me di cuenta de que antes de meterme en una relación debía sanar ciertas heridas. Luis continuó hablando.

—Entonces intuyo que desde Sergio no te has vuelto a enamorar de nadie...

—Sí y no —le respondí—. Me explico, he renunciado al amor real, pero no al amor ficticio.

Luis empezó a reírse. Qué bien me sentía con él. Y qué segura.

—¿Cómo? Explícame eso.

—A lo mejor suena un poco adolescente, pero a mí me resulta práctico y nada doloroso. Me enamoro de personas que son inalcanzables, como por ejemplo actores o cantantes. Sé que es imposible que vaya a tener una relación con ellos, por lo tanto no me pueden hacer daño. En mi cabeza me fabrico mis propias fantasías. Es muy divertido, y todo es maravilloso. No dejo nada en manos del destino o del azar. Yo marco los tiempos y dejo volar mi imaginación. De momento me he conformado con este tipo de amor. Quizá porque nadie, hasta la fecha, me ha hecho replantearme tener una relación real.

Luis soltó una carcajada. No se estaba riendo de mí, sino conmigo.

—¿De verdad? ¿Me lo estás diciendo en serio?

Era muy adolescente todo lo que le estaba contando, incluso surrealista. Si yo hubiese sido él, habría salido corriendo. Pero no, se quedó sentado en la cama conmigo.

—Y ahora ¿tienes algún amor ficticio? —me preguntó.

Los dos no pudimos evitar reírnos.

—Sí, pero no corras tanto, más adelante te diré quién es.

Nos pasamos un rato más charlando, hablando sobre las relaciones amorosas. Me contó que con dieciocho años sufrió su primer engaño amoroso. La chica en cuestión se enrolló con su mejor amigo y lo pasó muy mal. Pero que con sus problemas de salud y su operación de corazón la vida le había enseñado a relativizar las cosas y a darse cuenta de qué era importante y qué no. Me gustaba mucho hablar con él porque podía ser yo misma, sin máscaras. Me ofrecía la suficiente confianza como para mostrarme tal cual era, con mis cosas malas, buenas y regulares. Incluso con mis comportamientos de adolescente. No tenía que aparentar nada a su lado ni fingir que era de otra manera para agradarlo. Sabía que él no me juzgaba, al contrario, me escuchaba con atención e intentaba comprenderme en cada momento. Estuve a punto de contarle mi secreto, de liberarme del todo. Pero decidí esperar. Y el hecho de que no me exigiese me gustaba, me proporcionaba tranquilidad y me liberaba. Cada vez soportaba menos los tienes que, debes... Las exigencias las llevaba cada vez peor y más si eran las mías. Qué tortura. Y entre las muchas cosas que comentamos no faltaron Patri y mis amigas.

—A veces hay personas que aparecen en nuestra vida para enseñarnos «ciertas cosas» y, aunque nos cueste, lo sano es estar agradecidos porque probablemente sin ellas no habríamos aprendido la lección. ¿Piensas que hay algo que tenías que aprender de esta situación con Patri?

Lo pensé antes de contestarle y tenía razón, aquel día había aprendido algo: a que no debía callarme nunca más por miedo o por la posibilidad de sentirme mal por decir las cosas que pensaba. Porque si no las decía, a quien le estaba faltando al respeto era a mí misma. Entendí que no pasaba nada por no estar de acuerdo con la opinión de alguien, siempre y cuando todo se hablase con respeto. Vivía con un miedo constante y sentía que ya había llegado el momento de cambiar.

El miedo estaba anestesiando mi vida, era como una especie de virus que se había instalado en mi sistema, paralizándome. Así me sentía, profundamente anestesiada, adormilada. Había llegado el momento de despertar de ese letargo. Solo había dos maneras de vivir: con miedo y sin él. De cada uno de nosotros dependía escoger una u otra opción. Tenía que cambiar el rumbo de mi destino.

Esa noche dormimos juntos sin hacer absolutamente nada. Solo nos abrazamos, sin más. Por primera vez desde hacía mucho tiempo me sentí protegida, reconfortada y acompañada en mi soledad. Hacía tiempo que no dormía tan bien.

Cuando me desperté, tenía el desayuno preparado en la cama: un zumo de naranja, café y unas tostadas con aceite. Él se estaba duchando. Fantaseé con el hecho de irme a la ducha con él. Quería verlo desnudo. Ver su cuerpo, ese cuerpo que había estado abrazándome toda la noche. Cuando estaba terminando de desayunar, apareció con la toalla atada en la cintura, el torso totalmente al descubierto y el pelo húmedo. Seguía manteniendo un cuerpo atlético. Y se le marcaban los abdominales.

—Buenos días. Me levanté temprano, como a las seis. Me bajé al estudio y estuve retocando unas fotos que tenía que entregar hoy. Me tomé la licencia de prepararte el desayuno.

—Muchas gracias, estaba todo buenísimo.

Fue a vestirse a su habitación y allí me quedé sola. Disfrutando del momento. Nunca nadie me había llevado el desayuno a la cama. Pensaba que eso solo pasaba en las películas.

Me duché también y bajé al estudio. Luis estaba preparando el set.

—Como al final no pudiste hacer las fotos de Patri, he pensado que me las puedes hacer a mí. ¿Te parece?

—¿Como el día que me enseñaste cómo tenía que hacer una foto? ¿Te acuerdas? Hiciste mucho el moñas delante de la cámara para que yo pudiera aprender.

Asintió divertido. Recordaba bien ese momento. Le dije que me parecía buena idea. Me propuso que cuando terminásemos las fotos que teníamos esa mañana podríamos ponernos con ello. Que pensase qué tipo de fotos quería hacerle. Durante toda la mañana estuve dándole muchas vueltas y al final llegué a la conclusión de que quería capturar en él diferentes tipos de emociones, como la alegría, el enfado, la tristeza o el enamoramiento. Podía ser divertido y a la vez era una manera de conocerlo un poquito más.

Cuando terminamos de trabajar, le conté lo que había pensado. Le gustó.

—He pensado que podrían ser unas fotos en blanco y negro. Tan solo necesitas una camiseta básica y un pantalón. Me voy a centrar únicamente en la expresión de tu cara, en tus ojos.

Preparamos las luces y aprovechó para enseñarme cuáles eran las mejores para este tipo de sesión, cuántas había que poner y en qué me tenía que fijar para que todo estuviese perfectamente iluminado. Se cambió y se puso una camiseta básica blanca y unos vaqueros. Se peinó un poco y fue hacia el set. Y me sorprendió con sus palabras.

—Estoy nervioso, Sara, no me gusta ponerme delante de la cámara. Es algo que nos suele pasar a los fotógrafos. La otra vez, como fue para hacer el payaso, ni lo pensé. No sé si voy a ser capaz de poner las expresiones que quieres, yo lo intento, pero no te rías de mí.

En realidad la que estaba más nerviosa era yo porque deseaba que todo saliese perfecto, no quería defraudarlo. Le fotografié una y otra vez. Le fui indicando ciertas cosas, al igual que él hacía en sus sesiones: «Quiero que tus ojos brillen» o «Quiero que expresen felicidad».

Luis no paraba de reírse y mientras lo hacía, yo aprovechaba para disparar. Las fotos naturales, espontáneas, eran las que más me gustaban. Me acordé de repente de una entrevista que vi de Rubén donde explicaba la manera que tenía de llegar a ciertas emociones a la hora de trabajar. A través de la sustitución. Imaginaba circunstancias de su vida que le provocasen esa emoción en concreto que buscaba. Y, mientras estaba haciéndole fotos, se lo conté a Luis para que le ayudase.

—Acuérdate de algo que te haga feliz. Piensa, por ejemplo, en alguna situación donde lo fuiste, imagínatela otra vez y revívela dentro de ti. Eso es lo que hacen los actores del método.

Y de repente Luis emanó felicidad, sus ojos le delataban. Parecía que las pautas que le había dado funcionaban. Tuve que dar la razón a Patri en una cosa: Luis tenía una sonrisa preciosa. Cada vez que se reía se le iluminaba la cara todavía más. No sé cómo no me había dado cuenta hasta ese momento. Su risa era contagiosa. Con el resto de emociones hicimos exactamente lo mismo. Le costó mostrar enfado. Por mucho que tratara de revivir algún momento, el enfado no aparecía en su rostro.

—¿Qué pasa?, ¿nunca te enfadas? —me reí.

—Me cuesta enfadarme. No me gusta. Trato de evitar esa situación.

—¿Y si gritas? Lo mismo te puede ayudar.

Y cada vez que gritaba, el efecto era el contrario, se reía más.

—Sara, no me hagas esto. Me siento ridículo y absurdo. Lo estoy pasando fatal. Lo mío es estar detrás de la cámara, no delante.

Yo ni le contestaba, estaba muy concentrada disparando mi cámara. Trataba de sacar lo mejor de él. Con las fotos que estaba haciéndole pensé en elaborar un *collage* con sus diferentes expresiones. Podría quedar muy chulo. Estaba resultando muy divertido, aunque los dos estábamos nerviosos.

—Venga, ya no te torturo más. Solo nos queda la cara de enamoramiento. Tienes que poner cara de estar enamorado. Mírame, Luis, mírame como si estuvieras enamorado de alguien —le dije.

Y de repente se produjo un silencio. Sus ojos se transformaron, brillaban. Estaba viendo esa mirada en la que me gustaba perderme. Me excitaba cómo me miraba. Poco a poco, con disculpas tontas, me fui acercando a él, cada vez más, tanto que nuestras caras solo estaban separadas por la cámara. Puso su mano en el objetivo y lo apartó. Nos miramos. Y cuando me estaba aproximando a él para besarlo, el sonido de su móvil rompió toda la magia que se había creado entre los dos. Era Kath.

Capítulo 16
Celos y amor en las Maldivas

Era la primera vez que iba a las Maldivas. Estaba nerviosa y un poco ansiosa. Había viajado mucho por el atletismo, pero nunca había estado allí, era uno de mis viajes pendientes. Me sentía ilusionada por conocer el paraíso. Luis me dijo que aunque tuviéramos que trabajar, dispondríamos de algún que otro día libre para descansar y hacer lo que quisiéramos. Cuando Kath llamó y rompió nuestro momento mágico era para comentarle que iba a protagonizar la nueva campaña de una marca de bañadores muy conocida. Las fotos se iban a hacer en las Maldivas y quería que el fotógrafo fuese él. Kath habló con la marca para que le contratasen. Ella sabía que Luis era el mejor, que sus fotos eran siempre espectaculares y que encima trabajaba rápido.

Kath se encontraba en su mejor momento profesional y todas las marcas la querían contratar. Por eso ella siempre que podía exigía que Luis fuese el fotógrafo. Profesionalmente ellos se entendían. Luis la sacaba bellísima. Sabía que trabajar con él era un punto a su favor y le daba seguridad. Este trabajo era importante para ella y quería que todo saliese de maravilla.

La última y única vez que coincidí con Kath, hacía ya unos meses, fue en mi primera campaña importante con Luis. Y aunque era verdad que andaba un poco perdida, no debió tratarme como lo hizo. Ahora la situación era diferente porque ya había aprendido mucho, Luis me había enseñado la profesión. Me sentía además contenta porque me gustaba, disfrutaba y se me daba bien. Él ya tenía confianza plena en mí, tanto que me dejaba con más asiduidad hacer fotos dentro de las sesiones.

Ahora estaba empeñado en que aprendiese a manejar más en profundidad el Photoshop, porque en cuanto asimilara todos sus intríngulis le iba a ayudar mucho más. Así podría delegar en mí el retoque de muchas de las fotos que hacíamos. Eso le descargaría de trabajo para avanzar en otras cosas. Su intención era que en algún momento volase sola, pero a mí lo de volar sin él todavía me daba vértigo. Estaba muy contenta con mi nueva vida en Madrid. Por un lado, mi relación con Melisa iba viento en popa, de hecho salíamos los cuatro juntos muy a menudo a cenar. En una de nuestras quedadas, de la misma manera que intuí aquel día que iba en el taxi con Patri, nos dijeron que se iban a casar; todavía no había fecha para la boda, se tenían que poner de acuerdo, pero Javi ya le había pedido matrimonio. Por otro lado, mi vida en Madrid era Luis. Nuestra relación era especial y sin quererlo todo giraba alrededor de él, pero no me importaba, de hecho me gustaba. Sinceramente nunca antes había tenido algo tan especial con alguien. Él estaba supliendo todas las carencias que tenía de mis padres y de mis amigas del pasado y me estaba ayudando a descubrir cosas de mí que desconocía. Me hacía sentir única, válida y sacaba la mejor versión de mí en cada momento. Y a pesar de lo sucedido entre nosotros, nuestra relación estos meses había transcurrido con naturalidad. No me sentía nada incómoda. Respetó que necesitase mi tiempo para encajar todo lo que estaba aconteciendo en mi vida. Era paciente. Me respetaba. Me dejó bien claro que no quería ser un problema más en mi cabeza. Insistió en que no había prisa, que viviese, que disfrutase cada momento y que simplemente nos hiciésemos compañía. Una compañía sana y bonita. Algo que agradecía mucho de él. Y si algún día, por algún casual, cambiaba de opinión y quería dar un paso más en nuestra relación, que se lo dijese. Mientras tanto, él no iba a hacer nada, solo quería disfrutar de mi presencia y tenerme en su vida.

Nunca más nos volvimos a besar desde aquel día en mi habitación, cuando le dije que no me sentía preparada. Seguía teniendo mucho miedo, pero sin quererlo me estaba enamorando de él, y a medida que pasaban los días y le iba conociendo, se acentuaba más. Era consciente de que tenía que vencer mi miedo al amor y a estar en pareja. Merecía darme la oportunidad de disfrutar de un amor real. Me intentaba convencer con discursos de todo tipo en mi alocada cabecilla: «Sara, porque te saliese mal una vez no tiene que pasarte de nuevo», «Hay gente que tiene pareja y está plenamente feliz, mira a Melisa y a Javi, ¿por qué no puedes ser una de ellas?», «¿Y si Luis me engañase con otra? Me destrozaría otra vez el corazón, pero ¿y si nunca me engaña?», «¿Y si estoy renunciando a algo maravilloso para mi vida?»... Un día pensaba una cosa y al siguiente otra. Buscaba la manera de negociar conmigo misma. Daba pequeños pasos, llegaba a ciertos acuerdos, pero mi cabeza no se dejaba engañar tan fácilmente, era dura. Convivir con él, ir conociéndolo cada día un poco más y ver cómo me trataba me impulsaban a esforzarme y dar el paso, deseaba quitarme por fin todas las corazas que llevaba puestas desde hacía mucho tiempo. Luis era especial y merecía mucho la pena. Si él estaba con alguien, era porque quería estar con esa persona de verdad, no se andaba con tonterías. No era un niñato como Sergio. Su manera de amar era sin dobleces.

Desde la llamada de Kath hasta la semana antes de irme a las Maldivas, los meses fueron pasando y llegó el verano. Qué lejos quedaba ese primer día que me bajé en un tren en Madrid, totalmente perdida, sin rumbo, sin saber qué hacer, llena de miedos y de inseguridades. En todos estos meses, cuántas cosas me habían pasado ya y cuánto había aprendido. Precisamente esa semana tuve que ir de compras porque la ropa de verano la tenía en casa de mis padres y no me la había traído a Madrid. Cuando me marché de Barcelona me llevé lo justo y necesario, no quería cargar con más de la cuenta.

Pocos días después empecé a hacer la maleta, concretamente dos días antes de irnos; no me gustaban las prisas, nunca me han gustado. En la maleta metí los dos bañadores que me había comprado esa misma semana, factor solar protección cincuenta, antimosquitos, *shorts*, camisetas de tirantes, sandalias, deportivas, mi libreta y mi música.

Últimamente pensaba a menudo en la música. Echaba mucho de menos componer, escribir y seguir grabando canciones. Desde que grabé en el estudio de mi padre de una manera oculta mi canción, no había compuesto ni escrito nada más. Echaba de menos estar conectada con el mundo que me había enseñado mi abuela Rosario a modo de juego desde bien pequeña, y también conectarme al universo de las melodías de una manera clandestina para liberar mi alma y aprender más y más el lenguaje musical. Tenía ganas de seguir aprendiendo a tocar la guitarra y el piano, quería dejarme llevar y viajar por las notas musicales. Me encantaba, cuando no había nadie en mi casa de Barcelona, coger una de las muchas guitarras que tenía mi padre y encerrarme en su estudio, sin que nadie me viese, para aprender de una manera autodidacta con sus libros y con vídeos que veía en YouTube. Era mi momento de desconectar de todo y de que mi alma se expresase. De experimentar la música en cada poro de mi piel. Sentía libertad. Me gustaba manifestar mis sentimientos y liberar mis emociones para que brotasen en forma de canciones. Mi padre en eso era el mejor. Y yo, desgraciadamente, durante mucho tiempo pensé que no había heredado nada de su talento y no me conformaba con ser un sucedáneo de él, quería evitar a toda costa que nos comparasen, porque eso me dolería mucho. O había algo que me producía más miedo: que la gente nos convirtiese en rivales y eso afectase más a nuestra relación, ya de por sí fría. Porque mi padre no tenía rival, era el mejor del mundo, eso no admitía discusión. Le admiraba profundamente y toda esa admiración se convertía en respeto máximo. Quería evitar a toda costa las comparaciones. No me apetecía que me mirasen con lupa, musicalmente hablando, por ser la hija de. Oculté que cantaba y que componía. Era mi secreto. Nunca lo había compartido con nadie, ni con mi abuela Rosario, para evitarme problemas. Era más fácil mentir y decir que no tenía oído. Además las consecuencias que tenía dedicarse a ello, el ser famoso, no me gustaban. Mi padre y mi madre lo habían sufrido y yo de rebote, y no me gustaba nada. La época en la que mi madre estuvo enferma con su depresión lo pasamos muy mal por todo lo que la gente decía y opinaba. Fue muy duro. Yo me negaba a ser otro juguete roto de esa profesión.

Y a través de mi canción (sí, esa de la que ahora ignoraba su paradero) me desahogué. La titulé en mi cabeza *My Secret* de una manera provisional, porque eran las palabras que más se repetían en el estribillo, pero conociéndome cambiaría ese título un millón de veces. Me costaba siempre decidir el título de mis canciones. En esta me desfogaba, llevaba tanto acumulado que necesitaba expresarlo en forma de música para sentirme libre mientras hablaba de los secretos ocultos que todos tenemos. Fue una especie de catarsis emocional de mis miedos, de mis contradicciones y de mis sufrimientos. Tenía tantas emociones y sentimientos que habitaban dentro de mí que necesitaba de algún modo sacarlas. Esta vez lo hice en inglés. En ocasiones me resultaba más fácil expresar mis sentimientos en este idioma, porque en español me era más complicado conseguir que todo rimase en la canción.

My Secret se convirtió en todo un reto para mí. Fue la primera que grabé en un estudio profesional, el de mi padre. Las otras que había compuesto nunca me había animado a hacerlo de esta manera, algunas las grababa con mi móvil, le daba a notas de audio y ahí las almacenaba, y con otras ni siquiera daba este paso. Pero a partir de esta quería empezar a grabarlas todas para mí, para tenerlas, para escucharlas cuando yo quisiera. Solo yo, nadie más. Tenía muy claro que el archivo donde las guardaría nunca vería la luz. Sería mi secreto. Tener todas mis canciones en un solo sitio era la manera de mantenerlo todo más controlado, ya que el móvil se me podía perder o, peor aún, alguien me lo podía coger y ver que en mis notas de audio estaban mis canciones. Llamé al *pendrive* donde iba a guardarlas «Música para Sara» y creé un archivo con este título también donde estarían almacenadas.

  Me acuerdo perfectamente del día que me metí en el estudio para grabarla sin que nadie lo supiese. Lo hice un mes antes de mi marcha a Madrid. Estaba nerviosa, pero a la vez ilusionada. Mi padre siempre lo tenía todo preparado por si se le ocurría una idea y quería grabar inmediatamente guitarra y voz. Y eso era lo que tenía que hacer yo, grabar la guitarra y mi voz. Así que solo tuve que encender el ordenador como había visto a mi padre hacer mil veces, poner las pistas a grabar, meterme en la pecera con la guitarra y empezar a cantar. Fue una experiencia muy bonita. A veces mientras cantaba tenía que parar porque me emocionaba. La sentía tan dentro de mí que me provocaba un cierto nudo en la garganta que cortaba mi voz al revivir la tortura mental a la que estaba sometida mi cabeza constantemente. Mi lado oscuro estaba más que presente, mostrando toda la ristra de miedos que me acompañaban en mi día a día. Mi miedo a no ser nadie en la vida, a no brillar, a no ser querida y a sentirme huérfana de corazón. En la delgada línea que separaba la luz de la oscuridad yo sentía que siempre tenía los dos pies en este lado triste, sin luz. Todos poseemos secretos y motivos más que suficientes para callar. Y por el bien de todos, mi secreto, este que guardaba con tanto ahínco, nunca debía ver la luz. Temía la reacción de la gente y cómo podía afectar en mi vida. En nuestra vida familiar.

Nuestras propias sombras a veces acechan tanto, son tan oscuras, que impiden que nuestro ser se complete y brille de una manera natural por las cadenas tan pesadas que arrastramos. Así me sentía yo. Un ser incompleto por un secreto que no podía desvelar. Y prefería morirme siendo incompleta antes que mostrar al mundo lo que ocultaba en mi *pendrive*. Ahora no tenía ni idea de qué había sido de él. Me torturaba la existencia de «Música para Sara», pero a la vez también era lo que más feliz me hacía.

Nos levantamos temprano para ir al aeropuerto. Habíamos quedado con el resto del equipo a las siete y media de la mañana. En el vuelo íbamos nosotros dos, Kath y su representante, dos chicos que se ocuparían de grabar el *making of,* dos responsables de la marca de bañadores, Jesús, el maquillador, y el peluquero. Luis los conocía a casi todos de haber trabajado con ellos. Cuando Kath me vio en el aeropuerto, le cambió la cara. Yo sabía que no le iba a agradar mi presencia, ya le advertí a Luis. Pero él me dijo que estuviera tranquila, que yo era su ayudante y que lo tendría que aceptar. Saludó a Luis muy efusiva, le dio un gran abrazo y él le correspondió. Nos fuimos hacia el mostrador para facturar las maletas y para que nos asignasen asientos. Enseguida Kath le pidió a Luis que se sentase con ella. Lo miré y le dije que no pasaba nada, que lo hiciese. Yo me senté con Jesús, con quien me llevaba fenomenal desde que me maquilló. Prácticamente estábamos todos juntos. El maquillador y yo en la fila central y el resto en los laterales del avión.

Despegamos puntuales y después de que Jesús me recomendase unas cremas para que la cara no se me deshidratase con la presión, yo me puse a escribir en mi libreta y a escuchar música. Desde donde estaba sentada veía perfectamente los asientos de Luis y Kath. De vez en cuando no podía evitar mirarlos y los veía hablar de una manera distendida. Ella no paraba de sonreír y su charla parecía amena, me moría por saber de qué estaban hablando. Durante buena parte del vuelo estuve analizando tranquila y pausadamente mi situación con Luis. No podía demorarla mucho más, sabía que tenía que ponerme un plazo y tomar una decisión. Era lo más sano para mí y para él. Porque al final nos haríamos daño y no lo quería por nada del mundo. Me di un plazo, ya era hora de que cogiese las riendas de mi situación. Me prometí que cuando volviéramos de este viaje tenía que haber decidido ya si le daba una oportunidad al amor o no. Si decidía amar libremente o si seguía más tiempo con las mil corazas que tenía puestas mi corazón.

Después me puse a ver una película, estuve escribiendo, comí y me quedé dormida. Cuando me desperté, miré donde estaba Luis y vi que Kath tenía apoyada la cabeza en su hombro. Él también se había quedado dormido apoyando su cabeza en la de Kath. Al verlos así mi corazón latió más rápido. Sentí celos y mi cabecilla loca no dejó de hacerse preguntas sobre la relación que tuvieron, por qué rompieron, si Luis ahora que la tenía tan cerca seguía sintiendo algo por ella… y cuando me quise dar cuenta ya estábamos aterrizando.

Llegamos al hotel. El sitio era espectacular y con todos los lujos posibles, quizá uno de los lugares más bonitos en los que había estado en mi vida, ¡qué maravilla! Pintaba bien el paraíso, aunque hacía mucho calor y estaba agotada de tantas horas de avión. Nos dieron las habitaciones, cada uno teníamos la nuestra y todas se encontraban más o menos juntas. Mientras nos dirigíamos a las habitaciones, Luis se me acercó, preocupado.

—Sara, ¿estás bien? Tienes carucha de agotada, ¿estás cansada?

—Sí, es eso, estoy cansada.

No le iba a decir la verdad, no quería que se diese cuenta de que me había dado un ataque de celos en pleno vuelo cuando vi sus cabezas juntas mientras dormían. Sí, de repente me entraron todas las inseguridades del mundo porque la chica en cuestión, Kath, era una de las más guapas de España, pero sobre todo porque habían estado juntos. Por eso preferí mentirle y decirle que mi carucha se debía al cansancio típico del viaje.

—Si quieres, descansa un poco y en un rato nos ponemos a localizar, ¿te parece?

—Vale.

Solamente me dijo eso. Nada más. Yo pensaba que tal vez me diría que si quería podíamos dormir juntos esa noche, abrazados, como de vez en cuando hacíamos en casa. Pero no, no habló más. Lo mismo había empezado a sentir de nuevo algo por Kath. Por primera vez tuve miedo. No quería perderlo. No me encontraba preparada para ello. Tampoco le podía exigir nada, porque yo frené todo desde el principio por mis malditos lastres.

Entré en la habitación y era impresionante. Encima de la cama habían puesto con flores «Welcome». La habitación era grande y para mi sorpresa tenía piscina privada. Instantáneamente sentí ganas de estrenarla, así que saqué de la maleta el bañador y me metí en ella. Mirase donde mirase todo era una maravilla. Salí del agua, me quité el bañador, me puse el albornoz y me tumbé en la cama. Necesitaba cerrar un poco los ojos para desconectar de mi ajetreo mental. El teléfono de la habitación me despertó, me había quedado dormida con el albornoz y el pelo mojado.

—Sara, ¿estás lista?

Era Luis. No sabía ni qué hora era.

—Luis, perdona, me quedé dormida. En veinte minutos estoy en tu habitación.

—Nada, tranquila, se nos va la luz si te espero. Acaba de llegar Kath a la habitación para decirme que quería venirse también a localizar. Si te parece, voy yendo a la playa con ella y nos vemos allí.

Me vestí lo más rápido que pude, parecía que me habían puesto un cohete en el culo, y cuando llegué a la playa el sol ya se estaba escondiendo. Había una luz preciosa. A lo lejos vi a Luis haciéndole fotos a Kath. Dudé si acercarme. Pero al final lo hice, tenía que ser profesional, había ido hasta allí para ayudarle a hacer las fotos de la campaña y necesitaba saber cómo las iba a enfocar y qué haría falta.

—Sara, fíjate qué luz más bonita hay. ¡Mira qué fotos he hecho!

Pero yo poca luz podía ver, mi nuevo ataque de celos no me lo permitía.

Y me las enseñó. Kath estaba guapa a pesar de las horas de vuelo. Le sentaba bien el mar.

—Yo creo que podemos aprovechar esta hora. Pero habría que darse mucha prisa para hacer las fotos, porque enseguida se va el sol. He pensado que podemos utilizar las palmeras o que Kath se tumbe en la orilla o se meta en el agua.

Por supuesto, la modelo nos interrumpió. Ella siempre dando la nota.

—Yo voy a bañarme. ¿Quién se anima?

—Yo no llevo el bañador puesto —respondí.

—Yo tampoco —dijo Kath con una sonrisa pícara—. Me voy a bañar desnuda. No hay nadie en la playa y ya está anocheciendo. Nadie nos va a ver.

Y ni corta ni perezosa se quitó toda la ropa que llevaba, dejando su espectacular cuerpo al descubierto, y se fue caminando hasta el agua completamente desnuda. Sin importarle nada, ignorando que estábamos los dos allí, delante de ella, mirándola.

—El agua está espectacular, animaos —nos gritó feliz.

Luis me miró.

—¿Nos animamos?

—Luis, yo no llevo bañador y no me voy a bañar desnuda.

—Como tú quieras, ¿nunca has experimentado bañarte en el agua sin ropa?

—No, en el mar, no. Alguna vez en una piscina…

—Pues es una pasada. Yo sí me voy a bañar. Ven conmigo. Aunque sea báñate con ropa, pero báñate. ¡Venga!, hazlo por mí. Seguro que va a ser divertido ¿Qué me dices? Sería nuestro primer baño en la playa juntos.

Le miré a los ojos y le dije que no. Él levantó los hombros. Y puso cara triste, de broma, incluso me hizo un puchero. Se quitó la camiseta, el pantalón y se dejó los calzoncillos. Caminó hacia el mar. Se metió en el agua con Kath. Los dos se pusieron a jugar y no paraban de reírse. Kath le empezó a tirar agua y a hacerle aguadillas.

—Kath, para. ¡No me tires más agua! Ayyyy, está buenísima.

—Luis, no seas cobarde. No te voy a hacer nada, solo alguna que otra aguadilla.

No quería seguir contemplando aquella situación. Me sentía tonta, sentada en la arena, vestida y mirándolos jugar. Me tenía que marchar por dignidad.

Me fui hacia mi habitación sin avisar. Encendí el hilo musical y me senté en el sofá que había en el porche.

Ya era de noche y el cielo estaba estrellado. Nunca había visto tantas estrellas juntas. Qué bonito era. Y mientras las miraba, me quedé pensando en Luis, en lo que había o podría haber entre nosotros dos y en la decisión que tenía que tomar a la vuelta del viaje. Mi aparente tranquilidad quedó perturbada por unos golpes en la puerta.

—Sara, soy Luis. Ábreme.

Abrí la puerta. Venía mojado, con la camiseta y las zapatillas en la mano.

—¿Puedo pasar? Estoy un poco mojado y lleno de arena. Vamos a la zona de la piscina, que no quiero ensuciarte la habitación.

Me cogió de la mano y me llevó al porche.

—Sara, ¿me quieres decir qué te pasa? ¿Por qué te has ido de la playa? —me lo preguntó serio, con la mosca detrás de la oreja. Era la primera vez que lo veía así conmigo, le sentí molesto y no era para menos.

Era incapaz de decirle la verdad. No quería abrirle mi corazón y contarle que tenía miedo a perderlo. Que tenía unos celos terribles de Kath porque pensaba que quizá había vuelto a surgir el amor entre ellos. Volví a decir tonterías.

—Estoy cansada, Luis, es solo eso. Me he ido de allí porque necesita descansar algo.

Luis me miró a los ojos. Y noté que sabía que le estaba mintiendo. Mi excusa esta vez no coló.

—Sara, escúchame. Quiero que estés tranquila. Kath es así, le gusta hacer locuras y no tiene ningún pudor.

—No me tienes que dar explicaciones.

Pero él me puso, con cariño, el dedo en la boca. Quería continuar hablando.

—No quiero nada con ella. Y sí quiero darte explicaciones. Quiero que estés bien, para mí es lo más importante. —Me miró y me dio un abrazo—. ¿Me prometes que no te vas a rayar? ¿Que no vas a dejar que tu cabecita piense cosas que no son verdad?

—Sí. —Mi sí sonó contundente, pero yo no me podía engañar.

—Bueno, me voy a mi habitación a ducharme. Mañana tenemos que madrugar mucho. A las cinco empezará Jesús a maquillarla para estar listos sobre las siete. He dado a todo el mundo tiempo libre para cenar. Si quieres pídete algo en la habitación para que puedas estar tranquila y descansar. Mañana hay que estar a tope.

Se marchó y yo me sentí como una auténtica idiota por haber tenido esos dichosos celos.

Las fotos estaban quedando de maravilla. Luis era un fotógrafo que no dudaba a la hora de disparar, lo tenía todo muy claro. Todo lo contrario a mí, que siempre estaba dudando de todo. Y Kath estaba guapísima. Jesús la había maquillado muy bien y el peluquero había hecho maravillas con su pelo. Se generó muy buen ambiente, Kath se sentía cómoda ante la atenta mirada de Luis y los clientes estaban encantados de cómo estaba saliendo la campaña. El representante de Kath parecía bastante tranquilo por cómo avanzaba el trabajo. Los biquinis y los bañadores le quedaban perfectos. Era una buena modelo. Sabía posar con ellos y se le notaba que estaba disfrutando. Yo estuve ayudando a Luis prácticamente todo el tiempo con los reflectores y midiendo la luz. Aunque Kath se mostraba simpática con todo el mundo, conmigo seguía teniendo una cierta tirantez, que creo que solo yo detectaba, aunque no le quedaba otra que aguantarme. Desde luego mucho mejor que nuestro primer encuentro. Manteníamos las formas, nos respetábamos.

A las once de la mañana paramos a descansar, el sol estaba bastante alto y Luis prefería ya coger la luz del atardecer. Todos los miembros del equipo aprovechamos para darnos un baño en la playa y así quitarnos el calor que teníamos. El agua lucía un color azul cristalino, transparente, se veía perfectamente el fondo. Luis se quiso bañar conmigo.

—No me quiero perder tu primer baño en el paraíso.

—¿Estás contento con las fotos? —le pregunté.

—Sí, están quedando muy bien. Creo que va a salir una campaña muy chula.

Kath permanecía en la arena bajo una sombrilla tomándose un refresco. Nos observaba. Era la única que no se podía bañar para no estropear el maquillaje y el pelo.

—Te sientan muy bien las Maldivas, el azul del mar resalta todavía más tus ojos. Sara, me encantaría hacerte alguna foto aquí.

De pronto me entraron una timidez y una inseguridad estúpidas.

—Ya sabes que no me gusta, Luis. Ya tienes a Kath para eso.

Me miró serio. Creo que no le gustó mi respuesta.

—Ya, pero lo de Kath es trabajo y las fotos que te quiero hacer a ti son por puro ocio, puro placer.

Y tal como me lo pidió no le pude decir que no. Accedí. Fue a por su cámara y disparó sin parar.

—Luis, que no estoy ni maquillada. Menudas pintas llevo.

—Estás preciosa. Quiero sacar el color de tus ojos. Quiero hacer una foto artística. Aquí se ven de un color especial, son tan bonitos.

Siempre me decía cosas agradables, sentía que me las decía de corazón y eso calmaba mis inseguridades. Quizá era una marciana, pero yo echaba de menos nuestro hogar, aunque estuviéramos en el paraíso, quizá porque allí pasábamos más tiempo a solas.

Los siguientes tres días continuamos haciendo fotos para la campaña. Eran muchos bañadores, pero todo marchaba según lo previsto. Luis lo tenía todo perfectamente planeado y el tiempo nos respetó. No llovió ni un solo día.

El último día de la campaña, para celebrar que habíamos terminado, Luis reservó una mesa en el restaurante del hotel para que cenásemos todos juntos. Además el sitio contaba también con una discoteca muy chic para poder bailar si nos apetecía. Kath se sentó al lado de Luis y a continuación estaban los dos responsables de la marca, Pedro y Esther. Los demás nos sentamos como quisimos. Yo estaba enfrente de Luis y entre Jesús, el maquillador, y uno de los chicos que grababan el *making of*. Se acercó el chef del restaurante y nos recomendó tomar langosta y el pescado del día a la brasa. El pescado y el marisco allí eran exquisitos. Le hicimos caso y prácticamente todos pedimos eso, acompañado de un par de botellas de vino. Y antes de cenar Luis se levantó de la mesa para decir unas palabras.

—Quería agradeceros a todos lo profesionales que habéis sido. Gracias por vuestra implicación, por haber dado el máximo para que todo saliese perfecto. Por supuesto, quiero agradecer a Kath su trabajo, por ponérmelo tan fácil a la hora de fotografiar y por haberme elegido para hacerle las fotos. Por muchos trabajos como estos.

Todos le aplaudimos y brindamos con él.

—Por muchos trabajos como estos —coreamos todos.

Kath se pasó toda la noche bebiendo vino y acaparando toda la atención de Luis. Y a mí los celos me habían brotado una vez más por las palabras que le había dirigido en el discurso, aunque era normal que se las dijese, Luis le estaba agradecido; lo que no era normal era lo mío. Estaba claro que los celos no me dejaban en paz en ese viaje al paraíso. En vez de «Bienvenida a las Maldivas» tenía que poner «Bienvenida al mundo absurdo de los celos».

Al ver que resultaba imposible hablar con Luis, me puse a charlar con el maquillador y con Pedro, el responsable de la marca, que era un hombre muy majo y amable.

Terminamos de cenar y por unanimidad nos fuimos un rato a Paraíso, la discoteca del hotel. Kath fue la que insistió en que teníamos que ir todos a bailar como colofón final, que era una pena que estando en las Maldivas no lo aprovechásemos. Yo me sentía bastante cansada, soñaba con irme a dormir, pero algo dentro de mí me decía que debía quedarme allí, y eso fue lo que hice.

Una vez en Paraíso fuimos a la barra y nos pedimos unos *gin tonics*. La música estaba bastante bien. Kath cogió a Luis de la mano y se lo llevó al centro de la pista. Empezaron a bailar. A ella ya se la veía un poco perjudicada por el alcohol y eso probablemente hacía que bailase de una manera más sensual. Se le acercaba al oído a decirle cosas y le abrazaba cada dos por tres. Luis se reía y yo estaba cada vez más histérica. Nos habíamos sentado alrededor de una mesa. Me acabé el *gin tonic* y me fui a la barra a pedir otro. Solo el alcohol podía hacer que sobrellevase mejor la situación, pero la verdad es que yo no bebía mucho. Cuando me giré con mi nueva copa, ya no estaban en el centro de la pista. Miré por todas partes y ya no los veía.

Me acerqué a Jesús a preguntarle si sabía dónde se encontraban. Y me lo dijo.

—Se han ido al baño. Estos se lían fijo.

No pude evitarlo y me fui hacia el baño todo lo rápido que pude. Había una puerta en la que ponía «Toilets». La abrí y entré como un rayo. Y entonces vi a Kath dándole un beso a Luis. Al escuchar el ruido de la puerta, él se giró y fue cuando me descubrió ahí, con lágrimas en los ojos. Me fui de inmediato de allí. El paraíso se convirtió en el infierno.

—Sara, espera, por favor —me gritó Luis.

Pero continué, no le hice caso. Dejé la copa donde pude y seguí caminando rápido, solo deseaba alcanzar la habitación. Decidí atajar por la playa. A lo lejos escuchaba a Luis gritando mi nombre.

—¡Saraaa!

Yo seguí andando lo más veloz que podía por la arena de la playa. Me apetecía correr, pero no tenía fuerzas. De repente sentí cómo alguien me cogía del brazo. Me detuve. Me giré con lágrimas en los ojos.

—Suéltame, Luis, te lo pido. Déjame. —No quería perder los nervios.

—Por favor, Sara, escúchame —me pidió, nervioso.
—No quiero escuchar nada. Déjame en paz.
—Sara, escúchame.
—Luis, me siento como una idiota. Llevo meses luchando contra mí, intentando romper todas las corazas que tengo puestas. Tú más que nadie sabes lo difícil que me resulta todo esto. Estaba empezando a confiar. Sentía que merecía la pena superar mis miedos por ti, para poder vivir nuestro amor de la manera más sana posible. Llevo meses combatiendo conmigo misma, dándome motivos suficientes para abrir mi corazón poco a poco. Qué ganas tenía. Estoy enamorada de ti, Luis, y me muero de celos por el hecho de pensar que pudieras estar con otra. Pero, aunque me duela, asumo que quieras estar con Kath. Lo entiendo, Luis. Y ahora, por favor, suéltame el brazo. Me quiero ir a la habitación. Necesito recomponerme, recoger la poca dignidad que me queda.

Me soltó y negó con la cabeza. Cuando me estaba yendo, volvió a llamarme.

—Sara.

Me giré y vi a Luis con los ojos húmedos, pero muy serio. Su voz salió con esfuerzo. Intentaba contener su disgusto.

—Sara, espera. Te equivocas por completo. Creo que estás siendo muy injusta. Tienes que escucharme. No te puedes ir sin más. Yo no quiero estar con Kath. Quiero estar contigo. ¿Cómo puedo hacer que te entre en esa cabeza llena de miedos? Me lo pones muy difícil, Sara. Y la verdad es que ya no sé cómo manejar esta situación. En la pista de baile le estaba diciendo que lo que sentía por ti nunca lo había sentido por nadie. A ella le molestó que dijese eso. Me decía que si no me acordaba de lo bien que lo pasábamos cuando salíamos juntos. Por eso me hablaba al oído y me abrazaba, porque me decía que ella me quería y que le diese otra oportunidad. Y al ver que no reaccionaba ante su propuesta, me pidió si la acompañaba al baño, que se encontraba mal, que el alcohol no le estaba sentando bien y tenía ganas de vomitar. Por eso me fui con ella. Cuando entramos al baño, me miró y de repente me besó. Fue ahí cuando apareciste tú. Sara, créeme. No lo estropees, por favor. No sé ya qué hacer para que no te sientas mal. Me desespera esta situación y me siento perdido. Dime qué puedo hacer para que confíes en mí.

Poco a poco me fui acercando hasta él. Y con mi mano le sequé las lágrimas que estaban manchando su cara. Nos miramos y me di cuenta de que necesitaba besarlo. No esperé más tiempo y lo besé apasionadamente. Necesitaba tocar su piel para sentirlo de verdad, para sentirlo cerca de mí. Metí mi mano por debajo de su camiseta y acaricié su torso, suave y delicado. Me cogió de la otra mano y me llevó a un sitio más apartado, donde estuviéramos más tranquilos, donde nadie nos pudiera ver. Nos tumbamos sobre la arena, donde seguimos besándonos apasionadamente, y noté su mano por debajo de mi vestido. Estaba realmente convencida de lo que quería esta vez, deseaba que entrara dentro de mí. Me gustaba mucho su manera de acariciarme, de una forma suave y delicada nos estábamos dejando llevar por nuestros sentimientos. No cesábamos de mirarnos a los ojos. Nos desnudamos impacientes e hicimos el amor. Desde mi relación con Sergio, desde que me cerré al amor, nunca más había hecho el amor con nadie, esta era la primera vez, esta era nuestra primera vez. La que siempre recordaríamos y la que formaría parte de la historia de nuestra relación. En ese instante acababa de empezar a escribirse de otra manera. Sí, allí, en aquella playa en la que solo faltaban fuegos artificiales como colofón final a tanta pasión. Luis juntó sus manos con las mías mientras lo seguía sintiendo dentro de mí, juntos viajamos a lugares insospechados, nos fundimos el uno con el otro llenando de magia aquel momento. Nos amamos profundamente. Dentro de mí sentí una mezcla de sensaciones maravillosas que me hicieron flotar, estar en otro planeta, en otra galaxia... Estaba borracha de mis propias emociones. Al terminar me hizo una petición de lo más divertida y a la vez romántica.

—¿Nos bañamos desnudos en el mar?

Y los dos desnudos, cogidos de la mano, nos metimos en el agua iluminados por la luna que había esa noche. Y esa sensación de libertad dentro del mar hizo que no pudiéramos separar nuestros cuerpos. Nos deseábamos tanto. Volvimos a hacer el amor intensa y apasionadamente. Esta vez cambiamos la arena por el agua. Nuestras respiraciones marcaban el ritmo con las olas suaves del mar.

Esa noche dormimos juntos en mi habitación, abrazados. Y desde ese momento ya no nos separamos. Los dos días que quedaban en el paraíso estuvimos en la cama haciendo el amor; de vez en cuando salíamos a dar paseos por la playa para disfrutar de aquel lugar que había visto crecer nuestra pasión, de aquella playa donde se selló nuestra relación. Vivimos nuestra particular luna de miel.

—Ya no quiero pasar un día sin dormir a tu lado. Cuando lleguemos a Madrid, quiero que estemos los dos en la misma habitación. Vente a mi dormitorio. Te quiero, Sara.

—Yo también te quiero, Luis.

Y por primera vez no tuve miedo a decirle «Te quiero». Por primera vez desde hacía mucho tiempo logré abrir mi corazón, que volvió a latir fuerte e ilusionado con el amor. Nuestros te quieros sellaron todas las cicatrices que arrastraba desde hacía tiempo. Decidí subirme otra vez a la ola de emociones que provocaba el enamoramiento. Esta vez sentí en lo más profundo de mi ser que merecía la pena vivirlo.

Llegó el día de marcharnos de las Maldivas y mientras estábamos todos en el aeropuerto esperando el vuelo que nos llevaría de vuelta a casa, Luis y Kath pudieron hablar. Según me contó Luis en el avión, ella le pidió disculpas, le dijo que se sentía como una auténtica estúpida y avergonzaba por cómo se había comportado. Cuando llegamos a Madrid y nos fuimos a despedir, Kath se acercó y me dijo:

—Cuídalo, Sara. Luis es un chico que merece mucho la pena. En su día, cuando salimos, tuve la oportunidad de tener una relación bonita con él, pero quizá no estaba preparada para algo serio con nadie en ese momento. Y a día de hoy solo te puedo decir que me arrepiento mucho de no haber estado preparada y de no haberlo valorado cuando apareció en mi vida. Espero que no te pase como a mí. Luis es un chico especial. Merece mucho la pena.

Me gustó la conversación que tuvo conmigo, era la primera vez que pude ver la sinceridad en sus ojos y la fragilidad de su alma.

Y aquí terminó nuestro periplo en el paraíso, los dos estábamos deseando disfrutar de una nueva vida juntos.

Capítulo 17
Mi canción

Nada más llegar a Madrid trasladé algunas de mis cosas a su habitación. ¡Me agradaba tanto dormir con él! Notar su presencia me proporcionaba tranquilidad, calor de hogar. A su lado me veía protegida. Ahora sí que sentía que aquella casa era también mía. Poco a poco fue dejando de ser un *loft* de soltero para parecer más la casa de una pareja, de unos enamorados. Estaba deseando hablar con Melisa y contárselo todo, tenía ganas de decirle que por fin había ganado el amor. Compré marcos para poner nuestras fotos colgadas en la pared, pues ya teníamos una considerable colección; velas, cojines, adornos, para así darle mi toque personal. Luis no se quejaba; es más, le gustaba mucho. Además, por encima de todo quería que sintiese que ese era mi lugar y yo se lo agradecí profundamente.

No dejaba de sorprenderme cada día, porque no cesaba de alimentar nuestro amor. Lo cuidaba, nos cuidaba. Tenía detalles todos los días de la semana: se levantaba el primero para llevarme el desayuno a la cama, me iba dejando *post-its* por la casa con un «te quiero» o, si de repente se marchaba a hacer la compra, aparecía con unas flores. Constantemente me mostraba su amor. A veces pensaba que estaba soñando, no me creía que me estuviera pasando todo eso tan bonito. Tenía miedo a despertarme y darme cuenta de la cruda realidad, pero no, no era un sueño. Y el tiempo transcurría sin que casi me diera cuenta. Ya había pasado más de un año y medio desde mi llegada a Madrid. Luis me estaba enseñando que el amor podía ser maravilloso. Su amor no entendía de normas ni de reglas. Él respetaba lo que yo quisiera hacer en cada momento, jamás me juzgaba por nada de lo que dijese o hiciese ni me decía lo que tenía que hacer, me daba la libertad de ser yo para poder desplegar mis alas que tanto tiempo habían estado cerradas. Yo procuraba que fuese mutuo. Cuanto más me daba él, más le daba yo. Nos entendíamos muy bien, de hecho durante el tiempo que llevábamos juntos no habíamos discutido todavía ni una sola vez. Si no estaba de acuerdo con lo que yo pensaba, me lo decía con toda la delicadeza del mundo, con respeto, sin enfadarnos, sin malos gestos, sin nada que me hiciese sentir mal. Jamás lo había visto de mal humor, no se enfadaba con nada ni con nadie, sabía controlar sus emociones, cuando algo no le gustaba enseguida reseteaba, ni siquiera se levantaba mal por las mañanas. Él me decía que trabajaba su cabeza para estar bien y no desperdiciar ningún día de su vida.

Digamos que Luis era una persona feliz. O, mejor dicho, sabía ser feliz. En cambio yo estaba en el camino, en el proceso de poder controlar mi mente para serlo. Aprendiendo día a día a su lado. Pero, vaya, me costaba mucho, todo hay que decirlo. Era feliz a ratos y parte de esos momentos se los debía a él, porque estando a su lado la vida era mucho más fácil. Me enseñaba a ver las cosas desde otro punto de vista, a que no solo existía el blanco o el negro, había muchos más tonos para colorear la vida. Tenía la esperanza de que si él había alcanzado la felicidad, yo también lo lograría. Solo me faltaba pulsar algunas teclas y perfeccionar mi propia melodía de vida. Aunque me desesperaba a veces, sabía con certeza que estaba en el camino, solo tenía que aprender a convivir con mis luces y sombras. Y no podía tener un mejor compañero de viaje en mi crecimiento personal. Luis me estaba acompañando dándome el espacio que yo necesitaba en cada momento.

En cambio la relación con mis padres seguía exactamente igual. Es decir, ni ellos ni yo dábamos nuestro brazo a torcer para un acercamiento. Para empezar desde cero y entendernos de una vez. Eso me torturaba, porque a pesar de que los sentía tan lejanos, eran mis padres y los quería. Por eso en más de una ocasión estuve tentada de descolgar el teléfono para llamarlos y decirles que los echaba de menos, que los quería y que no se preocupasen, que estaba bien y muy enamorada de un chico maravilloso, de Luis, que me cuidaba cada día llenándome de felicidad. Pero mi orgullo me impedía hacer esa sencilla y simple llamada. Tarde o temprano lo haría. Solo estaba intentando coger fuerzas y sanar mis heridas, para que cuando se produjese esa llamada no tuviera que reprocharles nada y la conversación que tuviese fuera desde el amor y el respeto, algo que estaba aprendiendo de mi relación con Luis.

Y mis amigas de la infancia desaparecieron por completo, me bloquearon tanto en WhatsApp como en las redes sociales, y yo casi lo agradecí, porque así no tenía que estar justificando ante ellas cada paso que daba, huía de los viejos patrones de amistad. Ahora tenía a otra amiga, Melisa. Mi relación de amistad con ella era diferente a la que había mantenido con mis anteriores amigas. Ella, al igual que Luis, no me exigía nada, no esperaba nada de mí, no me echaba en cara que no nos viésemos demasiado, porque entendía que compaginar el trabajo con las relaciones de amistad no era fácil y no se enfadaba por ello. Yo sabía que, aunque no la viese, ella estaba ahí. Era mi amiga. Y si no nos podíamos ver, nos llamábamos por teléfono para ponernos al día de todo. Me encantaban nuestras conversaciones, como me gustaba también que saliéramos los cuatro juntos a cenar. Luis y Javier conectaron muy bien. Cuando les contamos el notición de que estábamos juntos, a ambos les dio mucha alegría. A Melisa se le saltaron las lágrimas y, como buena gallega, me dijo que lo presintió nada más vernos juntos el día que nos encontramos en la cafetería, su intuición le dijo que teníamos futuro juntos y no se equivocó.

    Luis seguía formándome como fotógrafa, quería que tuviese independencia profesional, era lo más sano para mí según me decía él. Me aconsejó y me animó para que me abriese una web e hiciera mis propios trabajos. Era tan generoso que quería que volase sola para que me realizase profesionalmente. Apuesto a que otros, por ejemplo mi ex, jamás me habrían animado a nada por egoísmo propio. El hecho de que yo trabajase por mi lado significaba que él tendría que buscar a otra ayudante-secretaria y empezar de cero con ella, porque Claudia, la chica que estaba con él antes que yo, encontró otro trabajo más compatible con su reciente maternidad. Claudia no quería viajar tanto ni podía echar tantas horas trabajando porque tenía que cuidar de su bebé. Y era totalmente comprensible, porque en esta profesión se viajaba mucho. De repente te encontrabas al otro lado del mundo para hacer unas fotos y al día siguiente de camino a un destino nuevo.

Él miraba más por mí que por él mismo. Era tan mono. Me animó a que me pusiese como objetivo hacer mi primera exposición de fotografía en un año. Una exposición de retratos de personas que me llamasen la atención por algo, esa podía ser la temática. Que sus rostros tuviesen un significado especial para mí. La idea me gustó mucho. Llegamos a un acuerdo, me dijo que todos los *books* que le llegasen para hacer de actores, actrices o modelos los iba a realizar yo. Qué nervios me entraron. Al principio él estaría conmigo para ayudarme, pero en cuanto cogiese el ritmo lo haría yo sola. Y a pesar de mis nervios, sentía que estaba preparada. Y así hice mis primeras fotos profesionales. La verdad es que al principio me encontraba sobrepasada, pero poco a poco fui cogiendo confianza a medida que iba viendo el resultado. Lo hacía bien. Estaba contenta, y cuanto más me dejaba llevar y permitía volar la imaginación en cada foto que hacía, mejor salía.

Sin embargo, en la oscuridad de la noche me confesaba en silencio: aunque la fotografía me apasionaba, gracias sobre todo a Luis, no apartaba la cabeza de mi secreto. De esa sensación de libertad que sentía mi alma cuando componía, de esos pelos de punta que me provocaban mis emociones erizándome el cuerpo. Con la música me expresaba de una manera distinta, que hacía sentir a mi alma plena. Era mi lenguaje, el idioma de mi alma, el de mi familia y el que solo algunos podíamos comprender. Y aunque disfrutaba con mi nueva profesión, no conseguía encender esa chispa dentro de mí que me iluminaba. Cada día que pasaba, desde la nostalgia, sentía cómo se alejaba mi don en la profundidad de las entrañas de mi alma, como un barco hundido en el mar a la deriva. De hecho, el hombre de mi vida no tenía ni idea de que en mi interior había más notas musicales que fotografías.

Ese día me levanté a las ocho y ya tenía el desayuno preparado en la cama como cada mañana. Desayuné tranquilamente, me duché y bajé a la cocina a prepararme una infusión. Cuando tenía tiempo, me gustaba sentarme a la mesa de la cocina, leer la prensa en mi *tablet* y encender la tele para ponerme al día con la actualidad. Y así hice esa mañana, porque era la primera que teníamos libre después de unas semanas sin parar, haciendo y deshaciendo maletas. Y mientras me tomaba mi té, leí el periódico. Me llamó la atención porque en la portada aparecía una foto de Rubén Sánchez y el texto que la acompañaba decía que era el protagonista de la película *Herida mortal*, que se estrenaba ese fin de semana en nuestro país. No pude evitarlo y me fui directamente a la noticia para leerla completa. Desde que estaba con Luis ya no necesitaba tener amores ficticios. De hecho me deshice de mi carpeta talismán. Pero, claro, verlo en aquella foto me hizo recordar aquel día que lo conocí en el tren. Tenía la sensación de que éramos viejos conocidos. Por eso me gustó ver que profesionalmente le iba muy bien, que estrenaba película y que seguía igual de guapo que siempre.

Sentía curiosidad por saber cómo le iban las cosas. Pasé las páginas saltando todas las noticias para ir directa a leer la entrevista. El titular era: «El actor español Rubén Sánchez entra por la puerta grande de Hollywood». Continué leyendo y descubrí que en su nueva película, *Herida mortal,* hacía de malo y además contaba en la entrevista que era el compositor y autor de la canción principal. Eso me llamó bastante la atención, porque me sabía muy bien su vida y nunca había contado nada sobre esa faceta. Por lo visto, él también tenía secretos.

La película estaba teniendo muy buenas críticas, los profesionales de los medios que ya la habían visto afirmaban que su interpretación era digna de un Oscar, que había nacido una nueva estrella, que todos los poros de su piel desprendían talento, que estábamos ante uno de los grandes de la interpretación y que además la canción que había compuesto era una maravilla. Despertó en mí mucha curiosidad tanto la película como él y la canción. Tenía muchas ganas de ir al cine, pues la acababan de estrenar. Así que le iba a proponer a Luis que fuésemos el fin de semana. Cuando terminé de leer la entrevista, puse la televisión y justo había un programa que estaba anunciando que en unos minutos iban a recibir a Rubén Sánchez en plató, el actor más internacional que teníamos ahora mismo en nuestro país y que además, según todas las críticas, era un claro candidato a estar nominado a un Oscar. Cómo se notaba que estaba de promoción de la película. ¡Aparecía en todas partes! Ahora iba a tener a Rubén hasta en la sopa. Evidentemente me quedé a verlo. Era mi mañana libre y me moría de curiosidad. Me hacía ilusión verlo, quería escuchar su voz y, aunque mi historia ficticia con él ya había pasado a un segundo plano en mi vida, el chico era muy guapo. Los amores platónicos nunca mueren. Me preparé otro té y me quedé sentada delante del televisor esperando a que saliese.

—Con todos ustedes, Rubén Sánchez —anunció la presentadora del programa. Y ahí apareció él entre los aplausos de un público entregado—. Rubén, la verdad es que eres guapísimo. Mira que en la pantalla de cine sales bello, pero, hijo, en persona lo eres mucho más. Todas nuestras colaboradoras se han puesto nerviosas cuando se han enterado esta mañana de que venías.

Él se rio. Qué sonrisa tenía. Debería hacer algún anuncio de pasta de dientes, lo veía claro. Fuera bromas, no me extrañaba que estuvieran así todas las chicas. Rubén era espectacular.

—Bueno, ponte cómodo —continuó la presentadora, que no hacía más que adularlo—. Quiero que te sientas como en tu casa. Cuéntame, ¿cómo estás? ¿Cómo se siente uno siendo ya una estrella de Hollywood?, porque tú con esta película te has convertido en una auténtica estrella.

Él contestó que estaba muy contento con todo el trabajo que había hecho. Que habían sido meses de rodaje muy intensos, donde le llevó tiempo prepararse bien el papel, pero que contó con la ayuda de su profesor de interpretación de toda la vida que le guio para viajar a lugares oscuros y ocultos que jamás pensó que tuviese y destapar así los secretos de su alma. Contó además que el proceso hasta llegar ahí había sido muy duro. La gente solo veía la película, el resultado final, y se entretenía con ella, pero quizá no analizaban ni eran conscientes de todo el trabajo que había detrás, desde el casting, donde se pasaban muchos nervios porque te lo jugabas todo a una sola carta, pasando por los días de grabación hasta llegar al montaje. Rubén explicó que era muy importante este último paso para que quedase una buena película. Pero que al final, afortunadamente, todo el esfuerzo había merecido la pena. Decía que lo más importante era estar satisfecho con el trabajo que uno hacía cada día durante el rodaje y saber que había dado lo mejor de su persona en cada toma, dejándose la piel en cada secuencia. Ese era su lema, dejarse la piel en todo lo que hacía. Sabía que iba por buen camino cuando cada noche, en la cama, hacía un repaso de las escenas y se sentía contento consigo mismo, esbozando una ligera sonrisa. Estaba claro que Rubén gozaba de una buena autoestima. La presentadora parecía encantada con el juego que estaba dando y con todo lo que contaba sobre su experiencia en la película, así que siguió con la entrevista.

—He de decir que nosotros, los periodistas, hemos tenido la suerte de ver ayer la película en el pase de prensa que hubo y salimos todos maravillados de tu trabajo. Por cierto, qué bien hablas inglés.

Rubén contó que estuvo trabajando con un profesor de inglés todas las frases del guion. Confesó que, aunque se manejaba bien, su inglés no era perfecto. Por eso aprendió fonéticamente cómo se decía cada palabra para que pareciese todo de verdad.

—Me parece admirable todo lo que hacéis los actores —dijo la presentadora.

La entrevista estaba siendo muy interesante y, mientras veía el programa, fantaseé sobre qué habría pasado si aquel día en el tren le hubiese dicho lo locamente enamorada que estaba de él. Probablemente se habría reído y se habría marchado por donde había venido. Lo que sí sabía era que si en este momento me hubiese encontrado en la misma situación, con todo lo vivido este tiempo, ya no me callaría delante de él por miedo o vergüenza, sino que le diría sin pudor todo lo que sentía. La locutora continuaba a su rollo, así que volví a estar atenta a la entrevista mientras seguía tomándome mi té.

—Señoras y señores, si piensan que todo acaba aquí, con su maravillosa interpretación, están equivocados. Nos hemos quedado sorprendidos cuando nos han contado que el compositor y autor de la canción principal también eras tú. En ella hablas de los secretos que todos tenemos. ¿Escondes alguno tú? —le preguntó de una manera pícara la presentadora.

Él se rio y contestó sin pudor.

—Todos tenemos secretos que ocultar.

Y la presentadora aprovechó para retomar el tema de la canción.

—Es una canción que cuando la escuchas se te ponen los pelos de punta, una maravilla de letra y de música, cantada por una voz femenina muy especial.

Rubén explicó que se trataba de una canción que había escrito hacía ya tiempo. Que cuando era adolescente le encantaba coger la guitarra, componer y cantar canciones, que lo hacía porque se divertía, por hobby, pero que nunca pensó dedicarse profesionalmente a ello.

—Entonces ¿cómo surge la idea de que tu canción aparezca en la película?

Le explicó a la presentadora que todo fue por casualidad, que el mismo día que se celebraba el casting para seleccionar a los actores de la película se celebraba también uno para encontrar la canción principal.

—¿Presentaste tu canción a ese casting? ¿Estuviste presente en las dos pruebas a la vez?

Él se rio y dijo que no, que todo fue pura casualidad. Contó que mientras estaba en el camerino esperando su turno, abrió el ordenador para escuchar música, vio la carpeta que tenía sus canciones y decidió darle al *play*. Y empezó a sonar esa canción, entonces apareció Charles, el productor, y se enamoró de ella. Así fue. De hecho confesó que no tenía ni idea de que buscaran una canción ni de que estuvieran haciendo casting aquel día allí. Solo sabía que estaban buscando a uno de los protas, que no lo encontraban y que estaban agobiados porque tenían que ponerse a rodar rápidamente, había unos plazos establecidos y debían cumplirlos.

—Rubén, tengo que darte la enhorabuena porque la canción, ya lo he dicho antes, es una maravilla. Yo auguro algo muy grande con ella. No sé, te remueve, conecta contigo, es pegadiza, especial…

A medida que iban hablando más y más sobre ella, me entraban más y más ganas de escucharla. Quería que llegase ya el fin de semana para ir a ver la película.

—Rubén, si te diese una guitarra, ¿tocarías la canción? —Y de pronto la presentadora hizo otro anuncio inesperado—. Tenemos una sorpresa para todos nuestros telespectadores: ha venido Miriam, la chica que ha puesto voz a la maravillosa canción de Rubén. ¿La acompañas con la guitarra?

Qué ganas tenía de escucharle, de ver esa faceta suya. Si le gustaba la música, sería un chico muy sensible. Definitivamente Rubén era perfecto, lo tenía todo. Le dieron una guitarra y Miriam apareció en el plató. Era una chica muy guapa con un cuerpo espectacular. De repente se produjo un silencio precioso, todos los presentes estaban expectantes, con ganas de escuchar la canción, y yo desde casa me encontraba exactamente igual, no podía despegarme de la televisión. Estábamos viviendo un momento mágico.

Tocó la guitarra y sonaron los primeros acordes. De repente algo me resultó familiar. Pero cuando Miriam empezó a cantar, descubrí el pastel. La canción que estaba sonando en directo era la mía. Me quedé en shock. No podía pestañear ni apartar la mirada. No me creía lo que estaba viendo. No podía ser verdad lo que estaba sucediendo. No entendía absolutamente nada. ¿Qué hacían esa chica y él cantando mi canción? ¿Cómo había llegado a sus manos? ¿Cómo podía ser?

Hasta que me vino un flash. Caí en la cuenta de cómo había pasado todo. Esa era la canción que estaba en mi *pendrive*, el que había perdido y no encontraba. Probablemente se me cayó en el tren o al bajarme de él y él lo había cogido. No existía otra posibilidad lógica. Si no ¿cómo había llegado a sus manos? Se me llenaron los ojos de lágrimas. No podía estar ocurriendo eso. Mi canción. Mi intimidad estaba siendo compartida con todo el mundo sin mi permiso. Me había robado. Sentí rabia. Lo quise matar. Quise estampar el televisor. Rubén era un estafador y un mentiroso. Todo lo que acababa de contar sobre la canción era mentira.

De pronto Luis me acarició la cabeza. Acababa de entrar en la cocina. Venía un poco acelerado.

—Pequeña, me acaban de llamar de la revista *Elle*. Tenemos que hacer unas fotos rápidamente a un actor. Disponemos de muy poco tiempo, está de promoción de una película y solo nos dan media hora para hacerlas. Me han dicho que están aquí en veinte minutos, que está acabando una entrevista.

No le podía contestar, seguía en shock. Solo pensaba en mi canción.

—Sara, ¿estás bien? —me preguntó, extrañado por mi comportamiento.

Seguía sin poder responder, no podía articular palabra. Ni siquiera sabía muy bien qué me estaba diciendo.

—Sí —le contesté por decir algo, aunque todavía intentaba poner en orden todo lo que acababa de pasar.

—Ayúdame a poner el fondo blanco y a colocar las luces para retrato.

Y así hice, me fui con él a poner el fondo blanco y a colocar todas las luces perfectamente. Pero lo hacía todo como si fuese un autómata.

Unos minutos después tocaron el timbre y Luis fue a abrir. Mi ángel de la guarda llegó acelerado.

—Son ellos, tenemos que ir rápido, ¿vale? Súbeme un poquito el contra.

Y de repente, mientras estaba subiendo el contra, Luis me presentó a alguien.

—Sara, este es Rubén Sánchez, el actor al que le vamos a hacer fotos.

Cuando me giré y lo vi, no me lo podía creer. Lo tenía delante de mis narices. Se produjo un silencio incómodo. Él no sabía dónde meterse y yo tenía ganas de decirle muchas cosas. La vida, como es así de caprichosa, me lo había puesto delante para que le espetase lo sinvergüenza que era. Pero no era el momento, no lo podía hacer delante de Luis, tenía que protegerlo. No quería montar el numerito delante de toda aquella gente. Eran sus clientes y con esa revista trabajaba mucho. Rubén y yo nos miramos fijamente a los ojos y, sin decirnos nada, los dos sabíamos de qué estábamos hablando. Se le veía descolocado, no esperaba verme allí. Yo seguía sin entender qué habría pensado cuando hizo eso. ¿Creía que nunca me iba a enterar?

La sesión fue rápida, la estilista que venía de la revista le puso un jersey negro y la maquilladora le aplicó un poco de base que matizó con polvos. El ambiente estaba tensísimo, por nuestros nervios y por los de todo el séquito que le rodeaba. Como su agenda era muy apretada, estaban histéricos porque tenían que cumplirla. Luis, que me conocía, sabía que me ocurría algo, pero no podía preguntarme, supongo que pensó hacerlo más tarde. Realizó las fotos como el profesional que era. El equipo estaba contento por su rapidez y por el resultado. Todo marchó según lo previsto. Terminamos la sesión y recogieron rápido porque tenían que irse a otro lugar. Rubén les pidió que se fueran yendo hacia la otra entrevista que había en la agenda, para que controlasen que todo estaba en orden, que él iría enseguida, pero que iba a aprovechar para cambiarse el jersey y desmaquillarse. Le pidió a un hombre, al que llamó Carlos y que parecía de su absoluta confianza, que le esperase fuera mientras pedía un taxi. No sé por qué, pero no me gustaron los aires de suficiencia y de «yo domino todo» del tal Carlos y a la vez su servilismo hacia Rubén, un servilismo falso.

Estaba claro que Rubén intentaba buscar un momento a solas conmigo. Y mientras recogía los focos se acercó a mí.

—Sara. —Me giré y lo miré—. No sé qué decirte.

Me pareció tan falso que me indigné más todavía.

—No te preocupes, que te ayudo. Eres un farsante —le solté.

Y no pude evitar darle un tortazo y canalizar toda la ira que llevaba aguantando. Luis, que estaba en el ordenador seleccionando las fotos, se giró cuando escuchó el ruido del guantazo. Su cara era un auténtico poema. Rubén no se inmutó y repitió las mismas palabras.

—No sé qué decirte, Sara.

—Cállate, eres un hipócrita. Me has hecho muchísimo daño. Esta canción no te pertenece. ¿Cómo puedes ser tan cabrón? ¿Cómo puedes decir que la has compuesto tú?

—¿Cuánto dinero quieres? Te doy un cheque en blanco y tú pones la cantidad.

Su ofrecimiento me pareció un insulto. No me podía creer lo que estaba saliendo por su boca. No perdía la calma.

—No quiero tu dinero, a mí no me compras. Son mi música, mi letra, mis sentimientos y mi intimidad. Esa intimidad solo me pertenecía a mí y a nadie más. Y ahora por tu culpa ya no es así. ¿Quién eres tú para adueñarte de ella?

Luis miraba y no entendía nada, no sabía de qué narices estábamos hablando ni de qué canción se trataba. No sabía si acercarse o no hasta nosotros.

—Te odio.

—Sara, ¿cuánto quieres?

—¿Quiero que me expliques por qué narices lo has hecho?

Por un momento se quedó dubitativo. Dejó su papel de tío duro. Se dio cuenta de que no estaba funcionando. Cambió de táctica. Y fue ahí cuando me explicó de verdad y en detalle cómo pasó todo. Al parecer todo se precipitó cuando el productor se enamoró de la canción y dijo que era perfecta para la película.

—Y Carlos, que estaba allí conmigo, dijo que la canción era mía, que yo la había creado, y no supe qué hacer en ese momento, solo me callé. Y cuando se marchó el productor, Carlos me convenció con el argumento de que esa canción era una maravillosa oportunidad para que mi carrera en Hollywood se hiciese realidad, el gran sueño de mi vida.

—Eres un egoísta. No todo vale en la vida. No tienes sentimientos. Tus sentimientos son fingidos. Lo que sabes hacer es aparentar que sientes, pero estás vacío por dentro.

—Soy ambicioso, Sara. —Por lo menos estaba siendo sincero—. No quiero que me pase como a muchos otros, incluso puede que como a ti, que probablemente no te crees lo que vales y por eso no has dado más pasos musicalmente hablando...

Aquello no solo me dolió, sino que me cabreó profundamente. Apenas me conocía.

—No tienes ni idea de lo que hablas. ¿Quién eres tú para juzgarme, para decirme si creo o no en mí? No sabes nada sobre mi vida. No eres nadie para opinar sobre ella. No te lo voy a permitir.

Miré hacia Luis y le hice con la mano un gesto de que no interviniese. Él cada vez estaba más perplejo. No entendía nada, pero yo era consciente de que de un momento a otro, al verme tan alterada, iba a saltar. Rubén siguió hablando.

—Sara, escúchame. Tienes un talento brutal. Te lo digo de corazón, nunca antes había escuchado nada así. Tu voz es especial, mágica.

—No me creo nada de lo que dices, tú eres un mentiroso profesional. Intentas llevarme a tu terreno, estafador. A mí no me hagas la pelota.

—Te lo estoy diciendo de verdad, yo no suelo regalar los oídos a nadie, deberías dedicarte a esto. No me suelo equivocar. —Y de pronto cambió el tono—. Sara, lo siento. Espero que algún día me puedas perdonar. Te dejo mi número de teléfono, piensa lo del dinero, dale una vuelta y pídeme una cantidad por ello. Tómatelo como si esa canción hubiese sido un encargo.

Cogió sus cosas y se fue por la puerta. Sin darme derecho a la réplica. Sin más. No sabía qué hacer ni qué decir. Me parecía que estaba viviendo una pesadilla y que me iba a despertar en algún momento. Luis seguía de pie perplejo, esperando que me dirigiese a él, sin entender nada de lo que había sucedido. Yo no sabía por dónde empezar.

—Sara, ¿qué pasa? No entiendo nada. No sé de qué canción hablabais y por qué te ofrecía un cheque en blanco para que pusieses una cantidad. ¿Conocías a Rubén de antes?

Lo miré y le dije que le invitaba a cenar para explicárselo todo tranquilamente. Me parecía la mejor opción. Necesitaba un momento para mí, para ordenar mi cabeza.

Nos fuimos al peruano de al lado de casa. Cuando nos vieron aparecer, nos dieron la mesa que le gustaba a Luis, era perfecta para contarle todo bien y con calma. Pedimos y comenzamos a hablar.

—Sara, ¿me quieres explicar qué es lo que me he perdido en esta historia? Me he quedado muy descolocado con todo esto. Creí que sabía prácticamente todo de ti, pero veo que me equivocaba.

—No sé por dónde empezar, Luis.

—Por donde tú quieras, es tu historia y estoy deseando escucharla.

Realmente estaba mosqueado, creo que le dolía que no hubiese confiado en él para contarle ciertos aspectos de mi vida. Y no le faltaba razón. Nunca le había hablado de mi secreto. Y fue ahí donde me confesé, quería ser sincera con él. Se lo merecía. No quería ocultarle nada. Era mi pareja y se merecía una explicación. Pero quería contárselo todo bien.

—Rubén Sánchez era mi «amor ficticio». ¿Te acuerdas cuando me preguntaste sobre eso y no te contesté? Te dije que lo haría más adelante, pues bien, mi amor ficticio era él. Estuve fantaseando con Rubén durante mucho tiempo, era mi amor platónico. Jamás pensé que le conocería, pero en el AVE de camino a Madrid, cuando decidí dejarlo todo, la persona que se sentó a mi lado fue él. Y así nos conocimos. Imagínate cómo me quedé. No me lo podía creer. Esa fue la primera y única vez que lo vi. Hasta hoy.

Luis escuchaba atentamente lo que le estaba contando. Pero me interrumpió para formularme una pregunta.

—Vale, Sara, ya me has aclarado de qué conocías a Rubén. Y sí, cómo es la vida, cuando te tienes que encontrar con alguien, te lo encuentras. Siempre he creído en el destino. Pero sigo sin entender nada. ¿Qué es eso de la canción? ¿Y lo del cheque?

Le dije que eso era mucho más complicado de explicar, que quizá no entendería mis motivos. Solo le pedí una cosa, que me escuchase, pero que por favor no me juzgase.

—Sara, yo no te voy a juzgar y lo sabes. Nunca lo he hecho y ahora tampoco lo voy hacer.

Decidí abrirme a él como nunca antes lo había hecho con nadie. Le iba a revelar mi secreto, por fin iba a compartir con alguien lo que escondía en lo más íntimo de mi ser.

—Luis, esto no lo sabe nadie. Bueno, ahora solo Rubén y Carlos, y por una carambola del destino. No sabes lo acertado que has estado con esa palabra. Desde bien pequeñita guardo un secreto. Tú sabes que mis padres son músicos y que siempre he estado rodeada de música desde que nací. Lo normal, ya que mis padres se dedicaban a ello, habría sido que yo también lo hiciese, que hubiese heredado algo de su talento por una cuestión básicamente genética, por parte de la familia materna y paterna.

—Sí —apuntó Luis—, pero creo recordar que tu padre en todas las entrevistas que le han hecho cuando le preguntaban por ti, sobre si tú habías heredado su talento, siempre contestaba que desafortunadamente no tenías oído para la música, ¿no?

Afirmé con mi cabeza.

—Eso es lo que le hacía entender, pero no es cierto. Me encanta la música, Luis, es mi lenguaje, a través de ella es como mejor me expreso. Lo descubrí desde bien pequeñita y mi abuela materna, Rosario, que era profesora de canto, fomentó que mi oído se desarrollase musicalmente hablando a través de juegos donde la música siempre estaba de por medio. Nos reíamos, escuchábamos música juntas, me hablaba de Beethoven, Mozart, Chopin, Bach... y por supuesto de mi padre. Me ponía sus canciones y las analizábamos juntas a modo de juego y ella poco a poco me fue enseñando el motivo por las que las creaba, como también me explicó cómo surgió su amor y pasión por la música. Me encantaban todas las historias que me contaba, era una manera de conocer a mi padre, ya que pasaba muy poco tiempo en casa, apenas lo veía. Deseaba llegar del colegio para que mi abuela me siguiera contando más historias, me fascinaban. Esa admiración por mi padre me llevó a querer ser él. Por eso, cuando no me veía nadie, ni siquiera mi abuela, jugaba a ser Hugo Salazar a escondidas. Jugaba a componer mis propias canciones como hacía él, me inventaba letras que no tenían sentido, incluso, aunque lo tenía prohibido por si estropeaba algo, me metía en su estudio y le imitaba. Me ponía a cantar canciones absurdas que iba creando. Cogía sus guitarras y, aunque por aquel entonces no sabía tocarlas, hacía como que las dominaba. Lo mismo con el piano. Para mí todo aquello era un juego de una niña que se divertía queriendo ser su padre, porque era el ser al que más admiraba del planeta Tierra. De repente, a medida que empezó a pasar el tiempo, sentí que la música para mí era más que un juego de niños. Me di cuenta de que soñaba con canciones, con melodías. Por eso decidí aprender a tocar la guitarra y el piano de una manera autodidacta, para poder tocar todo aquello que aparecía en mis sueños.

A Luis le estaba costando entenderme, y no le culpaba. A veces no me entendía ni yo.

—Pero si te gusta tanto y te hace sentir tan bien, ¿por qué lo has estado ocultando?

—Por miedo, mis miedos son más fuertes que mi música. He sido y soy a día de hoy incapaz de superarlos. Tengo mis razones, Luis. Una de ellas es lo que conlleva la profesión, no me gusta. He visto sufrir mucho a mis padres y sus consecuencias, y eso no lo quiero para mí.

    Ya no tenía freno y continué contándole todo a Luis. Otra razón que le confesé era que no quería que nadie me tachase de ser la hija de. Me dolía profundamente en el alma que me etiquetasen de esa manera y más aún que nadie me comparase con mi padre, y sabía que eso sería inevitable si me dedicaba a la música. Él siempre sería Hugo Salazar, el gran compositor, y yo su hija, la que cantaba. Traté de explicarle que el apellido a veces pesaba demasiado, exigía cierta responsabilidad para la que no estaba preparada, me podía más la presión de sentir que mi música tenía que ser igual de buena que la de mi padre, y eso sabía que era imposible. Él era un genio y yo sería su versión mala, y no quería que se sintiese avergonzado por ello, que se avergonzase de mí. Y por supuesto no estaba dispuesta a competir con él. No paré de hablarle, me sentía cada vez más liberada. Le dije que por eso preferí no contarle jamás a nadie que cantaba y componía. No estaba preparada para gestionar todos esos miedos que habitaban en mí y que sentía que me paralizaban. Por eso decidí guardarlo en secreto, así me evitaría todo tipo de conflictos con él y con el resto del mundo. Y era feliz así, haciéndolo en la intimidad, sin tener que compartirlo con nadie, solo conmigo. Mi música sería solo para mí, para Sara. Pero como quería que mis padres se sintieran orgullosos de su hija, necesitaba destacar y por eso decidí dedicarme a algo diferente que me gustase. Le confesé que el día que apareció el atletismo en mi vida respiré tranquila.

Llegué por fin a lo que estaba esperando. Le conté lo de la canción y cómo Rubén se la había apropiado cuando no era suya, de ahí lo del cheque en blanco.

Luis se cabreó muchísimo. No se podía creer lo que Rubén había hecho. Le pareció lo peor. En un principio quería ir a buscarlo, para él era fácil averiguar dónde tenía la siguiente producción, y cantarle las cuarenta. Luego me dijo que se merecía una denuncia, pero cuando le conté que nunca había registrado nada de lo que había compuesto, que eso siempre me había dado igual porque no pensaba comercializar con ello, nos dimos cuenta de que poco teníamos que hacer en ese sentido. Además seríamos incapaces de reunir los abogados y los medios que él podría conseguir. Finalmente se tranquilizó un poco. Y dio la vuelta a la tortilla, quizá esto fuese una oportunidad.

—Sara, las cosas pasan por algo, quizá tenías que encontrártelo aquel día en el tren para que sucediese exactamente esto, para que tu talento oculto saliese, para que ese don que tienes lo compartas con los demás, es lo único positivo que puedo sacar de todo esto. No renuncies al don que te ha dado la vida por tus miedos.
—Se me quedó mirando y me dijo algo que me emocionó—. Me encantaría que me cantaras algo, solo para mí,

me encantaría que fuese ahora mismo. Pero no te lo voy a pedir, quiero que salga de ti, que tú estés preparada. Y ese día me harás feliz. El día que me hagas partícipe de tu don.

Aquella noche, cuando le conté a Luis todo, un montón de cadenas se soltaron dentro de mí, algo empezó a liberarse. Esa noche pude dormir mejor que nunca y volví a soñar con melodías.

Capítulo 18
Carta a mis padres

No dejé de pensar en la propuesta que me había hecho Rubén, en ese cheque en blanco. Como hablamos Luis y yo la noche que compartí con él mi secreto, lo normal hubiese sido denunciarle, pero no se podía hacer nada. La canción no estaba registrada a mi nombre y era muy difícil demostrar que fuese mía, aunque existiese una grabación. Estaba claro que no tenía nada que hacer.

Había sido muy listo y había dado todos los pasos correctos para no dejar ningún cabo suelto. Me sorprendía que pudiese dormir tranquilo cada noche, que no tuviese ningún tipo de remordimiento. «Hay gente para todo», pensé. Me sentía profundamente decepcionada con él, le había tenido tan idealizado… Hasta que no conoces a las personas no sabes qué tipo de gente son. Todo el asunto de mi canción hizo que me obsesionara más con él. Y el hecho de darle tantas vueltas a mi cabeza me hacía tener más presentes que nunca la ira, la tristeza y la rabia... Todo en bucle. Me puse incluso alertas en Google para que me avisase si salía alguna noticia sobre Rubén, sin que se enterase Luis. Quería seguir sus pasos de cerca y saber cómo iba evolucionando todo lo relacionado con la película, pero principalmente me interesaba mi canción. En todas las entrevistas que hacía decía lo mismo. Se notaba que se había aprendido un guion y de ahí no salía. Las críticas que leía cada vez eran más buenas. Allá donde se estrenaba estaba siendo un éxito rotundo y todo el mundo destacaba su interpretación y su canción; bueno, más que su canción, mi canción.

Después de descubrir lo que había hecho Rubén, ese mismo fin de semana Luis y yo fuimos al cine para ver la película. Quería entender por qué todo el mundo hablaba de ella, además de comprobar en qué parte aparecían mi canción, mi música y mis palabras. Efectivamente la película estaba muy bien, era una gran producción y Rubén estaba grandioso, quizá era el mejor papel que había interpretado hasta la fecha. Tenía que reconocérselo, aunque me molestase. Se notaba que todos los actores estaban muy bien dirigidos. Había planos épicos y la música de toda la película era impresionante, se notaba que habían cuidado hasta el más mínimo detalle.

Y entre todos estos ingredientes se encontraba mi canción, la guinda del pastel. Escucharla en el cine me provocó muchas sensaciones. Por un lado estaba muerta de vergüenza porque en cada palabra y en cada nota que se escuchaba había quedado expuesta para todos mi alma desnuda. Por otro lado sentía el vértigo que provocaba la presión por saber si a la gente le estaba gustando o no. Como si fuera una más del público, se me pusieron los pelos de punta cuando en uno de los momentos más importantes de la película sonaron los acordes de una guitarra y la voz de una chica. Se me estremeció el corazón y, sin esperarlo, me emocioné. Más tarde miré los créditos y vi que la cantante era Miriam, la mujer que había salido en la entrevista de la tele. Su voz se parecía bastante a la mía; aquel día que la escuché en la televisión, como me quedé en shock cuando descubrí el percal, no pude fijarme en nada. Pero desde la tranquilidad, después de que hubieran pasado unos días, en el cine pude escucharlo todo más atentamente, incluso afiné tanto mi oído que me dio la sensación de que mi voz también estaba. Probablemente en el estudio de grabación habrían mezclado ambas para que tuviera esa fuerza.

Miraba de vez en cuando a Luis de soslayo. Me moría de ganas por saber qué opinaba él. Solo sentí que me apretó la mano fuerte mientras se escuchaba en todo el cine mi canción y a partir de ahí ya no me la soltó en toda la película. Estaba deseando que me contase. Salimos del cine y nos fuimos caminando hacia casa; él era tan discreto que no sacaba el tema, pero ya no podía más, así que lo hice yo.

—Por favor, sé sincero, Luis, dime qué opinas.

Él se detuvo y yo me paré también para escuchar sus palabras.

—Sara, prométeme una cosa.

—Dime.

—Nunca dejes de cantar ni de componer. La canción es maravillosa, ¡qué letra más bonita! Y la melodía que la acompaña está llena de matices, es pura delicadeza y sensibilidad. Deberías sentirte muy orgullosa de lo que has compuesto. De verdad, mi vida, utiliza el don que te ha sido dado. No hacerle caso creo que sería un grave error.

Estaba muy emocionada, pero no pude evitar seguir confesándole una retahíla de miedos que me paralizaban a la hora de cumplir mi sueño.

—Luis, yo nunca podría cantar en público, me moriría de la vergüenza. No sirvo y no quiero sufrir. Tú me has mostrado otro camino, estar detrás de la cámara me protege, me siento cómoda así en mi intimidad. No lo quiero pasar mal. Ni tampoco quiero que me señalen con el dedo diciendo que como soy la hija de Hugo Salazar lo tengo todo más fácil para llegar lejos. Ni quiero sentirme observada ni que todo el mundo analice cada paso que doy porque mi padre es quien es. Sé que por mis circunstancias me van a exigir más que a nadie y no estoy preparada para eso.

Luis me cogió la cara con sus manos. Y, como siempre, me tranquilizó con sus palabras.

—Sara, si no quieres cantar en público no lo hagas, si no quieres que tu música suene en ningún sitio no pasa nada, es tu decisión y está bien, es respetable, pero no dejes de cantar y de componer, tu alma necesita expresarse de esa manera y no hacerlo sería renunciar a ella. Yo intuí que tenías mucho que expresar en tu interior, por eso pensé que la fotografía podía ser tu lenguaje, pero porque no sabía que en realidad ya tenías el tuyo propio. Sí, tenías las herramientas para descubrir tu alma, las notas de música y tu voz.

Me daba la sensación de que todo el mundo exageraba con lo de la canción, que si era maravillosa, que si estaba llena de delicadeza… Quizá no era objetiva porque la había compuesto yo o tal vez no la estaba valorando como debía precisamente por eso. Lo positivo que saqué de todo esto es que por los menos en casa ya no me tendría que esconder, podría componer. De momento no iba a ser fácil, porque no disponía de ninguna de las guitarras que le robaba a mi padre a escondidas, todo aquello estaba en Barcelona, pero en cuanto pudiera me iba a comprar una para tenerla allí y cogerla cuando yo quisiera.

—Por cierto, Sara, ¿por qué cantas en inglés? —me preguntó, curioso.
—Porque creo que expreso mejor mis sentimientos en ese idioma. Quizá el estudiar en un colegio británico desde bien pequeña ha ayudado.
—¿Has probado a hacerlo en español?
—Sí, pero me siento más insegura, fonéticamente encajar todo es más difícil.
—Quizá podría ser un gran reto personal para ti.
—Como siempre creyendo en mí y poniéndome retos preciosos.

Después del cine no pude pegar ojo, no paraba de darle vueltas a todo lo que me estaba pasando; tampoco podía evitar acordarme de mi padre. ¿Qué pensaría él si le contase toda la verdad?, ¿se lo tomaría bien? ¿Qué habría pasado en nuestras vidas si le hubiese contado toda la verdad desde el principio?, ¿nos habría unido más? ¿O todo lo contrario? Y con todas estas preguntas atormentándome a modo de pesadilla no podía dormir. Por eso decidí levantarme y bajar a la cocina para hacerme una infusión relajante, me iba a venir muy bien. Luis no se dio cuenta de que me había levantado y seguía dormido en nuestra habitación. Me quedé un rato allí, a solas conmigo, intentando poner orden en mi cabeza, pero al ver que me resultaba difícil arranqué una hoja de una libreta y me puse a escribir. Y, mientras le ponía nombre a mis emociones en forma de palabras, me di cuenta de que una de las cosas que más me estaban torturando era haber ocultado mi secreto a mi familia. Tenía que contarles la verdad, pero como no nos hablábamos todavía, se me ocurrió escribir una carta a mis padres. No sé si era el cansancio, la infusión o el no poder dormir, pero me pareció una buena idea. Esa carta podía servirme de terapia, notaba según iba escribiéndola que me curaba de heridas muy profundas:

Hola, papás:

Sí, soy yo, Sara.

Os escribo esta carta porque creo que es la mejor manera que tenemos ahora mismo de comunicarnos. Necesito expresarme sin que me interrumpáis o sin que tengamos malentendidos.

Sé que estáis muy dolidos conmigo. Sé que os he decepcionado y que esperabais mucho más de mí. Sinceramente yo también esperaba más de mí misma. Todo me superó y ya no podía seguir con una vida que no me hacía feliz. Por favor, no os lo toméis como algo personal. No tenéis la culpa de nada, solo yo soy la culpable de todo lo que me pasa. Por eso tenía la responsabilidad de solucionarlo y, como ya os conté, debía hacerlo sola. Sé que os he causado y os estoy causando mucho dolor y no sabéis lo mucho que lo siento, por eso quiero pediros perdón a los dos, una y mil veces más.

Todo este tiempo sin saber nada de vosotros ha sido y está siendo una tortura, es muy duro vivir sin saber cómo estáis. Y aunque ahora mismo no tengamos relación, no os olvidéis de que mi amor por vosotros no ha cambiado, ni nunca cambiará, os quiero más de lo que os podéis imaginar. Sois mis padres. Por favor, no dudéis de esto, para mí es importante.

Os escribo esta carta también porque quiero deciros algo que en persona o por teléfono no podría, me resulta más que complicado. Soy demasiado cobarde para hacerlo. Es algo que os he estado ocultando toda la vida. Es mi secreto. Antes de que lo leáis, quiero disculparme por habéroslo ocultado, pero lo he hecho por el gran miedo que me causaba decirlo, por sus consecuencias, por todo lo que podría provocar.

Para nuestra familia la música siempre ha sido muy importante, de hecho para vosotros ha sido y es vuestra vida, y tengo que confesaros que para mí también. Os he engañado todo este tiempo con eso de que no tenía oído, con que no se me daba bien. No es verdad. Sí tengo oído, de hecho compongo mis propias canciones, y he grabado incluso en el estudio de casa a escondidas. Creo que se me da bien, quizá no como a ti, papá, porque tú eres el mejor, pero os confieso que desde que tengo uso de razón me encerraba en mi habitación cuando no me veía nadie a crear mis propias canciones. Mi admiración por ti, papá, me llevaba a querer imitarte y, jugando de esta manera inocente a ser tú, descubrí que yo también amaba la música. Creo que he heredado parte de vuestro talento. Y tengo que confesaros que nada me ha hecho disfrutar tanto como cuando me pongo a pensar en melodías y letras de canciones; ni con el atletismo ni con mi nueva profesión de fotógrafa lo he conseguido. Os lo he ocultado siempre por la gran cantidad de miedos que afloran cada vez que lo pienso. Y ha sido imposible que lo descubrieseis porque, como os he dicho, lo hacía de una manera clandestina. Cuando no me veíais, me ocultaba en el estudio de papá a imitarle y a cantar mis propios temas.

Supongo que mientras estáis leyendo estas líneas os estaréis haciendo muchas preguntas, seguro que incluso no lo lleguéis ni a entender, pero a veces el miedo es tan grande que no te deja ver con claridad y hace que tomes decisiones que quizá no sean las más correctas. Tenía miedo a que la gente me comparase con papá, que me señalasen y que me juzgasen más que a otra persona por ser su hija. Miedo a que no os gustase mi voz ni mis canciones, sobre todo a ti, papá, que eres tan exigente conmigo, eso me destruiría por dentro. Miedo a defraudaros, a no estar a la altura de las circunstancias, y miedo a sufrir lo que desgraciadamente vosotros habéis sufrido por dedicaros a la música.

Estos motivos me llevaron a no decir la verdad para protegerme. Pensaba que así me salvaguardaba no solo a mí misma, sino también a vosotros. Pero ahora todo ha cambiado. Necesito liberarme y contároslo, no porque me vaya a dedicar profesionalmente a ello, todavía no sé ni siquiera lo que voy a hacer mañana. Simplemente lo hago por darle el sitio que se merece a este talento o don que me ha dado la vida. Necesito liberarlo, que salga a la luz entre las personas que más quiero y admiro, y el primer paso es confesaros que lo tengo.

Espero que me perdonéis algún día y que podamos hablar tranquilamente. Os echo de menos.

No olvidéis que os quiero.

Besos, Sara.

Cogí la hoja, la doblé, la metí en un sobre, lo cerré y puse la dirección de la casa de mis padres. Al día siguiente la mandaría, tenía que abrazar a mis miedos para poder seguir avanzando en todo mi proceso. Terminé de tomarme la infusión y me subí a dormir. Esta vez sí pude hacerlo.

Capítulo 19
Sorpresas de aniversario

A la mañana siguiente tenía que fotografiar a una joven actriz revelación que se estaba abriendo camino; Luis ya me dejaba sola con este tipo de fotos porque las controlaba perfectamente. Seguía dándole vueltas a mi exposición, quería que ese día fuese especial y ya estaba mirando lugares donde hacerla, pensando en cómo quería enfocarla y a quién invitaría.

Esa noche íbamos a tener la visita de los padres de Luis porque habían venido unos días a Madrid y tenían muchas ganas de saludarme. Ellos sabían perfectamente quién era yo, la hija de Hugo Salazar, de hecho recuerdo habérmelos cruzado en algún entrenamiento.

Luis se fue bien temprano por la mañana para comprar todo lo que nos hacía falta para la cena. Quería hacer un pescado al horno con unas patatas asadas. A sus padres les encantaba el pescado y a nosotros también. Compró una dorada para cuatro. Le gustaba mucho cocinar, decía que además le relajaba. Yo estaba feliz porque lo de cocinar a mí no se me daba muy bien.

Llegaron a las nueve a casa, puntuales, yo me había encargado de colocar la mesa para que no faltase ningún detalle, encendí velas y puse mi ambientador preferido de canela y naranja. Y mientras se hacía el pescado abrimos una botella de vino y nos pusimos a charlar. Sus padres, Gustavo y Marisa, me preguntaron muchas cosas. Tenían muchas ganas de conocerme más.

—Luis nos ha hablado mucho de ti —dijo ilusionada Marisa.

—Espero que bien. —Me reí.

—Es una chica guapísima —señaló su padre, dirigiéndose a Luis.

—Pues en cuanto la conozcáis, os vais a enamorar mucho más de ella. Sara es especial, papá.

Me confesaron que me recordaban, pero como a una niña, de cuando iban a buscar a Luis. También me dijeron que durante ese tiempo vieron a mis padres y que alguna vez se habían saludado. Luis debió de advertirles que no hablasen mucho de ellos en mi presencia porque no dijeron nada más, fueron bastante comedidos.

Sus padres eran majísimos. Mi recuerdo también era lejano y agradable, pero ahora los tenía ahí en persona. Yo pensé que esa noche iba a estar mucho más cortada, pero la verdad es que me lo pusieron muy fácil, daban mucha ternura y, a pesar de que llevaban juntos más de treinta años, se les veía muy enamorados.

—¿Cuál es el secreto de vuestro matrimonio? —les pregunté.

—Respetarnos y cuidarnos el uno al otro cada día, no dar por hecho nunca nada, tratarnos con cariño y, por supuesto, hablarlo todo —me contestó, muy segura, Marisa.

Me cayeron muy bien, ambos eran tranquilos y desprendían buena energía, por eso creo que me pude relajar enseguida. Luis, que era un perfeccionista, estuvo un poco disgustado al principio de la cena. El motivo era que se le había pasado un poco el pescado. Sus padres, que lo conocían perfectamente, le alabaron y quitaron importancia al asunto.

—Hijo, no te preocupes, lo importante para nosotros es el cariño que le has puesto para prepararlo. Está muy bueno. Nosotros hemos venido a disfrutar de vuestra compañía.

Todo les parecía bien. Qué gusto daba encontrarse gente así, que todo te lo ponía fácil. Fue una velada muy especial, divertida y amena, me gustó mucho conocerlos más porque así entendía muchas cosas del comportamiento de Luis. Se notaba que se había criado en un ambiente de cariño, respeto y amor. También me di cuenta de que sus padres estaban muy orgullosos de su hijo.

No pude evitar comparar esa noche la relación que tenía Luis con sus padres y la que tenía yo con los míos. No se parecían en nada. Aunque me daba la sensación de que mis padres y los suyos se iban a llevar muy bien, porque Gustavo y Marisa no eran personas conflictivas y eso a mi padre le encantaba. De repente me vino a la cabeza la carta que había escrito a mis padres la noche anterior. Luis se la había llevado por la mañana a la oficina de correos que había cerca de casa, de camino a la compra. Ya no había marcha atrás. Ya no me podía arrepentir de haberla escrito. Mis padres lo iban a descubrir todo.

Terminamos de cenar tranquilamente y seguimos charlando un poco más. El padre de Luis insistió en que su hijo le enseñase algunos de sus últimos trabajos. Él era amante de la fotografía, aunque nunca se había dedicado profesionalmente a ello, solo era un aficionado. Estuvimos viéndolos y se quedó maravillado. Luis aprovechó para contar que yo también me dedicaba a la fotografía y les habló de mi exposición de retratos.

—A mí me encantaría que me hicieses una foto y aparecer en tu exposición, si tú lo ves conveniente, Sara. Así tengo la excusa perfecta para que nos invites —propuso Marisa, muerta de la risa.

Miré a Luis.

—Pues me parece una buenísima idea —contestó Luis—. Sara, ¿te parece bien?

—Claro que sí —contesté, ilusionada.

—Pues la hacemos ahora mismo, si os parece. Tengo enchufe con un estudio de fotografía que está justo aquí y creo que lo abrirían para nosotros —apuntó Luis, divertido.

Nos reímos los cuatro.

—Yo por mí adelante, que además estoy maquillada y peinada —dijo la madre de Luis.

Y así hicimos, encendimos las luces, cogí mi cámara y me puse a disparar. Fue muy divertido y especial hacer fotos a Marisa, su rostro era especial.

—Oye, que yo me estoy poniendo celoso, ¿eh? —señaló Gustavo, guasón.

—Pues que no me entere yo. Ahora mismo lo solucionamos, en cuanto termine con ella te pones tú —seguí con la broma.

Qué maravilla de padres tenía. Nos pasamos la siguiente hora haciendo fotos, se las hice juntos, por separado... Luis estaba feliz, no dejaba de sonreír viendo lo bien que nos llevábamos todos. Y sobre la una de la madrugada se fueron de casa. Le dije a Luis que subiese a descansar ya. Sabía que a la mañana siguiente tenía que madrugar, así que yo me encargué de recoger la cocina y aproveché el momento para prepararme una infusión relajante para poder dormir mejor.

Recogí la mesa, lavé los platos y, de repente, saltó en mi teléfono una alerta: era sobre Rubén. Me senté y me puse a leer la noticia. Decía que en un mes se sabría la lista de los nominados a los Oscar y que su nombre sonaba en todas las quinielas. Precisamente el día que se sabría la lista definitiva coincidía con la fecha de nuestro aniversario. Ese día Luis y yo cumplíamos dos años juntos y quería que fuese muy especial. Habíamos fijado como fecha el día que nos besamos en el viaducto de Segovia. Quería prepararle una sorpresa. Había pensado que haría yo la cena y cocinaría la lasaña que hacía su madre, la receta favorita de Luis desde pequeño.

Necesitaba el teléfono de Marisa para preguntarle los ingredientes y que me explicara cómo prepararla. Yo no lo tenía y esa noche no se lo pude pedir, no encontré el momento. Ideé un plan. Cogería el móvil a Luis sin que él se enterase. No me gustaba hacerlo, porque me parecía una falta de respeto, pero era por una buena causa. Me fui a la cama con la tarea bien hecha.

A la mañana siguiente completé mi plan. En un momento que dejó el móvil encima de la mesa, lo cogí y, aunque tuve curiosidad por ver con quién se escribía o qué correos había recibido, solo busqué el contacto de su madre y lo volví a dejar en su sitio. Me gustó el no haber indagado más de la cuenta porque eso significaba que entre nosotros había confianza.

Aprovechando que ese día Luis salía, llamé a Marisa y le hizo mucha ilusión porque no se lo esperaba. Le conté cuál iba a ser una de las sorpresas que había pensado para su hijo el día de nuestro aniversario y cómo su colaboración era fundamental. Fue muy maja y se puso a mi entera disposición para que la lasaña me saliese de maravilla. Poco después me envió un vídeo paso a paso de cómo se hacía, para que así me saliese a la perfección. Estudiando el vídeo me quedé sorprendida de lo bien que la generación de nuestros padres se manejaba con las redes sociales. La madre de Luis utilizaba incluso la jerga específica de YouTube. Tuve claro que de mayor quería ser como ellos. El problema estribaba en que no podía ensayar en casa, Luis no podía pillarme, así que el día del aniversario debería ingeniármelas para tener las cosas bien claras; era todo un reto para mí, porque la cocina y yo no nos llevábamos bien.

Durante el mes previo a nuestro aniversario, Luis se comportó de una manera un tanto extraña. Salía más veces de las habituales de casa porque, según él, tenía que hacer recados. Me resultó raro, pero pensé que seguro que estaba tramando alguna sorpresa para nuestro gran día.

Por mi parte yo también estaba preocupada por un tema en concreto. Ya había pasado un tiempo desde que envié la carta a mis padres y continuaba sin saber nada de ellos; había pasado mucho desde que hablé con mi padre, la última vez fue con lo de Patri. Yo sabía que eran bastante despistados y que solo abrían de vez en cuando el buzón de casa para coger las cartas. Una vez que las cogían no las miraban en el momento, lo hacían cuando se les acumulaba una montaña de sobres sin abrir. Entonces mi madre se sentaba a abrirlas. Pero también existía otra opción, que la hubiesen visto y no me hubiesen dicho absolutamente nada. Procuraba sin embargo no rayarme con el asunto, pero era algo que no podía evitar.

Y entre el trabajo, estudiarme bien la receta de la madre de Luis y pensar en el regalo que le iba a hacer, el mes se me pasó volando. Decidí que le regalaría un viaje por nuestro segundo aniversario con destino Venecia. Era uno de sus lugares pendientes. Casi todos nuestros viajes eran por trabajo, nunca por placer, por eso pensé que le haría mucha ilusión.

Esa mañana me desperté, como cada día, a las ocho. Miré a mi lado y tenía mi bandeja de desayuno con un par de globos; en uno de ellos ponía «Feliz aniversario». En la bandeja había dos rosas, un plato de fruta, un zumo de naranja y unas tostadas con tomate y jamón ibérico. Y una nota que decía: «¡Buenos días, mi amor! ¡Feliz aniversario! Esto es el principio de un día espectacular que nos espera por delante. Me he ido a hacer unos recados. Disfruta mucho de tu desayuno. Te quiero infinito y más allá. Luis».

Luis era tan romántico. Me podía esperar cualquier cosa de él. El primer aniversario nos pilló trabajando pero no por eso dejó de ser especial, él hacía que cada momento fuese mágico. Y este segundo decidimos no ponernos nada de trabajo ese día, bloquearlo en la agenda. Esa mañana yo también tenía que ir de compras, quería conseguir todos los ingredientes para preparar la cena, no lo había hecho antes para que Luis no sospechase. Le llamé por teléfono para agradecerle el bonito despertar que había tenido y para decirle que necesitaba que por la tarde no estuviera en casa, que volviese a la hora de la cena. Y añadí:

—No te preocupes por la cena, que ya la he encargado yo en un restaurante.

—Vale, mi amor, haré tiempo entonces. Bueno, para esa cena que has encargado compraré la bebida, ¿te parece?

Coló lo del restaurante, porque él sabía que a mí lo de cocinar no se me daba nada bien. Imprimí fotografías de los dos durante estos dos años y las coloqué por toda la casa. Más todavía. Algunas las puse alrededor de la mesa y otras las situé por la cocina con unas pinzas muy monas que había comprado en los chinos. Quería crear un ambiente que fuese solo de los dos y que donde mirásemos hubiese fotos que nos recordaran los dos años maravillosos que habíamos vivido juntos. Después me fui a comprar todos los ingredientes que me había indicado la madre de Luis.

Ya por la tarde me puse a prepararla. Me había dado una paliza limpiando y decorando la casa para que la noche transcurriera de la manera más especial posible. Una vez que dispuse todos los ingredientes necesarios en la cocina para seguir los pasos que me había dado Marisa, decidí que era la hora de ponerme manos a la obra. Me tenía que salir perfecta porque no tenía otra opción de cena.

Esa mañana había aprovechado también para comprarme un conjunto de lencería precioso que quería estrenar con él esa misma noche. Sabía que le iba a encantar. Sobre las siete de la tarde me cambié de ropa, me puse un vestido negro corto tipo lencero, me maquillé algo y me dejé el pelo suelto. Cuando ya estuve lista, bajé a meter la lasaña en el horno. Y mientras se hacía, encendí las velas que tenía preparadas encima de la mesa. Puse música y ya estaba todo casi listo para cuando él llegase.

Y mientras preparaba los últimos detalles, el teléfono fijo del estudio sonó. Por unos instantes dudé si cogerlo o no, porque era raro que alguien llamase allí a esas horas y normalmente localizaban a Luis en el móvil. Pero algo en mi interior me hizo ir a cogerlo, podía ser importante.

—¿Sí?
—Hola, ¿está Sara?
—Sí, soy yo.

—Sara, soy Rubén Sánchez.

Me callé, no sabía si colgar. Me fastidiaba que justo tuviese que llamarme ese día, no tenía ganas de malos rollos, no quería que nada estropease nuestro aniversario.

—Por favor, Sara, no me cuelgues, no sé si te has enterado. Lo acaban de decir. Han salido las nominaciones a los Oscar. Y la película tiene cinco. Yo estoy nominado a mejor actor, pero también está la nominación a mejor canción original. Sara, tu canción. He sentido la necesidad de llamarte para contártelo y, como no tenía tu teléfono, te he llamado al estudio. Sara, escúchame, me siento en la obligación de pedirte que me acompañes a la gala. Ven a Los Ángeles conmigo. Vive esto de alguna manera. Me siento en deuda contigo.

Me quedé en shock. Mi canción nominada a los Oscar. No me lo podía creer. No sabía si llorar, reír o gritar. Y ¡me pedía que le acompañase allí!

—Sara, dime algo.

—Rubén, estoy en shock. No sé qué decir. No me esperaba nada de esto. No sé, necesito pensarlo. Es que no sé qué decir. Es todo tan raro. Todo tan surrealista.

Mis sentimientos eran contradictorios. Ni siquiera entendía por qué no le colgaba. Era mi aniversario con Luis. Y tenía que ser un día tranquilo y especial.

—Vale, lo entiendo. Tómate tu tiempo. Ya tienes mi teléfono, ¿verdad? Cuando decidas algo, me avisas.

Le dije que sí tenía su móvil y colgué. De pronto los sonidos de las alertas que tenía puestas en Google empezaron a sonar. Me senté a leerlas todas: «Rubén Sánchez, dos nominaciones a los Oscar: a mejor actor y mejor canción original». Todos los portales de internet ya se estaban haciendo eco de la noticia. Y yo seguía en shock mientras las leía. Y de repente sentí cierto olor a quemado.

—¡No, mi lasaña! —No me lo podía creer. No podía ser cierto que, después de tantos cuidados, se me quemase la sorpresa.

En ese momento entró Luis por la puerta.

—¡Feliz aniversario, mi amor! —Se acercó a mí y me dio un beso apasionado—. ¡Qué ganas tenía de verte, mi vida! ¡Qué largo se me ha hecho el día sin ti! Qué bonito está todo, ¡me encanta! Y qué bien huele a lasaña. ¿En serio la estás cocinando tú? Qué detallazo, mi amor.

Mi ángel de la guarda no dejaba de hablar. Y yo me encontraba completamente aturdida. Necesitaba su consejo.

—Sí, pero creo que se me ha quemado un poco. Es que me despisté. Luis, tengo que hablar contigo.

—Yo también —me dijo mirándome a los ojos—. Pero antes vamos a hacer las cosas bien.

Abrió una botella de vino, me sirvió una copa y brindamos por nuestro aniversario.

—Que sigamos disfrutando el uno del otro y que sigamos haciéndonos felices, por toda una vida juntos —pidió Luis.

Chocamos las copas y nos dimos un beso.

—Cuéntame lo de la lasaña, mi cocinera favorita.

Le conté que su madre había sido mi cómplice y que me había mandado un vídeo para que siguiese los pasos. Le confesé que lo tenía todo perfectamente controlado hasta que de repente llamaron por teléfono. Le conté que el contenido de esa llamada me despistó y que por eso se me había quemado. Estaba deseando explicarle todo. Nos sentamos.

—Dime, ¿qué ha pasado? ¿Por qué estás tan alterada? Nada puede estropearnos el día.

—Estaba terminando de colocar todo cuando el teléfono del estudio empezó a sonar.

—¡Qué raro! Si siempre me llaman a mí.

—Ya, pero algo me decía que tenía que cogerlo. Lo cogí… y era Rubén Sánchez preguntando por mí.

—¿Rubén Sánchez? Y ¿qué quería ese personaje? ¿Por qué llama a esta casa? No sé cómo se atreve. Además, qué oportuno. —Luis estaba molesto.

—Pues ha llamado para contarme que acababa de salir la lista de los nominados a los Oscar. *Herida mortal* tiene cinco nominaciones. Una de ellas es a mejor actor por su interpretación, pero hay otra que no te vas a creer. ¡A la mejor canción original, mi canción!

Luis no supo cómo reaccionar. Como yo. Aquello era surrealista. Por un lado la noticia nos cabreaba, porque la gloria se la llevaba otro, pero por otro... Mi amor optó por emocionarse. Como si el premio me lo dieran a mí.

—Mi vida, ¡enhorabuena! ¡Qué pasada! Espero que esto te ayude a reforzarte en lo buena que eres y que confíes en ti musicalmente. Que esto te anime a seguir componiendo y a crear canciones. ¡Qué orgulloso estoy de ti, mi amor!

—Pero aquí no acaba la historia, Luis. Me ha invitado a que le acompañe a la gala y que viva con él todo esto. Me ha dicho que se siente en deuda conmigo y que era lo menos que podía hacer.

Se produjo un silencio. Luis me miró y vi un atisbo de preocupación en sus ojos, no le gustaba mucho la idea. Sin embargo, me dio el empujón que estaba esperando.

—Mi vida, claro que tienes que ir. Te mereces estar ahí. Es tu canción.

La verdad es que Luis no dejaba de sorprenderme cada día, no era nada egoísta y siempre miraba por mí.

—¿En serio?

Había una duda en sus ojos. Aun así me animó, pero también me advirtió.

—Claro, amor, esto no pasa todos los días. Te lo mereces, esta nominación es tuya. Te confieso también que no sé muy bien qué es lo que pretende ese tipo con esta invitación y si querrá aprovecharse de ti profesionalmente. Además no vas a poder decir que es tu canción, así que no entiendo en calidad de qué pretende que vayas. No sé si creerme que está arrepentido. Supongo que te irá contando. No te fíes mucho, Sara, solo trata de disfrutar y aprovecha en lo que puedas la oportunidad. No estoy tranquilo, voy a estar preocupado, pero creo, de verdad, que te mereces estar allí. De todos modos, no sé qué coño estamos haciendo hablando en nuestro día del tal Rubén Sánchez...

Y nos abrazamos.

—Gracias por ser tan bueno conmigo, por cuidarme tanto y por pensar más en mí que en ti. Te quiero —le dije con una sonrisa enorme. Yo también deseaba hablar ya de otra cosa—. Bueno, ¿y tú qué me tenías que decir? Estoy muy intrigada.

Y, de repente, se levantó. Cogió una caja de su bolsillo, se arrodilló y me dijo.

—¿Quieres casarte conmigo?

Abrió la cajita y dentro de ella había un anillo precioso. Ahora sí que entendí por qué había estado todo el mes tan misterioso. ¡No podía ser más feliz!

—Sí.

No lo dudé ni un segundo. Y los dos, con lágrimas en los ojos, nos fundimos en un abrazo. Disfrutamos de la lasaña quemada. Y de cada detalle de la casa. Paseamos y recordamos cada momento de nuestra historia con las fotografías colgadas por nuestro hogar. Y hablamos, hablamos mucho. Después fuimos hasta nuestro dormitorio e hicimos el amor como colofón de un día muy especial.

Capítulo 20
Rumbo a Los Ángeles

Desde que decidí que iba a acompañar a Rubén a los Oscar, mi vida sufrió una auténtica revolución. Después de hablarlo mucho más con Luis, de analizar los pros y los contras, decidí finalmente dar el paso e ir. Una semana después le devolví la llamada y le confirmé que le acompañaba, que aceptaba su proposición. Reaccionó de manera muy positiva, me pareció que se alegraba, aunque me costaba creer en él, no me fiaba ni un pelo. Tenía exactamente un mes para organizarlo todo, para cumplir todos mis compromisos de trabajo y para planificar todo lo que me tenía que llevar; intuí que allí tendría bastantes eventos a los que acudir.

Rubén me convenció para que fuera a Los Ángeles dos semanas antes de la ceremonia de los Oscar, decía que ya que cruzaba el charco debía aprovecharlo, iban a ser unos días muy intensos y divertidos, llenos de compromisos, y yo acudiría con él a todos los sitios. La productora había organizado desde *brunches* con la prensa especializada para defender la candidatura a múltiples entrevistas y fiestas patrocinadas por ciertas marcas importantes. A Rubén se le ocurrió que fuera como su fotógrafa oficial para que nadie pusiese ninguna pega ni preguntase nada. Total, habrían llevado a un fotógrafo de España para que cubriese todos los eventos que tenía esas dos semanas, así que por qué no cubrir yo el puesto. A mí me pareció buena idea, ahora era fotógrafa, así que iba a ser una mentira a medias y encima llegamos a un acuerdo económico y acepté cobrar por ello.

Carlos, su hombre para todo, se encargó de gestionar este trámite con la productora. Yo no podía explicar exactamente el porqué, pero no me daba buena espina ese tipo, no me gustaba nada. Sobre todo sabiendo que había sido partícipe activo en la mentira. Aunque conmigo aparentemente se mostraba amable, también es cierto que intuía cierta falsedad en sus formas, sentía que tenía varias caretas.

Antes del viaje me pasaron la agenda de todos los eventos que teníamos allí. Lo único que tuve claro desde el principio era que iba a necesitar un vestido largo para la ceremonia de los Oscar, pero el resto debía prepararlo todo. Luis me ayudó a buscar todos los *looks* que iba a necesitar. Como siempre, fue un amor y me acompañó a diferentes tiendas para aconsejarme y así comprar solo aquello que de verdad me quedase bien. Económicamente los dos estábamos en un periodo muy bueno, no parábamos de trabajar y vivíamos de forma holgada. Hacía un tiempo que habíamos llegado al acuerdo de que yo me encargaba de pagar los gastos de la casa en la que vivíamos, pues nunca quiso cobrarme el alquiler. Aun así disponía del dinero suficiente para poder permitirme ciertos caprichos.

Me compré de todo, ropa más informal, pantalones básicos, camisetas, americanas, vestidos de cóctel y algún que otro vestido de noche, porque aunque fuera en calidad de fotógrafa tenía que ir acorde con el *dress code* que marcase cada evento. Tuve la suerte de que el vestido más complicado de encontrar, el de la ceremonia de los Oscar, me lo hizo un amigo diseñador de Luis, Pablo Montes.

Todo surgió durante una de las sesiones de fotos que estábamos realizando en el estudio. A esa sesión acudió precisamente Pablo Montes porque quería que fotografiáramos su colección de noche y que elaborásemos el *look book* de vestidos de fiesta. Mientras estábamos trabajando, Luis le comentó a Pablo que iba a ir a los Oscar como fotógrafa oficial de Rubén Sánchez. La verdad es que la idea de ir como su fotógrafa fue brillante. Todo cuadraba y a nadie le parecía extraña la situación cuando la planteábamos y así evitábamos tener que dar cualquier tipo de explicaciones. Rubén lo había pensado todo muy bien para que nadie pudiese sospechar nada, seguro que había analizado todo hasta el más mínimo detalle para evitar dejar cabos sueltos. En fin, que al escuchar que asisitiría a dicho evento, a Pablo Montes se le iluminó la cara y dijo de una manera efusiva que él me iba a hacer el vestido, que debía ir divina. Como ya tenía su colección de vestidos de fiesta, sabía de dónde partir. Y podía hacerme en poco tiempo un traje.

—Nena, que vas a los Oscar y tú no puedes ir con cualquier trapito. El Pablo te va a poner divina de la muerte.

Me diseñó un vestido negro sencillo de tirantes con pedrería. Era un espectáculo, una joya, el vestido más bonito que nunca había tenido. Y para que me quedase perfecto estuve yendo las dos semanas previas a mi viaje a su estudio para ir ajustando cada arreglo que me hacía. Me maravilló verlo trabajar, pero sobre todo ver el entusiasmo que ponía. Se le notaba que disfrutaba.

Aproveché también ese mes de estrés y preparativos para hacer un intensivo de maquillaje y peluquería viendo tutoriales en YouTube. Debía aprender a maquillarme y peinarme yo sola para todos los eventos programados, por eso aprovechaba cada rato libre para aprender y practicar; luego se lo enseñaba a Luis para que me diese el visto bueno y me dijese si tal peinado o si la manera de maquillarme los ojos que acababa de aprender me quedaba bien o no.

Me confirmaron que el viaje a Los Ángeles lo haría sola. Rubén decidió irse una semana antes para tener tiempo y adaptarse al cambio de horario antes de todos los eventos que teníamos programados. Yo lo haría en el momento, pues estaba acostumbrada a sufrir el *jet lag* en mi época de atletismo. Lo de viajar sola me agobiaba un poco, no me gustaba volar, por eso decidí que me tomaría una pastilla para dormir nada más subir al avión. Una vez llegase a Los Ángeles, Carlos sería el que se encargaría de recogerme en el aeropuerto, me estaría esperando allí y a partir de ese momento me uniría a Rubén y a su equipo y estaríamos todo el tiempo juntos.

Luis me llevó al aeropuerto muy temprano. A las seis de la mañana ya estábamos allí. Al ser un vuelo internacional debía llegar como mínimo dos horas antes de su salida y, si todo iba bien, a las ocho de la mañana estaría despegando del aeropuerto de Barajas. Me daba mucha pena que Luis no me acompañase y que no viviese todo eso conmigo. Nos despedimos con un gran abrazo y un beso muy apasionado.

—Te voy a echar de menos —le dije—. Te llamaré todos los días para contarte todo. Y a la vuelta te prometo que nos ponemos a organizar nuestra boda, que con este lío no hemos tenido tiempo de hablar de nada.

—No te preocupes, mi amor, ya habrá tiempo de pensar en eso. Disfruta todo lo que puedas y, por favor, estate atenta. Ten mucho cuidado. Cuídate, mi vida, y no te fíes de nadie. Te quiero.

Me subí al avión, me tomé la pastilla y enseguida me dormí. Cuando me desperté estábamos aterrizando. Recogí mi equipaje, pasé todos los controles de seguridad y cuando salí, allí estaba Carlos esperándome.

—¿Qué tal el viaje? —me preguntó con un tonito de superioridad. Menudo ego tenía este hombre, parecía él la estrella.

—Bien, me tomé una pastilla y me desperté cuando estábamos aterrizando y no me he enterado de nada. No me gusta mucho volar.

Había algo en Carlos que me intranquilizaba, que me hacía desconfiar. Me inquietó desde la primera vez que lo vi. Hay personas con las que a primera vista empatizas y otras con las que no, y eso me pasaba con él. No me sentía cómoda a su lado, aunque no lo conocía lo suficiente como para juzgarle. Pero intuía algo que no era trigo limpio. También tenía la sensación de que no estaba cómodo en mi presencia. Haciéndose el eficiente y el importante, empezó a darme instrucciones. No podía olvidar lo que me había dicho Rubén, que Carlos fue el impulsor de robarme la canción. Alguien que hacía algo así no me inspiraba ninguna confianza. Me daban ganas de decirle también a él que era un sinvergüenza, pero me contuve, quería que mi estancia fuese tranquila.

—Estamos todos en el mismo hotel, he conseguido que la productora te coja una habitación en el Ritz para que los tres estemos todo el día juntos y evitemos al máximo los desplazamientos para buscarnos unos a otros. Es importante que no te quites ni pierdas esta acreditación que te doy.

Directamente me la colgué en el cuello, ponía «Prensa». Llegamos al hotel e hice el *check-in*. Me dieron una habitación doble en la primera planta: la 111, otra vez aparecía el once en mi vida; ¿sería una señal de algo o pura casualidad?

—Si quieres, puedes descansar un poco. Hemos quedado a las seis de la tarde en la recepción del hotel y de ahí nos iremos directamente a hacer el primer reportaje.

Dejé con gusto a Carlos y subí a la habitación, deshice la maleta, coloqué en los armarios toda la ropa que me había llevado, puse el neceser y mi kit de maquillaje en el baño y llamé a Luis por teléfono, deseaba escuchar su voz. Aunque con el cambio de horario, nueve horas de diferencia, en España ya era un poco tarde. Aun así, ¡qué ganas de que tuviésemos nuestra primera llamada! Quería que se quedase tranquilo, que supiera que había llegado bien. Desde el otro lado del móvil oí un bostezo.

—Hola, mi vida, ya estoy en la habitación del hotel. ¿Te he despertado?

—No te preocupes, amor, estaba deseando oír tu voz. ¿Cómo fue el viaje?

Tuvimos una conversación amena, llena de cariño y de amor. Ya estaba echando de menos a mi futuro marido y eso que solo habían pasado unas horas. No quería pensar en lo difícil que me iba a ser estar quince días sin él. Lo insegura que me iba a sentir. Encendí el hilo musical de la habitación, me duché y empecé a arreglarme. Maquillarme y peinarme me iba a llevar un buen rato; aunque había estado practicando con los tutoriales de YouTube, todavía estaba un poco verde y no me manejaba con soltura. No pude evitar acordarme de Patri, de que si se enterase de dónde estaba se moriría. Me dejé el pelo suelto y un poco ondulado, lo trabajé con la tenacilla poniendo en práctica todo lo que había aprendido. Menos mal que Luis me había comprado un adaptador para que todos mis aparatos eléctricos, como los cargadores de la cámara de fotos, el ordenador y el teléfono, fueran compatibles y pudiese utilizarlos. Yo era muy despistada con ese tipo de detalles, siempre me había pasado, pero afortunadamente estaba él.

Después de peinarme me maquillé, pero de una manera muy sencilla. Un *eyeliner* negro con una sombra clarita y mucha máscara de pestañas. No me quería complicar demasiado y por eso le di más importancia al labial. Quién me había visto antes y quién me veía ahora, yo dedicándole tiempo a arreglarme. Decidí pintarme los labios de rojo. Me veía rara con mi *look* porque no estaba acostumbrada a maquillarme y peinarme, pero según Luis, cuando me lo hice delante de él mientras practicaba en nuestra casa, estaba muy guapa. Me puse una falda larga que me había comprado en Zara, una camisa blanca, unas sandalias con un tacón decente, cogí mi cámara de fotos (bueno, la cámara que me había dejado Luis, yo todavía no tenía una propia), me coloqué la acreditación en el cuello y bajé hacia la recepción... La supuesta chica de prensa ya estaba preparada.

Allí esperé durante quince minutos a los dos. Estaba un poco nerviosa, porque era la primera vez que veía a Rubén después de todo lo que había pasado. Yo no sabía cómo iba a reaccionar cuando estuviese delante de él, esperaba que bien, sin darle ningún guantazo. Ni tampoco tenía claro cómo iba a actuar él conmigo, aunque me imaginaba que intentaría ser encantador. De pronto, alguien me dio en el hombro.

—Hola, Sara, ¿qué tal estás? Qué alegría verte por aquí. Me ha dicho Carlos que no has tenido ningún problema con el vuelo. ¿Te gusta la habitación? —Sí, como había supuesto, estaba muy amable.

Le dije que sí, que todo estaba perfecto y que no se preocupase.

—Nos está esperando el coche fuera —dijo Carlos bastante nervioso. Creo que le molestaba la amabilidad de Rubén conmigo.

Los tres nos fuimos hacia el coche. Durante el trayecto, Carlos estuvo repasando con Rubén todo lo que había esa tarde. Le estuvo explicando que nada más llegar a la sesión de fotos nos recibiría el director de la revista, que se llamaba Peter, y que tenía que ser amable con él porque era una persona muy influyente y con muchos contactos. Rubén le escuchaba atentamente y asentía todo el tiempo con la cabeza. Luego Carlos me dio también indicaciones.

—Sara, tú ponte a hacer fotos mientras lo maquillan y peinan, pero nunca durante la sesión de fotos que le estén haciendo para la revista porque no quiero que se molesten.

Estaba claro que Carlos era el hombre de confianza de Rubén. En un momento de silencio les pregunté sobre ellos dos, por romper el hielo. Rubén me explicó que había sido su mánager en España durante mucho tiempo, pero que tras este nuevo salto en su carrera, ahora era su asistente personal y abogado. Carlos asentía. Me di cuenta de que se seguía comportando como su mánager, cuidaba de Rubén y de cada paso que daba. Preparaba su agenda con ahínco. Era evidente que los dos tenían la misma ambición, el mismo objetivo: conseguir las estatuillas doradas.

Llegamos al estudio de fotografía, los americanos trabajaban de una manera diferente a la nuestra, prácticamente todas las producciones las hacían a lo grande. El estudio era gigante, como un plató de televisión; cuando lo vi no pude evitar acordarme de Luis, seguro que le habría encantado. Había mucha gente esperándonos y todos nos recibieron con una amplia sonrisa. Ahí estaban esperando a Rubén dos estilistas con ropa para aburrir, un maquillador y un peluquero, ambos con un despliegue de productos impresionante. Pudimos observar que había diferentes decorados montados. En una zona del estudio se había recreado un salón y en otra un baño. También contaban con múltiples fondos. Había cinco camerinos, uno de ellos con el nombre de Rubén puesto en grande en la puerta. En otro sitio había un billar y una mesa gigante con comida saludable de diferentes estilos: frutas, tarta de zanahoria, bebidas *detox,* sushi, sashimi, fajitas mexicanas...

Se notaba que estábamos en una producción de Hollywood. Nada más llegar al estudio, Rubén siguió las instrucciones que le había dictado Carlos. Saludó de una manera muy amable al director de la revista y acto seguido se lo llevaron a maquillaje y peluquería. Todo iba en hora, el *timing* lo llevaban perfecto. Mientras le estaban maquillando y peinando, aproveché para sacar mi cámara y le fotografié, agradecía tener algo que hacer porque así me entretenía y las horas se me pasaban más rápido.

    Rubén era muy guapo, el éxito y Hollywood le habían sentado bien. El moreno que tenía y su nuevo corte de pelo le favorecían. El fotógrafo de la sesión estaba preparando el set donde se iban a realizar las fotos con unas luces especiales, fluorescentes, con las que yo nunca había trabajado. Me estuve fijando y el resultado era muy chulo, diferente. Me llamaba la atención la técnica que tenía ese profesional a la hora de fotografiar, era distinta a la que yo había aprendido con Luis. En cuanto pude me acerqué a los focos para ver de qué marca eran y así luego poder contarle todo a Luis en cuanto hablase con él por teléfono.

De allí fuimos al programa de televisión *The Stars*, de máxima audiencia. El hecho de estar allí ya representaba un éxito, millones de personas lo verían, por eso era importante que todo saliese bien. Rubén tenía que estar concentrado porque cada cosa que dijese la mirarían con lupa. El programa era en directo y no podíamos llegar tarde. Por suerte todo se dio de maravilla. La entrevista se estaba desarrollando de una forma muy amena, Rubén contó anécdotas del rodaje y de cómo se preparó el papel. Entre medias sacaban imágenes de sus primeros trabajos como actor y otras como modelo con el torso desnudo, donde se podía ver claramente su espectacular cuerpo con todos los abdominales marcados. La presentadora no pudo evitar hacer una gracia. Yo me lo estaba pasando realmente bien detrás de las cámaras viendo todo.

—¿Cómo se viven estas semanas previas a la ceremonia de los Oscar? —preguntó la presentadora de éxito.

—Pues, si te soy sincero, con muchos nervios, pero también con la ilusión de querer vivirlo intensamente. Todo lo que me está pasando es increíble —contestó Rubén con encanto y desparpajo. Se manejaba bien delante de las cámaras. Sabía conquistar al espectador.

La entrevista continuó su curso.

—Además de interpretar también compones canciones, como la que aparece en la película. Rubén, nos haría mucha ilusión que nos tocases aquí en directo un trocito de ella. No sé si es mucho atrevimiento por mi parte. Mira, tenemos aquí una guitarra, ¿te atreves?

—Claro que sí —contestó Rubén con una sonrisa de príncipe azul, pero a mí me pareció una patada en todo mi ego.

Cogió la guitarra, la afinó un poco y empezó a tocarla. No tuvo reparo en cantar, con su voz grave, y he de reconocer que fue un momento mágico el que se vivió en plató. Ruben cantaba bien. Cuando terminó, el público se puso en pie a aplaudirle. La presentadora le dio las gracias y le dijo que había sido precioso escucharle, le deseó muchísima suerte en los Oscar y le abrió las puertas al programa, que esa ya era su casa. Salió de allí por la puerta grande. En cambio, a mí ese instante me revolvió todo por dentro. No me hizo bien escucharle tocar mi canción. Pensaba que estaba preparada, pero me di cuenta de que no, de que seguía revuelta. El corazón se me encogió, necesitaba a Luis para que me abrazase y me calmase, sentí rabia y odio hacia él. Me dolía el alma. Estaba herida. Me quería ir de aquella farsa, sentía que no deseaba seguir con ese teatrillo absurdo en el que había aceptado participar.

Nos metimos en el coche de vuelta al hotel, pues ya habíamos terminado la jornada de trabajo. Carlos y Rubén estaban muy satisfechos de cómo había ido todo. A la vuelta, Rubén se sentó en el asiento de atrás conmigo y Carlos al lado del conductor. No le quería ni mirar a la cara, el dolor que me había causado cómo había manejado todo lo relacionado con mi canción había brotado otra vez en mí durante el programa y estaba intentando controlarme. Empezaba a dudar si había sido buena idea participar con ellos en este viaje. No estaba preparada mental ni emocionalmente para hacer frente a la situación y ser cómplice de su gran farsa. ¡Necesitaba a Luis, lo echaba mucho de menos! Me sentía perdida e insegura. Rubén se dio cuenta de que iba demasiado callada y que lo evitaba.

—¿Estás bien, Sara?

Y sin mirarlo le dije que sí, que no me pasaba nada, que solo estaba un poco cansada.

—Bueno, ya por hoy hemos terminado —dijo Carlos, que aunque estuviese en el asiento delantero, se mostraba demasiado atento a nuestra conversación—. Si estáis muy cansados, podemos cenar cada uno en nuestra habitación. Sobre todo tú, Sara, por el viaje. Hay que descansar, que mañana nos espera un día muy largo.

Se produjo un silencio y nadie contestó. Cuando llegamos al hotel y estábamos entrando por la recepción, Rubén me cogió el brazo para pararme. Carlos también se detuvo, aunque Rubén le indicó con la mirada que siguiera adelante. Esto no le gustó nada, pero no le quedó otra que dejarnos solos.

—Sara, te invito a cenar en el restaurante del hotel. Creo que tenemos que hablar.

Por unos momentos dudé, me podía la rabia que sentía, pero pensé que era mejor para todos aceptar. Estaba claro que debíamos hablar, pues todavía teníamos muchos días por delante.

—Vale, subo a la habitación a dejar mi cámara y bajo.

Tenía ganas de llamar a Luis para contarle, pero en España era ya madrugada y no le quería despertar. Dejé la cámara sobre la cama y bajé al restaurante, donde me estaba esperando Rubén. Nos sentaron a una mesa y pude observar que nos encontrábamos muy cerca del piano que tenían. Por lo visto, según un cartel en la entrada, todas las semanas venía alguien a tocar allí para amenizar las veladas. Me gustaba ya ese restaurante por el simple hecho de que tuviera un piano.

—¿Qué te apetece tomar?

—Algo ligero —le dije.

—El pescado tiene muy buena pinta. ¿Te gustan las ostras? Podemos pedir también un par de ellas y una botella de vino blanco que nos recomiende el metre, ¿te parece?

A todo le dije que sí. Si me hubiesen dicho hace más dos años que iba a estar sentada cenando en uno de los restaurantes más importantes de Los Ángeles con Rubén Sánchez, mi amor platónico, me habría muerto de un infarto. Pero ahora la situación era totalmente distinta, extraña. Para mí, la persona que tenía enfrente era el mayor farsante de la historia.

—Sara, perdona mi atrevimiento por invitarte a cenar, pero necesitaba hablar contigo, creo que ambos lo necesitamos. Aunque no me creas, siento mucho toda esta situación. Créeme de verdad, perdóname.

—Rubén, no me pidas perdón. Lo que has hecho no tiene nombre. Ahora mismo no puedo perdonarte, incluso empiezo a dudar cómo he podido aceptar tu invitación. Te has apropiado de algo que no es tuyo.

—Lo sé, sé que está mal. No sé qué decirte, la verdad. Dime si puedo hacer algo para que me perdones algún día. Te he ofrecido dinero, pero no lo has querido. Sara, ¿qué puedo hacer para que te sientas menos mal, aunque sea solo un poquito menos mal? Dímelo y te juro que lo hago. Si pudiese dar marcha atrás, te prometo que no lo volvería hacer, pero ya está hecho y ya no puedo cambiar las cosas. Sé que tenía que haber frenado a Carlos, pero no lo hice. Tuve miedo a rectificar en ese momento, a que si decía que yo no había compuesto la canción después de que Carlos hubiese dicho que sí, no me tomaran en serio y eso pudiese perjudicarme a la hora de darme el papel. Quiero sacarle algo positivo a toda esta mierda. Mi mentira nos ha llevado hasta aquí. Ahora tú y yo estamos sentados a esta mesa en uno de los mejores restaurantes de Los Ángeles. Y en dos semanas estaremos pisando juntos la alfombra roja. No sabes lo mucho que me arrepiento, Sara, pero ya no puedo hacer nada para cambiar las cosas, ya están hechas. Por eso quiero proponerte un trato, y tú me dices qué te parece. Como te he dicho, las circunstancias nos han llevado a que los dos estemos viviendo esto juntos, y puede que nunca más volvamos a hacerlo. Mi propuesta es que ya que estamos aquí, intentemos apartar lo malo y nos quedemos con lo bueno. Por lo menos hasta que termine la ceremonia, y luego ya no tienes por qué verme más si no quieres. Te propuse venir porque nadie se merece vivir esto tanto como tú. ¿Hacemos el trato?

Me quedé mirándolo, en silencio. En parte tenía razón, ya no había vuelta atrás. Con Luis había analizado todas las variables posibles antes de venir y una de ellas era precisamente que me pasara esto, que me sintiese mal, pero me acordé de sus palabras, de lo que me dijo si llegaba a esta situación: me pidió que evitara a toda costa esa sensación. Y acepté su propuesta. Sé que Luis me habría dicho que aceptase, que era lo más coherente para todos. Pese a las advertencias de Luis, Rubén me pareció que esa noche estaba siendo sincero conmigo.

—Vale, está bien. Voy a intentar olvidarme de todo, aunque sea por lo menos estos quince días que estamos aquí, pero no te prometo nada. Rubén, no lo puedo evitar. Es que es escucharte cantar mi canción y se me revuelven las tripas. Me duele mucho.

—Te entiendo perfectamente, Sara, es normal que te ocurra. ¿Te puedo dar un consejo? —Asentí—. Mi consejo es que cuando la escuches, en vez de sentirte mal, te sientas orgullosa de lo que has compuesto. Sara, te lo dije en su momento y te lo vuelvo a decir aquí y ahora: tienes un don. Tu voz es especial, única, conecta con la gente de una manera mágica y eso es tan difícil que se produzca que cuando pasa no lo puedes dejar escapar.

Cuando te escuché por primera vez, me enamoré de tu voz, de esa magia, de tu talento, ¡es increíble lo que tienes ahí dentro! Verdaderamente te envidio, me encantaría tener todo lo que tú posees ahí dentro. Pagaría una fortuna, pero hay cosas, como tú sabes, que el dinero no puede comprar.

—Gracias, pero creo que estás exagerando.

Y de repente conversamos de una manera muy normal, las tensiones desaparecieron por arte de magia. Me sentí cómoda con él. Durante la cena estuvimos recordando el día que nos conocimos por primera vez en el tren y me confesó lo que pensó de mí cuando vio mi carpeta talismán. No pude evitar sonrojarme como en aquella ocasión. Me reí, le dije que cuando me di cuenta me quise morir.

—Que sepas que me deshice de aquella carpeta cuando empecé a salir con Luis, mi chico.

—Ah, ¿tienes novio? —preguntó, creo que un poco contrariado.

—Sí, estoy prometida. Lo conoces, es el fotógrafo que te hizo la sesión de fotos aquel día que nos vimos en el estudio.

—Ah, vale, sí, me acuerdo de él perfectamente. Es muy buen fotógrafo.

—Sí, lo es. Y gracias a él, yo me dedico a ello. Luis ha sido quien me ha enseñado todo lo que sé de fotografía.

—¿Cómo os conocisteis?

Le conté que lo conocía desde hacía mucho por el atletismo, pero que le había perdido la pista y que cuando llegué a Madrid, un día me lo encontré en una cafetería y justo en el momento que más lo necesitaba fue mi ángel de la guarda. De pronto, quise preguntarle a él también para ver cómo reaccionaba.

—¿Tú tienes novia?

Aunque sabía perfectamente la respuesta. No. O por lo menos no tenía ninguna oficial, a no ser que preservara su intimidad con celo. Yo me sabía toda su vida, pero como él me había preguntado, yo no quise ser menos.

—No, no tengo novia —contestó rápido—. Es imposible ahora mismo con todo el trabajo que tengo, no le podría dedicar el tiempo que se merece y tampoco quiero engañar a nadie. —De pronto se puso a reír—. ¿Ves?, soy bueno, aunque tú no lo creas. —Se me quedó mirando y cambió de registro. Su rostro se volvió serio—. Sara, no me gusta ir engañando a la gente. Aquel día no sé qué me pasó. Mis miedos mezclados con mi ambición, mi egoísmo hizo que no confesase la verdad. Lo siento.

Y volvió a pedirme perdón. Me tenía muy despistada. Le estaba creyendo de verdad, pero no podía olvidar que él era un actor y lo mismo estaba interpretando un papel. No sabía qué creer, vaya lío tenía en la cabeza. ¿Me lo estaba diciendo de corazón o lo hacía para quedar bien? Tenía mis dudas por mucho que sus disculpas sonaran sinceras, no sabía si fiarme de sus palabras. Ay, ¿dónde estaría Luis en ese momento? Cómo echaba en falta compartir con él mis desconfianzas.

—Prefiero que no volvamos a sacar el tema —le corté.

—Vale, perdona.

Terminamos de cenar tranquilamente y nos fuimos a dormir. Yo estaba agotada, tenía la sensación de que hacía un mes que estaba allí y solo llevaba un día lleno de emociones.

Capítulo 21
Mala conciencia

Subí a mi habitación, pensando en la conversación que acabábamos de tener en el restaurante. Sara había despertado mi mala conciencia. Parecía una chica maja, buena gente. El día que la conocí en el tren vi en su mirada una cierta fragilidad que ahora no percibí en sus ojos, y eso me gustó. Quizá, durante este tiempo, había logrado recomponerse o quizá el tal Luis había hecho que se olvidara de su fragilidad. Nunca me habían gustado las personas frágiles, porque la fragilidad demostraba una debilidad del alma. Por eso intentaba por todos los medios no sentirla o alejarme de las personas en las que la percibía. La fragilidad era incompatible con el mundo al que ansiosamente quería pertenecer.

Para llegar a mi objetivo no podía permitirme ciertas flaquezas, porque tiraría por la borda mi sueño, mi objetivo de vida, el motivo por el que me levantaba cada día. Llevaba años preparándome para este momento tan especial que estaba ocurriendo en mi carrera profesional. Estaba ansioso por saborear la miel del éxito, soñaba cada noche con recibir la estatuilla dorada, tocarla con las manos y sentir esa emoción de que te reconozcan tu trabajo mundialmente. Cada vez me encontraba más cerca de cumplir mi objetivo, solo debía esperar un poco más, tener un pelín de paciencia.

Ya tumbado en la cama de la habitación del hotel, no pude evitar hacer un repaso de mi trayectoria profesional. Pensé en todos los pasos que había ido dando hasta llegar donde estaba. Y en lo fundamental que había sido rodearme de las personas perfectas para alcanzar lo que deseaba. Y a solas conmigo, en la cama de aquella habitación, supe con total certeza que el paso más importante que di fue marcharme de Albacete.

Tuve el coraje suficiente para hacerlo a pesar de la revolución que causó todo aquello en mi entorno. Hube de sortear varios cadáveres que fui dejando por el camino. Como el de mi novia, no dejó de llamarme cada día durante los tres meses siguientes a mi marcha. Me echó en cara que había abandonado la vida que teníamos juntos en mi tierra; lo que ella no sabía es que para mí nuestra relación no era nada serio. ¡Ambos teníamos dieciocho años cuando me fui de allí! Ella esperaba un amor eterno y mi amor eterno yo se lo brindé a mi profesión. Y a pesar de las consecuencias de mi decisión, no me sentí culpable. En cuanto apareció la oportunidad de marcharme a Madrid no dudé ni un solo segundo. Para mí estábamos primero yo y mi sueño y luego todo lo demás. No me tembló el pulso. Se me podría tildar de egoísta, de hecho esa fue su acusación, pero no me importaba que me señalasen con el dedo. Más que egoísmo sentía que estaba poseído por mi gran ambición. A mis padres les costó menos entenderlo, puede que sea cierto que nadie te conoce mejor que una madre. Ella siempre supo que más tarde o más temprano este momento llegaría.

Otro paso importante en mi carrera fue toparme en mi camino con Carlos. La verdad es que a él le debía mucho. Quizá lo más importante de nuestra relación, lo que hacía que no flaquease y que siguiera su rumbo, era que los dos éramos igual de ambiciosos. Era la clave para que nuestra amistad perdurase tantos años y no se viese perjudicada. Teníamos el mismo objetivo. Nos cuidábamos mutuamente y él supo captar, desde el primer momento que me reuní con él, todo lo que necesitaba en mi carrera para lograr mi ansiado sueño. Un sueño que quiso hacer también suyo, y estaba dispuesto a lo que fuese para lograrlo. Era nuestro proyecto. Nuestro gran objetivo de vida.

Por eso aquel día del casting, cuando el productor entró y dijo que la canción de Sara era la que estaba buscando, no le tembló el pulso en decir que era mía. Claramente él vio la gran oportunidad para llegar a lo que ambos deseábamos. Y yo me dejé llevar, aunque con cierto miedo. Se trataba de la apuesta más arriesgada en la que nos habíamos metido.

Sí, todo estaba yendo sobre ruedas hasta que apareció Sara otra vez en mi vida. Si soy sincero, nunca pensé que me la encontraría cara a cara después de apropiarnos de su canción. Con eso no contaba. Sabía que cabía una mínima posibilidad de las muchas que había, que estadísticamente era casi imposible, pero me equivoqué. Por eso el día que me la encontré en aquel estudio me quedé perplejo. No supe cómo reaccionar ni qué decirle. Rápidamente pensé que lo mejor era ofrecerle dinero. Total, a todo el mundo le gustaba el dinero, aunque al momento descubrí que a ella no le importaba tanto como a mí. No lo quiso. Solo quería una explicación que tuviera sentido para ella, para calmar lo que expresaban sus ojos. Aquella mirada estaba llena de dolor y de rabia. Me odiaba por lo que había hecho, pero lo que más le dolía era la exposición de sus sentimientos.

No estaba preparado para manejar aquella situación. Salí de allí sintiéndome mal porque la vi realmente dolida, pero también estaba preocupado de que ese dolor que sentía la impulsara a hacer algo que pudiera tirar por tierra nuestro plan más arriesgado. Nada más dejar el estudio hablé con Carlos y le puse al día. Él me aseguró que legalmente no podía hacer nada, que todo lo tenía bien atado y que en ese sentido estuviese tranquilo. Solo le preocupaba una cosa que no dependía de él: que Sara fuera a algún programa de televisión y soltase la bomba dejándonos al descubierto, aunque estaba claro que si eso pasaba, nosotros lo negaríamos rotundamente y la acusaríamos de oportunista.

Yo no estaba tranquilo. Sentía en mi interior una inquietud desconocida para mí. Por eso aquel día que salió la nominación decidí llamarla. Pensaba que quería tenerla «contenta» y controlada, para que nada pudiese estropear el momento tan importante que estaba viviendo. No quería que hiciese nada que me pudiese perjudicar, sembrando alguna duda en el ambiente. La canción estaba nominada, podía ser muy golosa la situación. Aunque mi intuición me decía que aquella chica no era de ese tipo. El hecho de que fuera mi fan jugaba a mi favor. Por eso pensé que lo mejor era invitarla para que estos días estuviera conmigo. Así, de alguna manera, también sería partícipe de todo lo que estaba viviendo. Era mi manera de disculparme. Aunque por supuesto lo volvería a hacer en persona. Necesitaba que viese lo arrepentido que estaba. Mi invitación era más que apetecible y más sabiendo lo que me admiraba. Bueno, sabía que en ese momento no me querría ver ni en pintura, pero intuí que le desconcertaría la invitación y que se lo pensaría. La verdad es que yo también estaba confuso de por qué realmente lo hacía: ¿mala conciencia o protección de mi meta?

Cuando le conté a Carlos que había decidido invitarla y que la había llamado nada más conocer la noticia de la nominación, se llevó las manos a la cabeza. De hecho se molestó conmigo por no haberle consultado. Pero no le quise hacer partícipe de mi impulso, porque sabía que no iba a estar de acuerdo con la decisión que había tomado. Me quiso matar. Cuando Sara me llamó para confirmarme que venía, fue él quien pensó que para que nadie sospechase nada mientras ella estaba con nosotros, lo mejor era que viniera en calidad de fotógrafa. Fue una buena idea, y además cobraría por ello.

Ahora, después de esa cena que habíamos tenido los dos cara a cara y en la intimidad de la habitación, supe que mi decisión de haber buscado su teléfono y haberla invitado fue la correcta. Me gustó poder hablar tranquilamente en el restaurante con Sara. Necesitábamos resolver nuestras diferencias a solas y eso me ayudó a conocerla un poco más. Ella era especial, mi intuición no me falló. Desde el primer momento que escuché su canción no tuve duda de que detrás de ella había una chica que merecía mucho la pena, a pesar de lo joven que era.

Capítulo 22
Una noche loca

Los siguientes días no paramos, íbamos de un sitio a otro. El ritmo era agotador. Rubén tenía que estar poniendo buena cara a todos, aunque estuviera cansado. Tenía bien aprendida la lección, sabía que todo lo que estaba haciendo era importante para conseguir la estatuilla. Todo sumaba y la promoción previa resultaba fundamental.

Por el cambio de horario yo no conseguía hablar con Luis tanto como me hubiese gustado, pero no pasaba ni un solo día que no lo hiciésemos. Le conté la charla que tuve con Rubén en el restaurante, lo de su propuesta, y le pareció que era lo más coherente y lo mejor para mí. Luis era cero egoísta y demasiado bueno. Me lo demostraba cada día y en cada llamada. Nuestras conversaciones telefónicas me hacían ver lo mucho que nos echábamos de menos. Pero mi ángel de la guarda era generoso, no le sentaba mal que estuviera viviendo todo aquello con Rubén, no era nada celoso. La verdad es que cualquiera en su lugar se habría estado tirando de los pelos, pues él sabía que me encontraba con uno de los chicos más guapos del panorama nacional (y ahora internacional). Pero lo peor era que Luis sabía que Rubén era mi amor platónico, mi amor ficticio. Sin embargo, si estaba celoso, no lo demostraba. Confiaba plenamente en mí y eso me gustaba.

Él siempre me decía que para él una de las bases importantes de una pareja era tener confianza ciega, y que el día que eso fallase la relación se terminaría, porque sin confianza no se podía construir nada sano. Por eso defendía su teoría de que los celos no servían para nada, porque si una persona te quería engañar lo iba a hacer igual y el que lo hacía no engañaba a la otra persona, se engañaba fundamentalmente a sí mismo.

Tenía razón en lo que decía. Pero yo pensaba que si la situación hubiese sido al revés, si hubiese sido Luis el que se hubiese ido de viaje con su amor platónico, yo habría estado muy celosa o, peor aún, le habría pedido en uno de mis arrebatos que no fuera. Esto me demostraba que todavía me quedaba mucho por aprender de él, de su manera de querer y de entender el amor. El amor que él sentía hacia mí era puro. Pero yo en cambio debía seguir aprendiendo a apartar a un lado mis miedos para poder amar de la manera tan libre que él lo hacía, sin condiciones ni normas.

 Los días en Los Ángeles iban pasando muy rápido o esa era la sensación que tenía. Nos levantábamos pronto, me arreglaba de una manera o de otra, dependiendo de lo que tuviésemos agendado ese día, cogía mi cámara, mi acreditación y nos íbamos a recorrer la ciudad. Rubén no paraba de conceder entrevistas y yo no daba descanso a mi cámara, foto tras foto. Y en cada sitio al que íbamos nos trataban a todos de maravilla, como si los que acompañábamos a Rubén también fuésemos estrellas. Yo notaba que eso le fascinaba a Carlos, que lo disfrutaba a tope. Le encantaba engordar su ego. Yo me comunicaba poco con él y él no hacía nada por contactar conmigo. Mejor así, porque no me fiaba nada de aquel tipo. Era normal que a Rubén lo tratasen como una estrella, pero nosotros solo formábamos parte de su equipo y no tenían por qué. Sin embargo, los americanos entendían que si estábamos con él se debía a que éramos muy buenos en lo que hacíamos y gracias a nuestro trabajo le habíamos ayudado a llegar a lo más alto, y eso ellos lo valoraban mucho.

 La gente se volvía loca cuando lo veía, y yo lo entendía porque había estado durante mucho tiempo en ese bando. Sus seguidoras se le acercaban mostrando su admiración por el trabajo que había hecho en la película y le decían lo brillante que estaba. Además todos le hablaban de mi canción y le animaban a que sacase un disco. Rubén sabía hacerlo muy bien. A todo aquel que se aproximaba a él le hacía sentirse único. Se sacaba fotos o charlaba con ellos y todos se iban con muy buen sabor de boca. Se notaba que llevaba años preparándose para el éxito. Y era consciente de que si tenía buena prensa, su objetivo cada vez estaría más cerca.

Mientras tanto nuestra relación se fue suavizando y logré apartar de mi cabeza lo que me había hecho e intenté disfrutar a tope todo lo que estaba viviendo. Me gustaba hacerle fotos y estaba segura de que alguna de ellas la usaría para mi exposición. Yo también me ponía en plan estratega: tener a alguien conocido en ella me ayudaría a la hora de promocionarla. Además, después de lo que me había hecho, no me pondría ninguna pega.

Muchas noches cenábamos los dos solos en el restaurante del hotel. Carlos prefería hacerlo en la habitación para poder avanzar trabajo de la oficina, esa era su excusa. Yo pensaba que no tenía gana alguna. Me llamaba la atención la relación que tenían los dos. Ambos luchaban por un mismo objetivo y por mantener un nivel de vida determinado. En ocasiones parecían supercolegas, pero otras veces se les veía distantes y fríos. Y desde que Rubén era tan cercano conmigo, Carlos se mostraba cada vez más distante, aunque muy profesional en su trabajo.

Las cenas eran quizá nuestro momento más íntimo, cuando podíamos hablar los dos tranquilamente, sin que nadie nos estuviera interrumpiendo con nada. Ya lo habíamos tomado como norma, cuando no había ningún compromiso cenábamos allí, en nuestra mesa, en la que lo hicimos el primer día, cerca del piano. El metre decidió reservarla todos los días para nosotros durante el tiempo que durase nuestra estancia por si aparecíamos por allí. En aquel hotel cuidaban hasta el más mínimo detalle.

Aquella noche, cuando llegamos al restaurante, había un señor tocando al piano versiones de canciones muy conocidas. Era una maravilla escucharle, lo hacía muy bien.

—Por fin le encontramos sentido a que el piano esté ahí —dijo Rubén.

Todas las veces que habíamos estado cenando no habíamos tenido la suerte de coincidir con alguien que tocase.

—¿Sabes tocar el piano? —me preguntó curioso.

—Sí —le contesté.

—¿En serio? No sabes lo mucho que te envidio.

Y mientras me estaba contando que solo sabía tocar la guitarra y que le habría gustado aprender a tocar el piano, cosa que no descartaba hacer cuando tuviera un poco más de tiempo, sonó una de las canciones de mi padre, una de las más conocidas que tenía. Paró de hablar, lo miré, la tristeza me invadió y acto seguido me giré hacia el pianista y los ojos se me humedecieron. Rubén no entendía qué pasaba.

—¿Te gusta? Admiro mucho a Hugo Salazar, es uno de los mejores músicos del mundo.

Me giré hacia él con los ojos húmedos.

—Sí, me gusta. Hugo Salazar es mi padre.

Casi se atragantó con la comida.

—¿Hugo Salazar es tu padre?

—Sí.

No sé por qué se lo dije. Sentí necesidad mientras ese hombre tocaba su melodía. Y de repente a Rubén le empezó a cuadrar todo.

—Claro, tú eres la hija que siempre decía en las entrevistas que no tenía talento para la música, que no te gustaba nada ese mundillo.

—Esa soy yo.

Era normal que no me hubiese reconocido, le pasaba como a la mayoría de la gente. Cuando yo era menor de edad, los medios no me podían sacar, los más expuestos a ellos fueron mis padres. Yo casi siempre había logrado escabullirme, pero sufrí los daños colaterales. Y luego el atletismo, a no ser que fueras primera figura, no te convertía en alguien popular. Yo fui bastante buena y, aunque mi nombre sonaba, nunca llamé lo suficientemente la atención de la prensa deportiva.

—Pero no entiendo, hay algo que se me escapa. Tú no puedes ser... porque sí tienes talento para la música.

—Es una historia muy larga, Rubén, pero esa soy yo. Para que lo entiendas, he estado ocultando mi «talento» a todo el mundo. Pero ahora que ha pasado todo esto, estoy viendo las cosas de otra manera.

—Estoy en shock. No sabes lo mucho que admiro a tu padre, es uno de los mejores del mundo. Me encantaría conocerlo algún día. Cuando estemos en Madrid, podríamos organizar una cena o un encuentro o algo, aunque él no vive allí, ¿no? —Me sorprendió que Rubén admirara tanto a mi padre. No me pegaba que le gustase su música. De nuevo habían vencido a mis prejuicios, no le creía con la suficiente sensibilidad.

—No, vive en Barcelona con mi madre. Lo de la cena va a ser difícil. Desde que vivo en Madrid no sé nada de ellos.

—Vaya, lo siento. —Rubén percibió mi tristeza.

Los echaba mucho de menos y me habría encantado llamarles para contarles todo lo que estaba viviendo. Deseaba que supiesen que estaba en Los Ángeles y que iba a asistir a la ceremonia de los Oscar. Pero sobre todo quería contarles que me iba a casar, que Luis me había pedido matrimonio. La carta que envié no recibió respuesta alguna. Esperaría un mes más y si no tenía noticias de ellos estaba dispuesta a llamarles por teléfono o presentarme en nuestra casa. Sí, viajaría hasta Barcelona, porque quería que mis padres viniesen a mi boda y que mi padre me llevase al altar. No se lo podían perder.

Seguimos charlando toda la noche, le di algún detalle más sobre la situación que tenía con ellos y entendió más o menos por qué había mantenido mi talento tanto tiempo oculto. En aquel momento me sentó bien charlar con él. Cuando nos quisimos dar cuenta, nos habíamos bebido una botella de vino entre los dos y nos habíamos quedado solos en el restaurante, ya no quedaba nadie, solo uno de los camareros por si necesitábamos algo más.

—¿Te atreves a tocar el piano? —me pidió.

Me entró la risa floja, en parte por culpa del vino.

—¡Estás loco!

—Sí, estoy loco por escucharte tocar; por favor, hazlo. Sería ahora mismo la persona más feliz del mundo.

—Rubén, nunca he tocado delante de nadie.

—Siempre hay una primera vez y me encantaría que esa persona fuese yo.

Me cogió de la mano y me llevó hasta el piano. Lo miré diciéndole que no.

—Por favor, solo estamos tú y yo.

Ambos nos sentamos en la banqueta del pianista. Coloqué mis manos sobre las teclas e impulsivamente me puse a tocar, dejándome llevar. No era consciente de lo que realmente estaba pasando, solo estaba tocando, hacía tanto tiempo que no lo hacía... Lo echaba tanto de menos. Y, sí, toqué mi canción, *My Secret*.

Cuando terminé, no sabía exactamente dónde estaba ni qué había pasado. Había entrado en una especie de trance y no sabía si en parte estaba provocado por el alcohol. Miré a mi derecha y ahí estaba Rubén, totalmente hipnotizado mirándome, con los ojos humedecidos. Su mirada me impactó, era distinta a la que yo conocía, algo había sucedido en su interior. Los dos nos quedamos en silencio sin saber muy bien qué decir.

—Gracias —me dijo.

—¿Gracias por qué?

—Me siento un afortunado de haber sido el primero en escucharte.

—Hacía tiempo que no tocaba la canción al piano, no sé ni lo que he tocado.

—Ha sido maravilloso, Sara. —Y me cogió la mano.

Se produjo otro silencio y él continuaba con esa mirada distinta que yo no le había visto hasta ese momento.

—Creo que ya va siendo hora de que nos subamos a dormir —le dije.

Pedimos la cuenta al camarero, nos despedimos con un abrazo fuerte y cuando cada uno nos estábamos yendo hacia nuestra habitación, Rubén se giró.

—Sara.

—Dime.

Se produjo otro silencio.

—Nada, descansa. Mañana es la fiesta de Moët & Chandon.

—Lo sé.

Llegué a mi habitación, me desmaquillé, me puse el pijama y me tumbé en la cama, sin saber exactamente qué acababa de pasar entre nosotros. Cerré los ojos y caí profundamente dormida.

A la mañana siguiente hablé con Luis, le conté todas las cosas que habíamos hecho el día anterior y dónde habíamos ido. Pero guardé silencio respecto a lo que había ocurrido en la cena. No podía decirle que había compartido mi música con otro antes que con él. No me había dado cuenta de lo que había hecho hasta que hablé con él por teléfono. Y sabía que eso le dolería tanto como me estaba doliendo a mí. Le mentí y le dije que había estado cenando en la habitación porque había llegado muy cansada. Era la primera vez que no le decía la verdad. No sé por qué lo hice. Tendría que haberme enfrentado a esto desde el principio. No había aprendido la lección. Opté por el silencio.

Por la mañana me quedé tranquilamente en la habitación pasando todas las fotos que había hecho al ordenador, seleccionando las que estaban bien y borrando las que no. No podía evitar sonreír al verlas. Rubén era guapísimo y no había foto en la que saliese mal. Carlos me avisó por el teléfono fijo de la habitación de que a las seis nos recogería un coche para irnos a la fiesta y que a esa hora tenía que estar lista en el hall del hotel. Me arreglé, me puse un vestido largo de seda negro, me hice una coleta alta, me maquillé y a las seis estaba puntual esperándoles. Me encontraba un poco nerviosa porque no sabía cómo iba a estar Rubén después de lo de la noche anterior y de su comportamiento un tanto extraño. Me sentía insegura y, aunque no quería pensarlo demasiado, no tenía la conciencia tranquila. Había mentido a Luis. Pero ¡lo necesitaba tanto! Rubén apareció con una sonrisa de oreja a oreja, estaba guapísimo y llevaba un traje de chaqueta que le quedaba de maravilla. Se mostró más cariñoso que de costumbre conmigo. Y noté cómo Carlos me miraba con cara de pocos amigos. No le gustaba la complicidad que estaba demostrando Rubén. Sintió amenazado su estatus.

—¿Descansaste? —me preguntó Rubén.

—Sí, la verdad es que sí.

Y salimos hacia el coche que nos iba a llevar a la fiesta. Nos dirigimos a una especie de palacete. Aquel lugar era espectacular, lleno de velas y de flores, había música en vivo y muchísima gente. El coche nos dejó justo delante de una alfombra roja que habían colocado a la entrada y allí justo nos estaban esperando los fotógrafos. Nada más abrir la puerta del coche todos se agolparon alrededor de Rubén.

—Rubén, por aquí. A tu derecha. Mira al centro. —Y de repente se dispararon todos los flashes.

Los paparazis no querían perderse ni un solo movimiento que hiciese. Paralelamente saqué mi cámara e inmortalicé ese y muchos otros instantes. Seguimos avanzando por la alfombra roja y al final de ella se situaba el *photocall*. Rubén se colocó y le hicieron más fotos y entrevistas. Acto seguido subimos por las escaleras que nos llevaban directos a la fiesta. Había botellas de Moët & Chandon por todas partes y de todos los tamaños. Se congregaba muchísima gente: modelos, productores, actores, actrices, músicos. Había tanta que dentro de aquel lugar no se podía caminar bien, cada dos pasos nos teníamos que parar bien porque no podíamos avanzar o bien porque le pedían una foto.

—Perdona, ¿me puedes hacer una foto con él. Es que es guapísimo —me dijo una chica espectacular de un metro ochenta, morena, ojos azules…

Como estaba a su lado, era la encargada de hacer las fotos que todo el mundo le pedía; luego aprovechaban para quedarse un rato a hablar con él y decirle lo mucho que le admiraban. Y yo mientras tanto permanecía apartada, no quería meterme en ninguna conversación. Total, estaba segura de que a sus fans no les importaba nada de lo que dijese yo. A Carlos, cómo no, también le perdí la pista, lo busqué con la mirada, pero sin éxito. Estaría totalmente en su salsa, hablando con unos y con otros. En resumen, que me quedé colgada. Fuera de lugar, como tantas veces me había sentido en la vida. Al no conocer a nadie, decidí ir a la barra. Por lo menos ahí podría mirar tranquila.

—¿Me pones una copa de champán?

—¡Que te la sirvan bien fresquita! —exclamó una alegre voz a mi espalda.

Me giré y tenía al lado a un chico joven, muy atractivo.

—Sí, que sabe mejor —contesté, por decir una gracia.

—Soy Michael, actor, pero no soy conocido todavía.

—Soy Sara, la fotógrafa oficial de Rubén Sánchez.

—Sí, ya te he visto entrar con él.

Y nos pusimos a hablar y a beber. En este viaje estaba bebiendo lo que no había bebido nunca. Tampoco tenía otra cosa mejor que hacer; era un chico muy simpático que me estaba dando conversación y menos mal que había aparecido porque si no me habría pasado toda la noche sola. Y pensando en cosas que no debía. Pensando en que había mentido a Luis, en que no estaba con él, en que me sentía sola y tenía miedo. Además yo no tenía contactos allí como Rubén o Carlos.

Empezó a pinchar un DJ muy conocido, J. Max. La música era buenísima, así que nos pusimos a bailar y a darlo todo, el alcohol hizo que nos desinhibiésemos un poquito más. Michael, totalmente borracho, me contó que su ex se encontraba allí en la fiesta con su nuevo novio. Y yo, que no estaba mejor que él, le pinché para que me contase más.

—¿Sigues enamorado de ella?

—Un poco sí, pero no tengo nada que hacer. Ella ya tiene nuevo novio. Mira, es aquel que está allí.

—Nunca hay que perder la esperanza. Vamos a darle un poco de celos.

Le cogí de la mano, le llevé hasta el centro de la pista y nos pusimos a bailar de una manera un poco sensual, entre risas y confidencias. Me sentía libre y desatada. No quería pensar en nada. Solo en la aventura frívola que estaba viviendo.

—¿Está mirando? —me preguntó Michael, que con el ciego que llevaba ya no atinaba.

—Sí, no nos pierde de vista. Creo que le está molestando un poco. —Y nos empezamos a reír como dos tontos.

—¡Eres la más grande! —dijo en plena exaltación de la amistad.

Y seguimos bailando y divirtiéndonos ante la atenta mirada de la ex de Michael. Estaba floreciendo más que nunca mi niña interior, tenía ganas de pasármelo bien, de reír y de bailar. De pasar de todo.

De repente Rubén se acercó hasta la pista de baile donde estaba con Michael y me llamó.

—Sara, ¡te estaba buscando!

Yo le contesté muy animada. Me lo estaba pasando en grande, pero ya empezaba a sentirme un poco mareada. Aunque no podía parar.

—He estado aquí todo el tiempo con mi nuevo amigo Michael. Es supermajo y divertido. —Me empecé a reír.

—Oye, tu fotógrafa es la caña —le dijo Michael a Rubén.

Este se sintió muy molesto. Y no miró con buenos ojos a Michael. Pero este estaba tan bebido que ni se dio cuenta.

—Sara, vámonos de aquí. —Y me cogió la mano fuerte.

—Suéltame —le contesté enfadada. Quería seguir pasándomelo bien—. Quiero estar con mi amigo Michael, ¡tenemos una misión!

Me cogió de la mano y me llevó fuera, hacia una terraza al aire libre. Tenía una especie de mirador.

—Sara, estás borracha.

—Mmm, creo que un poco sí. —Y me volví a reír—. Estoy contenta porque tengo un nuevo amigo. Puedes seguir hablando con quien te dé la gana. Él no me va a dejar sola, tenemos una misión y estamos a punto de cumplirla.

Rubén estaba cada vez más enfadado. Y no lo ocultaba.

—Ese chico está tonteando contigo.

—Sssshhh, no, estás equivocado, forma parte de nuestra misión. Venga, anda, vámonos a bailar. La música está superguay.

Y traté de arrastrarlo otra vez a la pista.

—No quiero, Sara, estoy cansado.

De pronto me sentó mal su respuesta. No controlaba mis emociones.

—Claro, perdón, que usted es Rubén Sánchez y las estrellas no bailan.

No recibió bien mi comentario. La verdad es que me había pasado un poco y enseguida intenté rectificar.

—Perdón, me he pasado, no me hagas caso, que voy borracha. Anda, dame un abrazo.

Y nos fundimos en un abrazo. Los dos fuimos incapaces de soltarnos, no queríamos que acabara nunca ese momento. De repente sentí algo, no quería que ese abrazo acabase ahí. Nos separamos, me miró los labios, se acercó a mi boca y nos besamos sin darnos cuenta de dónde nos encontrábamos. Yo solo sentí un montón de luces a nuestro alrededor. Y pensé que Rubén y yo estábamos solos rodeados de estrellas.

—¿Nos vamos al hotel? —me susurró al oído.

—Sí.

Me cogió de la mano y salimos de allí sin despedirnos de nadie. Dejé a Michael solo en la pista. En ese momento deseaba a Rubén y viceversa. Teníamos ganas de terminar lo que habíamos empezado en aquel mirador. El beso nos supo a poco.

Esa noche durmió en mi habitación e hicimos el amor. Cuando me desperté, tenía un fuerte dolor de cabeza; me giré y lo vi a él. Ahí fui consciente de todo lo que había pasado la noche anterior. Me había acostado con él. Miré mi teléfono y tenía tropecientas llamadas de Luis. Me asusté y me imaginé que estaría preocupado porque no sabía nada de mí. Pero qué coño había hecho. Quería llamarle, pero mientras estuviese Rubén en la habitación no podía hacerlo. Así que le escribí un *whatsapp*.

«En un rato te llamo, ¿vale? ¿Está todo bien?».

Luis contestó enseguida.

«Hola, amor, sí, estaba preocupado porque no me habías llamado todavía y pensaba que había pasado algo».

Me sentí fatal. Y volví a mentir.

«Anoche me acosté tarde, bebí un poco y cuando llegué a la habitación, caí rendida. Acabo de abrir los ojos, me ducho y te llamo en cuanto pueda, que se me ha hecho tarde».

Luis se despidió de mí sin sospechar nada. Y yo me sentí fatal. Él seguía confiando en mí, ciegamente.

«Vale, amor, me alegro de que te lo pasases bien y disfrutases. Ya me contarás».

Me costó un mundo escribir el último mensaje.

«Sí, ahora te cuento».

Me quería morir, me sentía horrible, había fallado a Luis y no se lo merecía.

Rubén abrió los ojos.

—Hola, buenos días.

—Hola.

—Me encantó lo de anoche, eres una fierecilla. ¿Pedimos el desayuno? Bueno, por la hora que es casi la comida. Voy a revisar en mi móvil a la hora que teníamos que estar listos.

Lo de fierecilla sobraba. Me sentó mal su tono. Como si fuese una más, una fan que se había metido en su cama.

—Yo no tengo mucha hambre, tengo la tripa revuelta. Creo que me voy a duchar.

—No te duches todavía. Si quieres podemos continuar lo de anoche, que no parabas de repetirme que querías más.

Había detalles de los que no me acordaba y me sentía absolutamente avergonzada. No me gustaba cómo me estaba tratando. Quería que se marchara de mi habitación.

—Me duele la cabeza y creo que bebí demasiado. —Lo miré muy seria—. Rubén, te pido por favor que no le cuentes a nadie lo que ha pasado entre nosotros. Ni siquiera a Carlos. Esto tiene que quedar entre los dos.

—¿Es por tu novio?

—Sí.

—No te preocupes, que no tiene por qué enterarse. Lo que haya pasado aquí queda entre nosotros.

Pedí algo de comer para que nos lo trajesen a la habitación. Rubén insistía en que tenía mucha hambre y que la noche anterior había tenido mucho desgaste. Preferí no escucharle. A la media hora tocaron a la puerta. Abrí yo porque no quería que nadie supiese que él estaba en la habitación conmigo.

—Servicio de habitaciones.

—Hola.

Ahí estaba un joven camarero, sonriente.

—Aquí le traigo todo lo que ha pedido. También le he facilitado los periódicos del día por si quiere leerlos. Firme aquí, por favor.

Firmé, cogí el carrito y cerré la puerta. Rubén sonrió al ver la comida.

—¡Qué hambre tengo!

—Mientras desayunas, me voy a meter en la ducha para despejarme.

Desde la ducha escuché el grito de Rubén.

—¡No puede ser, Sara!

Capítulo 23
Las noticias vuelan

Al escuchar su chillido, cerré el grifo de la ducha.

—¿Estás bien, Rubén? —le grité.

Apareció en la puerta del baño con el periódico en la mano y la cara descompuesta.

—¿Qué pasa?

Y de repente se acercó hasta la ducha y me enseñó la portada de *Los Angeles Times*. Ahí estábamos nosotros dos, dándonos un beso, bajo el titular «La fotógrafa que le ha robado el corazón a Rubén Sánchez».

Se me paró el corazón, me quería morir allí mismo. Me empezó a entrar un ataque de ansiedad con todos los síntomas habidos y por haber: no podía respirar y me ahogaba. Rubén tuvo que cogerme porque me iba escurriendo poco a poco, desfallecida. Me sacó de la ducha y me llevó a la cama. El móvil de Rubén sonaba una y otra vez. Lo descolgó y de fondo escuché los gritos de Carlos.

—¿Se puede saber qué coño habéis hecho? Tengo el teléfono que echa humo. Me están llamando de todos los sitios para que les confirme la noticia de vuestro noviazgo, aunque mucho no hay que confirmar. Tienen las pruebas, tienen el beso. ¡Estás gilipollas, tío! No te puedo dejar solo ni un puto segundo. No puedo estar tranquilo en ninguna fiesta. Por qué me relajaría ayer. Escucha, no nos viene nada bien esto a un día de la ceremonia. Los medios tendrían que estar centrados en tu candidatura, en que eres un actor serio y en tu trabajo en una película que nadie se puede perder... No en tus líos de faldas. Joder, joder, ¡es que eres idiota!

—¿Qué hacemos, Carlos? —Rubén parecía un niño a las órdenes de un padre enfadado.

—Déjame que piense, que ahora no puedo con la resaca que tengo. Ayer se fue todo un poco de las manos. En este momento voy de camino al aeropuerto para recoger a Miriam, que llega ahora.

Rubén colgó el teléfono y su cara era de absoluta preocupación. Nos había explotado todo en las manos, habíamos jugado con fuego y nos habíamos abrasado. Me puse a llorar. No podía parar de pensar en Luis y en lo que pasaría cuando se enterase de la noticia. Me entró un miedo terrible de perderlo, de que nuestro amor se esfumara. Las alertas de Google me fueron avisando sobre las nuevas noticias que estaban saliendo de Rubén. Leí con ansia cada una de ellas y en todas aparecía yo de protagonista: «La chica que le ha robado el corazón al actor de moda». En todos los portales salían las mismas fotos: los dos besándonos en aquel mirador. «La fotógrafa oficial de Rubén Sánchez es su nueva novia», «Capturados *in fraganti*», «Besos apasionados a dos noches de la gran ceremonia», «¿Quién es ella?». Todos se preguntaban quién era la chica que había robado el corazón al actor de moda, cuál sería mi nombre o cuántos años tendría. Solo sabían que era su fotógrafa. Leer todo aquello me paralizó más todavía. Me entraron sudores fríos y mi respiración se entrecortaba. Sin ser consciente de ello, mi vida acababa de dar un nuevo giro para el que no estaba preparada. De repente todos los fantasmas del pasado afloraron. Toda mi vida huyendo de la prensa por todo lo que había provocado a mi madre y a mi padre y ahora era yo el centro de atención. Las paradojas de la vida: cuanto más huyes de algo, más te atrapa.

—¿Qué hacemos, Rubén?

—No sé. Carlos me ha dicho que tenemos que pensar bien y dar los pasos correctos, que le diésemos un tiempo. Ahora iba hacia el aeropuerto a recoger a Miriam y después viene enseguida para acá a hablar con nosotros.

No hacía falta que me dijese lo que había dicho Carlos. Sus gritos por el móvil se oyeron en todo el cuarto. El teléfono de Rubén seguía sonando, le estaban llamando de todas partes, pero no lo quería coger porque no sabía qué hacer exactamente. De pronto le cambió la cara, me dijo que su agente americano, Mathew, también le estaba intentando localizar pero no sabía qué explicación darle. Decidió coger la llamada por si le podía aconsejar. Quiso poner el altavoz para que yo escuchara también.

—Hola, Mathew, la que se ha liado…
—Sí, ahora estamos metidos de lleno en la tormenta. —Parecía acostumbrado a estas cosas—. Rubén, creo que la mejor manera de pasarla es no decir nada. No hagas ninguna declaración a ningún medio, o por lo menos hasta que no pase la ceremonia de los Oscar no des ninguna explicación. Seguro que todo esto quedara atrás. Por ahora no quiero alimentar más la noticia, no nos interesa que se desvíe la atención de lo que verdaderamente nos importa, la ceremonia es mañana y nos jugamos mucho. —De pronto dejó de hablar y al cabo de unos segundos interminables suspiró y dijo más alterado—: Joder, pon la NBC, están hablando de vosotros. La fama es así, cuando estás en lo más alto eres el foco de atención de todo el mundo y no te puedes despistar. Cualquier despiste puede desmoronar todo lo que has construido. Espero de verdad que este no sea el caso.

Rubén colgó el teléfono, con semblante muy serio, cogió el mando y puso la televisión. Y, efectivamente, en un programa de la NBC estaban hablando de nosotros, aparecía la foto que salía en el periódico y todos los comentaristas se preguntaban quién era exactamente la chica de la imagen. En la mesa se cuestionaban si llevábamos tiempo saliendo o si la llama del amor había surgido hacía poco. Uno de los debates era si esa mujer le iba a acompañar en la noche más importante para él y si ahí sería donde haríamos oficial nuestro noviazgo.

Estaba viendo todo eso en la tele y no me podía creer que estuviera sucediendo de verdad, la noticia estaba corriendo como la pólvora. Y lo más grave era que empezaban a salir más datos míos, sabían mi nombre y apellido y que era española. Como siguieran tirando del hilo podrían descubrir que en realidad yo estaba prometida con otro chico y que era la hija de Hugo Salazar. Apenas faltaba nada para que esto ocurriese.

Carlos entró en la habitación de golpe. Estaba muy enfadado y nervioso. Me miró con desprecio y con cara de «ya sabía yo que nos ibas a dar problemas».

—Me acaba de llamar Mathew, he estado hablando con él y me ha dicho que no hagamos ningún tipo de declaración por lo menos hasta que pase la ceremonia —le explicó Rubén, rápido.

—Yo también opino lo mismo. Creo que no es bueno desviar la atención de lo que verdaderamente es importante. Esperemos que no se complique más la historia, que se quede así y ya. Que no se le dé más importancia. —Y me miró furibundo—. Porque no hay nada importante que tenga que saber, ¿verdad?

No me quedó más remedio, aunque me fastidiaba bastante, que informarle de dos problemas más.

—Carlos, yo tengo novio, estoy prometida, y mi padre es Hugo Salazar.

Se quedó blanco.

—Eres idiota, Rubén, pareces novato en esto. Se nos va el chollo, tío. ¿Cómo narices se te ocurre darle un beso en una fiesta plagada de paparazis?

—La he cagado, me dejé llevar y no pensé en las consecuencias. —Desde que entró Carlos, Rubén ni me miraba.

—Yo que tú iría llamando a tu prometido —me dijo Carlos con desprecio.

Me alarmé. Parecía tonta, pero lo pregunté. Y eso que tenía años de experiencia con la prensa. Pero me encontraba en shock.

—¿Tú crees que la noticia saldrá en España?

Mi móvil de repente empezó a sonar, era un número extraño y lo cogí.

—Buenos días, ¿eres Sara Salazar?

—Sí, soy yo.

—Sara, encantados de saludarte, te llamamos de la revista *¡Hola!* y queríamos hacerte una pregunta. Nos han llegado unas fotos de agencia en las que apareces besándote con el actor Rubén Sánchez. Le hemos estado llamando a él y a su representante, pero nos ha sido imposible localizarlos. Por suerte hemos dado con tu teléfono y, como vamos a publicar la noticia, solo quería que nos confirmases si es algo serio o lo mismo os estáis empezando a conocer.

No quise seguir escuchando. Preferí no saber cómo habían conseguido mi número. Colgué el teléfono.

—La revista *¡Hola!*, para que confirme si estamos juntos. La noticia va a salir ya en España.

Carlos nos miró a los dos, amenazante. Se le iba la gallina de los huevos de oro de las manos.

—No cojas el teléfono si no son números que conoces; y tú, Rubén, tampoco.

Pero yo me sentía como al borde de un precipicio. Mi vida echada a perder en unos segundos... Otra vez. Tenía que llamar a Luis, tenía que contarle toda la verdad, tenía que saberlo por mí y no enterarse por la prensa. Me dirigí a Rubén y a Carlos. Quería que se fueran, que me dejasen en paz.

—Necesito llamar a mi novio. Quiero estar sola.

—Quedamos en un rato a comer abajo en el restaurante y seguimos hablando. Es mejor que no salgamos del hotel, me ha dado la sensación de que he visto a algún paparazi en la puerta cuando he llegado con Miriam. Por cierto, le he dicho a Miriam que se venga también a comer, no quería dejarla sola, estaba un poco triste porque lo ha dejado con su novio, el que apareció el día después de la fiesta de celebración en tu casa.

Carlos no dejaba de hablar de cosas que me importaban muy poco. Insistí.

—Necesito que os vayáis. Tengo que llamar a Luis.

La cabeza me iba a estallar. Demasiadas cosas que asimilar en muy poco tiempo, y me sentía cada vez más incapaz. Tenía que hacer ya esa llamada y contarle toda la verdad. Llegado a este punto le iba a explicar todo y si me preguntaba si me había acostado con él, le iba a decir la verdad. Se merecía que fuese sincera con él.

Rubén y Carlos se marcharon, por fin, de la habitación y me quedé sola. Me senté en la cama, cogí el teléfono y marqué el número de Luis. Estaba muy nerviosa y el corazón se me iba a salir por la boca. Primer tono, segundo, tercero y saltó el contestador. No me lo cogió. Así que volví a intentarlo. Un tono, dos tonos, tres tonos y el contestador. Mi nudo de la garganta cada vez era más grande y mi desesperación, mayor. Necesitaba hablar con él. No me di por vencida y marqué de nuevo; volvió a saltar el contestador. Se me ocurrió llamar al teléfono del estudio, por si así lo cogía. Un tono, dos tonos, tres tonos. Nada. Saltó el contestador. Solo de esta forma escuché la voz que tanto ansiaba.

«Hola, soy Luis, en este momento no puedo atenderte, deja tu mensaje o llámame a…». Y colgué.

Solo me quedaba escribirle un *whatsapp*. Quizá estaba trabajando y no podía atender las llamadas. «Luis, soy Sara. Por favor, cógeme el teléfono, que necesito hablar contigo». Vio el mensaje y nada, no hubo respuesta. Estaba claro que ya se había enterado de la noticia. Comencé a llorar desconsoladamente, acababa de tirar por la borda mi vida. Luis no me perdonaría jamás. Lo conocía demasiado bien y sabía que ya no iba a poder confiar en mí. Para él la confianza consistía uno de los pilares fundamentales de una relación y si se rompía... se acababa todo. Cuando conoces a las personas y su manera de pensar, te das cuenta de que las palabras sobran. No hacen falta, porque los hechos hablan por sí solos. Luis ya no estaba para mí.

No podía parar de llorar, tenía el corazón destrozado, estaba desolada y asustada. No me podía imaginar la vida sin él. ¿Por qué narices me acosté con Rubén? Cómo pude ser tan estúpida. Me sentía lo peor del mundo, mala persona, sucia, rastrera. Y todo por mis miedos e inseguridades. Por no tenerlo a mi lado.

El sonido de mi teléfono me sacó de mis pensamientos. Lo cogí inmediatamente pensando que podía ser Luis, pero no, era mi padre. Y cómo necesitaba escuchar su voz también.

—Papá —le dije llorando.

—Sara, hija, ¿qué ha pasado?

—Papá, me quiero morir, lo he estropeado todo. Acabo de perder al amor de mi vida.

—Sara, hija, tranquilízate, respira.

Mi padre se mostraba cariñoso, como si nada hubiese pasado. Como si no lleváramos casi dos años sin hablarnos. Y yo ahí llorando, contándole mis penas, saliéndome del guion que había ensayado miles de veces para cuando volviésemos a hablar.

—Soy una mierda, hago daño a todo el que me quiere, soy mala persona y os he destrozado la vida a vosotros y ahora a Luis.

—¿Quién es Luis? —preguntó mi padre confuso.

—Mi prometido, el chico con el que me iba a casar.

—¿Te ibas a casar?

—Sí, papá, con él, con el ser más maravilloso del planeta.

—Entonces, ¿el actor no es tu novio? —El pobre no entendía nada.

—No.

—Tu madre me ha llamado corriendo porque ha puesto la tele y han salido unas fotos en las que estabas besándote con Rubén Sánchez, el actor que está nominado al Oscar. En el programa informaban de que Sara Salazar, la hija del gran músico y compositor Hugo Salazar, era su nueva novia. Bueno, ya sabes cómo dan este tipo de noticias en la prensa del corazón. Y ahora tenemos paparazis en la puerta de casa y no paran de llamarme los periodistas al teléfono para que les confirme la noticia de vuestro noviazgo.

—Papá, lo siento mucho. Siento que tengáis que pasar por todo esto. No merezco ser vuestra hija.

—Sara, por favor, tienes que tranquilizarte.

De nuevo volvía a sentirme protegida, aunque me encontrara lejos. Ahí estaba mi padre, pues sabía que este no era un buen momento para mí. Y no me había fallado. Iba a ayudarme a tomar las riendas.

—No puedo, papá, me quiero morir.

Y de verdad me quería morir, era incapaz de aguantar tanto dolor.

—Sara, escúchame, no te vamos a dejar sola, esta vez no, hija.

—Papá —le dije llorando—, os necesito más que nunca, no puedo con esto.

—Tranquila, Sara, mi niña. ¿Cuándo regresas a España?

—Después de la ceremonia de los Oscar. En el primer vuelo de la mañana.

—Hija, intenta cambiar el vuelo para venirte cuanto antes y así hablamos tranquilamente todo en persona.

—Vale —le contesté entre sollozos—. Papá, ¿leíste la carta que os envié?

Sabía que no era el momento más adecuado para preguntárselo, pero en un principio creí que su llamada se debía a esa carta que le había enviado hacía ya tanto tiempo y de la que había perdido la esperanza de recibir una respuesta. Necesitaba saber si mis padres la habían leído. Podía ser un nuevo comienzo en nuestra relación. Estábamos ahora dando los pasos adecuados.

—No, ¿qué carta?

—Os mandé una carta por correo.

—Ay, hija mía, ya conoces lo desastres que somos con el correo. Tu madre perdió la llave del buzón hace tiempo y todavía no hemos cambiado la cerradura. Las cosas importantes ya no llegan por correo, solo propaganda y alguna que otra carta del banco, por eso nos hemos dormido en los laureles con el asunto del buzón, pero ahora que nos espera una carta hablaré con ella para que lo arreglemos cuanto antes.

—Papá, gracias. Es muy importante para mí que la hayáis leído antes de que regrese.

Y colgamos. Me reconfortó algo hablar con él, escuchar su voz y que me prometiera que no me iba a dejar sola esta vez. Necesitaba más que nunca a mis padres. Bueno, siempre los había necesitado. Hice caso a mi padre e intenté cambiar el billete. Quería largarme de allí cuanto antes. Pero no fue posible, no había plazas, los vuelos iban completos.

Me costaba asimilar todo lo que estaba pasando en mi vida. En apenas unas horas todo había cambiado y no estaba preparada para ello. No me cansaba de repetírmelo. Me sentía muy culpable y no podía dejar de pensar en Luis y en cómo estaría.

Me metí otra vez en la ducha, me vestí y bajé al restaurante. Tenía ganas de encontrarme a solas con Rubén para poder hablar con él con un poco de intimidad. Esperaba que los demás no hubiesen bajado todavía. La suerte se puso de mi lado esta vez. Solo estaba él en la mesa.

—¿Qué tal ha ido?

—No he podido hablar con él, no me coge el teléfono. Le he escrito un *whatsapp*, lo ha leído y nada. No quiere hablar conmigo.

—Espero que esto no se líe mucho más. Estoy muy nervioso, Sara. Mañana son los Oscar y estos follones amorosos no me vienen nada bien, no quiero tener mala prensa. Espero que no salga nada más, no quiero que por una tontería de una noche se me cierren las puertas de Hollywood.

Ahí estaba el verdadero Rubén. Se rompió el espejismo de golpe. Qué tonta fui al pensar que realmente no era tan ambicioso y que tenía un poco de corazón. Sí, ese era Rubén, capaz de todo por no perder el éxito y la fama, capaz de pisar por alcanzar su sueño, capaz de dejar cadáveres por miedo. No me podía creer lo que estaba escuchando por su boca, acababa de decirme que lo nuestro había sido una tontería de una noche. Esta vez no me pude contener más y cargué todo mi dolor y mi ira hacia él. Emprender aquel viaje fue la mayor equivocación de mi vida. No es que me hubiese hecho ilusiones con Rubén, pero sentirme una de sus aventurillas me hizo más consciente de mi error.

—Además de un estafador eres un sinvergüenza. Tío, no tienes alma, eres un miserable y un rastrero. Solo te importas tú y luego tú. Eres un egoísta, capaz de pisar a quien haga falta para conseguir tu objetivo. Eres un ser humano despreciable. Tienes el corazón podrido. Cuánto daño hace la gente como tú. Maldigo el día en que nuestros caminos se cruzaron…

Me levanté y me fui, no quería seguir estando delante de ese ser humano sin corazón. De hecho, ni me giré para ver su careto. Él, por supuesto, no me frenó. Supongo que le resultó un alivio que me marchara, que saliera de su vida. Me crucé con Carlos y Miriam.

—Sara, ¿dónde vas? —me gritó él.

No solo tuve que aguantar el grito de tal tipo, sino que la cantante, a la que yo no había visto en mi vida ni le había hecho nada, me lanzó puñales a través de su mirada. No contesté, no quería saber nada más de ellos, deseaba que desaparecieran de mi vida.

Subí a mi habitación y me quedé allí encerrada viendo y leyendo todas las noticias que aparecían sobre mí. Sin quererlo estaba en boca de todo el mundo. Desgraciadamente lograron atar todos los cabos y salió a la luz pública que yo mantenía una relación con otro chico, Luis Martínez, un prestigioso fotógrafo que trabajaba para las mejores revistas de moda. También decían que aún debían contrastar algunas informaciones, pero que teníamos planes de boda. Continuaban apareciendo nuevos titulares: «Triángulo amoroso» o «Rubén Sánchez, protagonista de un culebrón».

Intenté llamar otra vez a Luis y nada. No había respuesta al otro lado del teléfono. Aquel día viví el mayor infierno de mi vida. Me di cuenta de que no estaba en lo cierto cuando pensé en su día que nunca habría nada que superase el dolor que sufrí por Sergio, mi ex. Qué equivocada estaba, siempre se puede sufrir más por amor. Cuando sucedió lo de Sergio sentí el dolor de que alguien te engañase, ahora la que había engañado era yo y el peso de la culpabilidad resultaba todavía mucho más terrible.

Al día siguiente seguí insistiendo, no me daba por vencida, necesitaba hablar con Luis. Decidí llamarle desde otro teléfono que no pudiera identificar, el de la habitación, pero nada, tampoco lo cogía. De hecho ni siquiera podía dejarle un mensaje porque me decía que el buzón estaba lleno. Quería regresar a España, carecía de sentido seguir más allí. Tenía muy claro que no iba a acudir a la ceremonia de los Oscar. Insistí para cambiar mi billete, pero me volvieron a decir que seguían sin tener plaza. No había otra opción, tenía que quedarme. Me sentí atrapada en aquel hotel.

Me pedí algo para comer en la habitación y encendí la tele. Todos los programas estaban pendientes de contar todo lo que iba a acontecer en la ceremonia de los Oscar. Era el gran día, la ciudad se iba a vestir de gala para recibir a las grandes estrellas del cine. Y, a pesar de que había amenaza de lluvia, parecía que iban a tener suerte y que las nubes respetarían la gala, por lo que todos podrían lucirse en la alfombra roja. Conectaban de vez en cuando en directo con el Dolby Theater, anteriormente conocido como Kodak Theater. Los operarios ya estaban quitando el plástico a la alfombra, pues pronto la pisarían las grandes estrellas. Los fotógrafos ya permanecían preparados para capturar todos los detalles. Dudé unos instantes si ver o no la ceremonia, pero al final decidí que sí, quería saber qué pasaba y estar informada en cada momento.

A las cinco en punto abrió el *photocall* el presentador de la gala, James Call, un auténtico *showman*. Se esperaba mucho de él esa noche, tenía una gran vis cómica, aunque él estaba diciendo a todo el que le preguntaba que se sentía un poco nervioso. Acto seguido llegaron los primeros invitados y las primeras declaraciones. Todos tenían los nervios a flor de piel. Me contagiaron. Una galería de estrellas paseaba y posaba por la famosa alfombra ante cientos de flashes. Guapísimos y guapísimas con unos vestidos espectaculares. Como todos los años, no faltó alguna que otra excentricidad por parte de ciertos invitados.

No podía evitar pensar que si no hubiese pasado nada entre Rubén y yo, en ese momento estaría allí disfrutando también y haciendo fotos. Además llevaría el impresionante vestido que me diseñó el amigo de Luis. Seguiría teniendo mi anterior vida. Pero no, eso no era así. Allí estaba yo en la habitación de un hotel frente al televisor. Apareció por la alfombra roja Rubén acompañado de Miriam, que llevaba un vestido rojo que le favorecía mucho. Posaron juntos. Después los fotógrafos pidieron que posara él solo. Era una de las promesas de la noche. Estaba nominado a dos Oscar. Una película, una canción... y ahora un lío amoroso también. Al final no parecía que le estuviese perjudicando tanto. Una vez que posó para los fotógrafos, se dirigió a la zona donde se encontraban las cámaras de televisión para contestar las preguntas. No me lo quería perder por nada del mundo.

—Rubén, ¿estás nervioso? —le preguntó una periodista.

—Sí, mentiría si dijese que no.

—¿Qué esperas de la noche?

—Que sea lo que tenga que ser. El hecho de estar aquí ya es el mayor premio. Les deseo mucha suerte a todos mis compañeros.

Como siempre, sabía ser asquerosamente correcto.

—Estos días has estado en boca de todos por tu romance con Sara Salazar, ¿sabías que ella estaba prometida?

—No, no lo sabía, me enteré a la vez que todos vosotros, pero prefiero no hablar de este tema. Muchas gracias a todos.

—¡O sea, que ya no es tu novia! —gritaba una reportera, mientras él desaparecía entre la multitud.

Qué cínico. Cómo tenía la poca vergüenza de decir aquello. No tenía escrúpulos, qué bajeza de ser humano, cómo podía haber sido mi amor platónico durante tanto tiempo. Era un ser ruin, mentiroso, calculador, no le importaba nada ni nadie, solo él mismo. Cómo podía haber sido tan estúpida todos estos días. No dejaba de tirarme de los pelos. Mira que me había advertido Luis. Pero caí en las redes de Rubén. Ahora le había dado la vuelta a la tortilla e intentaba lavar su imagen y quedar encima de pobrecillo, haciendo entender que a él también le habían engañado.

Apagué la televisión, no quería seguir viendo más mentiras ni falsedades. Necesitaba escuchar algo de música, así que cogí mis cascos, me los puse y me tumbé una vez más en la cama. La música siempre era fuente de salvación. Cuando me desperté eran ya las dos de la mañana. De inmediato cogí mi teléfono para averiguar qué había pasado con la gala de los Oscar. Y pronto los titulares me lo soplaron. «Rubén Sánchez se lleva una de las dos estatuillas», «Rubén Sánchez, Oscar a la mejor canción original», «La mejor canción original, la de Rubén Sánchez»...

No pude evitar llorar. No sabía si de alegría o de tristeza. Mi canción había ganado un Oscar.

Capítulo 24
Te esperaré

Aterricé en Madrid a las nueve de la mañana. Estaba muy cansada del viaje, pero a la vez nerviosa porque en unas horas estaría entrando por la puerta de nuestra casa. Por fin Luis y yo nos veríamos las caras. Tras esperar en el aeropuerto una hora hasta que salió mi maleta, cogí un taxi para que me llevase directamente hasta la puerta de casa. Esa mañana había bastante tráfico en la capital, parte de La Castellana se encontraba cortada por una manifestación y eso hacía que todo estuviera mucho más colapsado. Me sentía tan impaciente que no me preocupé por saber por qué protestaba la gente, solo quería ver a Luis. Me había imaginado nuestro reencuentro una y otra vez y ahí estaba yo en mis fantasías suplicándole que me perdonase y que no dejásemos morir nuestro amor. El taxista se detuvo delante de la puerta del garaje, me ayudó a coger mi maleta y fui caminando hasta llegar a la entrada. Saqué las llaves de mi bolso y abrí.

—Hola, holaaa, Luis —grité con esperanza.

No había respuesta de nadie. Encendí la luz y fui a buscarlo a la zona de la cocina. Encima de la mesa se amontonaban algunos periódicos y revistas como el *¡Hola!*, *Diez minutos*, *Semana*, *Love* y *Lecturas*... y en la portada de todas ellas figuraba la foto en la que me estaba besando con Rubén.

Dejé la maleta allí y seguí buscándole por toda la casa. Subí a nuestra habitación, allí tampoco lo encontré. Abrí el armario y su ropa no estaba; su lado, vacío. Me asomé a la otra habitación y nada. Volví a bajar a la zona del estudio, miré donde siempre dejaba su cámara de fotos y el ordenador y habían desaparecido. De pronto me di cuenta de que había quitado las fotos que teníamos juntos por toda la casa. Me quedé desolada.

Llamé a Melisa, por si sabía algo de él. No solo nos conocía a los dos, sino que se había convertido en nuestra amiga común. Lo mismo ella me podía decir algo.

—Melisa, soy Sara.

—¿Cómo estás? —me preguntó preocupada.

—Imagínate, estoy destrozada. Acabo de llegar a casa y Luis no está. Ha cogido sus cosas y se ha marchado. Necesito hablar con él. ¿Sabes dónde le puedo localizar?

—Lo siento, Sara. Lo siento muchísimo, pero no sé nada de él. Le llamamos cuando pasó todo para preguntarle cómo estaba y no hubo manera de localizarlo.

Me puse a llorar y Melisa trató de calmarme. Me pidió que le contase qué había ocurrido. Me dijo suavemente que no entendió nada cuando vio las revistas. Estuve hablando bastante con ella. No me juzgó, tan solo escuchó, trató de entenderme, me dio buenos consejos y me consoló. Lo primero que tenía que hacer era averiguar dónde estaba Luis. Cuando colgamos, me sentía un poco más tranquila.

Estar en aquella casa me traía muchos recuerdos, había sido muy feliz en ella y ahora ya no quedaba nada de esa felicidad, las paredes se habían pintado de tristeza. Necesitaba hablar con él y no sabía dónde localizarlo ni a quién llamar para averiguar su paradero. Y de repente me acordé de que tenía el número de teléfono de Marisa, la madre de Luis. Decidí llamarla, aunque me moría de la vergüenza. Sabía que nuestra conversación iba a ser tensa, pero quizá era la única persona que conocía que me podía decir algo sobre él.

—Marisa, soy Sara.

Se produjo un silencio eterno. Por un momento pensé que iba a colgar. Y estaba en su derecho.

—Hola, Sara, ¿qué quieres? —me dijo educada pero cortante.

—Necesito hablar con Luis. No me coge el teléfono, acabo de llegar a casa y no está, no lo localizo por ninguna parte. Por favor, Marisa, ayúdame.

Respiró profundamente y noté que le costaba hablar. Se produjo otro silencio interminable.

—Sara, tienes que entenderlo, él no quiere hablar contigo ni con nadie. Se ha ido. Ha querido desaparecer durante un tiempo.

—¿No me puedes decir dónde o cómo localizarlo? —No me importó rogárselo, necesitaba contactar con él.

—No, porque no lo sabemos. No nos lo ha querido decir, porque sabía que probablemente me llamarías y lo último que quería era que te contásemos adónde se iba.

Me quedé tristísima. No me daba la oportunidad de que le contase qué pasó realmente. No me daba la oportunidad de pedirle perdón por la mayor tontería que había hecho en mi vida.

—Si hablas con él, Marisa, por favor, dile que lo siento muchísimo, que ojalá me perdone algún día, que le esperaré toda mi vida.

Colgué el teléfono y me puse a llorar una vez más. Estaba desesperada, era como si se lo hubiese tragado la tierra, como si hubiese desaparecido para siempre, como si se hubiese muerto. No podía quedarme ni un segundo más en esa casa. Me causaba muchísimo dolor. Todavía estaba su aroma. Olía a nuestro amor.

Lo decidí rápido. En apenas unos segundos. Cogí otra vez mi maleta y me fui directamente a Atocha para coger el AVE hacia Barcelona. Me volvía a casa de mis padres. En aquellos instantes necesitaba buscar un refugio donde llorar y poder hablar, buscaba algo de amor, de cariño y de confort.

Y, de repente, me vi otra vez montada en el AVE, huyendo. Esta vez abandonaba la ciudad donde había sido tan feliz. Dejaba Madrid y todo aquello que pudiera recordarme esa felicidad que ahora me dolía tanto. Me puse mis cascos y con lágrimas en los ojos fui dejando atrás la aventura que había arrancado hacía dos años porque no era feliz. En todos estos meses había tocado el cielo con él. Mi ángel de la guarda me enseñó a desplegar mis alas y me demostró que volar era más fácil de lo que yo pensaba.

Durante todo el trayecto no pude dejar de pensar ni un solo minuto en que él era el hombre de mi vida. Y reflexioné sobre nuestro amor, sobre lo que pudo haber sido y en lo que se había convertido. Y no me pude sentir peor.

El AVE hizo su primera parada en Zaragoza. Unos viajeros subían y otros bajaban, yo solo quería llegar a mi destino a reencontrarme con los míos. Y de pronto una voz interrumpió mis pensamientos.

—Perdona, creo que estás en mi asiento.

Me giré. Aquella chica que me estaba hablando me sonaba, intenté recordar de qué y de repente caí en la cuenta.

—Tú eres... tú eres la chica que cantaba en el metro, ¿verdad? Tú cantas en el metro y hace un montón yo me paré a hablar contigo, ¿me recuerdas?

Ella me miró fijamente e hizo memoria. Entonces sonrió.

—Sí, soy yo, pero ya no canto en el metro desde hace varios meses. Claro que me acuerdo de ti. Tú eres la chica aquella que un día se paró a escucharme mientras los demás no me hacían ni caso. Cómo te lo agradecí.

—¡Qué casualidad volver a encontrarnos aquí, en el AVE! ¿Sigues cantando?

—Sí, anoche di un concierto en Zaragoza. Más o menos un mes después de que nos viéramos pasó por allí un chico de una discográfica. Había huelga de taxis y la única manera de moverse era a través del transporte público. Cuando bajó del vagón y me vio, se quedó como tú, escuchándome. Le gustó tanto que me fichó. Y desde entonces he cambiado el metro por los teatros y las salas de conciertos. —Se la veía tan feliz—. Nunca hay que tirar la toalla. Nunca sabes cuál es tu día de suerte.

Esa chica tenía razón. No me podía dar por vencida con Luis, no tenía sentido que tirase ya la toalla. Tenía que pensar qué hacer para llegar a él de alguna manera. Seguro que había alguna forma, pero todavía no había dado con ella.

Cuando llegamos a Barcelona, nos despedimos. Me había venido bien que subiera, pues me estuvo contando un montón de cosas sobre su pasión, tan parecida a la mía. Así pude aparcar un poco mis preocupaciones. Esa noche tocaba en la sala Luz de Gas y me dijo que si quería estaba más que invitada. Le di las gracias, pero le contesté que estaba muy cansada y que tenía que solucionar algunos problemas personales. No dejé de decirle que había sido un encuentro precioso y que me había dado un chute de energía positiva.

Cogí un taxi y fui a casa de mis padres. Toqué la puerta y me abrió mi madre. Estaba muy nerviosa por este reencuentro.

—Hija. —Se quedó quieta en el umbral, emocionada.

Little empezó a ladrar como loco de alegría e hizo una gran fiesta a mi alrededor. Al escuchar tanto jaleo, mi padre se acercó a la puerta para ver quién era. Yo ya no pude más de la emoción.

—Mamá. —Y me fundí en un gran abrazo con ella.

—Sara. —Me di cuenta de que se sentía aliviada y feliz de tenerme entre sus brazos.

Después miré a mi padre.

—Papá. —Y no pude evitar llorar. Me abracé a él y le dije lo mucho que sentía todo.

—Ya estás en casa, estate tranquila.

Los dos me llevaron dentro y cerraron la puerta. A mí apenas me salían las palabras.

—Papá, me siento fatal.

—¿Por qué no dejas las cosas en tu habitación, te duchas y hablamos?

Mi padre y mi madre estaban esforzándose para que todo saliera bien esta vez. Se les veía preocupados por mí y no sentí que me tuviesen ningún rencor por todo lo que les había hecho. Hice caso a mi padre. Subí a mi habitación. Cuando entré, todo estaba tal y como lo había dejado. Mis trofeos, mis libretas, mis libros... No habían tocado nada, parecía que no hubiese pasado el tiempo en aquella habitación. Pero yo sí me di cuenta de lo que había cambiado. Mi cuarto me pareció el de una adolescente y ahora ya no me sentía así. *Little* no me dejaba ni a sol ni a sombra, quería estar conmigo todo el tiempo. Lo abracé, lo acaricié, jugamos un poco y después abrí la maleta y coloqué toda la ropa en su sitio. Era mi maleta de Los Ángeles, la ropa que tenía en casa de Luis no quise cogerla, no me resignaba a que lo nuestro hubiese acabado de esa manera. Hacer y deshacer maletas siempre me relajaba. Me duché, me cambié y bajé al salón, donde me estaban esperando mis padres para hablar.

—¿Qué quieres tomar?

—Un té chai. —Me quedé mirándolos y después me dirigí a mi padre—. No sé por dónde empezar, papá.

Él, sin embargo, sí supo continuar nuestra conversación.

—Hija mía, ayer conseguimos por fin abrir el buzón y pudimos leer tu carta. —Sus ojos se humedecieron y mi madre le cogió la mano con cariño.

—Lo siento, siento haberos mentido o, mejor dicho, no haber sido capaz de contaros mis sueños, de compartir con vosotros mis miedos.

Mi madre habló con mi padre con los ojos. Se notaba que los dos habían hablado largo y tendido. Y mi padre tomó la batuta de la conversación.

—Llevo toda la noche sin dormir, dándole vueltas a las cosas en las que hemos podido fallar contigo. Preguntándome qué te podía pasar por la cabeza para que ocultases que te gustaba la música. Me ha dolido tanto ver tu miedo, sentir tu sufrimiento y rechazo a que nos comparasen, tu temor por no sentirte a la altura de las circunstancias o tu deseo de no defraudarme... Y de repente me he dado cuenta de que era yo el que tenía que sentirme defraudado y no tú. No sabes cómo deseábamos que hubieses heredado nuestro don para la música y qué ganas teníamos de enseñarte nuestros conocimientos, pero las circunstancias de la vida nos impidieron volcarnos en ello. Hablo ahora por mí, ya sabes lo mucho que amo la música y lo importante que es para mí. Me lo ha dado todo. Durante muchos años me sentí mal por no haber logrado que mi única hija se apasionase por la música y heredase todo lo bueno que tengo dentro de mí. Me he dado cuenta de que esto lo he arrastrado toda mi vida, y quizá eso me hacía ser tan exigente contigo en todo lo que hacías, porque me daba rabia no ver en ti mi pasión, pero tampoco hacía nada por inculcártela.

—Y yo tenía miedo de que no te gustase cómo componía o cómo cantaba, que pensaras que yo era una mediocre y no te sintieras orgulloso de mí.

Mi madre nos escuchaba y contenía las lágrimas.

—Me da igual cómo lo hagas, hija mía, lo importante para mí es ver que lo haces, que lo llevas en la sangre como tu madre y como yo, porque ese es nuestro lenguaje y nuestra manera de comunicarnos con el mundo, con la gente que queremos. Quizá no somos buenos expresando nuestros sentimientos o no sabemos decir un «te quiero», pero porque nuestra manera es decirlo a través de la música. Hija, me muero por escucharte cantar, por verte coger una guitarra y tocar el piano, porque entonces tendrá sentido todo el esfuerzo que he hecho en la vida. Y podré compensar de alguna manera todo el dolor y el sufrimiento que os he causado a tu madre y a ti cada vez que me tenía que ir fuera de casa a algún concierto.

—Papá, no sigas. —Y le abracé y le dije lo mucho que le quería.

A continuación extendí la mano a mi madre e hice que se acercara a nosotros para abrazarnos los tres. Les conté todo lo que había pasado con mi canción. Mi padre se indignó y pensó en demandar a Rubén. Quería hablar con todos sus amigos de la prensa, pero se dio cuenta pronto de que no había nada que hacer, la canción no estaba registrada a mi nombre y no podíamos demostrar que era mía. Por otro lado, me expresó que estaba muy orgulloso porque había escuchado la canción de la película y le había parecido una maravilla. Mi madre se puso a llorar y me dijo que no tenía palabras para expresar lo que había sentido al contarle que yo había compuesto esa letra y esa melodía. Les expliqué todo lo que había vivido desde que llegué a Madrid, mi encuentro con Luis, cómo me acogió en su casa y cómo me cuidó desde el primer momento. Entonces, cuando me puse a hablar del hombre de mi vida, de mi ángel, me rompí. Recordé nuestra historia de amor. Por primera vez sentí que mis padres me escuchaban de verdad y que me entendían. O quizá estábamos aprendiendo a entendernos. Ahora sí me reconfortaba estar con ellos, podíamos hablar sin reprocharnos nada. Todo estaba fluyendo de una forma natural. Me dirigí a mi padre, pero mi madre se mostró atenta en todo momento, no se perdía palabra. En realidad daba igual a quién le dirigiera mis palabras. Los dos estaban conmigo.

—Papá, estoy desesperada, necesito verlo, hablar con él, pero es imposible. No hay manera de localizarlo, ha desaparecido y nadie sabe decirme dónde está, ni su propia madre. No sé qué puedo hacer. ¿Se te ocurre algo?

Mi padre se quedó pensativo.

—Hija, no sé si te servirá, pero creo que se me ocurre algo. Como te he dicho antes, mi manera de expresar mis sentimientos es a través de la música, quizá podrías escribir y componer una canción para decirle todo lo que sientes.

—Ya, pero eso solo serviría para desahogarme. Y yo necesito que escuche de mi boca la palabra «perdón» y que le estaré esperando toda la vida.

—Pero lo puede escuchar. Todo el mundo escucha música. Seguro que si convertimos la canción en un éxito sonará en todas las radios y televisiones del mundo, probablemente así le llegue todo lo que le quieres transmitir.

No sabía qué decirle a mi padre, me parecía todo un poco kafkiano, pero podía ser una buena idea. Por un lado tenía razón, quizá era la única manera de que pudiese escucharme allá donde estuviera, pero, claro eso tenía su cara B. Significaba que tendría que salir a la luz pública y cantar para todo el mundo. No sabía si iba a poder hacerlo, toda mi vida había estado renunciando a esto por miedo y por inseguridad.

—Papá, yo no sé si puedo tocar o cantar delante de la gente, como tú, me aterra que todo el mundo me juzgue.

—No te des por vencida antes de tiempo, hija. Hagas lo que hagas en la vida te van a juzgar, lo importante es que sepas que lo has hecho lo mejor que has podido.

Los miré a los dos, pero sobre todo a mi madre. Yo sabía que ella iba a entenderme perfectamente.

—Me asusta subirme a un escenario, cantar en directo y las consecuencias que me pueda traer estar en boca de todos.

—Sara —dijo mi madre despacio—, ya has estado en boca de todos con lo de Rubén Sánchez, ¿y? ¿Ha pasado algo catastrófico? Sí, todo el mundo ha hablado de ello, pero según han ido pasando los días, la fiebre se ha pasado y el asunto ha perdido importancia, porque todo se olvida. Lo importante es que tú aprendas a gestionarlo y que no te ocurra como a mí, que no supe hacerlo en su momento. Tiré la toalla y me dejé vencer. Pero mi experiencia te puede ayudar, yo te puedo echar una mano en eso, hija. Si no lo haces, si no escribes esa canción por miedo, te arrepentirás. Te estarás fallando a ti misma y eso luego es difícil de gestionar. Hija, no cometas mis mismos errores. No dejes que tu cabeza domine tu vida como me pasó a mí. Aunque sea hazlo por amor, por Luis. Cuanto más huyes de algo, más presente lo tienes.

—Lo pensaré.

Y los miré a los dos agradecida. Por fin estábamos juntos. No me encontraba sola.

Los siguientes días estuve dándole vueltas a la conversación que había tenido con mis padres, valorando y analizando exhaustivamente todo. Y llegué a la conclusión de que no me quedaba alternativa, la única manera que tenía de comunicarme con él era a través de la música. Cogí mi guitarra y me puse a componer de inmediato. No quería enseñarle nada a mi padre hasta que no tuviese algo más o menos claro para poder trabajar sobre ello. Lo fundamental era tener el mensaje que quería transmitir. Y esta vez lo iba a hacer en español, Luis me dijo aquel día al salir del cine que podía ser un gran reto para mí, y si él la escuchaba valoraría más todavía mi esfuerzo, porque sabía que expresaba mejor mis sentimientos en inglés.

Borraba y escribía, escribía y borraba, buscaba las palabras perfectas, me costaba que encajasen fonéticamente, que a la vez rimasen y que tuviera un mensaje claro, y que además reflejaran todo lo que estaba sintiendo en mi interior. Los días se me pasaban volando. Ahí estaba yo, encerrada en mi habitación con la compañía de *Little,* mi guitarra, mi lápiz y mi libreta. Hasta que no tuviese algo no saldría. Este proceso duró dos semanas, hasta que de repente intuí que había encontrado algo.

Me acerqué al estudio de grabación de mi padre. Ahí estaba él, rodeado por su mesa de mezclas, los altavoces, los instrumentos, los micrófonos... En ese espacio él era feliz.

—Papá, creo que he encontrado algo. Solo es el estribillo, pero quiero enseñártelo para ver qué opinas, para ver si voy por buen camino.

Era la primera vez que me iba a escuchar cantar. Estaba nerviosa. Me senté donde estaba el micrófono. Mi padre me notó inquieta.

—Hija, tranquila, que no te voy a juzgar. Estoy aquí para ayudarte y para que hagas la mejor canción que se pueda hacer.

Entonces cogí aire, empecé a tocar la guitarra y me puse a cantar. Mi nueva canción se titulaba *Te esperaré*.

Te esperaré cada lunes a las seis
en el lugar que nuestro amor vio nacer,
donde besarte por primera vez
fue la semilla que creció en cada amanecer.

Perdóname, lo siento, me equivoqué,
perdiendo lo más grande que pude tener.
Te quiero como a nadie más nunca podré.
Mi vida se acaba si no te vuelvo a ver...,
si no te vuelvo a ver.
Esa tarde allí estaré.

Terminé de cantar el estribillo, miré a mi padre y estaba emocionado.

—Hija, qué maravilla de voz tienes. Es tan especial y personal... No me la esperaba así, estoy emocionado. Qué bonito cantas, Sara. Y además en castellano. No dejas de sorprenderme, hija; como la canción de la película era en inglés pensaba que componías en ese idioma.

—Bueno, es la primera que canto en español. Sé que Luis sabrá valorarlo por una conversación que tuvimos.

Sus palabras eran de verdad, salían de su corazón, no me lo estaba diciendo para que me sintiera bien, lo conocía. Y esa cara era de que estaba orgulloso de mí. De repente muchos de mis miedos históricos se esfumaron de un plumazo.

Los dos nos pasamos toda la tarde metidos en el estudio probando diferentes instrumentos para ver qué tal encajaban con lo que había compuesto e ir viendo cómo evolucionaba la canción. Se trataba de la primera vez que disfrutábamos tanto juntos haciendo algo, compartiendo la misma pasión. Era alucinante estar creando junto a él. Me sorprendió cómo desapareció la exigencia que había sentido siempre cuando me dedicaba al atletismo; ahora con la música mi padre no tenía nada que ver. Él estaba relajado, feliz de enseñarme todo lo que sabía, y yo estaba disfrutando a tope y aprendiendo sin parar de él.

—Creo que va a quedar una canción espectacular, Sara. En cuanto la tengamos, grabamos una maqueta y la muevo a través de mis contactos. Al ser además en español, creo que aquí en España puede pegar fuerte. Estoy seguro de que va a triunfar, solo hay que trabajar en ella para que se impregne de tu personalidad.

Ambos estuvimos volcados en el estudio varios meses. Grabamos instrumentos, voces y coros para darle forma a la canción. Todo tenía que quedar perfecto. A los dos nos gustaban las cosas bien hechas y hasta que no nos pareciera redonda sabíamos que no íbamos a parar. Y mientras tanto seguía sin saber nada de Luis. Cada día le llamaba al móvil y a su estudio y nunca obtenía respuesta. Pero trabajar en su canción hacía que tuviera la cabeza bastante ocupada. Solo quería terminarla para que saliese a la luz cuanto antes y transmitirle mi mensaje de amor. ¿Qué pensaría cuando la escuchase? ¿Sería capaz de perdonarme algún día? Él me conocía y sabía que para mí componer y cantar esta canción era una gran prueba de amor hacia él, al hacerlo estaba atravesando mis miedos más profundos. No dudaba de que sería consciente de ello. Y, como decía el estribillo de la canción, le esperaría, le esperaría cada lunes a las seis de la tarde en aquel lugar donde nuestro amor nació. Esa sería mi cita ineludible para el resto de mi vida hasta que apareciese de nuevo.

Una vez que tuvimos la maqueta, mi padre comenzó a moverla a través de todos sus contactos. Pasamos unos días de muchos nervios. Todas las personas que accedían a la canción se quedaban impresionadas con el tema. Les encantaba, pero también alucinaron con que yo, la hija de Hugo Salazar, fuese la que cantaba. Todo el mundo creía que no se me daba bien la música. Nadie se lo esperaba. El ser su hija también era un gancho para que se interesasen todavía más por la canción. Es decir, la noticia tenía percha periodística por varios motivos. Lo preparamos todo para que no nos pillasen desprevenidos las preguntas que surgirían. Si nos cuestionaban por qué mi padre había mentido durante todo este tiempo diciendo que su hija no tenía oído para la música, explicaríamos que todo había sido un mecanismo de defensa, un modo de protegerme de los medios y de darme tiempo para prepararme profesionalmente. Ahora ya estaba preparada, mi música tenía un alto nivel. Yo no había querido sentirme presionada por la prensa ni por nadie, pero había llegado el momento de dar un paso al frente.

Hacía tiempo que no veía a mi padre tan emocionado, estaba ilusionado con el trabajo que habíamos hecho juntos. Ahora empezaba a conocerlo de verdad. Jamás pensé que podríamos llevarnos así de bien, y todo gracias a la música. El hecho de haber sido valiente y haber superado mis miedos me había abierto una puerta que me conectaba con él. Y el hecho de abrirla no me provocó el dolor que yo pensaba, al contrario, fue todo un aliciente.

Pero durante todo este periodo también fue una gozada disfrutar de mi madre. Ella estaba inmensamente feliz por los dos. No se sentía fuera. Muchas veces se sentaba con nosotros en el estudio y nos aconsejaba. A mí me dio unas cuantas lecciones que mejoraron la calidad de mi voz. Y sobre todo la noté orgullosa porque veía que yo estaba venciendo mis temores y que podría elegir cómo llevar mi carrera profesional. No me rendía.

Mi padre y yo estábamos muy contentos ya que tres discográficas se interesaron por mí y me querían fichar. Él se convirtió en mi mánager, ¿quién mejor que él que sabía todos los tejemanejes de la industria? Se encargó de negociar con ellos. Después de analizarlo mucho decidimos que Records Study era la que mejores condiciones nos ofrecía, pero lo que más nos gustó fue que me dejaban componer lo que quisiera, con mis criterios y mi estilo, y que tenía carta de libertad creativa. Y eso era algo que mi padre valoraba dentro de la industria, porque enseguida te querían convertir en un producto. Económicamente nos convencía también.

Al mes de firmar el contrato con la discográfica, la canción empezó a sonar en las diferentes emisoras de nuestro país y estaba en todas las plataformas musicales. Se colocó en el top 10 de las canciones más escuchadas de España. No me lo creía, todo estaba pasando demasiado rápido. Sin embargo, yo solo pensaba en que Luis la escuchase allá donde estuviera, ese era mi objetivo y por eso había compuesto esta canción. La promoción fue dura, no paraba, iba de una entrevista a otra, de radio en radio, de tele en tele, las sesiones de fotos se hacían interminables. A veces me sorprendía riéndome, pues sabía demasiado sobre eso.

    Estaba atenta a todo lo que se escribía o se decía sobre mí. Tenía activadas las alertas de Google. Leía todos los titulares: «La nueva estrella musical», «La hija de Hugo Salazar hereda el talento de su padre», «Sara Salazar y su *Te esperaré*», u otros más del corazón del tipo «¿A quién esperará Sara Salazar? ¿A Rubén Sánchez?», «La exnovia de Rubén Sánchez, nueva estrella de la música». Evidentemente estos últimos me enfurecían, pero estaba preparada para ello, sabía que podía ocurrir. Y es que esa era la pregunta de oro. En cualquier entrevista me la hacían. Nadie recordaba que antes de lo de Rubén yo estaba prometida o no consideraban que Luis pudiera ser el elegido. Todo el mundo daba por hecho que ahora que había salido del anonimato, aspiraba a mucho más (según su criterio, claro). Y casi lo prefería así, que nadie tirara de hemeroteca y me preguntasen por Luis.

    —Sara, tu canción es una declaración de amor, pides perdón a alguien y le dices que le esperarás. Todo el mundo se pregunta quién es esa persona, ¿nos lo puedes decir hoy aquí para todos nuestros oyentes?

—A mi ángel de la guarda. Todos tenemos uno y yo ya lo encontré. Solo estoy esperando a reencontrarme otra vez con él. —Si él me estaba escuchando lo entendería.

Un mes y medio después de su salida, *Te esperaré* ya era número uno en todas las listas de reproducción. La canción se había convertido en un éxito absoluto. La discográfica se mostraba muy contenta por la reacción que estaba teniendo el público y mis padres, también. Pero yo no, seguía sin noticias de Luis. Todos los lunes a las seis de la tarde me iba a aquel lugar que vio nacer nuestro amor, al viaducto de Segovia. Aquel sitio donde nos dimos nuestro primer beso de amor, donde nos fundimos el uno con el otro. Pasase lo que pasase no faltaba a esa cita, aunque lloviese, hiciese frío o calor. A pesar de que ahora vivía en Barcelona y que la promoción de la canción me hacía viajar constantemente por toda la geografía del país, cogía un AVE, un avión o lo que hiciera falta para estar allí, para esperarle. Pero nada, allí no aparecía nadie. No quería desesperarme ni perder la esperanza de que algún día se presentase. Pensaba que quizá tenía que darle más tiempo, que tal vez no había escuchado todavía la canción. Como me dijo aquella cantante que me encontré en el AVE con destino a Barcelona, nunca tenía que tirar la toalla, pues quién sabía cuándo sería mi día de suerte.

Capítulo 25
Una voz en La Habana

Desaparecí, necesitaba hacerlo. Quise abandonar toda aquella locura. Me enteré a través de la televisión mientras cenaba y retocaba unas fotos de Sara, las que le hice en nuestra primera sesión, cuando apenas la conocía. La echaba mucho de menos y ver sus fotos me hacía estar más cerca de su sonrisa y de su mirada. Así los kilómetros que nos separaban resultaban mucho más llevaderos. Había seleccionado seis fotografías y las estaba poniendo en blanco y negro para hacer un *collage* como ella me había hecho a mí con otras fotos. Las quería poner juntas en nuestra casa, en nuestro nido de amor. Sabía que le iba a gustar. No podía dejar de sonreír imaginando su expresión cuando lo viera, iba a ser una sorpresa bonita.

Pero todo se detuvo en mi vida cuando escuché la noticia en la televisión, se me cayó el mundo a los pies. Fui yo quien se llevó una sorpresa. Me quedé paralizado, sin entender qué era lo que realmente estaba pasando, me encontraba totalmente en shock con lo que estaba viendo.

Toda la ilusión que tenía de compartir mi vida con ella se desvaneció, se esfumó de un plumazo. Se me paró la vida en aquel momento sin yo quererlo. No daba crédito a las imágenes que estaba viendo por la televisión. Por unos instantes pensé que no podía ser, que quizá se equivocaban de chica, pero no, era ella. Esa chica que se estaba besando con Rubén Sánchez era Sara Salazar, mi prometida, el amor de mi vida. En aquel momento me morí en vida.

Todo cambió para mí, para ella, para los dos. Ya no había planes de futuro entre nosotros, ya no había nada, solo quedaba el recuerdo de algo que fue. Y lo quería arrancar de mi corazón.

No podía dejar de llorar mientras mi teléfono no paraba de sonar. Era ella, Sara, pero no podía cogérselo. No tenía nada que decirle, no había nada más que hablar entre nosotros, las imágenes ya hablaban por sí solas. Todavía no me podía creer que nuestra relación se acabara de romper de cuajo. La confianza absoluta que había depositado en ella se había evaporado, y sin confianza ya no podríamos seguir construyendo los cimientos de nuestra relación, ya no podríamos seguir alimentando nuestro amor de una manera sana, porque los reproches, la desconfianza y los desencuentros lo convertirían en una relación tóxica, algo de lo que siempre había huido.

No quería que algo que había sido tan especial se convirtiese en su versión mala. No lo podía consentir. Prefería quedarme con la imagen de lo bello que fue nuestro amor. Sara sabría que me había fallado y su culpabilidad y mi desconfianza hacia ella pesarían más que el hecho de vivir nuestra relación. No había marcha atrás. Se había roto todo lo que habíamos construido.

No me serviría ningún tipo de explicación ni tampoco la quería. No me iba a ayudar a que me sintiese menos mal, los hechos lo decían todo, Sara estaba besando a otro hombre. Quizá lo había hecho porque…, no lo sé, tal vez estaba engañado y en realidad no me quería como creía. Qué sé yo lo que pasaría por su cabeza en ese momento.

Ver aquellas fotos y escuchar a los periodistas hablar de ellas me estaba matando. Mi corazón se estaba rompiendo en pedazos. Y poco a poco me fui enfadando, enfadando mucho. Yo que odiaba esa sensación. Aquella situación era injusta. ¡Tenía tantas ganas de tirar todo al suelo! De romper en mil pedazos lo que se cruzara en mi camino. De arrancar todas esas fotografías que mostraban algo que ahora sabía que era mentira. Logré calmarme y decidí descolgar cada una de las fotos, que desapareciera nuestra historia en las paredes de nuestro hogar. Estaba agotado. De pronto me pesó todo el estrés de mi trabajo. Me apasionaba, pero a la vez me estaba quemando. Y ahora Sara…

Mientras, mi teléfono seguía sonando: amigos, familiares, Sara que no dejaba de insistir… Todo lo que estaba viviendo era una auténtica pesadilla. Yo que siempre había tratado de llevar las riendas de mi vida, de controlar todo, ahora me resultaba imposible gestionar aquello. No podía coger el teléfono a nadie, no podía hablar, el tsunami desencadenado en mi interior estaba sepultando toda mi vida de un plumazo. Se vino abajo todo mi presente, sepultando mis ilusiones, mis planteamientos de futuro, todo…

No tenía fuerzas para contestar ni una sola llamada ni un solo: «¿Cómo estás?» o «Lo siento» o «¿Qué ha pasado, estoy viendo las imágenes de Sara…?». En realidad no sabía qué había sucedido. Pero estaba destrozado, y con toda la rabia que sentía era incapaz de perdonar.

De pronto me di cuenta de que los días siguientes a la noticia estaría ahí de una manera obsesiva mirando, leyendo y escuchando todo lo que saldría sobre ella, en busca de alguna explicación. No podría soportarlo. Para colmo mi nombre empezó a aparecer por todos lados también, hablaban de que si era un prestigioso fotógrafo que trabajaba para las mejores revistas de moda y ponían imágenes de algunas de mis fotografías, que habían cogido de mi página web o de mis redes sociales.

Al día siguiente compré la prensa para ver si alguien decía algo más, pero nada, todo era más de lo mismo, en todas las portadas aparecía la dichosa foto de ellos dos besándose. Y a medida que iba viendo más y más, cada vez estaba más desesperado, si es que era posible. No quería comer ni dormir. No entendía por qué Sara nos había hecho esto a los dos, por qué había decidido destrozar nuestro amor. Me preguntaba en qué le había fallado para que ella hiciese eso, para que lo tirase todo por la borda. Pero no encontraba ninguna respuesta. Me vi tan perdido, no encontraba nada que lo justificase porque para mí nuestra relación de amor era única, especial y todo hasta ese momento había ido de maravilla. La amaba desde lo más profundo de mi ser y la seguía amando, pero eso ya no importaba. Daba igual lo que yo sintiese, ella me había fallado y yo ya no podía hacer nada, ya no había marcha atrás. Sara había fallado a nuestro amor fallándose a sí misma. Lo nuestro, por mucho que yo quisiera, ya era imposible, ya estaba muerto.

Tomé una decisión. No quería verla. No quería que entrase por la puerta de nuestro hogar y me encontrase. No quería que me viese furioso ni triste ni vencido ni desesperanzado. Actué rápido. Fueron unas horas de pesadilla, pero decidí emprender un viaje largo. La casa me pesaba, aunque hubiese retirado nuestras fotografías. Tenía que asumir que mi vida acababa de cambiar, aunque yo no lo desease. Y que esto no podía asimilarlo. Por eso decidí salir de allí, huir, cambiar de vida y no dar explicaciones de nada a nadie por todo lo que había ocurrido. Tampoco quería escuchar ninguna ajena a nuestra relación. Pero antes de abandonar todo tenía que hablar con mis padres, estarían preocupados por mí. Los llamé.

—Hijo, estábamos preocupadísimos por ti. Lo siento mucho. No entendemos qué le ha podido pasar a Sara, cariño. Seguro que hay una explicación —me dijo mi madre.

—Mamá, necesito desaparecer. Me marcho de viaje, me voy de aquí. Voy a empezar de cero en otro lugar. Todavía no sé dónde. Pero estad tranquilos, que todo pasará.

—Hijo, pero ¿adónde vas?

—No lo sé, mamá, necesito recomponerme. No quiero que nadie sepa nada de mí, ni familia ni amigos ni Sara. Entendedme, por favor. Prometo que cuando esté recuperado, vosotros seréis los primeros en saber dónde estoy e incluso viajareis para visitarme. Y ya podremos decirles a todos en qué lugar del mundo estoy. Ahora quiero estar solo.

Mis padres, como siempre habían hecho, respetaron mi decisión. Aunque noté que se quedaron hechos polvo.

No quería estar presente la mañana que sabía que ella regresaría de Los Ángeles. Me iría antes para no encontrármela y evitar así más dolor. Mandé un mail a todos mis clientes, diciéndoles que por circunstancias personales me iba de España una temporada, y a aquellos con los que tenía compromisos cerrados les escribí diciéndoles que lo sentía mucho por todos los inconvenientes que podía causarles, pero que me tenía que marchar. Me alivió ver que todos me respondieron con cariño y me desearon mucha suerte en esta nueva etapa. Hice la maleta con la ropa que había en mi armario y cogí mi cámara y el ordenador. Y sin pensarlo dos veces abandoné nuestro hogar. Cerré la puerta de lo que había sido nuestra casa sin ningún remordimiento. Era lo mejor para los dos.

Al llegar al aeropuerto me fui al panel de control a mirar las próximas salidas. Me dejé llevar y decidí volar a Roma, era una de las pocas ciudades que todavía no había visitado. Italia siempre me llamaba. Sentí una punzada en el corazón y recordé ese viaje a Venecia que nunca haría con Sara. Su regalo de aniversario.

Estuve en Roma y finalmente visité Venecia. Después me pasé meses viajando por toda Europa, yendo de una ciudad a otra. En cada una de ellas paseaba por sus calles, trataba de captar el espíritu de la ciudad, conocía a sus gentes y, con mi cámara siempre en la mano, fotografiaba los sitios más recónditos. Normalmente mi estancia en cada destino se alargaba varias semanas. Siempre había disfrutado viajando y ahora tenía la excusa perfecta para hacerlo. Me vino muy bien alejarme de toda mi vida anterior, desconectar de absolutamente de todo. Me prohibí durante toda mi huida, por salud mental, leer prensa española. No quise buscar noticias que hablasen de Sara o de Rubén, ya había tenido suficiente. Ahora debía cuidarme y protegerme, recomponerme, la vida continuaba, no se detenía. Alejarme me ayudó a coger aire, a poder respirar tranquilo, aunque me seguía causando un dolor inmenso. La echaba mucho de menos, pero sentía que lo nuestro estaba más que terminado.

Cuando ya me cansé de recorrer las ciudades europeas que me llamaban la atención, decidí cruzar el charco. Total, no tenía nada que hacer, solo vivir y recuperarme. Todavía tenía dinero suficiente para seguir viajando y vivir la vida. Volé a Cuba. Quería descubrir de primera mano su naturaleza, su magia, su historia y también conocer a sus gentes. Quería fotografiarla. Había creado una carpeta con todas las fotografías que estaba haciendo en mi nueva vida. Nada tenían que ver con las de moda. Inmortalizaba edificios, objetos, atardeceres, paisajes...

Después de unas cuantas horas y de un vuelo tranquilo aterricé en el aeropuerto internacional José Martí, que se encontraba al suroeste de La Habana. La maleta tardó un buen rato en salir y después cogí un taxi. Me pareció la forma más fácil de llegar al centro de la capital. Me esperaban veintiún kilómetros hasta el hotel donde me iba a alojar.

—Hola, ¿adónde le llevo, amigo? —me dijo el taxista.
—Al hotel Club.
—¿Tú eres español? —preguntó, curioso.
—Sí.
—¿De Madrid? Me encantan los españoles. ¿De qué equipo de fútbol eres, del Real Madrid o del Barcelona?

Me di cuenta de que me había tocado el taxista más hablador de toda La Habana y que me iba a ser imposible un poco de silencio. Así que decidí seguir la charla. Qué remedio.

—No me gusta el fútbol.
—Eres el único español que conozco al que no le gusta el fútbol. —Y se rio a carcajadas.

No le contesté, pero el señor, muy amable, seguía dándome conversación.

—Aquí en Cuba nos gusta mucho todo lo relacionado con España. Vemos las series españolas, que nos encantan, y hay una que aquí es todo un éxito, *Aquí no hay quien viva*. Es muy divertida. ¿La conoces?

—Sí, la conozco, les he hecho fotos a algunos de los actores.
—¿Eres fotógrafo? —me preguntó, entusiasmado.
—Sí.
—Pues aquí seguro que vas a hacer unas fotografías espectaculares. Esta ciudad tiene encanto. —De pronto se le ocurrió una buena idea, que le agradecí eternamente—. Voy a poner música, una emisora donde escuchamos música que hacéis en tu país.

Encendió la radio y la locutora habló de una chica que estaba revolucionando el panorama musical español.

—Esta chica tiene una voz espectacular, dice que está esperando a su ángel de la guarda. Para curiosidad de nuestros oyentes, es la hija del gran músico Hugo Salazar y, como podréis escuchar, ha heredado el talento de su padre. Aquí os dejo con su gran éxito, *Te esperaré*.

Ya sé lo que es herir, ya sé lo que es perder,
ya sé que puedo amar y romper queriendo.
Y ya sé que es verdad que valoramos más
las cosas cuando ya no las tenemos.

Duele la realidad, tu cámara no está
y un millón de veces me arrepiento.
Quiero volverte a ver para un perdóname.
Que vivo sin vivir este vacío que siento,
porque no te tengo, porque no te encuentro.

Te esperaré cada lunes a las seis
en el lugar que nuestro amor vio nacer,
donde besarte por primera vez
fue la semilla que creció en cada amanecer.

Perdóname, lo siento, me equivoqué,
perdiendo lo más grande que pude tener.
Te quiero como a nadie más nunca podré.
Mi vida se acaba si no te vuelvo a ver...,
si no te vuelvo a ver.
Esa tarde allí estaré...

Fuiste un rayo de luz en mi oscuridad,
fuiste lo que me sacó de mi infierno,
de mi inseguridad, de mi miedo a brillar,
a ser quien soy y no esconderlo.

Nunca podré encontrar una sonrisa igual
ni tu mirada de amor verdadero.
Este mensaje está en mi música al sonar
para decir que te echo de menos.

Te esperaré cada lunes a las seis
en el lugar que nuestro amor vio nacer,
donde besarte por primera vez
fue la semilla que creció en cada amanecer.

Perdóname, lo siento, me equivoqué,
perdiendo lo más grande que pude tener.
Te quiero como a nadie más nunca podré.
Mi vida se acaba si no te vuelvo a ver...,
si no te vuelvo a ver.
Seguiré soñando con encontrarnos,
hasta que pueda tocar tu piel.

Te esperare, te esperaré, te esperaré...
Esa tarde...,
te esperare, te esperaré, te esperaré...
Esa tarde para volverte a ver,
volverte a ver y con tu mirada enloquecer,
con la sonrisa que en cada noche soñé.

    La voz de Sara inundó el taxi. Y las lágrimas mis ojos
    El conductor seguía hablándome, pero yo desconecté. Me dejé llevar por unas palabras y una melodía. Miré por la ventana y me perdí por las calles de La Habana con su música de fondo y una punzada en mi corazón.

Capítulo 26
Borracho de éxito y soledad

Sí, recibí un Oscar, pero no el que yo quería. Aquel día sentí lo que es ganarlo, lo toqué, lo tuve entre mis manos, pero realmente no estaba feliz porque no era el que yo de verdad deseaba. Me dolió que me arrebatasen el de mejor actor principal. Me pareció injusto porque mi trabajo había sido brillante. Me premiaron a mí por algo que yo no había hecho. Cuando lo recibí, no pude evitar acordarme de Sara y pensar si lo estaría viendo. Me pregunté qué le estaría pasando por la cabeza. Me dio realmente pena que lo nuestro acabara de esa manera, pero tenía que protegerme, y mis miedos tal vez no me dejaron manejar la situación de la mejor manera.

Estaba sobrepasado, nunca me había visto con tanta presión mediática, envuelto en tal lío amoroso, jamás pensé en la repercusión tan grande que tendría aquel beso que nos dimos en ese palacete. No calibré en sus consecuencias, ni que importara tanto la persona con la que estaba o me había liado. Fui cazado y yo parecía un novato en este mundillo. Sara me gustaba, admiraba su talento y eso la hacía más atractiva todavía, pero siendo sinceros no era el momento de tener una pareja. No le habría podido dedicar el tiempo suficiente. Mi mente estaba puesta en mi carrera profesional. Pero a pesar de que nuestra última conversación fue tensa, yo siempre la recordaré con cariño. Me gustaron mucho nuestras cenas y charlas. Ahí me sentí yo y disfruté de verdad.

  Ganar la estatuilla dorada me abrió alguna que otra puerta, quizá no tantas como a mí me hubiese gustado. Es más, me salieron más propuestas interesantes como compositor que como actor. De hecho, una de las grandes discográficas del mundo llamó a Carlos (él era mi representante en los temas musicales) porque quería que grabase un disco. Me daba pereza. A mí la música me gustaba, pero hacía mucho que no componía y querían sacar un disco aprovechando el auge del Oscar. No me pude comprometer a ello porque mi talento musical brillaba por su ausencia, solo era un aficionado. Por no perder la ocasión decidí sacar una canción que escribimos Carlos, Miriam y yo en una noche de juerga. Miriam ya había saboreado la miel del éxito y estaba dispuesta a subirse una vez más al barco. Y prácticamente en un mes tuvimos la canción lista para que saliese al mercado y, como no podía ser de otra manera, fue un auténtico fracaso.

La canción no tenía el alma suficiente para triunfar y la gente no podía evitar compararla con *My Secret*. Al no cosechar el éxito que la discográfica pensaba, todo se empezó a tensionar. Señalaron culpables y esto hizo que Carlos y yo tuviéramos más peleas. Nuestra relación no atravesaba un buen momento. Además, la noche de los Oscar Carlos se lio con Miriam y ahora eran medio novios. Carlos no podía evitar llevar mal que yo me hubiese acostado primero con ella. Eso también estaba afectando a nuestra relación porque se obsesionó pensando que Miriam seguía enamorada de mí.

Ya no era el Carlos que yo conocí y no me aportaba lo que yo quería, estaba a otra cosa. Por eso decidí alejarme una temporada de él. Necesitaba respirar, asimilar todo lo que había pasado y pensar qué rumbo quería tomar. Tuve una conversación bastante larga con Mathew en su despacho. El no haber ganado el Oscar a la mejor interpretación masculina había hecho un poco de mella en mi autoestima, fue la primera vez que dudé de mi talento. Cuando llegué a su despacho, Mathew lo intuyó y me dijo de una manera sincera:

—Rubén, yo sigo creyendo en ti. Cuando tomo la decisión de representar a alguien lo pienso mucho. Creo en ti como actor. Eres muy bueno. Ahora tenemos que saber dar los pasos correctos para que sigas creciendo y, por supuesto, crucemos los dedos para que llegue ese papel que te haga volver a estar nominado. Debes tener paciencia y no desanimarte.

Salí de allí con las pilas otra vez cargadas, tenía razón, esto era una carrera de fondo. Si había estado a punto de llegar a la meta, si lo había logrado una vez, lo podía hacer de nuevo.

Después de los Oscar decidí instalarme en Los Ángeles y me alquilé una casa muy chula en Santa Mónica, al lado de la playa. Era el momento de quedarme a vivir allí, aprovechar todo lo que me acababa de pasar. Tenía que seguir conquistando ese mercado, el español ya lo tenía más que dominado y siempre podría volver. Con mi currículo nunca me faltaría trabajo.

Y una mañana, mientras desayunaba en el salón de mi nueva casa, decidí poner la radio en vez de la tele. Y de repente sucedió. Nada más encenderla escuché la voz que me atrapó aquel día en el camerino que habían habilitado para el casting de *Herida mortal*. Era ella, Sara, cantando en español. No pude dejar de esbozar una sonrisa y alegrarme por el paso tan grande que había dado.

Y, al igual que ella, yo estaba esperando y espero... De hecho me he pasado los últimos años esperando a que me llegue el papel de mi vida en la soledad más absoluta...

Capítulo 27
Cruce de caminos

Había pasado ya más de un año y medio desde que *Te esperaré* empezó a sonar en todas las televisiones, radios y plataformas musicales. La canción había roto con todas las expectativas y ni por asomo se esperaba ese gran éxito. Se escuchaba en todo el mundo y era una locura cómo había calado entre la gente. En cualquier sitio oías que alguien tarareaba la canción. Su estribillo había pegado fuerte. Y yo estaba contenta por ello, sobre todo si eso ayudaba a que Luis la escuchase allá donde estuviese. Deseaba que le llegase mi mensaje de arrepentimiento, que supiese lo mucho que lo amaba y que siempre le estaría esperando. Aunque cada vez me martirizaba más no saber de él, me carcomía por dentro.

No podía hacer más de lo que estaba haciendo, pero sentía una gran impotencia por no tener forma de localizarlo. Ni siquiera sabía si estaba viviendo en España, era como si se lo hubiese tragado la tierra. Cada lunes iba a Madrid a esperarlo en el viaducto de Segovia, donde nos besamos por primera vez. Aprovechaba el viaje y me pasaba por su casa y siempre tenía la esperanza de ver alguna luz en el estudio. Pero nada, aquel lugar estaba cerrado a cal y canto tal y como lo dejé yo antes de marcharme de allí.

¿Tenía que aceptar que ya no le volvería a ver jamás? ¿Que nuestros caminos ya no se juntarían? Me resistía a ello, luchaba contra el destino. Maldecía una y otra vez que hubiese puesto en mi camino a Rubén. Ya había pasado a la historia, no me interesaba nada su carrera, que por cierto cada vez se iba apagando más. Analizaba por qué había sido tan tonta de aceptar ir a Los Ángeles o cómo no había retirado la cara en aquel beso o por qué había faltado al respeto a nuestro amor, el que Luis y yo cuidábamos tanto. Pero no quería perder la esperanza de que apareciese en algún momento. Por eso no tiraba la toalla y cada lunes que iba allí pensaba que ese sería el día que le volvería a mirar a los ojos, el día que le volvería a sentir cerca. Pero no, había pasado más de un año y ese día no había llegado.

No había ni rastro de él en las redes sociales. Llamé a su madre un par de veces más para preguntar si me podían decir algo más sobre él, pero ella se callaba. Marisa siempre fue correcta conmigo, creo que en el fondo le enternecía mi insistencia y que todavía esperase una respuesta. Sin embargo, tenía que entender que estuviese molesta, había hecho daño a su hijo. Me torturaba pensando que quizá Luis ya hubiese encontrado a alguien, a alguna chica con la que fuese feliz y con la quisiese casarse para olvidarse de mí. Lloraba solo de pensarlo. Yo todavía no había podido arrancarle de mi corazón ni había rehecho mi vida. Era imposible. Lo seguía amando con locura, con todas mis fuerzas. No podía resignarme a pensar que había perdido al amor de mi vida por mi maldita culpa.

Me quedé en Barcelona a vivir con mis padres. Mi relación con ellos ahora era muy buena y, dadas mis circunstancias, prefería estar acompañada que sola. A pesar de mi dolor y frustración, paralelamente estaba disfrutando como nunca de su compañía. Mi madre me apoyaba en todo y se había convertido en una estupenda confidente. Y con mi padre nunca soñé una relación mejor. La música nos había unido como jamás había imaginado y eso me hacía feliz. A veces pensamos que detrás de todos nuestros miedos se encuentran más miedos y dolor, y no podía estar más equivocada. El hecho de haberlos atravesado me había llevado a tener una unión especial con mi padre que había deseado desde niña. Cómo habría disfrutado la abuela Rosario de este momento... Me acordaba mucho de ella.

Fui tonta al mantener oculto mi secreto durante tanto tiempo, pero quizá si no lo hubiese hecho, si esas circunstancias no me hubiesen llevado a tomar la decisión de salir de mi casa para ir en busca de respuestas, jamás habría conocido a Luis y nunca habría vivido un amor tan verdadero. Y aunque todo había explotado por los aires y emocionalmente estaba rota, entendía que era el precio que debía pagar por no haber sabido gestionar un amor de verdad o, mejor dicho, por no haberlo valorado. Si algo tenía el paso del tiempo era que me estaba permitiendo mirar atrás con perspectiva y pude llegar a ciertas conclusiones. Encontrar un amor de verdad resulta muy complicado, por eso cuando aparece hay que saber cuidarlo, respetarlo y valorarlo. Sin embargo, antes de alcanzar ese amor, servidora tendría que haber aprendido a cuidarse, respetarse y valorarse, y así después poder hacerlo con los demás. Quizá esta lección llegaba demasiado tarde a mi vida y quizá también el hecho de haberme cerrado al amor desde lo de Sergio no me había ayudado a que practicase mucho. Así que dejé escapar el amor de verdad de mi lado.

 La fotografía la dejé al margen por el momento. No quería coger la cámara sin estar junto a Luis, eso pertenecía a mi vida con él. Y ya hacía mucho que había abandonado la idea de la exposición que con tanta ilusión emprendí. Veía los retratos, sobre todo los de Luis, y me producía una enorme pena. Pero no me veía con ganas.

Me centré en la música, que por lo menos me estaba proporcionando sensaciones bonitas. Para mí era muy importante que mi padre estuviese tan orgulloso de mí y que admirara tanto el talento que tenía. Su manera de mirarme había cambiado, ya no era un problema como antes, ahora resultaba una alegría tenerme a su lado. Creo que ahora veía en mí cosas que le recordaban a sus inicios en la música. Por primera vez hablábamos el mismo lenguaje.

Los de la compañía discográfica deseaban que siguiera componiendo canciones para sacar un disco, no querían dejar pasar todo el éxito que estaba teniendo, y era lo lógico. Cualquiera probablemente lo habría hecho sin dudar, era tentador surfear la cresta de la ola. Pero la verdad era que yo no lo tenía tan claro. Tenía mis dudas de si seguir componiendo y cantando para todo el mundo o hacerlo solo para mí y que mi talento quedase en mi intimidad. Lo de estar tan expuesta simplemente lo llevaba, pero tampoco era algo que me completase o agradase demasiado. Podía cantar delante de toda la gente, pero no llegaba a estar a gusto del todo. Lo cierto era que todavía había algún miedo por ahí renqueando o quizá simplemente no me gustaba. Eso era algo que sabía que tenía que descubrir.

Por eso fui sincera con mis padres desde el minuto uno. Después de todo lo que habíamos pasado, no estaba dispuesta a que otra vez los malentendidos e incomprensiones pudieran provocar otra larga temporada sin hablarnos. Así que decidí que eso jamás nos volvería a ocurrir y les conté cómo me sentía y las dudas a las que me estaba enfrentando. Ellos me dijeron que hiciera lo que yo quisiera, que tomase la decisión que me hiciese feliz, que lo único que me podían aconsejar era que no dejase de componer, pues tenía un don. Y ese don era una forma de expresarme y, además, me serviría de terapia y de desahogo para enfrentarme a todo lo que me estaba pasando. Y que cuando tuviese un número interesante de canciones me plantease el camino que quería que recorriesen.

 Tenían razón, probablemente escribir y ponerles música a mis sentimientos me podría ayudar. Siempre me había servido de terapia, aunque lo hiciese durante mucho tiempo a escondidas, pero ya no me tenía que ocultar de nada. Estar otra vez en mi habitación, en casa de mis padres, hizo que conectase de nuevo con mis raíces, con mi esencia y con esa persona que fui, pero desde un prisma diferente, con el poso que te daba la distancia del tiempo. Por eso, aunque lo pensé en un principio, no quise cambiar nada de la decoración de mi cuarto, quería que siguiese tal y como como lo dejé antes de mi partida a Madrid, con los trofeos en la estantería o las medallas colgadas en la pared. Cada rincón y cada objeto que había allí me hacían recordar aquella chica que fui, con mis miedos e inseguridades, a la que un día se le cruzó el atletismo en su vida y le sirvió de refugio. Y eso es lo que precisamente estaba buscando ahora, un nuevo lugar donde ponerme a salvo de mi tormenta emocional.

De pronto pensé que quizá el atletismo podría volver a ayudarme. Siempre me había gustado correr, lo que hizo que lo aborreciese fue aguantar la presión y sentirme en la obligación de ganar carreras y llenar las estanterías de trofeos porque tenía que ser la mejor. Perdí la capacidad de disfrutar y apasionarme y me centré más en los resultados que en el propio placer que me provocaba correr. Quería recuperar esa sensación, así que fue el momento de retomar el deporte, pero como hobby. Sabía que me iba a venir muy bien para despejar mi mente.

Y así hice, lo retomé. Contacté de nuevo con mi entrenadora, Asun, y para mi sorpresa se alegró un montón de que diera ese paso. Y es que habíamos estado mucho tiempo juntas. Nos queríamos y nos respetábamos. Ella me dijo que estaba feliz de que recuperase el placer del atletismo. Y que me ayudaría en lo que pudiese. Volví a sentir el placer de correr, esa sensación que solo conocía mi cuerpo y que tanto me gustaba. Eso sí, cambié la velocidad por el fondo. En mi rutina diaria, nada más levantarme me iba a correr bien temprano, para no dejar que mi cabeza pensase demasiado. Luego, como estaba cansada por haber corrido, mi cabeza se tranquilizaba bastante. Poco a poco fui encontrando un equilibrio físico y mental que me hacía más llevaderos los días. Ahí estaba una de las claves de la vida, encontrar el equilibrio.

Después de hacer ejercicio me duchaba, desayunaba y ya estaba preparada para coger mi guitarra y ponerme a componer. Esta rutina diaria me ayudó mucho. Salvo los días que tenía algún compromiso profesional, procuraba siempre sacar tiempo para correr pasase lo que pasase, incluso los lunes lo hacía antes de coger el AVE a Madrid para estar a las seis en mi cita ineludible.

En mis relaciones personales experimenté también muchos cambios. Continué mi amistad cada vez más fuerte con Melisa y su novio. Los lunes solía aprovechar para verlos. Pero durante la semana hablábamos varias veces. Me encantaba haber construido una amistad tan bonita.

Cuando empecé a tener éxito, tanto en la prensa del corazón, por lo ocurrido con Rubén, como en mi andadura en el mundo de la música, mis antiguas amigas, Carol y Raquel, volvieron a intentar contactar conmigo, pero me di cuenta de que estas relaciones no iban a ninguna parte. Y ellas también. No teníamos nada que decirnos, pero logramos una relación en la que si nos veíamos, nos alegrábamos de saludarnos y de saber qué tal nos iba. Patri nunca me llamó, ni yo tampoco, su dignidad le podía más, aunque conociéndola algo sabía que se moría por descolgar el teléfono. Me dio pena enterarme de que había seguido el camino trazado por sus padres y, según me contaron, cada vez estaba más apagada. Mi ex, Sergio, dejó su dignidad a un lado y llamó por teléfono. Por primera vez escuché de su boca un «perdóname por lo que te hice». Y, todo hay que decirlo, se lo agradecí. Pero el que deseaba con todas mis fuerzas que llamase, Luis, no lo hacía. Así son a veces los juegos de la vida, que cuanto más quieres algo, más se aleja de ti.

Pasaron las estaciones y otro año más. Decidí aplazar la salida de mi primer disco, no estaba preparada para lo que conllevaba: la promoción, los conciertos… Eso requería una energía que todavía no tenía, no estaba fuerte mentalmente. A la discográfica no le sentó nada bien y no entendían que estuviera dejando a un lado el sueño de cualquier músico. Tenían razón, pero yo no estaba preparada para ello. No tenía prisa, sabía que era una responsabilidad tener un disco en el mercado. Quería defenderlo con todas mis fuerzas, y esas fuerzas todavía no eran suficientes. Primero me tenía que recomponer a mí misma de una vez por todas para luego entregarme con pasión a todo lo demás. Estaba en el camino. Les pedí un poco de paciencia y, aunque a regañadientes, accedieron.

El deporte me estaba ayudando mucho en esta nueva etapa y me empecé a aficionar a correr carreras. No había media maratón en la que no estuviese presente. Me había puesto como objetivo correr este año la de Nueva York. Sabía que era una locura, pero me apetecía vivirla. Estaba superando la carrera de la vida, llena de altibajos mentales, y me preparaba cada día para superar cualquier obstáculo que apareciese. Todo en la vida era una cuestión mental y estaba dispuesta a ganar la batalla. Así que ir a Nueva York se convirtió en un nuevo reto, en un sueño.

Llegué a Nueva York cinco días antes de la carrera, quería aclimatarme un poco para llegar lo menos cansada posible al evento. Cuando tomé la decisión de correrla, me inscribí y reservé habitación en un hotel que me habían recomendado. Me sentía un poco nerviosa porque no sabía cómo iba a reaccionar mi cuerpo a los cuarenta y dos kilómetros. Había estado preparándome meses para ello, con ayuda de mi entrenadora. Pero nunca sabes cómo va a evolucionar una carrera. Eran unos nervios muy diferentes a los que sentía antes de cada competición porque entonces ansiaba ganar y en cambio los de ahora eran por la incertidumbre de saber cómo se iba a comportar mi cuerpo. Quería llegar a la meta, pero si no lo lograba no pasaba nada, volvería al año siguiente. Todos los corredores estábamos pendientes del frío y de la lluvia, parecía que ese día no iba a hacer buen tiempo y eso haría aún más dura la carrera.

Los medios de comunicación decían que se esperaban más de cincuenta mil corredores procedentes de todos los rincones del mundo. Me había estudiado el recorrido, sabía en qué tramos podría tener dificultades. Atravesaríamos los cinco distritos de la ciudad: Staten Island, Brooklyn, Queens, Bronx y Manhattan, y finalizaríamos en Central Park. La salida estaba prevista en Staten Island, justo en la entrada del puente Verrazano, que cruzaba la bahía y conectaba con Brooklyn.

La mañana de la carrera empezó a chispear y allí estaba yo con mi dorsal, a la espera de que el juez diese la salida rodeada de miles y miles de corredores. Y cientos de fotógrafos inmortalizando ese momento.

—Preparados, listos, ¡ya!

El juez apretó el gatillo y al escuchar el disparo mi corazón se puso a mil. Ya no había marcha atrás. Ahí estaba yo, cumpliendo el objetivo que me había puesto ese año, correr la maratón de Nueva York. Respiraba acompasada, al ritmo que iba marcando mi cuerpo. Mis piernas estaban descansadas, me había estado cuidando mucho los días previos a la carrera y mi mente estaba positiva. Sabía que tenía que ir tranquila desde el principio de la carrera. Los dos primeros kilómetros podrían ser un problema si no los controlaba desde el primer momento; correr demasiado podría llevarme a no acabarla. Tenía que calmar mis nervios. El reloj que llevaba en la muñeca me iba marcando más o menos el ritmo que debía llevar para no correr más de lo debido y dejarme todas las fuerzas por el camino.

Sabía que debía tener paciencia una vez que pasara el puente de Brooklyn. No podía confiarme, esa parte era bastante plana y por lo tanto sabía que era fácil, pero tenía que seguir contenida, ya que todavía quedaban muchos puentes por recorrer.

Era impresionante ver a lo largo del recorrido cómo la gente nos animaba a todos los que estábamos corriendo allí, a pesar de la lluvia. La carrera iba avanzando, cada uno lo hacía a su ritmo. Llegué a Manhattan y comencé a subir por la Primera Avenida, una zona de colinas bastante dura. Tenía que superarla para alcanzar el Bronx. En esta parte del recorrido mi cuerpo flaqueó, empezaba a notar el cansancio. Las cuestas iban haciendo mella en mis piernas, que se quejaban por el esfuerzo, y mi cabeza empezaba a decirme que parase, que nada de esto tenía sentido. Los pensamientos negativos se estaban disparando. Me preguntaba en qué maldita hora me había apuntado a correr la maratón, que para qué, que a quién le tenía que demostrar algo. El frío y la lluvia comenzaron a pesar demasiado en mi cuerpo, me sentía muy incómoda y cada vez estaba más desesperada. Pero algo dentro de mí hizo que sacase fuerzas de no sabía dónde. Algo me decía que siguiese, que no me detuviese por nada del mundo, que estaba allí para vencer la batalla a mi mente y que lo tenía que lograr. Y de repente me acordé de las palabras que me repetía mi entrenadora:

—Sara, ¡el límite está en tu mente! ¡Lucha siempre hasta el final! Jamás te rindas antes de llegar a la meta.

Miré a la gente que nos animaba, los gritos de «Vamos» me acompañaban. Veía cómo me sonreían y esas sonrisas me insuflaban más fuerzas para continuar. Seguí cruzando un par de puentes más, tomé más pastillas de glucosa y agua porque mis músculos casi no respondían ya. Llegué a la Quinta Avenida hasta Central Park, pero volví a entrar en pánico, me quedaban más cuestas y más curvas. Veía a gente andando a mi alrededor y mi mente me decía que me parase con ellos, pero seguí adelante. No me di por vencida, busqué a mi alrededor cosas que me siguiesen distrayendo de mi cansancio para engañar a mi mente.

Salí otra vez a la Quinta Avenida por el hotel Plaza. La meta cada vez se hallaba más cerca, la gente cada vez jaleaba más fuerte. No podía más, sentía cómo se me subía el gemelo y lloré del dolor, pero no frené la marcha. Llegué a Columbus Circle, ya no sabía si medio andando o medio corriendo, y por fin me adentré en Central Park para afrontar el último kilómetro. Solo un kilómetro me faltaba para alcanzar la meta. Y terminaría esta tortura psicológica. Podría descansar. No me lo podía creer, estaba a punto de vencer a mi cabeza, a punto de lograrlo. Veía la meta a lo lejos. Qué sensación tan especial estaba experimentando, me sentía por primera vez tan orgullosa de mí misma...

Y justo cuando crucé la meta con lágrimas en los ojos, totalmente rota de dolor y de cansancio, giré la cabeza a mi derecha y vi una cámara que conocía bien. Seguí mirando. Detrás de ella estaba él, Luis, el amor de mi vida. Mi ángel no paraba de hacer fotos a la gente que llegaba a la meta, con la pasión que le caracterizaba. Pude leer en su acreditación de prensa el periódico para el que estaba trabajando, *The New York Times*. En un momento fugaz nuestras miradas se cruzaron. Y sonreímos. Ya era hora de recuperar la confianza. Nunca sabes dónde se encuentra la suerte, solo hay que salir a buscarla. Quizá la próxima cita la tendríamos en el viaducto de Segovia...

Agradecimientos

Música para Sara surgió justo cuando estaba escribiendo *Reflexiones de una rubia,* mi anterior libro. Tenía muchas ganas de meterme de lleno en la vida de Sara, sentirla en lo más profundo de mi corazón; soñaba con hacer este viaje, soñaba con escribir mi primera novela y enfrentarme a este gran reto personal.

Esta historia nunca habría visto la luz si no hubiese sido por el gran apoyo de Gonzalo, mi editor. Él ha sido la persona que me ha estado acompañando en este viaje tan maravilloso y especial. Gonzalo, este libro va dedicado a ti. GRACIAS de corazón por confiar en mí, por dejarme desplegar mis alas y por darme el empujón que necesitaba para que *Música para Sara* viese la luz. Este viaje a tu lado ha sido maravilloso, ojalá nunca dejemos de viajar juntos.

También tengo que agradecer el apoyo incondicional de Albert, mi amor, por estar siempre a mi lado, por acompañarme en este proyecto tan especial para mí y por querer formar parte de él a través de su maravilloso talento, la música. Él ha sido la persona que ha compuesto la canción a esta historia de amor, *Te esperaré.*

Y no me puedo olvidar de mi padre, mi madre, mi hermana Mónica y mi hermano Amador, porque ellos me sostienen en mi día a día. Gracias, familia, por apoyarme siempre de una manera incondicional, por cuidarme, por animarme y escucharme.

Gracias, gracias y más gracias a todas las personas que me habéis acompañado hasta llegar aquí. A mis amigos por prestarme atención cada vez que os hablaba de la vida de Sara, por ilusionaros conmigo, me siento afortunada de teneros en mi vida.

Y para terminar quiero dedicar también este libro a mi otra gran familia, vosotros, mis seguidores. Ojalá disfrutéis de la novela tanto como yo lo he hecho escribiéndola. Gracias de corazón a cada uno de vosotros por hacer que mi día a día sea más bonito.

Que la música nunca deje de sonar en nuestras vidas.

Este libro se terminó de
imprimir en el mes
de marzo de 2020